캠프 15

2

장진성 장편소설

YOUNGWOOD
영 우 드

캠프 15

이 책의 저작권은 도서출판 영우드에 있습니다
저작권법에 의해 보호를 받는 저작물이므로 무단 전재와 무단 복제를 금합니다

차례

1장 아멘　　　　　　　　　　1

2장 야장간 굴뚝　　　　　　85

3장 잘 가!　　　　　　　　171

4장 모리화　　　　　　　　245

5장 생명　　　　　　　　　324

6장 아리랑　　　　　　　　384

1
아멘

야장간은 쇳소리로 가득 찼다. 9분조원들은 각자의 자리에서 묵묵히 망치를 들고 있었다. 오직 일정한 리듬과 열기, 살아남으려는 본능만이 야장간 바닥을 적시고 있었다. 점심시간이 가까워도 누구 하나 묻지 않았다. 이세봉은 내심 흡족했다. '시니마셍'으로 시작된 그들의 하루가 틀림없어 보였다.

"어, 얼라반동!"

활짝 열린 문틈으로 돌대가리가 소리쳤다. 그는 이어 밖에 대고도 떠들었다.

"여기 내 친구 얼라반동이랑 독신자 사람들 왔어요!" 하고는 다시 얼굴을 디밀었다.

"너 이젠 여기서 일하니?"

밝고 익숙한 그 목소리 하나만으로도 성진의 심장이 화끈거렸다. 그는 입술을 앙다물고 고개만 끄덕였다. 손에 들린 망치는 계속해서 내려찍고 있었다. 그 동작은 어쩐지 자랑질하는 것처럼 보였다. 돌대가리는 두 걸음, 세 걸음 야장간 안으로 들어섰다. 이세봉이 슬며시 웃으며 그를 바라봤다.

"네 친구냐?"

"네. 아저씨, 우리 가족세대는 다 점심 먹으러 오거든요."

이세봉은 입구를 턱으로 가리켰다.

"우린 아직 시간이 덜 됐다. 밖에서 기다려."

돌대가리는 눈을 동그랗게 뜨고 성진을 한 번 더 바라봤다.

"독신자가 가족세대로 출세했구나. 알지? 난 여기 아저씨들도 다 안다."

도성진은 여전히 아무 말도 하지 않았다. 대신 망치에 힘을 더했다. 돌대가리는 빈정거렸다.

"어, 나보다 혁명화 속도 빠른데?"

도성진의 손이 더 빨라졌다. 그때 바깥에서 또 다른 인기척이 들렸다.

"이게 뭔 일이래? 어쩐지 야장간 쇳소리가 녹슬었다 했더니."

망치질 소리를 뚫고 들어오는 장찌엔의 목소리였다. 도련님이 어디야? 하는 눈으로 고개를 버쩍 들었다. 주둥이의 얼굴도 밝아졌다. 돌대가리 덕분에 가족세대 2분조 여자들이 몰려와 있었다. 민유정은 놀랍고 반가워하면서도 시선을 한 곳에 두지 못했다. 그 등 뒤에 선 김상미는 입술을 질끈 깨물며 웃었다. 박해순은 도련님보다 시뻘건 화로를 더 오래 쳐다보았다. 여자들을 보자 카츠치카는 숯 마대를 열었다. 숯덩이를 연달아 화로에 던져넣었다. 이어 손을 털며 야장간 출입문 쪽으로 성큼성큼 걸어갔다. 이세봉이 조심스레 뒤따라가며 말했다.

"아직 시간이… 십 분 정도 남았습니다."

마당의 여자들은 이세봉의 입에서 일본어가 흘러나오자 카츠치카를 쳐다보았다. 그가 일본어로 대답할 차례였기 때문이었다. 그 시선들이 짜증났는지 카츠치카는 얼굴을 찡그렸다. 말 대신 묵직한 주먹으로 징을 두드렸다.

댕! 댕!

"작업휴식!"

9분조원들이 일제히 합창했다. 카츠치카는 그들을 거들떠보지도 않았다. 휘파람을 불며 야장간을 빠져나갔다.

"2분조! 집에 있는 거 다 갖고 와. 오늘 점심은 이 남자들이랑 같이 먹자!"

장찌엔의 외침에 "좋아요!" 하며 김상미가 제일 기뻐했다. 2분조 여자들은 서둘러 돌아섰다. 도련님이 잰걸음으로 마당으로 따라 나왔다. 맨 뒤에 선 박해순을 불렀다. 마지못해 서 있는 그녀 앞으로 다가서는 도련님은 팔자걸음이었다.

"나 이젠 집으로 갈 수 있어. 지금 가도 돼."

박해순은 그의 뒷짐 진 자세를 훑으며 쏘아붙였다.

"왜 소식 없어요? 소장이랑 맞담배 피운다며?"

멀어지는 그녀 등을 도련님은 바라보기만 했다.

"적당히 했어야지."

주둥이가 어느새 곁에 와 있었다.

"최종배면 몰라도 소장이랑 맞담배질 정도면 말이야. 감시반 놈들 말대로 단독막사에서…"

"그만해."

토라져 돌아서는 도련님 팔을 주둥이가 덥석 잡았다.

"그나저나 나 그거 영어 한 문장 빨리 알려줘라."

"뭘?"

"나는 자유투사다. 전에부터 부탁했잖아."

그를 보는 도련님 두 눈에 뭔가가 번뜩 지나갔다. 웬일로 선뜻 귀에 대고 알려주었다.

가족세대 2분조 여자들과 독신자세대 9분조가 밥을 앞에 두고 처음으로 함께 둘러앉았다. 독신자의 배고픔과 가족세대의 허기가 그저 비벼졌을 뿐이었다. 식사도 금방 끝났다.

도련님이 자리를 잡고 앉자, 마주한 박해순이 고개를 돌렸다. 뒷모습은 냉정했다. 아니, 너무도 익숙했다. 자기도 처음엔 그랬었다. 그러다 어느 틈에 다시 얼굴을 돌리게 되었는지, 어떤 계기로 용서하게 되었는지 기억나지 않았다. 다만 그 기억의 흐릿함이 지금의 표정을 더 멍청하게 만들어내고 있었다. 반면 주둥이는 민유정에게 계속 눈짓을 보내고 있었다. 속 빈 강정처럼 자신감이 부풀어있었다. 뭔 일을 칠 것 같았다. 장찌엔은 쥐잡이 무용담을 펼쳐 냈다. 전에는 호미였는데 이번엔 삽이었다. 도구가 길어진 만큼 서두도 길었다. 그 앞에서 검은손과 가수는 예의상 웃고 있었다. 김성근은 말없이 한 구석에 앉아 있었다. 그는 야장간 안의 사람들 전부를 훑고 있었다. 이야기보다 사람의 표정에 눈길을 더 주고 있었다. 김성근은 도련님의 뿌연 얼굴부터 등 돌리고 앉은 박해순을 번갈아 바라보고 있었다.

한편, 김상미는 민유정 옆에 바짝 붙어 앉아 있었다. 그녀의 시선은 줄곧 도성진에게 가 있었다. 성진이는 지금 돌대가리의 장광설에 넋이 빠져 있었다. 상미는 저게 언제 끝날지 잘 알고 있었다. 한 번 터지면 며칠 가는 돌대가리였다. 김상미는 문득 도성진의 발끝을 내려다보았다. 그의 신발 앞창이 살짝 벌어져 있었다. 그녀는 조심스럽게, 아무도 모르게 자신의 발끝을 그쪽으로 옮겼다. 성진의 발이 자기 발보다 훨씬 커서 놀랐다. 그채로 발끝을 가만히 옆에 두었다. 그리고 살며시 웃다가 얼굴이 화끈 달아올랐다. 김성근이 그녀의 발을 보고 있었다.

"쥐 목장?"

그 목청에 덩치의 고개가 그쪽으로 돌아갔다. 성진은 눈썹을 찌푸리며 돌대가리에게 다시 되물었다. 농담이라도 들은 것처럼 웃음이 먼저 비어 나왔다.

"진짜? 쥐를… 기른다고?"

돌대가리가 설명하려는데 김상미가 냉큼 끼어들었다.

"별것 없어."

돌대가리 얼굴이 굳어졌다. 당장에 여자를 들이받을 기세였다.

"내 동생이 너한테 설명을 잘못해서야."

"설명이 왜 필요해? 척 보면 알지"

그 무질서한 소음들 속에서도 주둥이의 눈은 민유정에게 계속 신호를 보내고 있었다. 그녀는 마지못해 일어선 것처럼 다가왔다.
"왜요?"
둘이 한쪽 구석으로 옮겨 앉자 김성근이 유심히 보았다. 주둥이는 어색한 공개를 한껏 머금고 뜸 들이다가 건방지게 말했다.
"나도 솔직히 영어 좀 하거든."
민유정이 고개를 갸웃했다.
"엥? 해봐요."
유정이가 웃어주자 주둥이는 어깨를 쭉 폈다. 시선은 아래로 깔보며 턱은 위로 치켜들었다. 건방과 허세가 가득한 표정이었다. 그 얼굴로 말했다.
"…아이 러브 유."
민유정의 얼굴이 굳었다. 눈이 커다래졌다. 숨을 마신 것도 내쉰 것도 아닌 순간이 얼굴에 머물렀다. 당황한 건 그녀였지만, 정작 더 크게 놀란 건 멀찍이 그 둘을 지켜보던 도련님이었다. 그는 방금 자기 이름이 언급된 것처럼 시선이 홱 돌아갔다. 그 눈길은 허공을 아무렇게나 맴돌다 이내 다시 민유정의 얼굴에 닿았다. 김성근은 두 눈을 깜빡이며 일을 꾸민 도련님과 일을 치는 주둥이, 그 두 사람을 빠르게 번갈아 보았다.

야장간의 점심시간이 들썩일 때 카츠치카는 집으로 왔다. 그는 반드시 집에서 아내와 함께 식사했다. 밥은 아내와 나누는 숨결과 같은 것이었다. 그의 집은 2분조 여자들처럼 토굴이 아니었다. 돌담집으로 15호 수용소 안에서도 보기 드문 부잣집이었다. 카츠치카의 집은 '귀국자 마을' 입구에 있었다. 그곳은 바로 재일교포들만 모여 사는 구역이었다.

소문으로는 15호 전체에 5천 명 넘는 북송된 재일교포 출신이 갇혀 있다고 했다. 그들 대부분은 1960년대부터 이어진 '만경봉호' 귀국선의 승객들이었다. 9만 3천여 명의 숫자를 놓고 북한은 '민족의 대이동'이라고 불렀다. 사회주의의 품으로 돌아온 자본주의의 자식들이요, 평양이야말로 민족과 통일의 구심점이라고 떠들썩하게 선전했다. 하지만 그 승리의 배는 곧바로 '체제의 균열'을 실어 나르기 시작했다. 정작 와보니 '인민공화국'이 아닌 '수령왕국'이었다. 인민을 위하는 당과 수령은 어디에도 없었다.

그들은 혁명과 권력의 전통으로 뻗은 '백두산 줄기'의 북한 땅에 엔화가 만능인 '후지산 줄기'를 세웠다. 수령충성 특권층보다 더 잘 사는 엔화충성 특권층이 생긴 것이다. 북한 사람들은 그들을 '째포'라고 불렀다. 그들은 일본에서 나고 자란 사람들이었다. 북한만 알고 산 사람들과는 언어, 표정, 문화가 달랐다. 그들은 대놓고 불만을 토로했다. 서로 모이면 속았다고 울먹였다.

인민들의 마음속에서 '충성'이 '돈'으로 대체될 수도 있다는 위기감이 감지되자 김정일은 결단했다 197~80년대 단속과 검거를 강화했다. 재일교포들은 일본으로 되돌아갈 수도 없게 막아버린 조선 전체가 감옥이라며 울분을 쏟아냈다. 그들의 언어는 이곳 15호에서 가장 위험한 무기였다. 그래서 귀국자 마을은 결국 '수용소 안의 수용소'가 되었다. 혁명화도 그들만의 작업장에서 강요됐다.

째포 마을은 그 자체로 또 하나의 작은 감옥이었다.

카츠치카는 그런 마을의 입구에 살았다. 그의 집은 그 마을에서도 유난히 눈에 띄었다. 쇠를 다루는 사람답게 문턱과 창틀까지 쇳덩이가 박혀 있었다. 훔쳐 갈 것이 있어서 쇠를 심은 것이 아니었다. 총으로 겁박하는 보위부에 무쇠라도 흔들려는 카츠치카의 반항심이었다. 그 기운은 대문에서부터 느껴졌다. 열리거나 닫힐 때마다 찌그덕 쇳소리가 거칠게 울리도록 했다. 그 소리가 나면 사유키가 나오거나 안에서 기척이 있었다.

카츠치카는 굳이 방문을 열지 않고도 아내가 없다는 것을 알 수 있었다. 그는 사유키가 들어오면 눈 감고도 물건들을 집어들 수 있게 그릇이며 국자의 위치를 한 번 더 점검했다. 달궈진 가마뚜껑을 잡을 행주도 되도록 가마 가까이에 올려놓았다. 아내의 행동을 보고 예습해둔 동선에서 길들은 습관 같은 것이었다. 한 마디로 그의 평범은 그녀로부터 재구성된 일상이었다.

대문 열리는 소리에 이어 사유키가 부엌에 들어섰다. 카츠치카는 아궁이 앞에 앉아 있었다. 그는 낡고 헐거운 일본식 나막신을 발에 걸치고 있었다. 사유키는 솔잎과 나물을 가득 담은 바구니를 팔에서 내려놓았다. 발등을 나막신에 곧장 밀어 넣는 그녀의 입에선 잔기침이 새어 나왔다. 그러나 그것을 감추려 애쓰며 자연스럽게 아궁이 앞으로 갔다. 몸을 숙이며 조용히 말했다.

"여자 일입니다."

카츠치카가 일어서다가 사유키의 약지 손가락에 멈췄다. 천 조각이 얇게 감겨 있었다. 붕대라기보단 누더기에 가까운 헝겊이었다.

"많이 나왔습니다. 나물들은 연한데… 호미질이 좀 서툴렀나 봅니다."

그녀는 익숙한 동작으로 부채를 들고 아궁이에 대고 몇 번 흔들었다. 카츠치카가 나가자 그 손이 멎었다. 불은 이미 잘 붙어 있었다. 할 일을 찾으려는 몸짓처럼 작은 냄비 뚜껑을 열었다. 그 안에는 찬물에 불린 옥수수 알들이 담겨 있었다. 사유키는 국자로 옥수수를 퍼냈다. 그것을 끓는 물 위에 천천히 넣었다. 그것 말고 더 할 일이 없었다. 그녀는 문가 쪽으로 고개를 돌렸다. 문틈으로 카츠치카의 모습이 보였다. 그는 마당에서 장작을 얇게 자르고 있었다. 사유키가 더는 부채질할 필요가 없게 칼을 대고 젓가락처럼 토막 내는 일이었다.

두 사람은 각자의 일을 계속했다. 부부는 말이 없었지만 실은 더 많은 대화를 나누고 있었다. 갇힌 삶 속에서 되풀이되는 손짓과 몸짓 하나, 물건 하나, 그 작은 묵묵함의 움직임들로 평생의 언약을 날마다 실천하고 있었다. 그들의 점심밥은 단지 한 끼의 식사가 아니었다. 함께 지은 삶, 무사히 견딘 하루, 그 심중을 나누는 가장 깊고 조용한 대화였다.

7월의 해는 기울면서도 좀처럼 식지 않았다. 그 밑에서 사람들은 그늘까지 피해 다녀야 했다. 제방은 그 열기를 온전히 받아 수용자들의 등줄기에 떠넘기고 있었다. 군인 출신 감시반은 햇볕을 감시하는 자들처럼 남들 몰래 그늘에 모여 있었다. 두령이 담배 연기를 한숨처럼 길게 내뿜었다. 그 연기마저 힘겨워하며 반쯤 휘다 흩어졌다.

"한별 동지 독립조는 야장간이라지?"

물어보는 두령이나 대답하는 두목도 목소리에 힘이 없었다.

"우리가 오자마자 독립조로 뺀 걸 보면…하긴, 우리가 좀 심했지."

그가 시름 깊은 얼굴을 쳐드는데 저만치서 미꾸라지가 신나서 걸어오고 있었다.

"이거 다 저 새끼 때문이야. 오늘 죽었어."

두목이 벌떡 일어서니 미꾸라지는 오던 길을 그대로 되돌아 도망쳤다. 그가 곧장 달려간 곳은 최종배 앞이었다. 감시반 놈들 옆에서 똑딱이 기합을 받으며 엿들은 정보가 있어서였다. 아버지가 부주석보다 더 높다니! 아무리 살이 쪘어도 감히 수령 아들을 사칭했다니! 미꾸라지는 흥분했다. 동시에 조심스러웠다. 문제는 살짝 애매했다. 성근이가 직접 말한 건지, 아니면 감시반 놈들이 저들 추측을 섞은 해석인지, 발단이 명확하지 않았다. 하지만 한 가지는 확실했다. "부주석보다 더 높다." 그 말 한 줄만으로도 최고 존엄에 대한 모독죄이자 불경죄였다. 그 특대형 범죄 발굴 공로는 탈주범 신고 못지않은 대업적이 될 수 있었다. 다만 신고에도 정교한 기술이 필요했다. 대놓고 주석을 언급하면 오히려 자기 존재가 정치적으로 먼저 제거될 수 있었다.

"선생님, 한 가지 물어볼 게 있어서 왔습니다."

미꾸라지는 경건과 불안을 두 손에 공손히 모아쥐고 말했다. 최종배는 고개를 들지 않았다. 눈치를 보던 미꾸라지가 조심스레 덧붙였다.

"반동 색출과 관련한… 긴급 질문입니다."

그제야 최종배가 힘없이 중얼거렸다.

"…말해."

"혹시 우리 작업반에…"

미꾸라지는 비밀처럼 속삭였다.

"리종옥 부주석보다 더…"

최종배가 고개를 돌렸다.

"뭐?"

"그러니까요. 그 부주석 아들놈보다 더 센… 더…"

"더 뭐?"

최종배의 목소리가 딱딱해졌다.

"그러니까 여기 보십시오."

미꾸라지는 공중을 향해 양팔을 치켜들었다. 그러고도 키가 모자라 발끝까지 들어 올렸다.

"이렇게, 더! 더! 아직 모르겠습니까? 이래도 이해가 안됩니까?"

최종배는 미꾸라지의 눈을 뚫어지라고 쳐다보았다. 그 눈빛엔 기묘한 광이 번졌다. 그는 요즘 언짢았다. 옹혜야의 탈출로 입당은 물 건너갔고 감시반 인사는 조직부장의 노골적인 무시였다. 최종배는 자리에서 일어나는 동시에 미꾸라지를 격하게 걷어찼다.

"우와… 이젠 이 쓰레기 새끼까지?"

그는 군화로 찰 때마다 마치 주문처럼 외쳤다.

"더! 더! 더! 맞아야지! 아파야지! 더 정신 차리지?"

그는 미꾸라지만 밟고 있는 게 아니었다. 자신이 끝내 오르지 못한 입당의 사다리와 분실한 군사지도, 홍신영 년의 갈고리 같은 두 눈과 감시반 깡패 놈들의 불량한 태도. 그 모든 모욕을 내려찍고 뭉개고 으깨는 광기의 발산이었다.

가족세대 지형철도 최근 최종배처럼 사나워지기는 마찬가지였다. 그가 노려보는 대상은 둘이었다. 가장 큰 혐오와 증오의 표적은 같은 보위원인 홍신영이었다. 그녀는 지형철이 보란 듯 2분조만 기를 쓰고 따라다녔다. 걸핏하면 트집을 잡고 야단을 쳤다. 그 답답한 분노는 고스란히 윤진경의 아버지에게로 옮겨졌다. 예전에는 작업장에서 그를 동정과 구원의 눈빛으로 지켜봤다. 하지만 이제는 달랐다. 그가 지치다 못해 쓰러지는 것은 임신한 딸의 고통과는 상관없었다. 그저 자기 살길만 좇는 장본인의 땀에 불과했다. 자기만 다치지 않기 위해 지르는 비명일 뿐이었다. 지형철은 그를 바라보며 생각했다. 이 사람은 자식을 수용소에 보내놓고도 그저 자기 삶에 몰두하는 인간일 뿐이다. 아버지가 아니라 동물이다. 나라의 반동은 가족의 반동이기도 하다.

그날 밤, 지형철은 다시 윤진경 아버지의 자료를 펼쳤다. 아무리 들춰봐도 특이한 질병 하나 없었다. 딸은 뱃속 아이의 고통까지 떠안았는데 유독 아버지만은 멀쩡했다. 아니, 지나치게 건강했다. 지독한 이기주의자라는 혐오가 치밀어 올랐다. 지형철은 등을 벽에 붙이고 서류 더미 위에 시선을 고정했다. 마치 거기서라도 답을 얻을까 싶어서였다. 그때였다. 노크도 없이 문이 열렸다. 홍신영이었다. 뱀처럼 미끄러져 방 안으로 스며들었다.

"너 뭐야?"

술기운과 싸구려 향수 냄새가 동시에 밀려들었다. 손에 유리병 두 개를 들고 있었다. 그것들이 맞부딪히며 짤랑하는 소리를 냈다. 군복 상의는 단추 두 개쯤이 풀려 있었다. 목덜미엔 땀 자국이 번져 있었다. 취기인지, 고의적인 도발인지 눈가는 붉게 젖어 있었다.

"저, 오늘 생일입니다."

"그래, 축하해."

"드릴 말씀도 있어서요... 말입니다."

"뭔데. 내일 해도 되잖아."

홍신영은 비시시 웃었다.

"소장 동지한테 제가 신고했습니다. 윤진경 임신 건."

그러고도 아무렇지 않게 소주병을 기울였다. 투명한 액체가 입술을 타고 흘러내렸다. 턱을 지나 쇄골 아래로 미끄러졌다.

"이 안에서 개별 면담 목소리, 다 들려서요. 저 문 밖에서... 여섯 달 넘었나? 아니, 벌써 일곱 달인가...?"

지형철은 무표정하게 노려봤다. 그 눈빛엔 놀람보다 깊은 혐오가 배어 있었다.

"소장 동지까지 감싸고 돈다고... 내일부터 나오는 본부 검열단에, 제가 직접 신고할까 생각 중입니다."

그 순간 심장이 쪼그라들었다. 지형철의 눈동자가 어두워졌다.

홍신영은 말을 길게 끌며 그의 어깨에 손을 올렸다. 협박이자 강요였다. 자만하는 승자의 확신이었다.

"그년도, 이렇게 먼저 올라온 거예요?"

홍신영은 책상 끝에 엉덩이를 걸쳤다. 그리고 천천히, 군복 상의의 세 번째 단추를 풀었다.

"사랑한다면서요? 죄수년은 되는데, 보위원인 나는 왜 안 되죠? … 그게 너무 치욕스러워서 왔어요."

지형철은 숨을 크게 들이켰다. 심장이 아니라 폐가, 아니 그 위로 식도가 끓어올랐다.

홍신영은 갑자기 웃었다. 눈가에 번들거리는 건 술기운인지 눈물인지 알 수 없었다. 그리고 다시 소주병을 들이켰다. 절반 가까이 비우곤 책상 위에 쾅— 소리와 함께 내려놨다.

"나도 여자예요. 아니, 지금 당장이라도 조직부장한테 달려갈 수 있어. 윤진경 그년? 수술실에 눕혀 죽일 수도 있어."

그는 지형철 앞으로 목을 길게 뽑아 내밀었다. 그 순간, 냄새가 밀려왔다. 자신도 여자라고 말하고 싶은 체취가 한 덩어리로 밀고 들어왔다.

"내 생일 축하해 줘… 그럼 둘 다 살 수 있는 제안, 해줄게."

"그래. 생일이라니… 마시자."

지형철은 마지못해 술병을 쥐었다. 처음엔 한 모금만 입에 적시려 했다. 그런데 그녀의 기분 나쁜 웃음소리에, 그는 병을 끝까지 기울였다. 병으로 홍신영의 머리를 내려치고 싶은 충동에 심장이 벌렁거렸다. 홍신영이 귓가에 속삭였다.

"본부에 있는 네 삼촌한테 말해. 나 입당시켜 줘. 넌 영예롭게 제대하고, 그년이랑 살아."

그건 지형철의 꿈이였다. 군복을 벗고 윤진경과 함께 사는 것. 그게 가능하다면 내일이라도 벗을 수 있었다.
"입당은 어떻게든 되겠지. 진경이가 언제 나갈지는..."
"내가 죽여줄게. 그 애비 장본인"
지형철은 그의 두 눈을 들여다봤다. 문득 홍신영이 군의관과 단순히 몸만 섞은 게 아닐지도 모른다는 생각이 스쳤다.
"넌 못하지만, 난 할 수 있어. 어때? 비밀 지켜주고, 도와주고... 난 입당해서 네 자리에 앉고"
홍신영은 그의 의자 앞으로 다가와 몸을 밀어붙였다. 손은 그의 허벅지를 쓸고 있었다.
"한번 해보고 싶었어. 남들 연예 훔쳐보는 게 아니라, 훔쳐 오는 거."
홍신영은 자기 군복의 남은 단추를 풀었다. 손놀림엔 주저함도 수치심도 없었다. 마치 군화 끈을 풀듯 손은 빠르고 익숙했다. 군복이 바닥에 떨어졌을 때는, 마치 오래 입은 갑옷을 벗는 듯한 해체에 가까운 동작이었다. 지형철은 바닥에 떨어진 그 군복을 주워 들었다.
"너 원하는 건, 다 해줄 수 있어. 근데..."
"미친 새끼야. 지금 네 명줄을 쥔 건 나야. 그리고 죽여도 준다잖아!"
그는 지형철의 옷깃을 두 손으로 와락 잡아 찢었다. 단추들이 바닥에 흩어졌다. 그 손아귀의 힘엔 욕정을 넘어 모든 걸 박살 낼 공포와 위협이 응축되어 있었다.
"쉽잖아? 죄수년이랑 똑같이 해줘. 그년 사랑할 때처럼 단 한 번만… 느끼게 해줘."

홍신영의 목소리는 젖어 있었다. 자기 팔을 스스로 감아 브래지어를 거칠게 벗어 올렸다. 드러난 가슴은 납작했다. 삶을 정면에서 받아낸 부위였다.

"어때? 내 젖. 죄수년보다 부드럽지? 만져줘."

그녀는 지형철의 손을 억지로 끌어다 자기 가슴에 가져다 댔다. 한 줌도 안 되는 살, 그 위에 자기가 만든 신음을 얹으며 스스로 흥분을 짜냈다.

"아하… 이럴 땐 뭐라고 했어? 그년은? 너는? 아하…"

그녀는 서둘렀다. 팬티를 벗더니 적나라하게 맨몸으로 섰다. 다 벗었지만 드러난 것이 없었다. 어깨는 딱딱했고 모서리처럼 각졌다. 팔뚝에 그어진 상처는 채 아물지 않았다. 그 몸은 약자 위에서 군림해온 위협이 굳어진 살이었다. 어디에서도 체온은 감지되지 않았다.

"안아줘. 내가 윤진경이라고 생각해도 돼. 그년 상상해도 괜찮아."

홍신영은 그의 얼굴을 잡아끌며 숨이 막히도록 안았다. 몸을 마구 비벼댔다.

"그년도… 너 위에 올라탔어? 그년이 네 목덜미를 물었어? 피 났어? 이빨 자국?"

그러면서 혼자 자위하듯 신음을 냈다.

"그년한테는 뭐라고 했어? 좋다 했어? 지켜준다고 했어?"

지형철의 가랑이 위에 올라탄 홍신영의 다리가 더 벌어졌다. 끈

적한 허벅지 사이로 땀방울이 기어오르고 있었다. 천천히 문지르는 엉덩이는 혐오라는 덩어리를 강조하는 것 같았다.

"왜, 말이 없어? 손으로도 해야지. 그년은 만졌잖아… 그년 살려줄게. 대신 똑같이 느끼게 해줘."

갑자기 바닥에 무릎을 꿇었다. 지형철의 바지를 쥐어뜯는 것처럼 벗겼다. 그리고 사타구니에 얼굴을 파고들었다.

"죽여줄게. 네 장인. 내일 죽여줄 테니, 너는 모레 나가. 그년 데리고. 이렇게 도와주는데도 흥분이 안 돼? 생일인데 흥분시켜 줘."

그의 등줄기를 따라 땀이 악착스럽게 흘렀다. 그 등은 분명 처음 보는 여자의 것인데도, 기묘하게도 익숙했다. 마치 오래 밟힌 사무실 마룻바닥 같았다. 냄새는 더 그랬다. 자신을 가꾸거나 돌볼 틈 없이 울고, 분노하고, 달리다가 결국 하수구에 엎어지며 튕긴 악취였다. 한 인간의 시간이 썩어가는 냄새였다.

지형철은 발끝에서부터 식은땀이 솟았다. 눈을 감았다. 홍신영의 입술에 물린 그 감각은 단순한 굴욕이 아니었다. 사랑의 추억마저 오염되는 축축하고 서글픈 퇴폐였다. 그러면서도 그는 홍신영을 밀쳐내지 못했다. 이건 욕정이 아니었다. 정치였다. 육체가 아니라, 신고의 압력에 굴복한 것이었다. 남녀의 성교가 아니라, '방법'의 교환이었다. 지형철은 끝내 한마디도 하지 않았다. 그의 몸도, 감정도, 감각도 모두 그냥 죄송할 뿐이었다.

독신자 운동장, 어둠이 짙게 내려앉은 한 모퉁이에 도련님과 주둥이가 쭈그리고 앉아 있었다. 감시등 불빛이 저만큼에서 비쳤다. 서늘한 바람이 옷깃을 스쳤다. 주둥이의 눈썹이 찌푸려 있었다.
"근데… 유정이가 말이야. 왜 그렇게 당황했을까?"
"많이 놀란 거지. 조선말 주둥이에서 영어가 훅 튀어나오니까."
도련님이 대수롭지 않다는 태도로 답했다.
"하긴. 내가 영어까지 유창할 줄 몰랐겠지."
주둥이의 자기만족에는 유정이에 대한 상상도 함께 섞여 있는 것 같았다. 목소리가 유리잔 두드리는 것처럼 명랑해졌다.
"야, 나 하나 또 가르쳐줘라."
도련님의 눈이 커졌다. 반항하는 말투였다.
"뭘 또? 자꾸 알려 달래…"
"'자유'보다 더 쎈 말. 그런 거 없어?"
"그럼 돼지우리 들어가야 해."
주둥이는 대견하게 도련님을 보다가 등까지 가볍게 두드렸다.
"허튼소리 말고. 내일까지 알려줘라."
그러곤 손바닥을 털며 자리에서 일어났다. 흔들흔들 걸어가는 주둥이는 기고만장했다. 도련님은 그의 얼굴 앞에서 하는 투정처럼 등에 대고 중얼거렸다.
"형… 나, 소련 유학생이거든요."
그 말은 오래 묵은 멋쩍음과 속이 빈 체면의 서글픔이 묻어나는 한 줄이었다. 도련님은 영어를 몰랐다. 그런데도 주둥이는 외국이면 영어든 러어든 다 비슷할 것이라고 치부했다.
주둥이가 9분조가 모여 앉아 있는 곳으로 터벅터벅 다가왔다.

앉기 전에 도성진의 머리를 쓱 한 번 만졌다. 성진의 목소리는 평소보다 느렸다. 입술 끝에는 설명하기 어려운 감정이 스쳐 있었다.
"내가… 여기 오래 살긴 산 것 같아요."
"왜? 독립조 되더니 살만해졌어?"
주둥이가 옆구리를 밀고 앉으며 물었다. 도성진은 한쪽 무릎을 당겨 끌어안았다. 웃음이라기보단 막 떠오른 사실을 처음 말해보는 표정이었다.
"지금까진… 보위원 놈 꿈만 꿨는데… 어젯밤엔 상미가 나왔어요. 나랑 상관없는 앤데…"
그 말에 가수가 의미심장하게 고개를 끄덕였다.
"상미가 네 마음을 편하게 해준 거구나."
목소리가 낮았지만 따뜻했다. 검은손의 입가에 미소가 그려졌다.
"이 안에선… 그런 사람이 은인이야."
"은인이요? 날 도운 것도 없는데요?"
반문하는 성진의 눈은 반짝거렸다. 줄의 끝에 앉아 머나먼 산만 바라보던 김성근이 입만 열었다.
"바람난 거꾸마."
뒤늦게 도착한 도련님이 주둥이와 성진이 사이에 몸을 밀어 넣으며 앉았다.
"누구야? 네 바람은?"
주둥이는 옆으로 넘어지며 투덜거렸다.
"애한테 바람은, 교원이나 했다는 게. 에궁… 첫사랑이잖아."
도성진은 고개를 갸웃했다.

"첫사랑이요? 그건… 어떻게 시작하는 건데요?"

질문은 맑았다. 무언가 생긴 마음을 처음 마주한 소년의 정직한 궁금증이었다. 가수가 아주 천천히 입을 열었다.

"처음엔 꿈에 나타나고, 그러다 두근거리고, 고백하고… 그러다 껴안는 거지."

말마다 고개를 끄덕이며 따라가던 도성진이 끝에서 도련님을 바라보았다.

"아저씬… 처음부터 돼지우리에서 만났잖아요."

도련님만 빼고 모두가 웃었다. 주둥이는 이때다 싶었는지 그 순간을 물고 늘어졌다.

"별명부터 도련님이잖아. 처음부터 눈치 보는 우리랑 팔자가 달라. 애는 그냥 돼지우리고 뭐고 막 들어가도 돼! 처음부터 막 다 가진 놈이야."

도련님은 어깨를 으쓱였다. 그 뿌듯함이 너무 노골적이어서 검은손까지 고개를 돌렸다. 그는 권좌처럼 무릎을 쫙 벌리고 앉아 입을 열었다.

"성진아, 사랑은 말이다…"

모두가 조용해졌다. 순간, 무슨 대단한 철학이라도 나올 줄 알았다.

"몸으로 시작해도… 마음으로 끝나는 거다."

다들 허탈하게 웃는 사이, 성근의 목소리가 들렸다.

"…그게 바람이꾸마."

그날은 9분조 독신자세대 하늘의 보름달만 밝은 것이 아니었다. 2분조 가족세대 누군가에게도 설레는 밤이었다. 남자의 말은 한 문장으로 끝나지만, 여자의 말은 그때부터 시작이다. 주둥이의 영어 한 문장은 그냥 사랑의 말이 아니었다. 민유정에겐 "아이 러브 유"란 또 다른 심장이 생긴 것처럼 마구 두근거렸다. 영어라서 그 울림이 더 컸다.

그녀가 지금껏 살면서 당한 모든 불행의 근원이 모국어였다. 고통과 상처, 두려움의 정서와 감정의 세뇌였다. 좋은 말도 그 의미보다 의심과 조롱, 모함을 파고드는 함정의 언어에 불과했다. 모국어에 지친 밤이면 민유정은 손거울을 들여다보곤 했다. 제 얼굴을 보기 위해서가 아니었다. 영어로 진심을 대화하는 거울 속의 또 다른 여자와 마주 서기 위해서였다. 거울 속 여자의 위로와 동정, 약속들은 영어라서 진심이 느껴졌다. 웃고 울 수 있었다. 그때도 간혹 자기 얼굴이 보이면 거울 표면에 살짝 입김을 불어 넣었다. 그러면 늘 누군가의 말에 당해왔던 얼굴, 울지 않기 위해 배운 표정, 억압에 견디는 훈련의 흔적들이 희뿌옇게 지워졌다. 그러면서 유정은 말하곤 했었다.

"빠이빠이… 마이 텅. (Bye-bye… my tongue.)"

"쏘 롱 코리언 스피킹. 유브 헐트 미 투 머치. (So long Korean speaking. You've hurt me too much.)"

조선말은 그녀를 울게 해도 영어는 그녀를 멈춰 세웠다. 주둥이의 조선말만 유일하게 그를 웃게 하더니 이젠 '아이 러브 유'로 그녀를 일으켜 세웠다. 그날 밤 민유정은 손거울 앞에서 웃으며 말했다.

"아이 러브 유 위드 올 마이 하트. (I love you with all my heart.)"

민유정의 옆집인 김상미도 잠 못 드는 밤이었다. 성진이 야장간에 왔으니 매일 볼 수 있다. 상미는 방구석 작은 등불 아래 쪼그리고 앉았다. 반듯하게 펴놓은 종이 위엔 '조선 우표'가 한 장 그려져 있었다. 꽁다리 연필 한 자루로 눌러 그린 그림이었지만 모양과 표현이 제법 그럴듯했다. 장난으로 넣은 선도 정교했다. 점 하나에도 남다른 감각이 묻어 있었다. 그 옆엔 반쯤 완성된 신발 깔창 한 켤레가 놓여 있었다. 그녀는 한 장을 집어 들어 자기 발에 대보았다. 점심에 재보았던 성진의 발에 비해 너무 작았다. 잠시 바라보던 상미는 픽— 코웃음을 쳤다.

"도둑놈 발."

깔창을 늘릴 생각으로 입으로 실밥을 뜯었다. 그러자 안에서 솜 대신 머리카락이 흘러나왔다. 겨울까지 완성하려고 한 달 전부터 시작한 것이었다. 2분조 언니들이 조금씩 보태줘서 제법 풍성해 보였다. 그날도 상미는 제 머리에서 머리카락 몇 오리를 뜯어내며 중얼거렸다.

"도둑놈 발, 돌대가리밖에 모르는 도둑놈 발…"

가족세대 사람들은 보통 새벽 다섯 시 반쯤 일어났다. 독신자세대처럼 여섯 시에 작업장에 나가야 했다. 기상 점검은 없을지라도 마을 공터에서 이루어지는 작업준비 점검은 예외 없이 철저했다.

한 사람이라도 늦는 분조는 벌칙 작업이 뒤따랐다. 그래서 대부분은 한숨이라도 더 눈붙이기 위해 아침밥을 가마 안에 미리 넣어두고 잠들었다. 아침부터 배부를 일도 없고, 김빠진 밥이라도 벌보다 낫다고 여겼다. 하지만 카츠치카의 집만은 그렇지 않았다. 남편이 유별나서가 아니었다. 정반대였다. 그의 아내 사유키의 아침은 늘 남편보다 먼저 조용히 시작됐다. 밤에 누웠을 때도 옆에서 숨결이 고르게 들릴 때까지 눈을 감고만 있었다. 혹시나 같이 외출할 일이 있을 때도 그녀는 결코 앞서 걷지 않았다. 남편보다 반걸음 뒤에서 그의 그늘을 따랐다.

카츠치카는 순간마다 아내의 '현재'를 붙들며 바쁘게 살아가는 남자였다. 사유키는 달랐다. 그녀는 '지금'을 붙들려 하지 않았다. 놓아주되 결코 사라지지 않도록 마음 어딘가에 조용히 끼워 넣는 사랑이었다. 그래서 그녀는 서두르거나 뛰어넘는 법을 몰랐다. 인내심이 더 오래 남는다고 믿었다. 그 실천을 시계처럼 정해진 원칙 속에서 매일 똑같이 반복했다. 카츠치카도 처음엔 아침은 대충 먹자고 몇 번 호통쳤다가 끝내 포기하고 말았다. 한번 거절한 감정은 다시 꺼내지 않는 일본 여자 특유의 단단한 침묵을 알아서였다.

사유키는 불렸던 옥수수알을 끓는 가마에 옮겨놓았다. 그녀의 손끝은 익숙하고 조심스럽게 움직였다. 표정은 물처럼 잔잔했다. 아침을 서두르며 밥상을 정리하는데 바깥에서 앙칼진 목소리가 들려왔다.

"처먹다가 늦어서 기합받지 말고 빨리빨리들 기어 나와!"

홍신영의 목소리는 다음 골목으로 이어졌다. 사유키는 그 소음을 관례적인 사이렌처럼 흘려보내며 밥상을 들고 방 안으로 들어 갔다. 남편 앞에 놓인 건 옥수수밥과 시래깃국, 들나물 무침 정도 였다. 그릇을 들고 밥 한술을 뜨던 카츠치카는 젓가락을 내려놓았 다. 밥 속에는 짙은 빛 간장으로 절인 달걀노른자 하나가 감춰져 있었다. 소장 방에서 챙겨왔던 그 한 알이었다. 식염 속에 담가두 며 지금껏 아껴왔던 것이었다. 카츠치카는 노른자를 파내어 아내 의 그릇 앞에 무심히 던져놓았다. 사유키는 고개를 들지 않고 입을 열었다. 그녀의 일본어 발음은 카츠치카보다 단정했고 밝았다.

"여자가 집에 있는 시간이 더 많습니다. 남자가 먹어야 할 음식 입니다."

카츠치카는 말없이 밥을 떴다. 그의 얼굴엔 평소처럼 감정의 윤 곽이 없었다. 사유키는 달걀 대신 시래기 국물 한 숟가락을 떴다. 카츠치카는 곁눈질하다 못해 손을 멈추었다.

"안 먹어?"

"다음에 두 알일 때… 그때 꼭 같이 먹겠습니다."

그러면서 남편 가까이 달걀을 옮겨놓았다. 카츠치카는 젓가락 을 탁! 소리 나게 내려놓았다. 노른자를 손에 쥐더니 그 안에서 가 차 없이 짓뭉갰다. 노른자는 그의 주먹 안에서 부서지면서도 어딘 가 애절하게 매달렸다. 그는 손을 툭툭 털며 일어섰다. 문을 여는 소리도 화가 나 있었다. 먹다 만 그의 그릇에는 옥수수밥이 반쯤 남아 있었다. 그의 체온이 빠져나간 방석 위엔 야장간 불냄새만 고 집스럽게 배어 있었다. 그 공간은 이내 적막했다. 사유키는 아무 렇지 않게 젓가락을 들었다. 그녀가 입에 넣은 건 시래기 국물이 아니라 혼자 삼킨 마음이었다.

카츠치카는 아무리 마음이 급해도 신발은 반드시 앉아서 제대로 신었다. 걸음이 시작되면 그날 기분에 따라 늦어지거나 빨라질 뿐이었다. 하지만 영락없이 휘파람을 불렀다. 가족세대 마을의 새벽 풍경은 언제 보아도 비어 있다. 사람과 자연이 서로 상관하지 않기로 약속한 것처럼 침묵과 무심함이 흐른다. 토굴집 입구에는 밤새 식은 재 냄새가 맴돌고 담장 위로는 이슬 맺힌 풀잎들이 먼 산 능선을 향해 흔들거린다. 돌담에 깃든 습기에선 젖은 흙과 장작 냄새가 은근히 섞여 있었다. 어렴풋한 풍경 속을 카츠치카는 자신의 리듬대로 지나가고 있었다.

어두운 안쪽에서 윤진경의 집을 잠깐 지켜보던 홍신영이 그를 보았다. 그는 카츠치카를 볼 때마다 뭔가 꿀꺽 삼키는 기분이 들었다. 말도, 비명도, 사정도 통하지 않는 15호에서 유일하게 반응이 없는 자였다. 보위원 남자들조차 슬쩍 피했고, 감시도 어느새 방관이 되어버린 존재였다. 본부 간부들까지 줄을 선다는 조선 최고의 식칼 장수. 한마디로 권력이 닿지 않는 하나의 '벽'이었다. 그 성벽을 언제부턴가 한 번쯤 무너뜨리고 싶었다. 그 침묵을 손으로, 입으로, 심지어 다리 사이로라도 찢어보고 싶은 충동이었다. 그 철벽에 구멍을 낼 수만 있다면 자신이 어떤 더러운 방법을 써도 상관없다고 생각하고 있었다. 그 결심으로 거울 앞에 섰던 날, 홍신영은 자기도 모르게 윗단추를 풀고 있는 손을 보고 놀랐다. 이상한 열이 뒷목을 타고 허리까지 훑고 내려왔다. 허벅지엔 쓸데없는 긴장이 차올랐다.

그 밤을 떠올리며 홍신영은 카츠치카가 곁을 스쳐갈 때 슬쩍 공기를 들이마셨다. 새벽보다 더 선명하고 또렷한 기운이 코를 찔렀다. 분명히 권력의 바깥에서 살아남은 사내의 냄새였다. 그건 보위원들에겐 절대 나지 않는 향이었다. 그들은 언제나 남자가 되다 만 냄새를 풍겼다. 군복 먼지 냄새, 감춘 땀 냄새, 상급자 앞에서 머리 조아릴 때 나는 비린 입김이었다. 그건 젖은 수건을 방 한구석에 던져둔 것 같은 멈춰버린 성장의 냄새였다. 수용자들은 두말할 것 없이 시체가 되기 전의 썩은 냄새였다. 무덤에서 기어 나온 짐승의 악취였다.

카츠치카는 달랐다. 야장간의 불과 쇠, 땀을 자기 몸의 냄새로 길들여버린 사내였다. 그 냄새조차 자립한 자였다. 자극과 쾌락, 흥분을 마저 더 느껴보고 싶은 갈망으로 그의 뒷모습에 자꾸만 눈길이 갔다. 한 번이라도 돌려세워 그의 입에서 숨소리 하나라도 뽑아내고 싶어졌다. 고개라도 숙이게 할 수만 있다면, 그것이야말로 15호의 진짜 정복이었다. 직을 걸고 죄수 여자를 사랑했던 지형철까지 무릎 꿇린 여자, 홍신영이 아닌가. 어젯밤에 벗기고 벗었던 열기가 오늘의 자신감을 부추기고 있었다. 그는 카츠치카를 향해 소리쳤다.

"야! 너 거기 서봐. 야, 거기!"

카츠치카는 아무 상관 없이 걸어갔다. 휘파람 소리는 더 커졌고, 걸음은 오히려 느긋했다.

"거기 서라고 했잖아."

홍신영은 이를 악물고 다시 꽥 소리쳤다.

"야! 보위원이 부르는데! 야! 너 거기 안 서? 야!"

카츠치카는 뒤에서 지껄이는 홍신영을 단 한 번도 본 적이 없었다. 그 소리가 들리든 말든 돌아볼 일도 없었다. 그의 몸에 찌든 냄새처럼 어떤 권위나 명령도 그 남자에게는 통하지 않았다. 그 시간 카츠치카가 걷는 건 새벽이었고, 홍신영에게 남은 건 어둠이었다.

야장간에 도착한 카츠치카는 습관처럼 뒷마당을 훑었다. 거기엔 한때 불꽃을 머금던 폐화로가 엎드려 있었다. 야외에 제법 덩치가 크게 지어졌다. 굴뚝도 세워져 있다. 붉은 벽돌로 아치처럼 쌓아 올린 둥근 몸체는 반쯤 허물어져 있었다. 세월의 비와 눈이 남긴 곰팡이 자국이 벽면을 짙게 물들이고 있었다. 준비 없이 둘러보던 그의 눈동자가 굳었다. 휘파람 소리도 멎었다. 폐화로 위에 벽돌 하나가 세로로 세워져 있었다. 누가 일부러 그렇게 놓은 것처럼 보였다. 순간 그의 얼굴에서 모든 표정이 사라졌다. 어깨를 타고 등줄기로 스치는 긴장감이 한기처럼 뻗어 나갔다. 그는 사위를 빠르게 둘러봤다. 어느 쪽에도 인기척은 없었다. 그는 망설임 없이 폐화로에 다가갔다. 벽돌 줄, 아래에서 세 번째, 그리고 왼쪽에서 여덟 번째 벽돌을 뽑아냈다. 그 뒤의 공간으로 팔을 깊숙이 넣었다. 그 순간, 그의 눈이 번쩍였다. 그는 안의 물건을 꺼내어 재빨리 품에 감췄다. 벽돌은 다시 정확히 제자리에 박혔다.

다시 이어진 휘파람은 짧고 낮았다. 하지만 야장간 안으로 들어가자 그 소리는 이내 조용히 꺼졌다. 어둠 속 한구석, 촛불 하나가 작게 깜빡였다. 그 불빛 아래 카츠치카의 손에 한 장의 편지가 들려 있었다. 이국적인 지질과 일본어 필체였다. 첫 줄을 읽는 순간 그의 얼굴에 반가움이 스쳤다. 단단한 속을 드러내지 않는 방패 같은 미소였다. 하지만 눈빛은 이내 바뀌었다. 시선이 글자를 따라 내려가면서 미간은 서서히 좁혀지고 턱이 굳어져 갔다. 손가락이 종이 가장자리를 눌렀다. 작은 떨림이 손끝에서 팔을 거쳐 심장에까지 닿았다.

어느 순간 그의 두 눈가에 물기가 차올랐다. 눈물은 흐르지 않았다. 그저 동공과 속눈썹 사이에 맺혀 맴돌고 있었다. 그건 슬픔보다 큰 억제된 분노였다. 그래서 흘리지 않고 떨고 있었다. 카츠치카는 입을 꾹 다물었다. 악물린 턱 근육이 미세하게 흔들렸다. 눈은 젖었어도 두 뺨은 끝내 마르도록 견뎠다.

소장은 창밖을 살피고 있었다. 누군가를 기다리는 눈치였다. 표정은 짜증으로 한껏 좁혀져 있었다.

10월 10일 당 창건기념 보위부 선물로 백두대검을 제작하라는 지시가 떨어져서였다. 조직부장 말로는 카츠치카의 식칼에 만족한 본부 정치국장이 직접 발기했다고 한다. 그래서 더 울화가 치밀어 올랐다. 정치부의 충성놀이 때문에 식칼 생산이 방해받아서였다. 무엇보다 그 고집불통을 또 어떻게 꺾을지도 난감했다.

"식칼들을 받았으면 잘 쓰기나 할 거지. 그걸 뭘 또 늘릴 생각이나 하고 아무튼. 쯔쯔"

대열부장은 책상 위에 올려져 있는 식칼을 내려다보며 중얼거렸다.

"이거… 제가 써도 되겠습니까?"
소장은 대답하지 않았다. 대신 창밖을 좀 더 길게 바라보았다. 그 시선 끝을 더듬으며 천천히 말을 이었다.
"그거 우리 15호 전시용이야. 나도 없어. 본부부터 중앙당까지 줄이 천 리야."
"좀 더 만들라면 안 됩니까?"
"별 협박을 해도 한 달에 딱 다섯 개만 만들어. 아무튼 죄수한테 빌붙는 것도 처음이다."
"백두대검도 못 만든다고 하면… 어떡합니까."
소장은 신경질적으로 고개를 돌렸다.
"아무튼, 저 입방정은… 그러면 내 밑으로 누구든 목을 내놔야 돼."
대열부장은 식칼을 보며 고개를 끄덕였다. "네."
무심히 답했지만 한 박자 뒤에야 말뜻을 깨닫고 눈을 동그랗게 떴다. "네?"
"온다. 왜놈 온다."
소장은 허겁지겁 자기 자리로 빠르게 움직여 앉았다. 대열부장이 아직도 눈을 떼지 못하고 있는 식칼을 보고 소리쳤다.
"야. 그거 가져와."
대열부장이 들고 온 식칼을 서랍 속에 집어넣으며 급하게 말했다.
"내가 책상을 쾅 치면, 그게 신호야. 알았지? 아무튼 빨리 나가."
대열부장은 나갔다가 모자를 잊고 다시 들어오려고 했다. 소장은 모자를 던져주고 자리에 앉았다. 눈 깜짝할 새에 자세를 정리했다. 허리를 곧게 세우고는 두 손을 가지런히 책상 위에 올렸다. 표정은 감정의 주름 하나 남김없이 매끈하게 정돈되었다. 노크도 없이 문이 벌컥 열릴지를 아는 준비였다.

한편 방을 나온 대열부장은 초조했다. 대기실 의자에 앉아 있자니 마치 연극 무대의 조연처럼 느껴졌다. 안절부절하다 못해 문밖으로 나갔다. 그런데 다시 슬그머니 되돌아왔다. 카츠치카가 계단을 돌아 복도에 섰기 때문이었다. 대열부장은 허둥지둥 대기실 안을 훑었다. 서류장, 창문, 책상 밑, 커튼 뒤— 그러다 시선이 닿은 곳은 철제 옷장이었다. 그는 옷장 안으로 몸을 구겨 넣었다. 비좁은 공간이었다. 코끝에 철제 냄새의 문짝이 닿았다. 문이 완전히 닫히지도 않았다.

"다시 나갈까?"

그 생각조차 늦었다. 발소리가 들려왔다. 탁—탁— 카츠치카는 두 손을 주머니에 찔러넣고 대기실로 거침없이 들어섰다. 그리고 자기 앞을 방해하며 반쯤 열린 옷장 문을 아무 이유 없이 퍽 세게 걷어찼다. 쾅—

안에서는 신음이 새어 나왔다. "크윽…"

동시에 소장실 문도 벌컥 열렸다. 책상 위에 길게 두 손을 쫙 뻗은 소장의 근엄한 얼굴이 잠깐 드러났다가 문이 쾅 닫히며 가차 없이 지워졌다. 철제 옷장에서 비틀비틀 빠져나온 대열부장은 눈가가 벌겋게 충혈되어 있었다. 코는 부풀어 올랐다. 그는 거울 속 자기 얼굴을 낯선 사람처럼 바라보았다.

소장 방에 들어간 카츠치카는 책상 앞에 팔짱을 끼고 섰다. 입가엔 비웃음이 걸려 있었다. 콧방귀처럼 흘러나온 숨결에는 노골적인 조롱이 실려 있었다. 일본어 특유의 억양마저 비틀려 있었다.

"백두대검? 미친놈들."

옆에 서 있던 이세봉이 얼른 그 말을 가다듬어 통역했다.

"백두대검… 그건 불가능하답니다."

소장은 창밖을 내다보며 말했다.

"알았으면 나가. 내일부터 당장 일본도를 무찌르는 백두대검 제작해."

이세봉은 그 말을 다시 일본어로 전했다. 하지만 카츠치카는 끝까지 듣지 않았다. 중간에 말을 끊으며 내뱉은 한 마디. "바카야로우…(バカヤロー)"하고 외쳤다. 멍청한 놈이라는 그 욕은 체제에 대한 조소였다. 또한 그가 살아온 시대 전체를 향해 던진 한 줄의 채찍이었다.

"그게 그렇게 쉬우면… 너희들이 왜 이 꼴로 살아?"

이세봉은 순발력 있게 그 말을 다듬었다.

"여기선… 제작이 어렵다고 합니다."

그 순간, 소장은 창가에서 돌아섰다.

"만들라면 만드는 거지! 아무튼 그게 우리식 주체인 거 몰라?"

소장은 무표정하게 책상 앞으로 걸어오더니 주먹으로 책상을 쾅— 내리쳤다. 그 한방이 울리고 나서 방안은 이상하게 적막했다. 그는 문을 한번 힐끗 보더니 다시 책상을 쳤다. 이번엔 더 크게, 쾅— 소장의 목소리도 더 크게 반복됐다.

"몰라?!"

그제야 문이 벌컥 열렸다. 코를 부여잡은 대열부장이 들어섰다. 경례를 붙이려는 팔이 미세하게 떨렸다.

"소장 동지! 소장 동지의 특별임무를 오늘까지 마치지 못한 립석리 두 놈을… 어떻게 처리합니까?"

대열부장에게 소리치는 소장의 얼굴에서 젊었을 적 광기가 되살아났다.

"쏴 죽여! 당의 과업을 거역한 게 반역이지, 딴 게 반역이야? 당장 가서 쏴!"

그 말은 마치 혁명구호를 외치는 것 같았다. 방안은 다시 정적에 잠겼다. 소장도 그게 이상했는지 카츠치카를 노려보다가 고개를 돌렸다. 대열부장이 아직 문가에 서 있었다. 손으로 코를 문지르고 있었다. 소장은 의아하게 쳐다보았다.

"야, 너 안 나가고 뭐 해? 집행 안 해?"

대열부장이 뒤늦게 정신 차리고 자세를 바로잡았다.

"아… 네. 바로 집행하겠습니다."

문이 닫혔다. 대열부장의 그림자가 사라진 뒤에도 방 안의 공기는 여전했다. 소장은 등을 의자에 기대다가 옆에 서 있는 이세봉을 향해 고개를 돌렸다.

"통역했어?"

이세봉이 눈을 한 번 깜빡였다.

"뭘 말입니까?"

소장의 얼굴이 김빠진 풍선처럼 후줄근해졌다. 입에서 빠져나온 목소리도 꽤 지쳐 보였다.
"하… 이런. 지금 돌아가는 이 정세가 얼마나 심각한지, 시시콜콜 다 알려주라고"
이어 폐 깊숙한 곳의 피로까지 끌어올리며 소리쳤다.
"그래야 저 귀머거리도 정신 바짝 차릴 거 아냐!"
이세봉은 카츠치카의 귀에 대고 속삭였다. 그러나 그의 눈은 소장 방의 구석구석을 빠르게 뒤지고 있을 뿐이었다. 금붕어 먹이는 말끔히 치워져 있었다. 평소 보이던 담배도 감쪽같이 사라졌다. 그의 입꼬리엔 씹어 삼킨 조소가 스멀거리며 떠올랐다.
"싹 다 감추었네. 나쁜 새끼. 이 이누치쿠쇼(いぬちくしょう)에게 전해. 너희한테 충성한 적도 없으니 반역할 이유도 없다고."
이세봉은 짐승 같은 놈이라는 그 말을 정제해 번역했다. 목소리는 담담했지만, 단어마다 날이 서 있었다.
"15호에서는 일본도를 이기는 백두대검을 만들 수 없답니다. 잘못 만들어 억울하게 반역으로 죽을 바엔… 차라리 안 만들고 죽겠답니다."
소장은 그 말을 듣고 자리에서 벌떡 일어섰다. 붉게 달아오른 얼굴의 눈동자는 금이 간 유리처럼 흔들렸다.
"그게 보통 검인 줄 알아? 우리 혁명의 뿌리이자 절정인 백두산의 이름을 단 대검이야! 아무튼! 그 칼로 일본을 이기겠다는 보위부의 새 역사라고!"
그는 이번에는 감정이 진짜로 실린 손바닥으로 책상을 쾅— 내리쳤다. 탁자 위가 들썩였다. 그 진동이 그의 절박함을 대변하고 있었다. 그런데 문이 다시 벌컥 열렸다. 아까 나갔던 대열부장이 코를 한 손으로 감싸 쥐고 다시 나타났다. 소장은 그 모습을 보자마자 약이 올라 소리쳤다.

"야, 넌 왜 자꾸 들어와! 빨리 가서 집행하라고!"

대열부장은 말없이 경례만 붙이고 얼떨결에 다시 나갔다. 문이 닫히는 소리와 함께 방안은 다시 조용해졌다.

"다나까 먼저 나가."

카츠치카의 말에 이세봉은 소장에게 짧게 고개를 숙인 뒤 빠르게 방을 빠져나갔다. 소장은 손을 뻗어 그를 붙잡으려 했으나 허사였다.

"야! 말하다가 어디 가! 야! 이 새끼야!"

고함이 방안을 울려도 돌아보는 이는 없었다. 카츠치카는 소장을 정면으로 바라봤다. 그 눈빛엔 분노도 없고 증오도 없었다. 그저 한 인간이 체제에 내리는 조용한 선고 같은 것이었다. 그건 무너지지도, 흔들리지도 않는 비웃음이었다.

"일본을 이겨?"

그는 어깨를 한번 들썩이며 코웃음 쳤다. 그리고 얼굴을 더 가까이 들이밀며 말했다.

"…너네 조선은… 도라에몽한테도 져."

소장은 그 말뜻을 알 수가 없었다. 뺨을 몇 대 맞은 놈처럼 멍하니 굳어 있었다. 카츠치카는 더는 어떤 말도 하지 않았다. 그저 문을 벌컥 열어버리고 나갔다.

"저 또 문 열어놓고 나간다. 저 새끼… 하, 저걸 어쩌지…"

소장은 버럭 소리 지르고도 분을 삭이지 못해 씩씩거렸다. 그러면서 마치 혼잣말처럼 알아듣지도 못한 단어를 반복했다.
"도라이보? 드라이버가 없다는 건가? 뭐라는 거야…"
그의 말은 허공에 닿지도 못하고 흩어졌다. 그리고 남은 건 텅 빈 방과 서랍 안에 갇힌 전시용 식칼 하나, 어디에도 쓰지 못하고 누구도 믿지 않는 검, 그것이 지금 이 체제의 모양이었다. 찌르지도 못한 채 그저 빛없는 날만 반사하는 칼이었다.

밤이었다. 가족세대 사무실은 적막했다. 천장에 매달린 두 개의 형광등 중 하나는 빛을 붙들지 못하고 켜지고 꺼지기를 반복했다. 그 깜빡임도 지쳐 보였다. 지형철의 얼굴에도 같은 빛이 흘렀다. 불안, 두려움, 피로, 그리고 오래된 초조함이 짙었다. 허리는 등받이에 기대지 못했다. 두 팔은 책상 위에 엇갈려 서지도 앉지도 못했다. 고개는 깊이 수그러져 있었다. 지형철은 한숨을 내쉬며 담배를 꺼냈다. 불을 붙이려다 말고 라이터를 내려두었다. 그는 금속상자를 열었다. 뒤집혀 있는 사진이 보였다. 그 뒷면엔 손글씨가 있었다.
"김성근 생일, 7월 11일에."
지형철은 조심스럽게 사진을 앞으로 돌렸다. 그 속의 두 사람은 웃고 있었다. 조금 젊고 말랐을 뿐이었다. 어깨를 겯고 있는 서투른 자세도 정겨웠다. 지형철은 담배를 입에 물고 가만히 앉아 있었다.

잠시 후 그는 독신자세대를 찾아갔다. 모자는 쓰지 않았다. 수용자들은 모자를 썼을 때와 벗었을 때의 보위원을 대하는 긴장감이 조금 달랐다. 운동장 끝에서 기다리면서 지형철은 주위를 불안하게 두리번거렸다. 최종배가 보면 의아하게 생각할 수도 있었다.

마침 독신자 막사 문이 열리며 누군가 이쪽으로 곧장 달려왔다. 검은손이었다. 그는 거의 도착할 때쯤 되자 뛰어오던 발끝이 주춤했다. 마주한 이가 최종배가 아닌 가족세대 보위원이기 때문이었다. 지형철은 인사를 올리는 그의 얼굴이 아닌, 가슴팍의 번호부터 먼저 보았다. 2작업반 9분조 1번.

한때 축구 경기장에 새겨졌을 숫자가 이젠 수용자 번호로 바뀌어 있었다. 그의 운명이 남보다 더 파란만장해 보였다.

"난… 축구를 좋아하오."

마주 서자 지형철이 바로 말했다. 그의 말은 허공에 잠시 머물렀다가 서서히 가라앉았다.

"축구 영웅인 당신 이야기를 듣고 많이 안타까웠소."

검은손은 가볍게, 그러나 씁쓸하게 웃었다.

"고맙습니다. 선생님."

지형철은 고개를 끄덕였다. 다른 붙일 말이 떠오르지 않았다.

"힘들지요?"

그렇게 말하며 자신의 처지가 불쑥 스쳐 지나갔다. 그 물음에 돌아온 얼굴이 오히려 밝았다.

"갇혀 살면… 사람 문제가 사실 더 힘듭니다. 다행히 조원들이 다들 좋아서, 같이 잘 견뎌내고 있습니다."

그 말 안에는 그가 속한 분조의 체온이 묻어 있었다. 지형철은 그가, 좋은 분조장일 거란 생각이 들었다.

"보위원인 나도… 사람 문제로 가끔 뒤통수 맞을 때가 있소."

그는 웃으며 손을 들어 군복 안쪽 주머니를 만졌다.

"그럴 땐 친구랑 생일에 찍은 사진을 보곤 하오. 아, 그런 날은…"

잠시 입술을 지그시 깨물었다.

"조원들 생일 땐… 어떻게 하오?"

검은손은 머뭇거리지 않았다.

"며칠 전부터 산이면 산, 강이면 강… 이것저것 모읍니다. 조원들이 며칠 준비해서…"

그 말 중간에 담배 세 갑이 두두뚝— 바닥에 떨어졌다. 지형철은 다른 곳에 시선을 두고 말했다.

"이거면… 이 안에서 서로 바꿔 먹는다고 들었소."

주변을 한번 둘러본 뒤 그는 빠르게 말했다.

"축구를 좋아하는 사람으로서… 그 영웅 앞에 버린 것이오. 그 뿐이오."

지형철은 올 때처럼 돌아설 때도 이유가 없었다. 그냥 몸을 돌려 걸어갔다. 그 뒷모습을 잠시 바라보던 검은손은 목에 걸려 있던 수건을 담뱃갑 위로 떨어뜨렸다. 몸을 숙여 담배를 집는 순간에도 그는 지형철의 등을 놓지 못했다.

그리고 바로 그때였다. 반대편에서 걸어오던 김성근과 지형철이 마주쳤다. 두 사람은 동시에 걸음을 멈췄다. 지형철은 시선을 어디론가 붙여 두며 몸을 어색하게 틀었다. 김성근도 등을 돌렸다. 그러다가 그는 갑자기 달리기 시작했다. 뒷모습은 허둥거렸고 어깨는 낮게 흔들렸다. 무언가를 서둘러 떨쳐내려는 사람 같았다. 그 모습이 낯설었다.

김성근은 달리는 사람이 아니었다. 조급하게 숨기고 감추는 기질도 아니었다. 지형철 역시 그 뒷모습을 한참 동안 바라보았다. 보고 다시 보며 눈은 무언가를 되짚고 있었다. 그 자리에 그대로 서서 짧은 발걸음으로 서성거리기도 했다. 그러다 검은손과 눈길이 마주쳤다.

지형철은 화들짝 놀라며 몸을 돌려 급하게 걸음을 옮겼다. 검은손은 수건을 어깨너머로 넘겼다. 담배 세 갑이 아닌 의문을 손에 들고 그 뒷모습을 오래 쳐다보았다. 취침 점검 전에 9분조는 운동장 한구석에 항상 따로 모이곤 했다. 주제는 야장간으로 던져놓고 검은손은 불쑥 성근이를 불렀다.

"성근아. 너 생일 언제지?"

김성근은 어색하게 웃었다.

"뭘... 그런 걸 다 묻슴둥?"

그 표정을 보고 분조장은 웃으며 다시 물었다.

"너 곧 생일이지?"

성근이는 목덜미까지 벌겋게 달아올랐다. 그러더니 뭔가를 기대하는 얼굴로 말을 꺼냈다.

"3일 뒤이꾸마. 여기서 생일이면... 뭐가 있슴둥?"

도련님은 하늘을 한번 올려다보다 괜히 목소리를 높였다.

"너 여기 잡혀 왔어."

그 말에 주둥이가 덧붙였다.

"여긴 생일이 두 개밖에 없어. 2월이랑 4월."

가수만 부드러운 목소리로 말했다.

"성근아, 걱정 마라. 우리가 있잖니."

그날 밤부터 9분조는 몰래 성근이 생일 축하 계획을 짰다. 검은 손이 풀어놓은 담배 세 갑이 잔치 준비의 시작이었다.

"김성근 민족최대생일명절에 한 대 피워야지."

도련님이 하도 조르는 바람에 담배 세 개비만 9분조 몫으로 따로 빼두었다. 나머지는 전부 생일 음식으로 바꾸기 시작했다. 감시반은 담배 두 갑을 받자 호박 한 통과 그 안에 보약처럼 들어갈 뱀 한 마리를 약속했다. 남은 한 갑은 개비를 나눠 각 분조와 흥정을 벌였다. 특히 닭장 관리 인맥을 찾아 어렵사리 달걀 다섯 알을 바꿔냈다. 가족세대 2분조도 발 벗고 나섰다. 그녀들은 탈출이라도 준비하듯 손발을 빠르게 움직였다. 말린 나물을 내주고, 보위부 식당의 수용자로부터 미역과 누룽지를 받아냈다. 쥐목장을 돌보는 돌대가리는 밤새도록 쥐구멍 앞을 지켰다. 그것 역시 생일 준비의 일부였다.

그렇게 성근의 생일 전날까지 가족세대는 그녀들대로, 독신자 세대 9분조는 남자들대로 각자 보물 주머니처럼 귀한 음식들을 모았다. 고구마 네 개, 감자 여섯 개, 된장 한 봉지, 옥수수 여섯 개, 말린 명태 두 마리, 그리고 무엇보다도 달걀이 다섯 알이나 되었다.

감시반은 호박은 물론, '한 별 동지'께 바치는 충성 선물 명분으로 뱀을 두 마리나 들고 왔다. 9분조는 담배의 기적 앞에 환호했다. 야장간 점심시간에 열릴 성근이의 생일잔치에 가족세대 2분조는 물론, 이세봉과 도공님까지 초대할 만하다고 다들 들떠 있었다. 비록 벽에 갇힌 삶이었지만, 그 하루만큼은 어딘가에서 기적이 허락된 날 같았다.

마침내 김성근의 생일을 축하하며 동쪽 하늘이 열렸다. 야장간으로 향하는 새벽길에서 9분조는 성근의 생일을 축하하는 고함을 맘껏 질러댔다. 독립조의 특권 중 하나는 바로 '독립적인 출퇴근'이었다. 남들보다 조금 더 자유롭게 그 길을 걸을 수 있었다.
"분조장. 오늘 성근이 생일이니, 좋은 일 있겠지요?"
가수가 흥을 돋우며 물었다. 검은손은 어깨에 걸쳐놓은 불룩한 마대를 툭툭 치며 웃었다. 그 안에 뭐가 들었는지 성근이만 몰랐다. 그래도 그의 눈빛은 아이처럼 설레고 있었다. 도련님이 과거에 기름졌던 배를 문지르며 외쳤다.
"분조장! 내 생일 때도 똑같이 해줘요! 담배부터 구해오고"
곁에서 주둥이가 그의 배를 툭 쳤다.
"넌 왜 도움이 하나도 안 되냐? 생판 거지를 도련님이라고 불러주기까지 하는데."
도련님이 일부러 양반 팔자걸음을 걷자 주둥이는 한 번 더 다그쳤다.

"말해봐. 우린 도대체 언제 부주석 덕 보냐?"

그 말에 도성진이 아는 척을 하며 거들었다.

"혹시 우리 독립조, 부주석 빽 아닐까요?"

그러자 도련님이 상의를 훌렁 벗더니 맨몸으로 소리쳤다.

"내가 소장 동무한테 직접 부탁했어! 안 들어주면 죽겠다고—!"

도성진의 말에 어렴풋한 가능성을 품던 9분조는, 도련님의 과장된 그 외침 한마디에 "에이—" 하며 일제히 고개를 저었다. 웃음은 멀리 퍼졌다. 기적 같은 날 아침엔 그런 소란조차 선물처럼 소중하게 느껴졌다.

그때 철조망 아래『섯! 쏜다!』팻말 앞에 서 있는 작은 아이 하나를 보았다. 그의 어린 웃음은 새벽의 어스름 속에서도 깨진 유리 조각처럼 반짝였다. 도성진이 발걸음을 멈췄다. 그를 본 검은손이 주머니를 열었다. 안에서 옥수수 하나를 꺼냈다. 그걸 건네줄 때 도성진은 뿌듯했다. 옥수수를 받아든 꼬마는 말 그대로 날아오를 것처럼 기뻐했다. 도성진은 다시 대열 속으로 뛰어들면서도 그 아이의 웃음이 사라지지 않기를 바랐다.

그때 옆을 스쳐 지나간 지프 차 한 대가 저만치서 급히 멈춰 섰다. 뒷좌석 문이 열리며 군인이 내렸다. 조직부장이었다. 그는 곧장 9분조를 향해 뚜벅뚜벅 걸어왔다. 9분조는 차렷자세로 고개를 숙였다. 도련님은 허겁지겁 옷을 집어 들었지만, 황급한 나머지 거꾸로 입었다. 단추는 끼울 틈도 없었다. 배꼽이 훤히 드러났다. 방금까지 떠들썩하던 웃음은 흔적도 없이 사라졌다.

"네놈들은 뭔데 따로 움직여?"

"독립조입니다."

조직부장의 물음에 가수가 고개를 숙이며 대답했다.

그제야 그는 소장이 감싸고 도는 9분조를 알아보고 더 찬찬히 둘러보았다.

"독립조면 독립조지… 건들건들 웃으며 반동들이 감히 활보를 해?"

그의 시선은 곧 검은손 발밑에 놓인 불룩한 마대자루에 꽂혔다. 도성진은 본능적으로 움직였다. 조직부장의 시선을 가리려고 검은손 옆에 바짝 다가섰다. 주둥이는 관심을 돌리려 "아야야!"하며 일부러 발목을 움켜쥐었다. 그러나 반동들의 비명에 돌아볼 조직부장이 아니었다. 그는 검은손 앞에 다가와 가차 없이 손가락을 뻗었다. 그리고 마치 문을 여는 열쇠처럼 좌우로 그 손가락을 흔들었다. 비켜서라는 무언의 명령이었다.

도성진과 검은손은 망설이며 눈을 마주쳤다. 마지못해 한 걸음씩 옆으로 물러섰다. 그들의 뒤로, 불룩한 자루 하나가 모습을 드러냈다. 그것은 조직부장 운전병의 손을 거쳐 최종배에게로 옮겨졌다.

9분조도 야장간이 아닌 공동작업장으로 끌려갔다. 그곳은 나무를 쌓는 곳이었다. 통나무들이 층층이 쌓여 있었고, 마른 송진 냄새가 공기 중에 떠다녔다. 공동작업장에는 가족세대와 독신자세대가 뒤섞여 일하고 있었다. 조직부장을 따라 9분조가 들어서자, 주변의 시선들이 일제히 그들을 향해 쏟아졌다.

그들을 보며 누구보다 안타까워했던 사람들은 가족세대 2분조 여자들이었다. 최종배의 "집합!" 구령에 작업장은 분조별로 정렬됐다. 그 앞에 9분조가 한 줄로 섰다. 잠시 후 조직부장 지프 차가 대열부장을 싣고 왔다. 그는 조직부장에게 헐레벌떡 달려와 거수경례를 했다. 조직부장은 바닥에 쏟아진 생일 음식들을 군화로 헤집었다.

김성근은 자기를 위해 9분조가 준비한 그 마음들을 보고 눈시울이 젖었다. 계란과 미역을 둘러보던 조직부장이 몸의 무게를 실어 군화로 호박을 밟았다. 그 안에서 뱀이 나오자 조직부장은 기겁했다. 그게 더 화났는지 그는 목소리를 높였다.

"이거 봐봐. 한 곳에서 나온 것들이 아냐."
"생일이라 한 달 전부터 모았답니다."
최종배를 노려보는 조직부장의 눈이 날카로웠다.
"이게 반동들의 결속력이야. 놔둬서 커지면 반란이 되고! 내가 검열단이랑 평전리에 나갔다 와야 하니까."

조직부장은 헐겁게 조여진 허리띠를 한 번 매만졌다. 작업장을 쭉 둘러보며 대열부장에게 명령을 내렸다.
"이것들, 오늘 뿌리 뽑아. 알았어?"
"네. 알겠습니다."
대열부장은 거수경례 대신 가볍게 고개만 끄덕였다. 조직부장은 차에 올라타 문을 닫기 전에 한마디 더 했다.
"이것들 점심 다 굶겨."

지프 차 뒤로 흙먼지가 기다란 꼬리처럼 따라붙었다. 모두의 시선에서 차가 사라지자, 대열부장이 통나무 더미 위로 올라갔다.

조금 흐트러졌던 수용자들의 질서가 다시 모아졌다. 대열부장은 엄한 시선으로 아래를 눌러 보았다.

"오늘 생일이란 놈, 나와 봐."

그 말이 떨어지자, 9분조의 맨 끝에 서 있던 김성근이 천천히 앞으로 걸어 나갔다. 그의 그림자는 유난히 길고 기울어져 있었다. 한 사람의 죄가 아니라, 모두의 짐을 지고 나가는 듯했다. 수용자들 중에서도 감시반 사람들의 얼굴이 가장 긴장돼 있었다. 다음에 벌어질 상황을 누구보다 궁금해하는 것 같았다. 2분조 여자들은 눈길조차 제대로 가누지 못했다. 김성근의 눈과 마주치는 일조차 죄가 될까 두려워 고개를 숙였다.

"하필이면 생일날..."

장찌엔의 그 말 한마디가 모두의 가슴안에서 멍울처럼 부풀었다. 사람들 앞에 불려 나가 모욕당할 김성근을 2분조 여자들은 자신이 끌려나간 것처럼 함께 힘들어했다. 대열부장은 막대기를 흔들며 김성근을 내려다보았다. 웃음기 엷게 서린 차갑고 지나치게 침착한 표정이었다. 상대의 고통이 아직 오지도 않았는데, 미리 알고 있다는 자만에서 비롯된 잔인한 여유의 미소였다.

"이 몸뚱이 봐. 이것부터가 혁명화 안 된 새끼구만."

감시반의 시선은 서로서로 마주 보며 마지막 사람까지 이어졌다. 대열부장은 수용자들을 향해 고개를 들며 버럭 고함 질렀다.

"이놈뿐만 아냐. 정치적 생명이 끝난 네놈들도!"

그의 목소리는 수용자들 맨 뒷줄에 서 있는 사람의 청각까지 찔러댔다.

"여기 들어올 때, 이미 생일도 없어졌어."

사람들이 술렁거렸다. 대열부장은 더 세게 목소리를 높였다.

"여기가 사회야? 어디 감히 말이야. 생일이란 건… 사람에게만 있는 거야. 짐승과 사람이 뭐가 다른 줄 알아? 짐승에겐 발만 있고, 사람에겐 손이 있어. 네놈들은 네 발 가진 짐승 새끼들이라고!"

고개를 숙인 수용자들 입에서 작은 소리들이 들렸다.

"저 새낀 왜 잘못도 없는 우리한테 지랄이야."

"손이 없대. 개새끼."

"그래. 주먹은 있지."

모두가 차렷 자세로 서 있지만, 경직된 그 거대한 덩어리는 미세하게 흔들렸다. 누군가는 아주 조금 고개를 젖혔고, 누군가는 어깨를 한 치쯤 기울였다. 어떤 이의 손등은 살짝 오므라졌다. 또 다른 이의 발끝은 굳은 흙 위에서 소리 없이 꿈틀거렸다. 묵직하고 느리게 분노의 균열, 존엄의 최소한을 드러내는 움직임이었다. 감시반의 두령도 자기가 모욕받은 것처럼 눈을 치떴다.

"저 새끼가 짐승 무서운 줄 모르네…?"

감시반의 관심은 더는 김성근이 아니었다. 펄펄 끓는 두 눈으로 대열부장을 노려보고 있었다. 그는 손에 든 막대기를 쳐들면서까지 목소리를 높였다.

"친애하는 지도자선생님께서 뭐라고 말씀하셨어? 정치적 생명을 잃은 자는 썩은 고깃덩어리라고 말씀하셨잖아! 바로 네놈들 같은 고깃덩어리들이 무슨 사람이야? 뛰라면 뛰고! 멈추라면 멈추는 발만 있는 짐승이지! 엉? 이 짐승만 못한 반동 새끼들아!"

그의 외침은 통나무 더미에서 굴러 내려와 작업장 공터 끝까지 튕겨 나갔다. 그러자 그의 발밑은 고요해졌다. 수용자들은 움직이지 않았다. 술렁일 때보다 더 깊은 정적이자 분노였다. 말이 아닌 숨으로, 숨이 아닌 무게로 서로의 감정이 결집 되는 순간이었다. 움직임도, 소리도 돌처럼 굳혀놓고 뜨겁게 달아오르고 있었다. 대열부장의 시선은 다시 성근이에게 떨어졌다.

"근데 네놈! 감히 사람을 흉내 내?"

그의 눈빛에는 잔인한 쾌감이 깔려 있었다.

"생일이란 말을 도둑질한 네놈 그 배, 오늘 가득 채워주지."

그는 삐뚤대며 통나무 더미 위에서 내려와 김성근 앞에 섰다. 바닥에 흩어져 있는 음식들을 군화 앞코로 툭툭 찼다. 박살 난 호박, 터진 달걀, 미역, 옥수수 알갱이... 온기가 사라진 잔해들이 흙 속에 파묻혀 있었다.

"여기 엎드려."

성근은 미동도 하지 않았다. 고개를 숙이지도, 무릎을 꿇지도 않았다. 대열부장의 눈썹이 씰룩였다.

"어쭈, 이 새끼가…"

그는 입술을 깨물더니, 다음 순간 막대기를 번개처럼 들어 올렸다. 휘— 바람을 가른 소리가 들렸다. 동시에 그 막대기는 성근의 얼굴을 칼처럼 그었다. 두 번째, 세 번째 막대기에선 성근의 고개가 옆으로 꺾였다. 피는 곧바로 입가에 퍼지며 입술을 물들였다. 그러나 그는 쓰러지지 않았다. 눈빛은 여전히 정면을 보고 있었다. 한쪽 얼굴이 벌겋게 부풀어 올랐다.

어디선가 누군가의 숨이 크게 들렸다가 꺾였다. 사람이란 이유 하나만으로 맞는 그를 다들 비통한 심정으로 쳐다보았다. 대열부장이 경비대를 향해 손짓했다. 어깨에 맨 총의 쇳소리를 내며 군인 네 명이 달려왔다. 그들은 성근의 팔꿈치를 꺾고 등을 밀며, 억지로 무릎을 꿇렸다. 그리고 흙과 음식이 뒤섞인 땅바닥으로 그의 목을 내리눌렀다.

"이제부터 네 눈앞의 먹이를 입으로 처먹는다. 사람처럼 손이 아니라! 돼지처럼 입으로 처먹는다. 시작!"

대열부장의 그 말에 수용자들 속에서 큰 숨소리들이 터져 나왔다. 장찌엔은 헛기침을 연발했다. 여기저기서 남자들도 그 소리를 따라 했다. 9분조 사람들만은 처연한 눈으로 지켜보았다. 분노를 미루고, 성근의 슬픈 내면을 함께 나누는 눈빛들이었다.

엎드려진 성근은 그냥 눈만 뜨고 있었다. 그의 입 가까이엔 터진 달걀 껍데기가 붙어 있었다. 코끝에는 눅눅하게 불어난 미역 조각이 번들거렸다. 그는 그 모든 것을 보면서도, 정작 거기 있지 않은 사람처럼 보였다. 그의 얼굴엔 두려움과 굴욕도 아닌 어떤 기억을 되새기는 표정만 있었다.

그의 눈동자가 먼 수평선 하늘로 향했다. 처음으로 두 손바닥을 자부심 가득하게 높이 쳐들었던 그 푸르름을 보고 있었나. 그가 기독교 신앙을 접하게 된 것은 아버지를 잃고 난 이후였다. 김성근의 아버지는 중앙당 젖소 목장 지배인이었다. 중앙당 간부들만을 위해 우유를 생산하는 특수한 목장이었다. 북한에선 농기계 부족으로 부림소를 농민의 생명과 똑같이 취급했다

"소를 죽인 자는 살인죄를 적용해서 총살하라."

김일성 교시인 그 한 줄은 곧 법이 되었다. 아버지도 죽음의 대상에서 비켜 갈 수 없었다. 며칠 사이 젖소들이 연이어 폐사되자, 도(道) 안전부가 들이닥쳤다.

그 현장에서 김성근은 안전원들에게 필사적으로 달려들었다. 그의 괴력에 안전원 하나가 먼저 내동댕이쳐졌다. 다른 한 명이 권총을 꺼내는 순간, 성근이 대신 아버지가 그 실탄에 맞았다.

그날 밤, 성근이와 함께 아버지의 시신을 묻어준 남자가 있었다. 그는 아버지에게 매일 우유를 얻어갔던 사람이었다. 세상을 저주하며 목숨을 끊으려고 하는 김성근의 손에 그는 성경을 쥐어주었다. 그 남자를 따라 지하교회로 들어선 김성근은 그곳에서 처음으로 빛이 있는 하늘을 향해 두 손을 높이 들고 "아멘!"을 외쳤다. 그는 목놓아 울고 싶을 때 기도했다. 가슴이 열리고 싶으면 찬송가를 불렀다.

그러던 어느 날 밤이었다. 그날도 성근이는 머리 위로 두 손을 들고 사람들과 함께 예수님을 찬양하고 있었다. 갑자기 들이닥친 보위원들이 수갑을 채웠다.

15호에 들어와서도 성근은 단 한 번도 자기 손을 제 것이라고 생각한 적이 없었다. 돌을 들 때도 예수님을 위해 무겁게 기도한다 생각했다. 찢겨서 핏방울이 뚝뚝 떨어질 때도 그것밖에 드릴 게 없는 자기 삶의 십일조라 여겼다.

그래서 누군가 그 손을 '없다'고 말하는 것은, 그의 신앙 속에서 성경 한 권을 통째로 찢어내는 것과 같았다. 손이 아닌 '발'이라고 내리깎는 것 또한 자기 신념을 짓밟는 것과 다름없었다.

그렇게 김성근은 그저 엎드려 있었던 것이 아니었다. 그는 마음속으로 기도하고 있었다. 찬송가를 부르고 있었다. 입술은 닫혀 있었지만, 심장은 '아멘'을 노래하고 있었다.

그리고 마침내, 그 예배를 끝내듯 그는 천천히 눈을 떴다. 마치 세상의 흙먼지를 털어내며 수천 년 전의 잠에서 깨어난 전설 속의 거인처럼 그는 거룩하게 일어섰다. 엉덩이를 들고, 무릎을 펴고, 마지막으로— 등을 곧게 세우며 두 손바닥을 활짝 펼쳐 파아란 하늘 속으로 높이 들어 올렸다. 그 손은 '주여!'의 손 외침이었다. 그 손은 '할렐루야!'의 손 미소였다. 그 손은 '아멘!'의 손 찬양이었다. 그 손은 김성근의 인간 존엄을 증명하는 두 손 만세였다.

놀란 것은 대열부장뿐만이 아니었다. 군인들도, 수용자들도 모두 그 손을 쳐다보았다. 감시반 사람들조차 자기들도 못한 그 용기와 기백에 입이 쩍 벌어졌다.

대열부장이 다급히 눈짓을 주자 군인들이 달려들었다. 어깨에 매달리고, 등과 다리를 사정없이 몽둥이로 내리쳤다. 그러나 김성근은 버텼다. 그의 손은 하늘에 박힌 못처럼, 마지막까지 버티는 기둥처럼 내려오지 않았다. 대열부장은 허둥지둥 권총집으로 손을 가져갔다. 그의 손이 총으로 향하는 동안 수용자들 속에서 신음과 비명이 새어 나왔다.

누구보다 먼저, 9분조의 차렷자세가 무너졌다. 그리고 그 파동은 군중 속으로 크게 번져나갔다. 이에, 대열부장이 꺼내든 권총의 안전장치를 풀면서 겁에 질린 눈으로 주위를 둘러보았다.

그러나 그때였다. 도성진의 심장이 세차게 뛰기 시작했다. 그 두근거림은 점점 목소리로 선명해졌다.

"무서운 것보다 더 무서운 게 공포고, 무서운 것보다 더 태연한 게 용맹이야."

김동규 할아버지가 했던 짧고 깊은 그 한마디가 도성진의 몸 안 어딘가에서 무섭게 꿈틀거렸다. 혈관 속으로 퍼져나갔고, 뼈마디마다 힘을 불어넣었다.

도성진은 두 손을 버쩍 들었다. 처음엔 조심스럽게 다음엔 망설임 없이 하늘을 찌르듯 강하게 쳐들었다. 막내를 따라 9분조가 가장 먼저 반응했다. 검은손은 주먹을 굳게 쥐었고, 구읍리의 인기남 주둥이의 두 손은 깃발처럼 펄럭였다. 가수는 멜로디처럼 곧게 올렸다. 도련님은 박해순을 향해 반짝이는 웃음처럼 손등과 바닥을 번갈아 보여줬다. 머리 위로 치켜든 팔들의 모양은 하나하나 전혀 달랐지만, 하늘을 향한 길이는 같았다. 그러자 가족세대에서, 2분조가 선참으로 응답했다. 장찌엔은 손가락을 나불거리며 자기만의 불평처럼 들었다. 박해순은 배구공을 움켜쥐듯 손끝에 힘을 주었다. 민유정은 흔드는 손수건처럼 부드럽게, 김상미는 장난감처럼 가볍게 흔들었다. 윤진경은 뱃속 쌍둥이들 몫까지 두 손을 더 높이 들었다. 그들을 따라 수용자들 전체가 하얀 손바닥을 하늘을 향해 펼쳤다. 한나절 전까지만 해도 짐승처럼 기어 다니던 자들이 지금은 발부터 그 손까지 직선으로 똑바로 서 있었다. 모두가 자기들의 손을 숨기지 않았다. 감시반조차 발뒤꿈치를 들며 기껏 손을 들어 올렸다.

눈치를 보는 미꾸라지에게 감시반의 붉은땅크가 돌을 들었다. 그러자 미꾸라지도 처음엔 한 손만, 그러다 이내 눈을 감고 두 손을 머리 위로 쳐들었다. 무기를 든 군인들은 뒷걸음질 쳤다. 일제히 하늘로 솟은 수용자들의 그 한결같은 손들, 그 무수한 두 손들은 무기보다 강했다. 그날, 수용자들의 손기둥에 떠받쳐진 15호의 하늘은 다른 날과 다르게 유난히 높아 보였다.

밤이었다. 하루가 너무 많은 것들을 몰고 왔던 탓인지, 독신자 세대 운동장 위에 떠 있는 달조차 무거워 보였다. 9분조원들은 운동장 구석에 모여 앉아 있었다. 그 속에 김성근만이 보이지 않았다. 모두가 말이 없었다. 긴장이 풀린 얼굴들엔 더 깊은 피로가 깃들어 있었다. 그 침묵 속엔 오늘을 버텨낸 자들에게만 풍기는 묵직한 생존의 체온이 배어 있었다. 그들을 둘러보던 분조장이 간신히 입을 열었다.

"성근인 지금 뭐해?"

가수가 침울하게 대답했다.

"그냥… 앉아 있어요. 생일인데, 점심, 저녁… 다 굶었으니."

그 말에 잊고 있던 허기가 모두의 몸을 다시 파고들었다. 김은 손이 분위기를 바꾸고 싶었는지 억지로 웃음을 띠며 물었다.

"얼라반동, 너 아까 무슨 배짱으로 손들었어?"

도성진이 허리를 곧추 폈다. 얼굴은 여전히 앳됐지만, 그 눈빛은 어른들의 세계로 한 발 건너온 듯 제법 단단했다.

"전에… 강냉이 할아버지가 해준 말이 있어요."

모두가 그의 입술을 바라보았다.

"무서움보다 더 무서운 게 공포고, 무서움보다 더 태연한 게 용맹이래요."

그 말에 약속한 것처럼 모두가 고개를 끄덕였다. 검은손이 입꼬리를 올리며 말했다.

"아까 성근이도, 너도… 멋졌어."

그 말에 주둥이가 장난을 더 얹었다.

"오! 얼라반동에게 두 손이 있는 줄 나도 오늘 처음 봤어. 얘는 내가 보증해. 사람 맞아."

도련님이 신발을 벗어 주둥이에게 던졌다.

"난 아까 손만 든 거 아니야. 봐봐."

그는 오전의 그 순간을 흉내 냈다.

"손바닥, 손등, 손바닥, 손등, 요렇게 계속 깜빡거리니까, 다들 내 손 보고 따라 한 거라니까."

가수가 웃으며 한마디 했다.

"나도 봤어. 최종배가 노려보니까 딱 멈추더라."

9분조원들은 도련님의 말에 한 번, 가수의 말에 또 한 번 가볍게 웃었다.

검은손이 먼저 웃음을 거두며 한숨을 지었다.

"성근이 생일이 이렇게 지나가는구나…"

그때 도성진이 벌떡 몸을 일으켰다.

"생일, 아직 안 지났잖아요."

그 말은 깊게 가라앉은 9분조의 밤하늘에 별똥처럼 한 줄기 빛을 긋고 지나갔다.

"이건 어때요?"

모두가 그를 바라보았다. 성진이가 내놓은 생일선물 아이디어는 모두의 무릎을 탁 치게 만들었다. 그 만족감과 더불어 9분조는 어느덧 막내의 말에 자연스레 귀를 기울이고 있는 스스로를 자각하며 웃었다. 서로의 눈빛 속에 숨은 믿음이, 말보다 빠르게 통했다.

잠시 후 가수가 김성근을 데리고 돌아왔다. 얼굴이 찢겼고 다리를 절룩거렸다. 그러나 그보다 더 무거운 건 그의 시선이었다. 가슴과 뺨에 피멍이 든 자신보다 온종일 굶은 9분조를 더 미안해하며 고개를 깊이 숙였다. 9분조 앞에서 검은손이 빛나게 웃었다.

"성근아. 우리가 너를 위해 생일선물 준비했어."

그 말에 성근은 고개를 들었다. 자신을 둘러싼 얼굴들은 하나같이 밝았다. 누구 하나 동정하지도 꾸며내지도 않은 눈빛이었다. 그저 이 순간이 그의 것이길 바라는 마음만이 얼굴마다 환히 걸려 있었다. 김성근의 눈빛은 그들을 하나하나 더듬었다. 마지막 시선은 분조장에게 멎었다. 검은손은 한층 경쾌한 목소리로 말했다.

"성근아. 생일선물 받을 때 '주여~!' 막 이러진 마. 여긴 귀가 사방에 있으니까. 하고 싶은 말이 있으면 한 마디만. 딱 한 마디만 짧게 해."

그는 9분조를 둘러보았다. 그러자 그들은 조용히 한 걸음 물러섰다. 그리고 서로의 손을 맞잡았다. 사람과 사람의 손이 이어지며 하나의 둥근 원이 되었다. 밤하늘의 달과 별도 조명처럼 그들

위에 머물렀다. 모든 것의 중심에 김성근이 서 있었다.
"자, 성근아. 생일 축하해."
검은손의 그 말끝에 가수가 눈을 감고 숨을 깊이 들이쉬었다. 작으나 분명하게—"음——…" 가사 없이 시작된 노래의 첫 음은 바람을 타고 퍼져나갔다. 떨리는 구음 하나에, 성근의 눈이 커졌다. 그건… 바로 그 노래였다. 독립조 첫날, 자신이 9분조 앞에서 불렀던 단 하나의 찬양. 자신의 유일한 노래, 『어메이징 그레이스』였다. 말이 없어도 그 음 안에는 모든 신앙고백이 들어있었다. 주둥이가 가수의 구음에 자신의 목소리를 얹었다. 도련님도, 도성진도, 그리고 검은손도 따라 불렀다.
"음— 음— 음— 음—…"
가사 없이 불리는 9분조의 찬송가는 오히려 모든 말을 품었다. 성근은 눈을 감았다. 입술을 꽉 깨물고, 흔들리는 어깨를 진정시키려 애썼지만, 무릎이 떨리기 시작했다. 몸이 흔들리며 물러서려는 두 발을 다시 앞으로 딛으며 그는 그 자리를 버티고 있었다. 그 합창은 그를 위해 모였다. 그를 감싸 안으며 그의 존재 자체를 껴안고 있었다. 그 둥그런 원 안에서 김성근은 마침내 생일의 주인공이 되었다.
후렴부의 노랫소리는 끝내 그의 심장을 건드렸다. 그 앞에서 그는 무릎을 꿇었다. 그리고… 그가 허락받은 단 한마디는, 울음처럼, 기도처럼, 폭발했다.
"아버지… 힘듭니다. 힘듭니다… 너무 힘듭니다…"
그 말은 땅으로 박힌 무릎에서부터 솟구쳤다. 그의 두 손이 가

숨을 움켜쥐며 다시 내뱉어졌다.
"아버지… 아버지… 정말… 힘듭니다… 아버지 힘듭니다. 힘듭니다. 너무 힘듭니다…"
그는 마침내 땅에 고개를 박고 울었다. 참아보려 했지만 자기의 눈물을 이기지 못했다. 입술은 피가 맺히도록 깨물렸다. 두 볼은 줄줄이 흘러내리는 눈물로 젖었다. 그의 울음은 운동장 전체를 진동했다. 그 한 문장은 9분조의 심장을 찢었다. 하늘도, 땅도, 그를 안고 같이 울었다. 그의 목소리는 노래보다 컸다. 눈물보다 깊었다. 어떤 찬송가보다 떨렸다.
그것은 단지 생일의 하루를 향한 고백이 아니었다. 수개월간의 고문과 굶주림, 그리고 믿음을 지키는 것만으로 겪어야 했던 수치와 폭력, 그 모든 시간과 모든 아픔 위에서 단 한 번도 놓지 않았던 신념의 무게였다. 힘들다는 고백은 동시에 이겨냈다는 증언이었다. 그 밤, 김성근은 눈물로 예배드렸다. 그 울음은 세상의 가장 깊은 믿음이었다. 9분조만 슬픈 밤이 아니었다.
그날, 가족세대 2분조도 통곡했다. 윤진경의 아버지가 숨을 거둔 것이었다. 함께 벌목에 올랐던 분조원들은 홍신영의 인솔 아래 산길을 내려왔다. 하지만 혼자 남아 나무를 베던 윤진경의 아버지는 작업 도중 갑작스레 쓰러졌다. 윤진경은 배를 끌어안고 울부짖었다.
"살려주십시오! 제 아버지 좀 살려주십시오!"
그녀는 무릎을 꿇고 흙을 움켜쥐었다. 홍신영은 윤진경 귀에 대고 속삭였다.

"지형철 선생님 애인이라 널 도와주는 거야."

홍신영은 위급환자를 수용자용 진료소가 아닌 보위원 전용 군의실로 옮겼다. 하지만 군의관은 환자를 보자마자 냉정하게 결론지었다.

"독사에 물렸어. 이미 독이 다 퍼져서 늦었어."

검시도 없이 즉석에서 평토장 처분했다. 바람이 흙을 덮었고, 그 자리에 아무도 남지 않았다. 혁명화를 끝내지 못한 반동의 가족은 슬퍼할 틈도, 이별할 권리도 없었다.

그 밤, 구읍리의 두 끝에서 한쪽은 '믿음'이라는 신념을 지켜낸 고백으로, 다른 한쪽은 '아버지'라는 이름 앞에서 통곡했다. 서로 다른 울음이 같은 하늘 아래서 울려 퍼졌다.

날이 밝자마자 지형철은 윤진경을 사무실로 불렀다. 굳이 개별 면담의 형식을 빌려 호출하지 않았다. 이제 윤진경은 법적으로 15호의 가족세대 신분이 아니었다. 죄진 장본인이 사망해서 가족에서 지워진 무연고 가족이었다. 사회인으로 돌아갈 수 있는 개인 윤진경일 뿐이었다. 아직 서류 절차와 위의 결제 기간이 많이 남았어도 어차피 군복을 벗기로 결심한 지형철은 자기의 마지막 월권을 사용하기로 결심했다.

사무실에 들어온 윤진경의 두 눈은 진작에 초점을 잃었다. 울 기력조차 없는 사람처럼 하얗게 떠버린 얼굴로 허공을 바라보기만 했다. 지형철은 의자를 내어주고도 안아서 그 위에 앉혀주었다.

움직이지 않는 눈, 굳어버린 입매. 마치 모든 감각이 꺼져버린 사람처럼 윤진경은 몸만 그 자리에 있었다. 물을 따라줘도 여전히 한 자세였다.

지형철은 문득 자기 가슴 한가운데에서 딱딱한 돌 같은 무언가가 금이 가며 갈라지고 있다는 걸 느꼈다. 그것은 양심이었다. 그래서 물컵을 책상 위에 내려놓고도 연인 앞으로 쉽게 돌아서지 못했다. 대신 그는 자기 군모를 내려다보았다. 어차피 양심을 덮는 천은 군복이었다. 이걸 입고 있을 때까지는 끝까지 파렴치해야겠다고 생각했다.

"이번 주는… 어려울 것 같고… 다음 주면… 혁명화 해제될 거야."

그 말에도 윤진경은 고개를 들지 않았다. 그저 그대로 돌이 된 사람처럼 앉아 있었다. 지형철은 말의 끝을 조금 더 밀어붙였다.

"아버지 사망은 안타깝지만… 그래도 우리 애들도 지키고, 진경이 네가 나갈 수 있게 됐어. …아버지가 도와주신 셈이야."

그러자 윤진경의 시선이 천천히 돌아섰다. 아직 무너지지 않으려는 얼굴이었다.

"장찌엔 언니가 그랬어요…"

말이 뚝뚝 끊어졌다.

"독뱀 이빨 흔적… 아니라고… 상처도, 증상도… 다르다고요…"

지형철의 입술이 당황하며 먼저 열렸다. 차마 소리는 못 내고 잠시 뜸을 들이다가 말을 되살렸다.

"그래도… 그냥 산골 의사가 아냐. 군의관은… 의술이 정말 높은…"

갑자기 윤진경의 입에서 울음이 터져 나왔다.

"몇 번이나… 죽으려고 했던 아버지였어요…"

그녀의 목소리는 찢긴 천처럼 너덜거렸다. 단어 하나하나가 심장을 움켜쥐고 몸부림쳤다.

"내가 따라 죽겠다니까… 내가 죽을까 봐… 못 죽고… 끝내… 버티셨던 아버지였어요…"

그녀의 몸은 결국 허물어졌다. 무릎이 땅을 향해 꺾이며 입술은 검붉게 피어올랐다. 얼굴의 혈색이 사라지면서 두 손은 마치 풍을 만난 사람처럼 무기력하게 떨렸다.

지형철은 차마 다가가지 못했다. 말 한마디도, 손짓 하나도 꺼내지 못한 채 그저 멀뚱히 그녀를 바라볼 뿐이었다. 딸을 살리려고 필사적으로 버텨온 한 사람의 부성애를 제거한 그 진짜 범인은 바로 자기 자신이었다. 윤진경의 오열 앞에서 지형철은 인간이기를 멈췄다. 15호에서 진짜 큰 죄를 진 장본인은 자기라는 생각에 고개가 절로 수그러졌다.

두 시간쯤 지나서였다. 사무실 문이 쾅—! 지축을 흔들며 열렸다. 문턱 너머에 홍신영이 서 있었다. 들어오지 않고 손잡이에 손만 걸친 자세였다. 몸보다 먼저 방 안으로 밀려든 건 고함이었다.

"지금 뭐 하는 겁니까? 내 담당 년을 왜 마음대로 작업에서 빼는 겁니까?"

어조는 거의 명령이었다. 태도는 그대로 협박이었다. 그 말투는 이미 지형철 위에 선 자신감이었다. 윤진경을 때릴 기세로 다가서며 야단까지 쳤다.

"야. 이년아. 내가 들어왔는데 안 일어나? 일어나!"

홍신영은 몸만 섞은 것이 아니라 살인의 공범이란 사실까지 다 까발릴 기세였다. 지형철은 입술을 꽉 누르며 머리를 쳐들었다. 음성인지 돌덩인지 모를 무거운 한 마디를 짜냈다.

"오늘 대열부에 말해서… 혁명화 해제 대기 명단에 넣을 거야."

얕잡는 비웃음으로 홍신영이 되받았다.

"상위동지… 신입입니까? 그 허가가 하루 이틀 사이에 나옵니까? 그때까지 이 년은 반동 신분 아닙니까? 그것도 모릅니까?"

지형철은 주먹을 불끈 쥐며 단 두 글자를 뱉었다.

"나가!"

말은 짧았어도 방 안의 공기를 전부 집어 던졌다. 그러나 홍신영은 물러서지 않았다. 두 주먹을 힘주어 허리에 걸치며 더 크게 쏘아붙였다.

"뭐라고요? 해제도 되기 전에 이러면, 작업장 동요가 얼마나 큰 줄 압니까?"

"나갓!! 이 역겨운 년아!!!"

지형철의 주먹이 책상을 쾅— 내리쳤다. 잉크병이 바닥으로 툭 떨어져 검은 물줄기를 흘렸다. 모두가 고막을 잃은 듯 숨소리조차 사라졌다.

홍신영은 돌아서 문가로 향했다. 문을 탕— 닫더니 다시 되돌아 책상 앞에 섰다. 그 입에서는 치욕의 칼이 튀어나왔다.

"역겹다고? 그래, 냄새났겠지. 근데 너도 좋았잖아. 그 지린내에 네 불알 쑤셔 넣었잖아."

지형철의 손이 슬그머니 허리춤의 권총집으로 내려갔다. 그의 입술은 말 대신 총알을, 그의 눈빛은 이미 방아쇠를 당기고 있었다. 홍신영은 사무실을 나가며 방을 향해 다시 소리 질렀다.

"보위원인 내가 냄새난다고? 반동년 보지에선 꿀 나왔니? 그래 그건 빨고, 내건 침 뱉었어? 역겹다고? 역겹다고?!"

지형철은 거칠게 숨을 내쉬며 겨우 윤진경 쪽으로 고개를 돌렸다. 그녀는 눈을 감고 있었다. 눈꺼풀은 세상의 모든 수치와 슬픔을 덮으려 애쓰며 떨리고 있었다.

가족세대 사무실만이 아니었다. 조직부장 사무실도 뒤집어졌다. 그는 손에 잡히는 대로 집어 던졌다. 그 과녁은 문가에 서 있는 대열부장이었다.

"이 새끼야"

그 한 마디에 책상이 떨렸다. 서류가 들썩였고, 문틈으로 공기가 빠져 달아났다.

"그런 집단행동을 봤으면 쏴 죽여서라도 제압했어야지! 검열단이 내려와서 다 지켜보고 있는데! 총 소리는커녕 입 다물고 있었어? 너 새끼 지금 제정신이야?"

대열부장은 고개를 푹 숙이고 있었다. 손에서 떨어진 모자가 바닥에 둥글게 돌았다. 모자 안쪽에는 낡은 종잇장이 끼어 있었다. 거기에는 구겨진 그의 체면처럼 삐딱하게 접힌 글귀가 적혀 있었다. "동의보감에서 말하는 비듬 없애는 방법"

모자를 집으려 팔을 뻗는 그 찰나 조직부장이 또 하나의 책을 내던졌다. 등에 정통으로 꽂혔다.
"독립조고 뭐고 당장 다 집합시켜! 내가 이따 작업장 나가겠으니까!"
숨이 턱 막혔지만 대열부장은 신음도 감춰야 했다.
"들었어? 이 새끼야?"
"네, 알았습니다!"
대열부장은 몸을 곧바로 세워 거수경례를 붙였다. 그 손이 아직 공중에 떠 있는 채로 문밖으로 나갔다. 그러나 곧이어 다시 문을 열고 들어왔다. 조직부장이 번개처럼 고개를 들었다.
"왜 또 왔어?"
"저… 모자…"
조직부장이 또 던질 물건을 찾으려고 책상 위를 두리번거리는 사이 대열부장은 기회를 놓치지 않았다. 바닥의 모자를 잽싸게 집어 들고 방을 빠져나갔다.
30분쯤 뒤 다시 열린 그 문으로 지형철이 들어섰다. 이번엔 책상이 말끔히 정리돼 있었다. 분노의 잔해는 사라지고 방안엔 묘한 긴장만 감돌고 있었다. 조직부장은 곧 어딘가로 나갈 채비 중이었다. 그의 입은 군더더기 없이 단도직입적이었다.
"윤진경, 어떻게 할 거야?"
지형철은 바로 대답했다.
"장본인은 어제 사망했습니다. 그래서"
조직부장이 말을 잘랐다.

"그거 말고, 애! 그것도 둘씩이나!"
"옷 벗을 각오가 돼 있습니다."
그의 목소리에는 오기도, 감정도 없었다. 오히려 담담한 결심, 돌이킬 수 없는 각오만 묻어 있었다. 그 말에 조직부장은 모자를 다시 벗었다. 그리고 잠시 그 모자를 내려다보다가 방 한가운데 길게 놓인 책상을 턱으로 가리켰다.
"거기 앉아봐."
의자에 앉은 지형철은 등받이에 기대지 않았다. 곧게 허리를 세웠다. 그의 자세는 고집을 말하고 있었다. 조직부장은 책장에서 서랍을 열고 일본 담배 세븐스타 한 갑을 꺼냈다. 그것을 책상 위에 툭 던지며 맞은편 의자에 가 앉았다.
"네 삼촌이 내게 보내온 거다. 한 번 피워봐."
그 얼굴엔 좀 전에 대열부장을 몰아세울 때의 분노가 없었다. 그의 눈빛은 지형철을 헤아리듯 내려다보았다. 목소리는 한결 낮고 부드러웠다.
"소장도 알고 있어."
"네. 제게 이미 경고를 주었습니다.."
"아니. 네 삼촌, 내 누이가 사돈관계인 걸 안다고."
지형철은 앞에 놓인 담배에 눈길조차 주지 않았다. 그의 등과 어깨는 굳게 닫힌 문처럼 움직이지 않았다. 조직부장은 말없이 담배갑을 들었다. 손톱으로 포장을 찢고, 세븐스타 한 개비를 꺼내 물었다. 라이터 불이 켜지고 그 끝에서 작은 불씨가 피었다. 곧이어 희뿌연 연기가 방안에 잔잔히 흘렀다.

"네 삼촌이 오죽하면 불알친구인 내게 이 담배랑 보내왔겠냐? 이걸 피우는 내 속이 지금 좋겠어?"

지형철의 고개가 더 수그러들자 라이터를 밀어주었다.

"피워."

지형철이 담배에 불을 붙이는 동안 조직부장은 말을 이어나갔다.

"법과 원칙을 어겨본 건… 이번이 처음이야. 내 일기장에… 스스로를 속였고."

조직부장은 담배를 깊게 빨아들였다. 두어 번 연기를 삼킨 뒤 감정을 접고 입술을 굳혔다. 재떨이에 담배를 비벼 끌 때는 얼굴에 이미 실무자의 표정이 내려앉아 있었다.

"명심해. 윤진경이랑 결혼하면… 내 권한으로 구속은 피하게 해줄 수 있어. 하지만, 제대는 어쩔 수 없어."

"네."

지형철의 목소리는 짧지만 단단했다.

"이미 결심했습니다."

조직부장은 잠시 지형철을 바라보다 다시 말했다.

"보위부에서 제대하면… 알지? 사회 어디에서도 출세는 없어. 평생 그림자야."

"그것도 알고 있습니다."

조직부장은 책상 모서리를 손가락 끝으로 천천히 쓰다듬었다. 그 움직임은 마치 혼자만의 셈을 하는 사람처럼 느릿하게 반복됐다. 지형철은 덤덤히 앉아 있었다. 조직부장은 그의 정수리를 노려보았다. 한 사람의 운명을 내려다보는 눈빛이었다.
"…형철아. 근데, 나도 문제가 돼."
지형철이 담배를 끄며 마주 보았다.
"윤진경 임신 날짜. 그게 증거로 남잖아. 그걸 아는 놈들도 많고…"
조직부장의 시선이 벽을 향했어도 말은 창대처럼 지형철을 겨누고 있었다. 차분한 목소리임에도 창끝처럼 정곡을 찔렀다.
"네 고집대로 하려면… 여기서 그 증거, 네 손으로 다 지우고 나가."
조직부장은 자리에서 일어섰다.
"안 그러면 널 체포할 수밖에 없어. 그럼 그 애도 불법을 저지른 장본인으로 남게 될 거고."
그 말이 끝나기도 전에 지형철의 어깨가 가늘게 떨렸다. 곧이어 울음이 터졌다. 잃지 않고 지키기 위해 그가 할 수 있는 일이란 자기 자신을 부숴내는 일밖에 달리 없어 보였다.
"부장 동지… 출생신고를 바꿔보겠습니다… 7개월이면… 둘이 나 죽이는 겁니다… 진경이도… 그 고통은… 감당 못 합니다…"
그의 말은 끊겼다가 이어지고, 다시 흔들렸다. 입가의 울음소리가 점점 커졌다. 손은 무릎 위에서 꼭 모아졌다. 조직부장은 책상 위에 놓인 담배갑을 들어 지형철의 손에 쥐여주었다. 그리고 귀에 대고 속삭였다.
"넌 이미 한 명 죽였잖아. 근데 왜 둘은 못 죽여."
그 말에 지형철의 목에서 올라오던 흐느낌이 가늘어졌다. 방금까지만 해도 속을 찢듯 터져 나오던 울음은 이제 숨죽인 비명처럼 메말랐다. 어깨가 더는 들썩이지 않았다. 울음이 그친 것이 아니었다. 몸이 더는 감정을 표현할 기력조차 잃어버린 것이었다.

"일어나. 같이 작업장 가자."

지형철은 더디게 몸을 일으켰다. 한 쪽 어깨가 기울어 걸음엔 방향이 없었다. 조직부장은 그런 그의 등을 떠밀어 지프 차에 태웠다. 조직부장이 지형철을 작업장으로 유인할 때 가족세대 골목에선 군의관이 윤진경을 만나고 있었다. 아침 첫 시간에 군의관에게 이미 정치부의 수술 지시가 내려간 상태였다.

"점심 먹고 수술할 거니까 준비해."

군의관은 그 말을 남기고 빠르게 걸어갔다. 한참 동안 얼어붙은 채 서 있던 윤진경은 이내 퍼뜩 무언가를 깨닫고 뛰어갔다.

"군의관 선생님! 군의관 선생님!"

그 외침엔 분노보다 절박함이, 공포보다 의지가 실려 있었다. 군의관은 결국 멈춰 섰다. 숨을 몰아쉬며 다가온 윤진경이 그의 앞에 섰다. 두 손으로 배를 감싸며 애절한 눈빛으로 말했다.

"제 아버지가 사망했습니다. 저는 이제, 이곳의 어떤 지시도 따를 이유가 없습니다."

군의관의 얼굴에 일순 멍한 기색이 떠올랐다. 그러나 곧 되찾은 태도는 체계의 말투였다.

"임신은 불법이잖아. 여기 불법은 여기서 지워야 나갈 수 있어."

윤진경은 그 말을 이해할 수 없어 더 깊이 매달렸다.

"아직 태어나지 않은 생명입니다. 그런데 어떻게… 불법이 됩니까?"

그녀의 두 손이 군의관의 팔을 붙들었다. 단순한 저항이 아니었다. 모성의 몸부림이었다.
"안 놔? 이거 안 놔?"
"안 놓겠습니다. 알아야겠습니다."
"뭘 알겠다는 거야? 이거 놓으라고!"
"왜 불법입니까? 태어나지도 않은 애가 왜 불법입니까!"
군의관은 윤진경을 거칠게 밀쳤다. 그녀의 몸이 바닥에 나뒹굴었다.
"친구라고 들었습니다. 지형철 동지가… 친구라고 말했습니다. 이러면 안 되지 않습니까."
그녀의 말은 부름이었다. 사람을 향한 마지막 기대였다. 군의관은 그 앞에서 주춤했다. 발끝이 멈추면서 시선이 흔들렸다. 그리고 자신의 손이 조금 전 한 행동을 기억하는 듯 양손이 허공에서 방황했다.
"…네가 왜 여기 왔는데. 네 아버지가 반동이라서 들어온 거잖아. 똑같아. 엄마가 반동일 때 임신했으면… 태아도 반동이야."
윤진경은 바닥에 손을 짚고 천천히 몸을 일으키며 말했다.
"애 아버지가 보위원이잖습니까. 그럼 보위원도 반동입니까?"
군의관의 입술이 잠깐 열렸다가 닫혔다. 숨이 나가지 않았다. 그는 한 걸음 뒤로 물러섰다. 그 말의 진실 앞에서 더는 발뺌할 여지가 없자 거칠게 내뱉었다.
"나한테 뭐라 하지 마. 정치부 지시야."
그는 등을 돌려 어정쩡한 발소리로 그 자리를 떠났다. 남겨진 건 멍하니 앉은 윤진경 한 사람뿐이었다. 그녀의 얼굴에서 눈물이 주르르 굴러떨어졌다. 그때 골목 너머로 누군가 달려왔다. 희미한 발소리에 익숙한 목소리였다. 홍신영이었다. 숨을 가쁘게 내쉬며 눈빛도 날카로웠다.
"암만 생각해봐도…계속 생각해봐도 억울해서 왔어."
윤진경은 고개를 돌렸다.
"야, 너. 일 나가자. 안 일어나?"
"네가 뭔데?"
윤진경의 목소리는 돌덩이 같았다. 조금 전까지 무너졌던 사람 같지 않았다.
"이년. 너 해제통지서 받기 전까진—"
"받으러 갔어. 조직부장한테. 내 남편 될 사람이."
"남편?"
"그래. 나가서 잘 살 거야. 우리!"
윤진경의 눈빛은 결연했다. 그 기운으로 허리를 펴고 일어났다. 다리에 힘을 줄 때마다 아랫배가 묵직하게 당겼다. 그래도 홍신영을 피해 걷는 쪽을 택했다. 터벅터벅 흙에 발을 문지르듯 걸었다. 뒤에서 홍신영이 따라오며 종알거리기 시작했다.
"네가 잘 살 수 있을 것 같지? 내가 결혼선물로 진실을 하나 말해줄까?"
그 말은 독을 발라 내미는 선심처럼. 의도적으로 길게 늘어졌다.

벌목장 작업장엔 남녀 수용자들이 분조별로 정렬되어 있었다. 조직부장의 지시대로 9분조도 끌려와 있었다. 사람들 앞에는 김성근과 도성진이 서 있었다. 두 사람은 고개를 들지 못할 만큼 심하게 얻어맞은 얼굴이었다. 성근의 입술은 깊게 찢어져 피가 아직도 선홍색 흔적을 남기고 있었다. 도성진의 두 볼에는 급하게 코피를 씻어낸 붉은 칠 자국이 선명히 번져 있었다.

김성근은 자신의 신념을 증명하기 위해 두 손을 든 죄로, 도성진은 그 손을 가장 먼저 따라 올린 죄였다. 작업장의 정적은 두 사람의 '죄'가 아니라 모두의 무력함을 고백하는 듯했다.

지프차가 도착하고, 그 안에서 조직부장이 내리자 사람들의 숨결은 더 얇아졌다. 서로를 보면서도 눈을 마주치지 않았다. 모두가 죽은 나무처럼 서 있었다.

지프차 반대쪽에서 내린 지형철은 복장을 정리하던 손을 멈추었다. 그의 시선이 성근의 얼굴에 걸렸다. 하지만 오래 머물지 않았다. 그 눈빛은 곧 흩어졌고 이내 고개를 외면했다. 그 회피는 무심해 보였지만 오히려 너무 조심스러워서 눈에 띄었다.

그의 움직임을 9분조의 검은손이 놓치지 않고 지켜보고 있었다. 수용자들 앞에 선 조직부장은 아무 말도 하지 않았다. 뭐라도 트집 잡을 악의로 군중 속의 사람들을 하나하나 노려보고 있었다. 그의 뒤에는 철갑모를 쓴 중무장한 경비대 한 개 소대 병력이 도열해 있었다.

조직부장의 눈빛은 이미 총구였다. 그는 그 시선으로 군중을 묶어두고 앞에 나와 선 김성근과 도성진에게 돌아섰다. 조직부장은 두 사람의 머리끝부터 발끝까지 날 선 시선으로 천천히 훑었다.
 김성근은 고개를 약간 틀었고, 도성진의 눈은 빠르게 허둥거렸다. 좀 더 겁을 줄 목적으로 조직부장은 그들 앞으로 성큼성큼 다가갔다. 한쪽 어딘가에 서 있던 대열부장이 눈치를 채고 잰걸음으로 달려와 섰다. 그 동작은 보조자처럼 들러붙는 하수인의 몸짓이었다.
 조직부장은 허리를 살짝 기울이며 먼저 김성근의 얼굴을 찬찬히 뜯어보았다. 속으로 무언가를 씹던 그 한 마디가 튀어나왔다.
 "네놈 같은 예수쟁이들을… 내가 여기서 한두 번 본 줄 알아?"
 그 말 속엔 신앙의 명패를 이곳에 걸어온 자들에 대한 기억과 경험, 그리고 분노가 한 줄로 엮여 있었다. 대열부장은 자기도 잘 알고 공감하고 증오한다는 의미로 부지런히 고개를 끄덕였다. 그러면서 시선은 아무 데나 돌리고 있었다. 그 머리가 산만하게 계속해서 위아래로 흔들리자 조직부장이 힐끗 그를 노려보았다. 한참 뒤에야 조직부장의 눈과 마주치자 그의 목이 꼿꼿하게 굳었다.
 "어제 그 두 손, 그거 무슨 뜻이야?"
 조직부장의 질문에 성근이 답을 않자 대열부장이 윽박질렀다.
 "조직부장 동지. 아니 선생님께서 물으시잖아!"
 그래도 김성근의 입은 굳게 다물고 있었다. 고개를 숙이지도, 시선을 아래에 두지도 않았다. 조직부장은 뭔가 아는 웃음을 흘리며 허리를 곧게 폈다. 조롱이 가득한 그 눈빛 아래 입꼬리는 독설을 뱉기 위해 모아진 활처럼 휘어져 있었다.
 "예수쟁이들은 지독한 이기주의자야. 남이야 죽든 살든… 저들 정신병자들끼리 믿으면 될 것을 아무 죄 없는 애들까지 끌어들여서 말이야. 그거 뭐라 하지?"
그는 허공을 향해 고개를 처들고 일부러 기억을 더듬는 시늉을 했다. 대열부장이 성급히 발을 굴렀다.
"야! 그게 뭐야? 빨리 말해."
조직부장은 옆에서 닥치라는 의미로 눈 위협을 보낸 뒤 다시 성근에게 웃음을 지었다.
"야 그 아문인가? 두 글자 뭐지? 넌 알 거 아냐?"
갑자기 도성진 입에서 기침이 터져 나오자 조직부장의 시선이 그에게 돌아섰다.
"이놈이야? 제일 먼저 따라했다는?"
"네. 오전 내내 심문하고 추궁해서 색출해냈습니다."
"이놈도 조사해봐. 똑같은 놈일 수 있으…"
"아멘입니다."
김성근의 목소리가 조직부장의 말을 끊어냈다. 그 한마디는 수용자들의 숨결을 타고 퍼져나갔다. 그 끝에 선 지형철은 고개를 푹 떨구었다. 조직부장이 이번엔 낚아챈 웃음을 터뜨렸다.
"그래그래, 그 이상한… 말 같지도 않은 거. 그게 만능이면 다른 말이 왜 필요해? 두 글자만 입에 달고 살면 되지. 너도 그러라고 했지?"
김성근은 묵직하게 대답했다.
"네. 아멘했습니다."
"그 뜻도 모르면서 말이야. 그래서 그냥 따라 했지?"

"네. 아멘했습니다."
"저 죽을 줄도 모르고 남이 시킨다고 해?"
"네. 아멘했습니다."
똑같은 대답, 다르지 않은 음성에 조직부장의 얼굴이 벌게졌다. 성질을 억누르며 되물었다.
"입만 열면 그랬던 거야? 한 번이라도 의문을 안 가져봤어?"
김성근은 먼 하늘을 향해 고개를 들었다.
"네. 아멘했습니다."
그 말은 점점 깊어지고 있었다. 계속할수록 약해지는 게 아니라 오히려 더 분명해졌다.
조직부장의 눈이 가늘어지더니 목소리가 높아졌다.
"걸리면 큰일 날 줄 알면서도 그랬다고?!"
김성근은 흔들림 없이 응답했다.
"네. 아멘했습니다."
그 말은 혼자만의 고백이 아니었다. 도성진의 귓가에도, 주둥이의 눈가에도, 도련님의 이마에도 가수의 입에도 단단하게 그 의미가 스며들고 있었다. 검은손만이 아프게 눈을 꽉 감고 있었다. 조직부장의 얼굴이 굳었다. 그는 이를 악물고 으르렁거렸다.
"야, 머리 들고 내 눈 똑바로 봐. 너 성말, 내일 그랬다고?"
김성근은 지체하지 않았다. 이번엔 목소리가 더 또렷하고, 더 크고, 더 멀리 울려 퍼졌다.
"네. 아멘했습니다."
"이 새끼야. 한번이라도 거부했을 거잖아?"

"아멘했습니다."
"끝까지 그랬다고?"
"네. 아멘했습니다."
조직부장은 손이 권총집으로 옮겨간 채로 한동안 노려보기만 하더니 잔인한 미소를 지으며 돌아섰다.

잠시 후였다. 통나무들이 산처럼 쌓여있고, 잔해들이 널려있는 그 넓은 공터를 400여 명에 달하는 수용자들이 빙 둘러쌌다. 줄은 직선도, 완전한 원도 아니었다. 삐뚤거나 굽어있는 그 선은 누구도 중심에 다가가지 않으려는 마음을 그대로 닮고 있었다.
그들이 침통한 시선으로 바라보는 작업장 한가운데는 철제 의자 하나가 놓여 있었다. 어디서 가져왔는지 모를 낡은 군용 의자였다. 등받이와 앉는 부분은 얇은 철판이었다. 네 다리는 용접 흔적이 거칠게 남은 상태로 흙바닥에 깊이 박혀 있었다.
김성근은 그 의자에 앉아 있었다. 아니, 결박된 채 고정돼 있었다. 그의 윗몸을 등받이에 감은 두꺼운 밧줄은 허리를 굽힐 틈도, 고개를 숙일 여유도 허락하지 않았다. 철제 다리에 두 발목이 좌우로 묶여 의자와 한 덩어리로 돼 있었다.
김성근의 시선은 자신을 둘러싼 수백명의 사람들, 그 수용자들의 긴 줄을 훑지 않았다. 그는 그들 너머의 아무도 없는 방향, 아득한 곳을 바라보고 있었다.
최종배가 통나무 더미 위로 올라섰다. 그는 목청을 쥐어짜듯 사람들을 향해 소리쳤다.

"주먹 약하게 치는 놈은 경비대 주먹에 맞는다! 저놈한테 항복을 받아내는 자, 표창으로 하루 휴식 준다!"

그 말에 수용자들의 숨이 흔들렸다. 가족세대 2분조 여자들은 9분조를 안타까운 시선으로 바라보았다. 그때 대열에서 한 명이 뛰쳐나왔다. 9분조장 검은손이었다. 그는 보위원들이 모여 담배를 피우는 곳으로 전력 질주했다. 그의 돌발행동에 경비대가 막아 나섰다.

"선생님! 조직부장 선생님!"

검은손이 고함쳤다. 담배를 피우던 보위원 무리가 갈라서자, 그 틈에서 조직부장이 손짓했다. 미적대며 길을 열어주는 경비대의 어깨를 뚫고 검은손이 조직부장 앞에 달려가 엎드렸다.

"저희 9분조가 먼저 서게 해주십시오. 받아낼 수 있습니다. 앞에 세워 주십시오. 해낼 수 있습니다."

조직부장은 지형철에게 팔을 뻗쳤다.

"야. 네 담배 한 대 줘 봐."

검은손은 다시 외쳤다.

"선생님. 9분조를 앞에 세워 주십시오. 바로 잡겠습니다.!"

대열부장이 손짓하니 경비대가 검은손의 양팔을 거칠게 잡았다. 그는 끌려가면서도 마지막까지 소리쳤다. 그 목소리는 점점 다급해졌다. 그럴수록 그의 존재는 더 작아졌다.

"선생님. 해낼 수 있습니다. 믿어주십시오. 해낼 수 있습니다."

멀어지는 9분조장을 힐끗 본 뒤 조직부장은 대열부장에게 지시했다. "저놈들 맨 끝에 세워."

대열부장이 몸을 돌려 최종배한테 갈 때였다. 지형철이 군화로 담배를 비벼 끄며 입을 열었다.

"제가 간만에 몸 좀 풀어보겠습니다."

그는 대답을 기다리지 않았다. 보위원 무리 중에서 지형철이 걸어 나왔다. 군복의 어깨를 한 번 털고 혁대를 단단히 조여 맸다. 성근에게 향하는 그의 눈빛은 강렬하면서도 애절했다. 줄지어 선 수용자들 모두가 중심으로 걸어가는 그를 따라 고개를 들었다. 경비대에 끌려가던 검은손이 입을 닫았다. 군인들의 손을 뿌리치고 두 발로 서면서도 시선을 떼지 않았다. 그에게 지형철의 뒷모습은 유일한 희망이자 간절함이었다.

가까워지는 군화 소리에 김성근은 천천히 고개를 돌렸다. 한쪽 눈두덩은 시퍼런 멍에 눌려 제대로 뜰 수 없었다. 하지만 그는 그 걸음의 주인을 알아보았다. 한때 손잡고 강가를 뛰놀던 소꿉친구 지형철이었다. 눈앞의 잔혹한 풍경과도, 뒤에 길게 늘어선 수백 명의 수용자와도 잠시 단절된 세계처럼, 성근의 얼굴에는 묘한 평온이 번졌다.

그 얼굴로 가까워지는 지형철의 자세는 경직되지도, 여유롭지도 않았다. 균형을 애써 유지하는 걸음이었다. 자신의 인간성과 의무, 우정과 명령 사이에서 금하나 없는 외줄을 걷는 발걸음이었다. 마침내 그는 김성근 앞에 멈췄다. 숨을 들이쉬는 대신 손이 먼저 나갔다. 그의 손이 김성근의 멱살을 와락 움켜쥐었다. 마치 끌어 안 듯, 혹은 흔들어 깨우듯,

"이 새끼야… 성근아…"

멍에 가려진 눈 아래서, 성근은 웃었다.

"좋수꾸마… 그 목소리…"

"나… 나 네 친구인 거 알지?"

"…죽어도 내 친구꾸마."

그 말에 지형철은 과감해졌다. 사람들의 시선을 아랑곳하지 않고 떨리는 손으로 그의 어깨를 꽉 붙잡았다. 그리고 성근이와 똑같은 함북도 사투리로 호소했다.

"그럼 내가 빌겠수꾸마. 이번만 넘기지 않겠슴둥? 성근이는 내 친구 아임둥?"

지형철의 진정 넘친 고향 사투리에 김성근은 더 밝게 웃었다. 눈가에 엉겨 붙은 피와 멍 사이로, 어린 시절의 그 맑은 웃음이 엿보였다.

"좋수꾸마. 진짜로 네 목소리 얼마만임둥?"

"아멘은… 나중에 해도 되꾸마. 사는 게 먼저꾸마."

"난… 아멘이 먼저꾸마. 나중에 또 살 틈이… 있수꾸마."

"제발 정신 차립소꾸마… 성근아!"

지형철의 주먹이 날아들었다. 처음에는 가슴 속에 쌓인 눈물 한 덩이로 쳤다. 다음엔 소리 없는 절규로 내렸다. 마지막엔 소원을 매질로 들어야 하는 제 처지를 향해 부르짖었다.

"이 새끼야. 죽고 싶어!"

그 순간, 뿌우우—!

호루라기 소리가 작업장 공터를 찢었다. 그러자 줄지어 선 수용자들 속에서 첫 번째 분조가 걸어 나왔다. 한 줄로 선 무거운 발소리가 깎여나간 통나무 틈 사이를 울렸다.

지형철은 당황하며 김성근에게 다시 매달렸다. 떨리는 손으로 그의 멱살을 붙잡았다. 하지만 이번엔 흔들지 못했다. 그저 그대로, 손만 얹고 있었다. 김성근은 그 위에 미소를 더 보탰다.

"형철아… 다 안다. 고맙다. 니가… 나한테 이리 해준 거."

지형철은 끝내 대답하지 못했다. 뒤에서 다가오는 어지러운 발자국 소리만이 둘 사이의 침묵을 메웠다.

그날 김성근의 '아멘'은 해질녘까지 이어졌다. 저녁밥을 굶긴다는 협박에 불만들이 터져 나왔다. 시간이 갈수록 동정심이 식고 주먹이 강해졌다. 한 대 맞을 때마다 성근은 입술을 일으켜 세우며 기도했다.

"아멘…"

누군가는 그것을 신앙이라 했고, 누군가는 고집이라 했다. 또 누군가는 정신 나간 놈의 주문이라 했다. 하지만 성근은 그 말을 자기 몸을 지탱하는 척추처럼 꼿꼿하게 되뇌었다. 그리고 그 말만큼이나 수용자들의 주먹도 함께 이어졌다.

"아멘이 뭐라고. 저 놈은 그 두 글자가 뭐라고"

일부 수용자들은 화가 나서 김성근을 때렸다. 어깨를, 턱을, 복부를. 이미 멍이 든 자리를 때리고 또 때렸다. 뼈가 주저앉은 자리를 다시 짓밟았다. 그래도 성근은 매번 기적처럼 망가지면서도 웃었다. 그들이 왜 그럴 수밖에 없는지도 알고 있었다. '아멘'을 포기할 수 없는 자신도 알고 있었다.

해가 뉘엿뉘엿 통나무 더미 사이로 기울 때쯤 그의 얼굴은 더 이상 사람의 형체를 갖고 있지 않았다. 한쪽 눈은 감겼고, 입술은 터진 살점 아래에서 잇몸이 드러났다. 코와 귀는 겨우 붙어 너덜거렸다. 그런데도 그는 소리가 더는 나올 수 없는 입술을 두 번, 조용히 움직였다.

"아…

멘…"

그 말은 입술의 근육이 아니라 심장의 떨림으로 나왔다. 해가 지고 있었다. 산 너머로 꺼지는 붉은 잔광이 흙 위에 넘어진 김성근의 몸에 마지막 색을 덮고 있었다. 마침내 수용자들 맨 끝에 섰던 9분조가 김성근을 둥그렇게 둘러쌌다. 검은손과 주둥이가 철제 의자와 함께 쓰러진 김성근의 겨드랑이에 손을 넣었다. 일으켜 세울 때는 모두가 두 손을 함께 했다.

김성근은 한쪽으로 기울어진 얼굴을 간신히 들었다. 9분조를 알아보는 그의 눈과 입은 미세하게 움직였다. 부어오른 입술 틈으로, 마지막 말을 꺼내기 위해 그는 숨을 모았다. 그 작은 떨림에, 9분조 전원이 숨을 죽이고 있었다.

"아멘은…"

그 한 마디에도 피가 배어 나왔다.

"진 자의 것이 아닙니다."

그는 끊긴 숨을 다시 이어붙이며 말했다.

"이긴 자의 것…"

침묵이 흘렀다. 바람조차 멎은 듯, 모두가 그의 얼굴만을 바라보고 있었다. 그제야 성근은 마지막으로 눈을 떴다. 벙벙하게 부은 눈이지만 그 안엔 이상하게도 평온이 담겨 있었다. 남은 생이 다 비워진 채로 완성된 얼굴 같았다. 그는 속삭였다.

"믿어... 주시겠습니까?"

잠시 아무 소리도 없었다. 그러나 다음 순간 9분조가 일제히 조용히 입을 열었다.

"아멘!"

김성근은 웃었다. 부은 눈 너머로 그는 분명히 9분조를 향해 웃고 있었다. 그리고 그 찰나 시간이 멎었다. 어느새 다가온 군인들이 9분조를 거칠게 밀쳐냈다. 그들은 총구를 들이댔다.

뚜뚜뚜뚜—!

자동소총의 연발음이 공터를, 하늘을, 세상을 찢어발겼다. 김성근의 몸이 부서지는 듯 철제 의자가 산산이 쪼개졌다. 총성은 사라졌어도 김성근의 "아멘"은 여전히 그 한 자리에 머물고 있었다. 그건 형체를 잃은 자가 남긴 두 음절짜리 기도가 아니었다. 그것은 한 사람의 생이 몸으로 세운 최후의 비석이었다.

작업장엔 9분조만 있지 않았다. 그들의 뒤에는 최종배를 등 떠밀고 대신 남은 지형철이 있었다. 들것을 어깨에 멘 9분조원들은 한 치의 흐트러짐 없이 정렬된 군인처럼 서 있었다. 굳은 손, 충혈된 눈, 꿋꿋이 버틴 가슴들이었다. 분조장이 입을 열었다. 목소리는 엄정했다.

"우린 지금 성근이 앞에 서 있다. 절대… 약한 모습 보이지 말자."
그는 잠시 말을 멈췄다. 숨을 고른 뒤 간신히 힘주어 말했다.
"울어도… 막사에 돌아와서. 그때 운다."
9분조는 억척스럽게 걸었다. 그 뒤에서 지형철이 손전등으로 앞을 환히 밝혀주었다. 들것 위에서 김성근은 두 손을 모으고 기도하는 자세로 누워 있었다. 맨 앞에 선 검은손이 큰 소리로 말했다.
"9분조! 다들… 힘내고 있지?"
그 목소리는 무너지는 울음을 누르느라 갈라져도 여전히 곧게 뻗어 있었다. 뒤에서 주둥이가 대답했다.
"네."
그의 목도 젖어 있었다. 그러나 그 대답은 흔들리지 않았다.
"우리 성근이가… 아주 편안하게 누워 갑니다요."
그 말에 들것을 든 손들이 더 단단히 들어 올려졌다. 그리고 도련님이 그 말 줄기를 받았다.
"분조장. 앞에서 못 보면 말도 마오… 성근이 지금요. 하늘의 아버지를 똑바로 보면서… 웃고 있습니다요."
도련님의 그 한마디에 모두가 한 번씩 하늘을 쳐다보았다. 밤하늘은 너무 고요해서 정말로 저 어딘가에서 김성근의 아멘! 소리가 들릴 것만 같았다. 주둥이가 또 말했다.
"어이, 거지 도련님. 성근이 아버지가… 네 아버지보다 더 높은 거 맞지?"
도련님은 숨을 헐떡이며 고개를 끄덕였다.
"여부가 있습니까. 내 아비는 그래봤자… 달랑 부주석이오."

캠프 15   79

결국 가수의 입에서도 한 마디가 터졌다.

"어메이징하다… 그레이스하다…"

그 한 줄의 속삭임이 진흙길 위를 감싸는 성가대처럼 울려 퍼졌다. 그들은 웃었고, 울었고, 힘차게 걸었다.

도성진은 아저씨들이 웃으며 말을 이어갈수록 눈가엔 더 많은 눈물이 고였다. 울음이 목 끝까지 차올라 꽉 물었다. 울지 않겠다는 약속처럼 그의 두 손은 들것 뒤쪽 손잡이를 억세게 붙잡고 있었다.

바람 한 줄기가 잠시 그들 사이를 지나갔다. 어디선가 옥수수잎 부스럭대는 소리가 들려왔다. 그리고 그 사이로 가수가 낮게 불렀다. 성근이 생일 때 불렀던 구음의 "어메이징 그레이스"였다.

"음!—"

그러자 9분조원 모두가 그 뒤를 따르며 "음—"으로 화답했다. 그 노래는 걷는 발소리 사이를 메우는 찬송이 되었다. 죽음을 지고 가는 자들이 삶으로 받들어 부르는 노래였다. 그리고 그 순간 김성근의 얼굴 위로 작은 바람 한 줄기가 스쳐 갔다.

그 바람이, 그의 마지막 "아멘"을 듣고 하늘로 올라가는 것 같았다. 지형철의 손전등은 어느 산기슭에서 멎었다. 경사가 완만했다. 음지도 아니었다. 친구인 김성근에게 마지막으로 남길 수 있는 가장 온전한 자리였다. 어둠은 더욱 짙게 깔려 있었다. 흙은 하루 치의 열기를 다 식히고 조용히 기다리고 있었다.

들것 위, 손을 모은 자세 그대로 누운 김성근. 그는 이제— 흙으로 돌아갈 준비를 마쳤다. 그 앞에 지형철이 서 있었다. 말없이, 오랫동안 우직하고 신실했던 소꿉친구를 내려다보았다. 이어 그의 손에서 갑자기 전등이 꺼졌다. 순간, 어둠 속에서 작은 흐느낌이 들렸다. 분명 9분조의 눈물이 아니었다. 그리고 잠시 후 손전등이 다시 켜졌다. 그때의 지형철은 모자를 벗고 있었다.

수용자 옷을 입은 김성근 앞에서 모자를 쥔 그의 손이 이마를 지나 가슴께까지 내려오는 데 걸린 시간은 몇 개월이 걸렸다. 지형철은 최소한 친구의 마지막 앞에서는 자신이 지금까지 입고 있던 모든 것을 내려놓고 싶었다. 계급, 신분, 명령을 벗고, 순수 우정의 한 모습으로만 마주 서고 싶었다.

"9분조장."

검은손이 지형철 앞에 달려가 차렷 자세를 취했다. 지형철은 갈린 음성으로 말했다.

"깊이... 깊이 묻어주라."

그 한 마디에 검은손만이 아니었다. 9분조 전체가 무너지며 오열했다. 통곡하며 외쳤다.

"...고맙습니다. 선생님."

"고맙습니다. 고맙습니다. 선생님."

"고맙습니다. 너무 고맙습니다."

성진이까지 고마워 울음을 터뜨렸다. 9분조는 그대로 엎드려 일어설 줄 몰랐다. 15호에서 가장 고마운 말은 살아서 듣는 것이 아니었다. 죽은 자에게만 허락되는 연민, 동정과 평가가 담긴 단 한 문장, 그 한 줄의 온기가 때늦은 존엄을 허락했다. 평토장의 15호에서 가장 따뜻한 말은 이것이었다.

"…깊이 묻어주라."

지형철은 9분조원들과 함께 막사로 복귀하고 있었다. 그는 자신을 질질 끌고 들어오고 있었다. 김성근을 두고 오는 것처럼, 소리쳐 부른 것처럼 자꾸만 뒤도 돌아보았다.

그때였다. 한 군관이 헐레벌떡 달려왔다. 숨이 턱까지 차올라 말을 잇지 못하더니, 결국 지형철의 귀에 얼굴을 바짝 대고 속삭였다. 그 짧은 말 한마디에— 지형철의 얼굴이 돌처럼 굳었다. 그리고 그는 모자를 벗어 바닥에 내던졌다. 그건 습관적으로 고개를 숙여 쓴 권력의 모자였다. 그 권력은 지금 그에게 아무 데도 쓸모없는 조각 천에 불과했다.

그는 달렸다. 자신이 누구인지, 어디에 속해 있었는지 모두 떨쳐내고, 그저 한 사람을 향해 뛰고 또 뛰었다. 그의 발자국은 땅을 때리는 용서의 북소리 같았다. 그는 한숨에 가족세대 공터로 달려갔다. 그곳의 어둠은 더 짙었다.

장찌엔의 2분조 사람들이 모여 있었다. 민유정과 김상미는 바닥에 주저앉아 울고 있었다. 박해순은 두 손으로 입을 막고 서 있었다. 지형철이 모습을 드러내자 그들의 울음소리는 더 커졌다. 장찌엔이 빈 상자 하나를 내밀었다.

"시체는 우리도 몰라요. 이미 묻었…"

그녀들의 통곡을 뒤로하고 지형철은 사무실로 돌아왔다. 책상 위에 상자를 올려놓고도 차마 열지 못했다. 그 안에 있는 게 이미 무엇인지 알고 있었다. 그것이 어떤 무게인지도 느끼고 있었다. 하지만 정작 열어야 할 것은 자신 안의 무언가였다. 그 대답도 들어있을 것만 같아서 상자의 뚜껑을 벗겨냈다.

가장 먼저 눈에 들어온 건 참빗이었다. 손에 익은 나뭇결. 잦은 빗질로 끝이 약간 휘어져 있었다. 그 참빗을 쥐는 순간 지형철의 손이 떨렸다. 윤진경의 체온이 느껴졌다. 왈칵 눈물이 새어 나왔다. 참빗을 들어 올리자 그 밑에 한 장의 종이가 있었다. 윤진경의 필체였다. 정갈하지만 슬픔으로 눌러쓴 글씨였다.

"이 빗으로 제 얼굴에 젖는 눈물을 거울 보며 머리 빗는 여자는 있어도, 제 아기를 죽이고도 이 빗으로 태연히 머리 빗는 엄마는 없습니다. ― 윤진경 마지막 인사 올림"

"진경아-!"

지형철은 유서를 안고 통곡했다. 무릎을 꿇고 오열했다. 그가 홀로 고독하게 스스로 목에 밧줄을 걸었을 그 순간이 아려왔다. 자기 앞에 매달려 죽어서도 흔들리며 우는 것 같았다. 지형철은 바닥에 엎드려 어깨를 들썩거리며 흐느꼈다. 그 눈물만큼은 거짓이 없었다. 오직 그 여자 하나만을 위해 사랑으로 살인했고 진심으로 지켜주려고 했던 자신이었다.

지형철은 거울 앞에 섰다. 만날 때마다 늘 윤진경과 함께 마주 보던 거울이었다. 살고 싶다고, 살 수 있다고, 사랑을 위해 서로를 속이며 위로했던 두 사람의 거울이었다. 지금 그 거울 앞엔 지형철이 혼자 서 있었다. 그의 눈은 붉게 충혈되어 있었다. 입술은 움직였지만 어떠한 소리도 나오지 않았다.

그의 손이 권총집을 풀었다. 그 안의 총. 그가 수백 번 꺼내 들고, 수십 명의 이마에 겨눴던 공포의 도구. 이제 그 총구가 자신에게로 향했다. 총구가 관자놀이에 닿았다. 그는 거울을 바라봤다. 그 안엔 자기가 충성해야 할 국가도, 계급도, 사상도, 혁명도 없었다. 오직 죽음과 가까운 한 인간만 있었다. 남들에게 죽음을 위협하고 강요하며, 어느새 자기도 익숙해져 피하고 복종하며 도망친 그 생명뿐이었다. 그는 눈을 감았다. 그리고 삶을 닫았다.

— 탕!

2
야장간 굴뚝

 김성근이 죽고, 계절이 바뀌었다. 아니, 정확히는 바뀐 것 같았다. 살갗에 닿는 바람은 거칠게 느껴졌다. 밤마다 쳐다보는 하늘도 우물 속 바다 같았다.
 한동안 주둥이의 농담은 멎었다. 도련님의 헛기침도 말랐다. 가수는 더 우울해했다. 누군가 고개를 돌리면, 모두가 동시에 시선을 피했다. 누군가 입을 열면 한 번 더 말해야 알아들었다.
 도성진은 고작 1년이 좀 넘었을 뿐인데 주변 사람들이 이렇게 계속 죽어가고, 또 앞으로도 그럴 수도 있다는 생각에 버티는 하루하루가 무의미해졌다.
 막사도, 오가는 길도, 기상 점검과 취침 점검도 변한 것이 하나도 없었다. 그러나 아무것도 전 같지 않았다. 9분조는 어느새 자기 안에서 말라가고 있었다. 줄어든 대화, 딱딱한 표정, 특히나 서로를 부를 때 조심하는 버릇이 생겼다. 이름을 부르면 다시 누군가 사라질까 두려웠다. 성진이는 예전보다 언행을 조심했다. 김성근이 떠난 후 이곳이 진짜 감옥임을 새삼스럽게 알게 돼서였다.

9분조 못지않게 가족세대 2분조도 윤진경을 잃은 슬픔이 컸다. 그날 이후, 그녀들의 어깨는 한결 더 굽었다. 삽자루를 잡는 손이 여전해도 그 손끝에서 흙을 떠내던 동작은 예전처럼 매끄럽지 못했다. 민유정은 하루에도 몇 번씩 옆을 돌아보았다. 언제나처럼 수줍음과 침착함으로 붙어섰던 윤진경의 자리를 흘겨보았다. 장찌엔은 쉬는 시간에도 누구와도 입을 열지 않았다. 목소리도 예전만큼 시원하지 않았다.

"그녀는 말을 잘 안 했지만… 옆에 있으면 덜 외로웠는데…"

누가 물어본 것도 아닌데, 그녀는 그렇게 혼잣말을 내뱉곤 했다. 그러면 박해순의 볼은 욕이 가득 차며 부풀었다. 도련님을 욕하는 것 같았다. 김상미는 한밤중에 집의 벽을 긁으며 우는 버릇이 생겼다.

"왜, 그 조용한 언니가 먼저 가냐…"

그녀는 매일 밤, 그 '질문'만 반복하며 울었다. 정작 윤진경은 단 한마디 원망도 남기지 않았는데도 그를 대신해 울고 있었다.

야장간에서 일하는 9분조는 가족세대 지역에서 2분조와 자주 만났다. 서로 얼굴을 볼 때마다 미소를 나눠도 어딘가 비어 있었다. 좋아하고 기대는 마음들은 일단 접고 김성근 없는 남자들과 윤진경 없는 여자들로 마주 섰다. 그때마다 그들은 같은 풍경을 잃어버린 사람들처럼 서로의 등 뒤를 먼저 보았다.

15호 보위원들에게도 그날 사건은 엄청난 충격이었다. 지형철의 자살 때문이었다. 그건 단순히 누군가가 죽었다는 소식이 아니었다. "보위원이 자살했다"는 말로 시작된 체제 내부의 흔들림이었다. 처음엔 아무도 믿지 않았다. 그 소문을 말하고 듣는 자도 반역죄처럼 몸을 움츠렸다.

이곳 15호에서 죽이는 손은 늘 보위부 쪽이었다. 당하는 건 항상 반동이었다. 그런데 이번엔 그 손이, 자기 자신을 향했다. 여기에는 자살 시도로 끌려온 자들이 많았다. 개인적 이유는 아무 소용없었다. 체제를 부정하여 목숨으로 행동한 반역자일 뿐이었다. 그러나 그런 죄를 감시하고 엄벌해야 할 보위원이, 그 죄를 스스로 범했다? 그건 곧 법이 무너졌다는 뜻이었다.

최근 들어 수용자들은 보위원을 힐끔거리며 쳐다봤다. 그 시선이 어쩐지 이전보다 평등해졌다. 예전엔 두려움이었고 경계였다면 이제는 의문이었다. 더구나 지형철의 자살은 본부 검열단이 들어온 직후였다. 때가 절묘하여 모두가 조용해졌다. 사무실은 평소보다 사람들이 많았지만 빈 것 같았다. 서랍은 닫혀 있었다. 종이 넘기는 소리도 조심스러웠다. 심지어 구두 끄는 소리조차 함부로 할 수 없었다.

보위부는 호통치는 집단이었다. 항상 누군가를 책망하고, 교정하고, 명령하고, 처벌하는 자리였다. 그러나 그날 이후 그들은 수용자들처럼 입을 다물었다. 말투조차 달라졌다.

"죄송합니다."

"반성하겠습니다."

"혁명화의 긴장을 한시도 늦추지 않겠습니다."

입에 익지 않은 말들이라도 그들은 그 말들로 서로를 방어하고 있었다. 그 말을 하지 않으면 누군가 진짜 책임을 져야 할 것 같았기 때문이었다. 하급 보위원들의 얼굴은 생기를 잃었다. 상급 간부들조차 서로 눈을 피했다. 위나 아래나 질문도, 대답도 짧아졌다. 대신 눈치가 길어지고 머뭇거림은 깊어졌다.

'자살사건'으로 보위원과 수용자와의 구분이 희미해진 듯싶었다. 두려움의 무게가 처음으로 같은 방향으로 기울었다. "예." "알겠습니다." "보고드리겠습니다." 그 이상은 이제 모두 위험한 문장이거나 불필요한 언어였다.

검열단은 15호 보위원들의 '현재'에서 시작해 점점 '과거'까지 파고들었다. 몇 년 전의 감시 누락, 기피 대상 수용자 인물과의 접촉, 일과 중 사적인 말, 특히 여성 수용자와의 성적 접촉 문제… 모든 것이 재판정처럼 다시 소환되었다.

소장은 어느 날 보위원 전체 회의에서 탁자를 내리치며 윽박질렀다.

"여자는 두 입을 조심하고, 남자는 두 대가리 잘 굴려야 해!"

그 비속한 문장에 모두가 고개를 숙였다. 시기와 잘 맞아떨어지는 말이다. 소장은 회의를 마치며 시시콜콜한 것까지 자기에게 다 보고하라고 으름장을 놨다. 그렇게 며칠 동안 보고를 받다 보니 반복되는 것이 생겼다. 검열 연장을 비웃듯 계속되는 도난사건이었다. 닭 세 마리가 사라졌을 땐, 소장은 야생 동물 탓이라는 당직자의 변명을 한 귀로 듣고 넘겼다. 그러나 다음 날, '호박 사건'이 터졌을 땐 달랐다. 소장은 진심으로 분노했다. 닭이 없어진 것도 짐승이 아니라, 결국 사람 짓이라는 추궁으로 번졌다. 그가 더 화가 난 건, 그 도둑놈이 자기 호박을 건드렸기 때문이었다.

보위원들은 식사 후 마당에서 담배를 피우면서 지붕을 올려다보곤 했다. 그 위에는 넝쿨 타고 올라간 여러 개의 호박이 널려 있었다. 누군가 손을 댈까 봐 넝쿨을 일부러 지붕 쪽으로 유도했다. 열매 밑에는 떨어지지 않게 나무와 철사로 만든 받침대까지 설치했다. 보위원들은 지붕 위 호박을 보며 계절을 느끼고, 시간을 견디고, 소장에게 아첨도 했다.

"제일 큰 저 호박은 소장 동지 몫입니다."

그 통에 소장 역시 담배를 물며 흐뭇하게 호박만 바라보았다. 진녹색 껍질에 윤이 흐르는 둥근 모양을 볼 때마다 자기도 모르게 뺨을 매만지곤 했다. 그런데 이상하게도 보름 전부터 유독 그 호박만 색이 변하기 시작했다. 광택이 사라지고 표면은 거칠어졌다. 다른 것들은 여전히 빛나고 있었는데 그 한 놈만 갈색으로 변해갔다.

이튿날 아침, 소장은 직접 지붕 위로 당직군관을 올려보냈다. 군관은 사색이 된 얼굴로 호박과 소장을 번갈아 보았다. 그러더니 조심스레 양팔로 호박을 끌어안고 내려왔다. 소장 앞에 놓인 호박은 꼭지 부위가 도려졌다. 물론 속은 텅 비었다. 사기 인생처럼 흡족하게 쳐다봤었는데 도륙당한 것이었다. 소장은 소리 질렀다.

"잡아내! 인원교체 때 새로 이사 온 놈들 짓이야!"

수사 방향을 줘도 결과는 시원찮았다. 심증은 넘쳐도 물증이 없었다. 나중엔 호박보다 더 큰 일이 터졌다. 돼지가 굶어죽었다. 15

호에서 죄수가 굶어 죽는 일은 드물지 않았다. 서류는 한 달에 한 두 번씩 올라왔다. 보고를 받으면 그냥 도장을 찍으면 그만이었다.

하지만 돼지가 굶어 죽은 건 다들 놀랄 비정상적인 사건이었다. 그것은 분명 수용소 내의 죽임이었다. 간부들은 헐레벌떡 돼지우리로 달려왔다. 소장은 돼지우리를 돌며 코에 손수건을 힘줘 대고 있었다. 눈매는 심하게 구겨졌다. 몇 마리 남은 돼지들도 비틀거렸다. 등이 마른 데다 몸통은 뼈대에 붙은 껍질처럼 축 처져 있었다.

"이게 돼지야? 강아지야?" 소장이 코를 움찔거리며 소리쳤다.

"다른 리들도 형편이 이래?"

뒤에 서 있던 간부들 중 작전부장이 한 발 나섰다.

"비슷합니다. 돼지 밥 줄 때마다 경비대가 지켜설 수도 없고… 아무리 구류장 보내도 소용없습니다. 전번엔 대숙리에서도 자칭 무력부조인가, 호위국조인가…? 군인 출신 놈들 때문에 돼지 다섯 마리가 굶어 죽었습니다."

소장은 눈을 치켜떴다.

"그놈들 지금 여기 왔잖아."

그 말과 동시에 그는 돼지우리 몇 개를 더 들여다보았다. 비쩍 마른 돼지 한 마리가 그를 흘끗 쳐다보다 이내 등을 돌리고 똥을 쌌다. 소장은 뭘 먹은 똥인지 유심히 들여다보았다. 후방부장이 큰 소리로 말했다.

"좋은 소식도 있습니다."

소장은 냄새를 쫓으려고 손을 내저었다.

"그래. 아무튼 하나라도 있어봐."

"염소들은 잘 자랍니다. 어제도 여기서 새끼 세 마리 낳았습니다. 다른 리들도 염소는 굶어 죽지 않습니다."

소장은 고개를 끄덕이며 중얼거렸다.

"하긴… 염소 풀까지 뺏어 먹는 놈은 없겠지."

그때였다. 뛰는 발소리가 다급하게 들려왔다. 대열부장이 땀에 푹 젖은 몸으로 달려오고 있었다. 멈춰 선 그는 숨을 헐떡이며 외쳤다.

"소장 동지! 큰일 났습니다. 큰일!"

소장은 손수건을 내리며 인상을 구겼다.

"네가 나타나면 왜 이렇게 불안하냐?"

"조직부장 동지가 자기가 문제 해결하겠다고 작전참모요, 경비대까지 다 끌고 야장간으로 갔습니다!"

"갔는데 뭐?"

"놈들은 말로 해선 안 된다고 하면서…그 통역 졸개 놈부터 구류장에 처넣었습니다."

"뭐 뭐? 구류장에?"

소장은 뒤에서 나올 말이 욕으로 번질까봐 입술을 악물었다.

"예. 그 일본 놈은 펄펄 뛰며 지가 만들었던 식칼까지 전부 용광로에 집어 던졌습니다. 야장간도 문 닫고, 아 그리고, 그 왜놈도 자기 구류장 가서 죽겠답니다."

"통역놈 잡혀갔다며? 그놈이 그 말한 건 네가 어떻게 알아?"

대열부장은 두 손목을 내밀며 죄인처럼 고개를 푹 숙였다.

"이러면서..."

소장은 한 걸음 내짚으며 주먹을 쥐었다.

"이게 일본말도 모르는게…"

대열부장이 뒷걸음치자 소장은 그를 지나쳐 빠르게 걸으며 중얼거렸다.

"이 양반이 정말… 누군 총이 없어서 타이르고 달랜 줄 알아?"

대열부장의 말처럼 야장간 굴뚝에선 다시 연기가 오르지 않았다. 맑은 하늘로 올라가던 연기가 사라져 빈공간이 되고 말았다. 야장간 문에는 큼직한 X자 널빤지가 덧대어져 있었다. 검게 그을린 나뭇결에 마지막 못 하나가 텅— 하고 박혔다. 그 무뚝뚝한 소리는 마당 전체를 울렸다.

카즈치카는 못을 박던 돌을 내던지고 두 손을 툭툭 털었다. 그리고 낮게 휘파람을 불었다. 작별의 소리 같았다. 그는 뒤돌아보지 않았다. 9분조원들의 시선을 등에 진 채 흔들흔들 걸어갔다. 그가 골목 끝으로 사라질 즈음, 어디선가 여자 목소리가 들려왔다.

"야! 너 거기 서봐! 야, 보위원이 부르잖아! 야! 야!"

목소리는 휘두르는 채찍처럼 울렸지만, 휘파람은 끊기지 않았다.

"야 이 개새끼야!"

그 소리를 끝으로 여자도, 휘파람도 모두 멀어졌다. 그러나 9분조는 그대로 서 있었다. 멍청한 시선도 똑같았다. 행여나 골목을 보고 있었다. 그런데 거기서 홍신영이 튀어나왔다. 그녀는 9분조원들을 보고 흠칫 놀라며 소리쳤다.

"뭘 봐?"
9분조는 아무런 반응이 없었다. 그냥 골목만 보고 있었다. 누구도 입을 열지 않았다. 입을 여는 순간, 정말로 독립조 해체라는 사실이 되돌릴 수 없게 될 것 같았다. 그 침묵을 먼저 깬 사람은 도련님이었다. 그는 화가 나서 두 눈을 곤두세웠다.
"저 미친년. 여기 누가 봤다고 지랄이야."
그제야 가수도 입을 열었다.
"이세봉 통역 선생 진짜 억울하겠다."
그 말은 대답을 바라는 것이 아니었다. 그저 자기 가슴에 다시 담는 말이었다.
"우린 그럼 어떻게 되는 건가요?"
도성진의 물음에 주둥이가 쓴웃음을 지었다.
"이놈들이 우릴 그냥 놀리겠어? 길어지면 독립조 해체지, 뭐."
도련님이 고개를 푹 떨구었다.
"자유도… 끝났구나."
그 말 위에 검은손이 작은 희망을 얹었다.
"그래도 이놈들이 도공님 못 이길 거다."
미련과 불안을 붙들고 섰던 모두의 시선이 일제히 분조장에게 향했다. 방향을 잃은 새떼처럼 흩날리던 그 눈빛들이 한순간 같은 하늘을 바라보는 것 같았다.
그때, 마당 끝에서 발소리가 들려왔다. 가족세대 2분조 여자들이 다가왔다. 선두에는 장찌엔이 있었다. 그녀는 말없이 미소만 지었다. 그 뒤로 박해순이 따라왔다. 도련님을 보자마자 입이 실룩거렸다. 말이 없어도 그 표정은 욕하는 게 틀림없었다. 도련님의 눈은 바닥에 박혀 움직이지 않았다. 민유정은 얼굴이 벌겋게 상기돼 있었다. 눈빛은 분명히 주둥이와 마주치지 않으려 애쓰고 있었다. 그녀들을 손으로 헤치며 돌대가리가 나타났다. 언제나처럼 속 편한 얼굴이었다. 그는 9분조를 향해 걸어오며 소리쳤다.

"어이, 얼라반동! 우리 집에 가서 쥐목장 볼래? 밥도 같이 먹고?"

아무도 대답하지 않았다. 도성진도 그를 바라보기만 했다. 그러다가 작게 중얼거렸다.

"…재는 매일 걱정 없구나."

그러자 돌대가리는 한 번 더 소리쳤다.

"상미가 내 동생이랑 먼저 갔는데…"

그 말에 도성진은 고개를 들었다. 그리고 어디까지나 사정하듯 조심히 말했다.

"…나 오늘, 쟤네 집 가서 밥 먹고 올게요."

9분조원들에겐 마지막 자유 같은 애원처럼 들렸다. 그저 아무 이유 없는 외출, 혹은 밥 한 끼를 핑계로 꿈에서 봤다는 여자와 상봉하려는 막내의 마지막 탈출처럼 보였다.

가족세대 골목길은 조용했다. 바람이 골목 벽을 따라 미끄러졌다. 하늘빛은 오래간만에 조금 맑았다. 햇빛에 반사된 도성진의 얼굴이 살짝 번들거렸다. 그는 돌대가리와 나란히 걸었다. 두 아이의 표정은 나름대로 뿌듯했다. 성진이는 외출의 자유가, 돌대가리는 자랑할 쥐 목장이 있었다.
"정말 쥐 목장이야?"
성진이가 묻자 돌대가리가 활짝 웃었다.
"몇 마리나 길러?"
"가서 보면 알잖아."
그 대답에 웃으며 사방을 둘러보던 도성진의 걸음이 문득 멈췄다. 눈앞엔 철조망이 있었다. 『섯 쏜다!』붉은 글씨의 경고판이 삐딱하게 걸려 있었다. 그리고 그 옆에 조그마한 아이가 서 있었다. 입소 첫날 독신자 막사 앞에서 꼬마 귀신처럼 나타났던 그 아이였다. 김성근 생일에 옥수수도 받았던 꼬마였다.
"어디 가?"
돌대가리의 목소리가 뒤에서 들려도 도성진은 벌써 달리고 있었다. 지금껏 봤던 건 얼굴이었다. 오늘 가족세대 지역에서 마주한 건 등이었다. 그 뒤가 더 반갑고 궁금해서 도성진은 빠르게 달려갔다. 그리고 한 걸음 앞에서 작은 아이의 어깨를 두드렸다. 아이는 움찔했다. 도망치려고 돌아서던 몸이 멈추며 얼굴은 늦을세라 해쭉 웃었다. 그의 볼에는 먼지가 잔뜩 묻어 있었다.
"걔, 별명이 구걸천사야."
뒤에서 돌대가리의 목소리가 바람처럼 따라왔다.
"웃음으로 구걸하는 애야."
그 말이 끝나기도 전에 아이는 얼굴로 기교를 부리기 시작했다. 눈은 그게 최선인지 빠르게 깜빡였고 볼이 말하듯 들썩였다. 입술은 왼쪽으로 한 번, 오른쪽으로 또 한 번 비틀며 웃었다. 그러곤 그것도 부족했는지 고개까지 입꼬리를 따라 위아래로 흔들며 리듬을 맞췄다. 마침내 이가 드러났고, 혀끝이 살짝 튀어나오며 익살스러운 미소가 완성되었다. 눈썹까지 동원된, 나름 치밀하게 짜인 다양한 웃음이었다. 살아남기 위해 외워둔 슬픈 웃음이었다. 그리고 마지막엔 서비스처럼 성진을 덥석 안아주기까지 했다.

그제야 도성진은 깨달았다. 이 아이가 왜 볼 때마다 그렇게 밝은 표정을 하고 있었는지, 왜 혼자일 때조차 웃고 있었는지, 그 모든 이유가 지금 눈앞에 있었다. 순간 성진은 속이 먹먹해졌다. 분명 어린애였지만, 안기는 감정은 자신이었다.

아이는 웃음을 팔았다. 자기보다 먼저 웃음을 잃어버린 어른들에게 말이다. 그래서 성진은 말도 없이 주먹밥을 꺼내 반을 떼주었다.

"야, 다 주지 마. 집에 네 밥 없어."

돌대가리가 옆에서 다급하게 소리쳤다. 그 말을 알아들었는지 꼬마는 주먹밥을 낚아채며 달려 가버렸다. 그 뒷모습을 성진은 멍하니 바라봤다. 한쪽 손도 갑자기 비어져 허전했다.

"저게… 고맙단 말도 없이…"

성진이 혼잣말처럼 중얼거리자 돌대가리가 혀를 찼다.

"여기선, 주면 끝이야. 다시 달래면 빼앗는 거야."

둘은 다시 쥐 목장 이야기를 꺼내며 골목 안으로 걸어 들어갔다. 다른 골목으로 돌아서는 그 모퉁이에서 무심코 스치던 성진의 시선이 멈추었다. 이어 발도 땅에 박혔다.

꼬마가 토굴집 작은 마당 한가운데 서 있었다. 그 곁엔 서른 즈음 되어 보이는 여인이 아이에게 응석 부리며 매달려 있었다. 꼬마의 집 마당으로 들어서는 성진이를 여인은 쳐다보려고도 안 했다.

"나도 한 입 줘요. 왜 아버지만 줘요. 나도 줘요."

여자의 목소리는 말이라기보단 기억에 걸린 헛된 흉내 같았다. 구걸천사는 작은 손으로 밥 한 덩이를 떼어 여자의 입에 어른처럼 넣어주고 있었다. 성진이 앞으로 꼬마 아버지가 다가왔다. 도성진은 그에게 조심스레 남은 주먹밥을 내밀었다. 그러나… 받을 두 손이 없었다. 성진은 당황했다. 내민 자기 손이 미안하고 죄송했다.

허공에 떠 있는 그 밥을 옆에서 갑자기 덮쳐온 건 구걸천사의 엄마였다. 그녀는 주먹밥을 낚아채 제 입에 가져가려 했다. 그러자 구걸천사가 그 손에서 다시 덩이를 뺏어냈다. 그리고 그것을 아빠에게 가져갔다. 두 팔 없는 남자는 고개를 저었다. 구걸천사는 그 의미에도 익숙한지 곧바로 자기 한 점, 엄마 한 점 나누어 먹었다. 아이의 아버지는 고맙다는 눈빛으로 도성진을 바라보았다. 껴안아 줄 팔이 없어 눈으로 안으며 말했다.

"일곱 살이야. 태어날 때… 귀에 남은 양수가 굳어서. 애가 말을 못해."

그 말에 성진은 다시 한번 충격에 떨렸다. 애가 왜 한마디 인사도 없었는지 그제야 알았다. 온 얼굴이 아이의 언어였고 정작 그 웃음만이 제 것이 아니었다.

"여기 들어와서… 나까지 이리 됐고… 애 엄마도… 저리 되고…… 하여튼, 고마우이."

아이 아버지는 내밀 손 대신에 고개를 숙였다. 도성진도 반사적으로 머리를 숙였다. 어른한테 위로받아야 할 자기가 되레 허리를 더 깊이 숙였다. 겨우 버텨낸 얼굴로 돌아서며 걸음을 떼는 도성진의 눈이 뜨거워졌다. 뒤돌아보니 꼬마의 손도, 아빠의 눈도, 같이 웃고 있었다. 말도, 팔도 없이 마지막 얼굴만 있는 그 슬픔의 가족 덩어리가 끝내 흐려졌다.

"봐봐. 네가 아직 신입이라니까. 남을 위해 흘릴 눈물도 남아 있고…"

돌대가리는 성진의 그 눈물을 훔쳐보고 일부러 앞서 걸었다.

그의 집은 작고 단정했다. '가족세대'라는 이름이 붙어 약간의 따뜻함이 허락된 공간이었다. 도성진이 문턱을 넘자마자 바닥에서 벌떡 일어선 사람은 김상미였다.

"왔어?"

그녀는 아무거나 묻고 싶어 하는 눈빛이었다. 하지만 그 감정은 금세 밀려났다.

"비켜, 비켜! 쥐 목장 보여줘야 해."

돌대가리는 사정없이 도성진의 손을 끌고 내질렀다. 그 바람결에 김상미의 표정이 흩날려 사라졌다. 돌대가리의 자랑스러운 쥐 목장은 낡은 벽과 벽 사이 한구석에 자리 잡고 있었다. ㄷ자 모양의 널빤지, 손바닥만 한 구멍, 그리고 살짝 움푹 파인 바닥일 뿐이었다. 목장이라고 해서 떼로 있는 쥐를 상상했었는데 쥐 꼬리도 보이지 않았다.

"이게 쥐 목장이야?"

도성진은 기만당한 표정이었다.

"쥐가 어디 있는데?"

"쉿."

돌대가리는 눈을 반쯤 감았다.

"밤에 강냉이, 도토리 같은 거 놔두면… 다 없어져. 그럼 또 온다는 거지. 입소문 나서."

"그래서 잡아? 구멍 막고?"

"아니지."

그의 설명은 진지했다.

"쥐는 피 냄새를 기막히게 맡아. 그러니까 생포해야 해. 그리고 이 구멍 손대면 안 돼. 쥐들끼리… 표시해 두는 거 같아."

돌대가리는 벽 뒤의 쥐들이 듣기라도 하는 것처럼 낮은 목소리로 속삭였다. 김상미의 목소리가 그 벽을 쾅 때렸다.

"별거 없지? 내 말 맞지?"

돌대가리는 발끈했다.

"이렇게라도 쥐 고기 먹어도 어디야!"

"흥. 전번에 연미 아버진 오소리도 잡아 왔어."

"그래서 그날로 일주일 배급 끊겼잖아."

"그 삽들 연미 아버지가 부러뜨린 줄 알아?."

"두 개나 부러뜨렸잖아. 작업도 중단되고"

말이 겹치고 눈빛이 얽히며 숨결이 부딪쳤다. 그럴수록 도성진의 얼굴은 점점 차분해졌다. 말싸움이 계속되는 사이에서 도성진은 가만히 생각했다.
"삽이 없어 작업이 중단됐다?"
쥐구멍을 한참 보는 성진의 머릿속에 옹혜야의 생존 조언 한 문구가 일어섰다.
"여기서 네가 산다는 의미는 남보다 하루를 더 먼저 보는 거야."
그 생존 법칙이 언제 어디에 쓰일지 지금 막 보였다. 성진의 몸이 대번에 반응했다. 곧바로 뛰쳐나갔다.
"쟤는 오늘 왜 그래?"
돌대가리보다 더 크게 외친 건 김상미였다.
"야! 너 어디 가?"
성진은 이미 사라졌다. 야장간의 내일을 향해 뛰고 있었다. 성진이 오기 전까지 9분조는 야장간 뒷마당 어귀에 웅크리고 있었다. 발소리 하나, 헛기침 소리 하나에도 서로 움찔했다. 남에게 들키지 않으려고 숨어있는 것이었다. 빈둥거리다 들키면 작업장으로 끌려갈 게 뻔했다. 그 무리 속에 뛰어들며 성진이 입을 열었다. 그의 아이디어에 그림자들이 일어섰다. 눈빛들이 동시에 달라졌다. 무언가를 향해 숨죽인 전율이 그들 사이로 전염처럼 퍼져나갔다. 어느새 도성진은 그들의 중심에 섰다.
"어때요?"
"가능해요?"
도련님에 이어 주둥이도 다그쳐 물었다. 긴장과 희망이 한데 섞인 목소리였다. 검은손은 묵직하게 고개를 흔들었다.
"완전히 가능하지."

그 한 마디가 마당 전체에 불을 질렀다.
"어, 얼라반동! 대단한데!"
"그걸 어떻게 생각해냈지?"
"이거, 15호 귀신 다 됐네!"
9분조의 환호가 마당을 찢었다.
도성진의 아이디어는 단순했다. 작업 도구를 파괴하자. 호미, 삽, 곡괭이, 바케스, 양동이… 무엇이든 부수고 망가뜨려서 결국 보위부가 야장간을 다시 열 수밖에 없도록 만든다는 것이었다.
"근데 우린 독립조인데…"
가수가 현실을 짚었다.
"그 많은 도구들을 다 어떻게 해?"
9분조의 시선이 그 말을 한 가수에게 동시에 쏠렸다. 주둥이가 양팔을 허리에 짚고, 턱을 약간 들었다. 그가 그 자세로 뻔뻔하게 나올 땐 자신감이 명확했다.
"내가 감시반 애들 만나고 올게. 걔들이라면 하고도 남지."
기대 반, 설마 반이던 9분조의 얼굴 위로 은밀한 미소들이 퍼져 갔다. 그건 폭발 직전의 예열이었다. 그때 누구보다 먼저 터져 나온 건 도련님이었다. 그는 갑자기 두 팔을 허공 높이 치켜들더니 그야말로 혼신의 힘을 다해 외쳤다.
"아 아 아 아멘—!" 그 울림은 마당 전체를 뒤흔들었다. 너무 컸고, 확신에 찼고, 위험했다. 그가 다시 외치려고 위협적으로 동작을 취하자 저마다 기겁했다.
"야야야야야야!!" 누구랄 것도 없이 그들은 동시에 덤벼들었다. 입을 틀어막고, 어깨를 끌어내리고, 아예 손가락을 입안에 밀어 넣으며 9분조 전체는 바닥에 뒤엉켜 쓰러졌다.

주둥이는 밤을 기다리지 않았다. 9분조 대표로 독신자세대 작업장을 찾아갔다. 주둥이는 자기들의 무게까지 들고 뛰는 제방 쌓기 현장을 새삼스럽게 둘러보았다. 감시반 간부들은 눈에 잡히지 않았다. 최종배는 미꾸라지를 때리고 있었다.
"이 새끼야. 내가 언제 너한테 사탕을 줬어?"
그의 주먹질 사이로 미꾸라지의 비명이 쏟아졌다. 최종배는 방금 본부 검열단과 담화를 마치고 돌아온 길이었다. 그보다 앞서 미꾸라지가 먼저 수용자 담화 자리에 불려갔었다. 조직부장이 직접 '모범 감시자'로 특별히 추천한 자리였다. 검열단 앞에서 미꾸라지는 자랑했다. 그가 담당 보위원의 신임을 받고 있으며 친분의 표시로 자신에게 사탕을 하사했다고 거짓말도 했다.
"죄수들이 다들 존경하는 선생님을 강조하려고 그랬습니다."
그 한마디가 최종배의 얼굴을 더 일그러뜨렸다.
"이 새끼 봐라. 보위원이 반동들한테 왜 존경을 받아? 이 새끼가 사람 잡으려고 잡도리를… 내가 한 줌이나 줬어? 달콤했어, 그 사탕이?!"
주먹이 날아들 때마다 미꾸라지의 몸이 옆으로 뒤틀렸다. 주둥이는 립석강 제방 아래로 내려갔다. 바람이 작게 불고 있었다. 제방 위로 햇살이 물결마다 일어서며 서로를 흉내 냈다. 흙을 이기고 나른 자국이 뚜렷이 남아 있는 그 아래쪽에 두 남자가 나란히 앉아 있었다. 호위국조 두령과 무력부조 두목이었다. 주둥이는 그들에게 9분조가 주도적으로 야장간 문을 닫은 것처럼 말했다. 김성근의 복수로 작업장을 마비시키겠다는 전략처럼 말이다.

"알았어. 가서 우리 사람들 좀 데려와."

주둥이가 자리를 뜨자 두령은 옆에 앉은 두목을 의아하게 쳐다보았다.

"근데… 왜 조를 하나로 합치자는 거야? 우두머리 자리까지 양보하면서 말이야."

두목은 작게 웃었다. 이미 삶의 무게를 내려놓은 자만이 지을 수 있는 웃음이었다.

"그 한별 동지, 아멘 동지 말이야."

"예수님 자제분?"

두령은 자기들의 오해가 더 웃겨서 똑같이 미소를 지었다. 두목은 말을 이었다.

"'아멘'할 때 놀랐어. 그간 우리가 센 척했지, 절대 그놈처럼은 못하지. 안 그래?"

두령은 고개를 끄덕였다. 두목은 주머니에서 담배를 꺼내 물었다.

"솔직히 무력부니, 호위국이니 그것도 뭐가 그렇게 대단해? 내가 지켰던 조국이 이 요덕이고, 형이 호위했던 그 지도자가 이 15호의 주인이잖아."

그는 담배에 불을 붙인 뒤 연기를 한 모금 내뱉고는 두령에게 건넸다.

"시원시원하게 살자고. 나처럼."

두령도 한 모금 빨고 나서 다시 건네며 천천히 고개를 끄덕였다.

"그럼 우리 새 조직 이름은 뭘로 할까? 너랑 나, 부르는 호칭은 또 뭐로 하고?"

잠시 정적이 흘렀다. 강 위로 까마귀 두 마리가 날아가며 그림자를 그렸다. 그때쯤 저편에서 감시반원들이 달려오는 모습이 보였다. 주둥이는 뒤에서 걸어오고 있었다. 두령은 담배 연기를 뿜으며 짧게 웃었다.

"…뭘로 하긴. 우리가 잘하는 걸로 붙여야지."

그 말에 두목도 피씩 따라 웃었다. 잠시 후, 군인 출신 감시반원 6명이 한 줄로 정렬했다. 그 앞에 두목과 두령이 버티고 섰다. 먼저 두목이 장군처럼 엄숙한 어조로 선언했다.

"오늘부터… 무력부와 호위국을 강제 해산한다. 그리고 두 조직은 하나로 합친다."

감시반원들은 서로 눈을 마주쳤다. 두령이 눈에 힘을 주자 곧 손뼉들이 잇달아 울렸다. 딱, 딱딱, 딱딱딱. 두목은 손을 들어 박수 소리를 잠재웠다. 그의 목소리는 점점 고양됐다.

"우리 새 조직의 이름은 '조절위원회'다."

이번엔 함성까지 곁들인 박수가 나왔다.

"우리가 뭘 조절해야 하는가? 우리 밥을 제멋대로 상밥, 중밥, 하밥으로 나눈 저놈들! 지금까진 놈들이 우릴 조절했지! 이제부터 거꾸로 우리가 조절한다! 알겠는가!"

"네, 알았습니다!"

그 외침은 마침내 그 명령을 기다려왔다는 환호였다.
"그럼!"
두목은 손을 옆으로 뻗었다.
"위원장 동지께서 첫 조절 명령을 내리시겠다."
환호의 갈채가 이어지고 일동이 바라보는 가운데 두령이 한 발 앞으로 나섰다.
"독립조 정찰 보고에 따르면 야장간이 현재 파괴 상태라고 한다. 만약 이것들만 다 없앴다면 적들의 혁명화 기지는 단숨에 마비된다!"
감시반 뒤편에서 주둥이가 엄지를 척 치켜들었다. 그걸 보고 난 두령의 목소리가 한층 더 높아졌다.
"오늘부터 우리 위원회의 첫 조절 목표는! 작업 도구 조절이다!"
감시반원들의 얼굴이 홍조를 띠었다. 눈빛이 움직였고 주먹이 불끈 쥐어졌다.
"보이는 대로 망가뜨려라! 닥치는 대로 부숴버려라!!!"
두령의 손끝이 가리키는 방향으로 감시반원들이 함성을 지르며 뛰어갔다. 지시는 곧 분조장들에게 은밀히 전달됐다.
"알아들었지? 그냥 시키는 대로 해."
그 이유를 묻는 자에게 감시반은 곤봉을 쳐들었다. 전례 없는 감시행위였는데도 수용자들의 마음은 덩달아 들끓기 시작했다. 다 같이 일을 벌이는 집단행동이 가능하다면 당장에 봉기라도 일으키고 싶은 마음들이였다. 감시반이 되레 혁명화를 감시하자는 데 반동 짓 안 할 이유가 없었다.

분조들에서 경쟁적으로 작업 도구들을 파괴했다. 삽날이 찌그러지고 곡괭이 자루는 부러졌다. 영문도 모르고 미꾸라지는 양동이를 지키다가 한 대 맞았다. 독신자세대의 조절은 신속했고 자비가 없었다. 밤이 되자 가족세대 2분조도 움직이기 시작했다. 집집마다 마당에 널린 작업도구들을 걷어갔다. 9분조는 독신자세대와 가족세대에서 회수된 삽날, 곡괭이, 호미, 양동이, 도끼날들을 야장간 뒷마당에 파묻었다.

그것들을 들것으로 부지런히 나르는 9분조를 우연히 본 카츠치카는 처음엔 코웃음을 쳤다. 저것들은 노예의 종자라고 생각했다. 그러나 아무도 없는 새벽에 뒷마당에 가 보고 정말로 슬쩍 미소를 지었다. 가마니를 들추자 그 안에 별의별 농기구들이 다 모아져 있었다. 놈들의 의도가 그 안에 있었다. 카츠치카는 손을 털며 야장간을 빠져나왔다. 그 길로 이세봉의 집으로 갔다. 구류장에 간 그를 대신해서 무너진 돌담을 손보기 위해서였다. 이세봉의 아버지는 일 나가고 없었다. 그는 혼자 묵묵히 돌을 쌓아 올렸다.

다행히도 야장간의 독립조는 해체되지 않았다. 조직부장은 창밖을 내다보며 완고했다.

"그놈들까지 쫓아내야 왜놈이 겁을 집어먹지요."

소장은 거울을 보며 콧구멍에서 삐져나온 긴 털을 뽑고 있었다.

"제 그림자 같던 통역놈을 처넣어도 요지부동이잖소. 그깟 독립조가 뭐라고… 아무튼 그놈 고집은 칼이오. 식칼."

그날부터 9분조는 온갖 잡역에 투입됐다. 지휘부 앞마당의 흙을 고르고 담장을 횟칠했다. 토끼 우리와 닭장 주변으로 자갈도 날랐다. 딱 한 번 도련님이 달걀 두 알을 훔치다 들켜서 매 맞은 것 말고는 큰 사고가 없었다. 담배꽁초를 많이 주워 피운 덕에 9분조의 우울감도 상당히 나아졌다.

하루는 소장이 작업장 앞을 지나치다가 건빵 두 봉지를 와락 쏟은 적도 있었다. 다음 날도 9분조는 소장을 기다렸지만 나타나지 않았다. 본부에선 백두대검을 재촉했다. 새로 부임한 정치위원은 차마 왜놈이 거부한다고 말할 수가 없었다. 그래서 수화기를 들고 힘차게 말했다.

"현재 최고의 검 제작을 위해 실험을 계속하고 있습니다."

그 자리에 함께 있던 조직부장의 고민은 단지 '칼'에만 있지 않았다. 며칠 만에 작업장의 혁명화는 멈춰 섰다. 때려서 해결될 일도 아니었다. 작업장은 아수라장이었다. 홍신영이 퍼질러 앉아 있는 장찌엔에게 다가가 호통쳤다.

"야, 너 왜 그러고 있어? 일 안 해?"

장찌엔은 일어나지도 않고 더 크게 소리쳤다.

"일하겠다구요! 이 장찌엔도 혁명화하고 싶다구요."

"너 그 이름 부르지 말랬지?"

"내 이름이요. 작업 도구나 주라구요!"

그 소리에 홍신영은 말문이 막혀 눈을 껌뻑이자 주변 수용자들은 피식피식 웃었다. 그 보고를 받은 조직부장이 화가 치밀어도 말을 하지 못했다. 여기저기서 쏟아지는 도구 독촉들은 야장간 문을 닫은 자신에 대한 힐난처럼 들렸다.

감시반 사람들의 새로 만든 조직인 '조절위원회'는 작업 도구만 조절한 것이 아니었다. 보위원들의 표정마저 조절했다. 15호의 보위원들 가운데 자기 얼굴을 고스란히 드러내고 다니는 이는 오직 소장뿐이었다. 그는 지금 돌아가는 상황이 통쾌하기만 했다.

"하하하! 우리 15호에서 쇳덩이 뽑는 공장이라면, 그 야장간 하나인데! 하하하!"

소장은 전화기를 귀에 붙이고 붓으로 자기 얼굴을 문대고 있었다. 커진 목소리에 어깨까지 들썩이며 말끝마다 웃음이 새어 나왔다. 이미 모든 것을 장악한 자의 여유였다.

"구류장? 아, 그 통역놈? 몰라, 몰라. 히히히. 백두대검 관련은 다 그쪽이야. 정치부나 조직부장에게 넘겨."

소장은 턱을 치켜들며 자기 목 아래를 붓질했다.

"난 식칼이면 돼. 이번 검열단엔 식칼 하나씩 줘도 돼. 아무튼, 원래 그놈은 식칼이야."

지휘부를 나온 그는 혼자 걸으며 한두 번 더 웃었다. 보위원 식당 앞에 이르러서는 자기의 표정과 군복을 정리했다. 늦은 점심 무렵이라 보위원 식당은 거의 텅 비어 있었다. 당직 군관이 소장을 따라 들어오며 안으로 외쳤다. "군관 동지들!"

밥을 먹던 세 명의 군인이 일제히 차렷 자세로 일어섰다. 구석에 따로 앉아 밥을 먹던 홍신영도 볼이 불룩한 채로 벌떡 일어났다. 씹지도 삼키지도 못한 채 정면 벽만 응시하고 있었다. 소장이 고개를 끄덕이자 군인들은 다시 자리에 앉았다.

수용자들도 잰걸음으로 바삐 움직였다. 소장은 서련화의 위치를 확인한 뒤 창가 쪽에 자리를 잡았다. 잠시 후 서련화가 밥을 들고 나왔다. 소장은 늘 그랬듯 무언가를 더 요구했다.
"된장에 풋고추 몇 개 가져와."
식당 안은 숨소리조차 조심스러웠다. 숟가락이 그릇 바닥을 긁는 소리도, 목으로 국을 넘기는 소리도 마치 누가 듣고 있을까 봐 감췄다. 군관들은 수용자를 소리쳐 부르지 않았다. 필요한 것이 있으면 직접 일어나거나 손짓으로 호출했다.
홍신영은 식판을 밀어놓고 먼저 일어섰다. 몸을 돌리며 소장에게 거수경례를 했다. 소장은 씹는 데만 집중했다. 가끔 눈을 들 뿐 말은 없었다. 그러나 그녀는 그 시야에 자신이 걸려들기를 바라고 있었다. 그래서 물컵을 들고 배식구 쪽으로 허겁지겁 뛰었다.
바로 그 순간, 안에서 나오던 서련화와 맞부딪쳤다. 쨍그랑! 쟁반 위 접시들이 바닥에 부딪히며 산산 조각났다. 소장은 아무 말 없이 밥을 씹었다. 홍신영은 젖은 군복 바짓가랑이를 내려다보더니 일그러진 얼굴로 고개를 들었다.
찰싹! 그녀의 손이 서련화의 **뺨**을 내리쳤다. 밖에서 당직 군관이 달려들어왔다. 홍신영은 소장의 귀에도 들릴 정도로 크게 소리쳤다.
"이년이, 내가 오는 거 뻔히 보면서도 그냥 와서 부딪히잖아요! 야, 너 일부러 그런 거지?"
당직 군관은 같은 보위원 편에서 소매를 걷어 올렸다. 홍신영의 얼굴엔 열기가 번졌다. 그리고, 다시 서련화의 **뺨**을 내리쳤다. 소장의 숟가락이 식판 위에 내려앉았다.
"당직!"
"네!"
당직 군관이 급하게 다가와 자세를 바로잡았다.
"밥 먹는 식당 안에서 웬 소란이야?"
"네! 저년이, 그릇을 깼습니다!"
소장은 손수건을 꺼내 입가를 닦았다.
"접시 대여섯 개 들고, 따라와."
"네, 알겠습니다."
소장이 일어서는 식탁 밑에서 의자가 요란한 소리를 냈다. 그는 서련화를 다시 때리려는 홍신영을 향해 날카롭게 외쳤다.
"홍 중위!"
서련화에게 주먹을 들어 올리던 여중위는 그 자세 그대로 돌아섰다.
"네, 소장 동지!"
"너도 몇 개 들고 나왓."
보위원 식당 옆엔 작은 사격장이 있었다. 식후의 무료함을 달래기 위한 공간이었다. 과녁은 공치기용과 활쏘기용이 있었다. 소장이 앞장섰다. 당직 군관과 홍신영이 양손 가득 접시를 들고 뒤따랐다.
"저 앞에 세워 놔."
두 사람은 재빨리 달려가 책상 위에 접시를 가지런히 놓았다. 홍신영은 애써 여성스럽게 보이려고 접시 하나하나를 정성스레 맞췄다. 그때였다. 탕! 탕! 탕! 첫 발사음에 두 사람의 어깨가 움찔했다. 총알이 관통한 것도 아닌데 서로를 놀란 눈으로 바라보았다. 숨도 못 쉬고 고개를 돌렸다. 소장이 권총을 겨누고 있었다.

"비켜, 이 새끼들아."

두 군인은 반사적으로 몸을 숙였다. 그들의 머리 위로 다시 총성이 터졌다. 탕! 탕! 탕! 접시들이 산산 조각났다. 하얀 파편이 사방으로 튀었다.

둘은 비틀거리며 그 자리를 빠져나왔다. 거칠게 숨을 몰아쉬었다. 자기 몸 여기저기를 더듬던 당직 군관은 곁의 홍신영을 보고 행동을 멈추었다. 그의 시선은 홍신영의 허벅지로 내려갔다. 그녀의 군복 바지 사타구니 부분이 흠뻑 젖어 있었다. 홍신영의 얼굴은 공포와 굴욕이 뒤섞여 일그러졌다.

식당 창가에 선 수용자들은 바깥 상황을 숨죽여 지켜보고 있었다. 그들 뒤에 서 있는 서련화의 눈빛은 침착했다. 놀라움도, 두려움도, 그 어떤 감정도 없었다. 그녀는 혼자 담배를 피우며 걸어가는 소장의 등을 한동안 지켜보았다.

그 시각, 조직부장은 대열부장을 앞세우고 야장간 마당에 정렬한 9분조 앞에 섰다. 평소 같으면 야장간 전원을 구류장에 보내는 일도 어렵잖게 할법했다. 그러나 지금은 본부 검열 기간이었다. 조금만 방향을 잘못 틀어도 그 화살들이 자기에게 날아들 시기였다. 작업도구의 파손이나 부족은 수용자의 일탈로 넘기기엔 애매한 문제였다.

검열단은 단지 책상 앞에만 앉아 있지 않았다. 때로는 현장까지 내려와 혁명화 진도를 확인하고 다녔다. 조직부장은 그 시선의 무게를 너무도 잘 알고 있었다. 그래서 그는 지금 이 꺾인 분노를 당장 터뜨리는 대신 일단 미루기로 했다. 이세봉을 놓아주는 대신 야장간을 당장 열도록 지시했다. 그리고 한 번 더 엄포를 놓기 위해 야장간 앞으로 직접 나와 섰다.

마당 한끝 골목길에 구류장에서 풀려난 이세봉과 함께 카츠치카의 모습이 나타났다. 9분조의 가슴은 희열과 격정을 억누르느라 부풀어 있었다. 하지만 정작 얼굴 표정에는 온갖 불쌍한 것들을 다 끼워 넣고, 마당 가운데 축 늘어진 모습으로 서 있었다.

"흐흐흥"

도련님 입에서 신음처럼 새어 나왔다. 속으로 치솟는 웃음의 한 귀퉁이를 놓쳐버린 것이었다. 다행히 그 낌새가 옆으로 번지기 전에 조직부장의 호통이 마당을 갈랐다.

"당장, 문 열어!"

함께 온 경비대 두 명이 X자 형태로 덧댄 널빤지를 급하고 사납게 떼어냈다. 문이 덜컥 열렸다. 며칠 갇혀 있던 녹슨 쇠 비린내와 땀내, 화로에 남은 재 냄새가 마당까지 퍼져 나왔다.

조직부장은 어깨를 세우고 한 발을 안으로 내디뎠다. 그 자세엔 한 번 사라진 위신을 다시 회복하고자 하는 뻣뻣한 허세가 묻어 있었다. 그러나 그가 마주한 풍경은 이미 무너진 권위의 유적지였다.

카츠치카는 마당에 묵묵히 서 있었다. 그 옆엔 이세봉이, 뒤로는 9분조원들이 줄지어 함께 했다. 대열부장은 노트를 꺼내 들었다. 그 손끝엔 알 수 없는 조급함이 서려 있었다.

"야장간 조에 내리는 15호 정치부 지시다."

그의 목소리는 마치 군말 없이 통과되길 바라는 공문 같았다. 권위를 억지로 붙잡고 실무적 문장만 더듬는 공식적인 음조였다. 조직부장은 뒷짐 진 자세로 그 옆에 서 있었다.

"첫째, 오늘 밤부터 야간전투를 벌여 수용소 각 작업대에 필요한 도구 생산을 '보장'한다."

9분조원 중 누군가가 작은 킥— 웃음소리를 발했다. 다행히도 대열부장의 낭독은 그 사이를 끊지 않고 이어졌다.

"만약… 작업 도구 부족 소리가 다시 나올 경우—"

그는 손가락으로 허공을 짚었다. 다시 한번 명령의 무게를 덧씌우려는 몸짓이었다.

"다시 나올 경우! 탄광 6개월 강제노동에 조치한다."

하지만 그 앞에 선 누구도 '두려움'이라는 감정에 반응하지 않았다. 카츠치카는 속으로 휘파람을 불 듯 입술을 오므리고 있었다. 이세봉의 입에서 흘러나온 일본어는 수업시간 지루한 교과서를 읽는 사람처럼 의무감만 담긴 발성이었다.

카츠치카는 어떤 표정도 짓지 않았다. 그들이 들고 온 건 명령이 아니었다. 기억되지 않을 문장들과 때늦은 위협이었다. 9분조의 숨소리도 더는 누구의 허락이 필요치 않았다.

"둘째, 백두대검 제작과 관련하여…"

쾅— 야장간 문턱에 매달린 징이 울렸다. 쇳소리는 사방의 벽을 타고 천장을 훑은 뒤 무겁게 내려앉아 모든 이의 귀를 쳤다.
 조직부장의 두 눈이 파르르 짧은 경련을 일으켰다. 징을 울린 이는 카츠치카였다. 검게 그을린 주먹이 떨리고 있었다. 그의 입에서 튀어나온 일본어는 더 소리가 컸다.
 "이놈이… 듣자 듣자 하니"
 어깨가 들썩이고 눈빛이 치솟았다.
 "네놈들이 야장간 문을 뜯었지. 나는 아직 불도 안 지폈어."
 그 목소리의 밑바닥엔 분노보다 더 깊은 층 위의 자존이 흘렀다.
 "조건은 네놈들이 정할 게 아니야. 여긴 내 권한이고, 요구는 내가 하는 거야."
 이세봉이 빠르게 통역했다.
 "도공님 조건이 우선이랍니다. 그걸 받아야, 야장간을 다시 열겠답니다."
 그 말이 끝나기도 전에 조직부장의 손이 허리춤으로 향했다. 권총집이 열렸다. 그의 손끝이 떨렸다. 겨우 꺼낸 쇳덩이 위로 혀끝이 올라탔다. 입술은 마르고 눈은 제 자리를 잃었다.
 "이 새끼가… 보자 보자 하니까 진짜 죽고 싶어?"
 그 말은 무력한 분노의 사투에 가까웠다. 카츠치카는 고개를 들었다. 그의 시선이 총구에서 조직부장의 얼굴로 옮겨갔다. 그러나 거기에는 자신만만한 권력이 없었다. 그저 아무것도 없는 무위(無爲)의 눈이었다. 이미 카츠치카의 세계에선 총의 의미가 헛것에 불과했다.
 "다나카. 이놈한테 똑바로 전해. 칼쟁이는 날만 세우지 않아. 목숨도 갈고 또 갈아서 누군가를 베어야 죽는다고."
 이세봉은 통역하지 않았다. 카츠치카의 표정이 이미 그 이상을 말해주고 있었기 때문이었다. 카츠치카는 눈을 흘기며 돌아섰다. 그건 등을 보인 것이 아니었다. 쏴도 된다는 배짱의 정면이었다. 그대로 다시 징 앞으로 걸어가 주먹을 치켜들었다.
 징— 징— 징—
 징이 세 번 울렸다. 그것은 오늘 작업 종료의 신호였다. 조직부장은 그 소리에 다시 한번 움찔했다. 그때였다.
 "시니마…"
 성진의 입에서 반사적으로 튀어나온 말이었다. 반쯤 접고 있던 허리도 그대로 굳어졌다. 조직부장의 입술이 떨렸다. 그러나 말이 나오진 않았다. 대신 그의 손바닥이 성진의 뺨으로 돌아갔다. 찰싹! 그 순간 성진에겐 얼얼한 자기 뺨보다 부끄러워하는 조직부장의 빈손이 더 크게 보였다.
 "내일까지 저 굴뚝에 연기 안 올라오면."
 조직부장은 이세봉을 향해서 서슬 퍼렇게 말했다.
 "너 새끼 포함해서, 이것들 전부."
 그가 손끝으로 가리킨 곳에는 9분조원들이 서 있었다. 모두 바닥을 내려다보며 하나같이 눈에 초점 없는 얼굴을 연기하고 있었다. 감정이 빠져나간 껍데기처럼 우울하게, 그러나 그 짓거리도 완고했다.
 "구류장에 집어넣을 거니까 그리 알아."
 대열부장이 그를 따라 발을 떼려고 할 때였다. 조직부장이 몇 걸음을 짚다 말고 돌연 돌아섰다.
"남아서 이놈들 모가지 비틀어서라도 문 열게 해."
그의 엄한 명령은 사실상 회피였다. 대열부장은 그 책임과 피로를 혼자 떠안고도 남았다. 9분조는 여전히 한 자세로 서 있었다. 누가 일시 정지 버튼을 누른 것 같았다. 시선은 바닥에 박혔고, 표정은 그 밑에 눌려 있었다. 대열부장은 하나같은 그 몰골을 역겨워하며 혀를 찼다. 그리고 이세봉의 팔을 붙잡아 억지로 야장간 안으로 끌다시피 했다.
카츠치카는 불 꺼진 노(爐) 앞에 앉아 있었다. 마당에서 연기를 끝낸 9분조원들은 이번엔 야장간 안으로 우르르 따라 들어왔다.
"그래. 조건 있으면 내게 몰래 얘기해봐. 뭔데? 응?"
대열부장의 목소리는 조급했다. 담뱃갑을 열어 내밀었다. 카츠치카는 그 담뱃갑을 통째로 낚아 쥐고는 한 개비만 뽑아 문 뒤 주머니에 집어넣었다.
"이 새끼야. 그거 다 가지면 어떡해…"
대열부장은 공중에 허전하게 떠 있는 자기 손을 바라보다 어색하게 웃고 말았다. 카츠치카가 그 손을 힐끗 흘겨보며 툭 내뱉었다.
"다나까. 이 거지새끼한테 작업도구만 만든다고 해."
"백두대검은 안 되고요. 작업도구는 만들 수 있다고 합니다."
이세봉의 입에서 나오는 말을 들은 대열부장의 눈이 번쩍였다. 그건 상부에 한껏 눌려온 자기 연민과 조직부장도 해내지 못한 일을 해냈다는 감동이, 동시에 터져 나오는 감격이었다.
"알았어. 그거라도 해. 됐어."

그는 말이 바뀔까 황급히 등을 돌렸다. 도망치는 그 목덜미를 카츠치카의 일본어가 단박에 붙잡았다.

"야! 야, 저 거지새끼 어디 가? 다 듣고 가야지."

"그냥 가면 문 안 엽답니다."

대열부장은 문턱을 넘던 발을 멈췄다. 한쪽 발을 대강 빼려다 다시 끌려오듯 돌아섰다.

"짧게 말해. 짧게. 뭔데?"

그 말은 껍데기만 남은 음성이었다. 명령도 항의도 아니었다. 그저 어떻게든 이 자리를 끝내고 싶은 갈망에 가까운 읊조림이었다. 카츠치카가 천천히 입을 열었다. 이세봉은 그의 숨소리까지 따라가며 간격을 두고 통역했다.

"밤 새서… 불 지피고… 일을 해야 하니… 비게 많은 돼지고기… 이 킬로그램…"

말이 길어질수록 대열부장의 눈빛은 마른 진흙처럼 갈라졌다.

"닭도 두 마리… 있어야 문 엽답니다."

이세봉의 마지막 말에 대열부장은 참지 못하고 버럭 소리 질렀다.

"뭐? 뭐라고?!"

"다나까. 이 새끼한테 우리 불 지피는 법 알려줘. 안 그러면 아예 문 닫는다고."

카츠치카는 이미 문을 닫고 있었다. 손에 들고 있던 널빤지를 거칠게 바깥으로 내던졌다. 닭 떼를 쫓듯 두 팔을 휘저으며 9분조를 밖으로 내몰았다. 그들 사이에 이세봉과 대열부장도 끼어서 함께 밀려났다. 밖으로 먼저 나서며 이세봉은 빠르게 말을 덧붙였다.

"용광로 불은 한 번 꺼지면 고온까지 다시 올리는 데 돼지비게가 꼭 필요합니다. 지금까지 그렇게 해왔습니다. 오늘 문 열리면 이게 다 대열부장 선생님 업적으로 돌아가는데…"

말끝이 흐르자 대열부장이 되물었다.

"닭은? 왜 닭이 필요해?"

이세봉이 머뭇대며 답했다.

"생닭 피가 꼭 들어갑니다. 그리고 오늘 밤새며 다들 불 때야 해서…"

쾅— 쾅— 갑작스레 뒤에서 망치질 소리가 울렸다. 카츠치카가 널빤지를 덧대고 못을 박고 있었다. 야장간 문을 다시 잠그는 중이었다.

"끝났습니다."

이세봉의 그 한 마디는 선고처럼 들렸다. 대열부장은 아연실색했다. 망치 소리가 이어지자 달려가 카츠치카의 팔을 붙잡았다.

"준다고 해. 문 열라고 해…"

그 말은 무릎 꿇기 전 마지막 자존심처럼 떨리는 음성이었다. 이세봉이 통역하자 카츠치카는 망치를 어깨에 올렸다. 대열부장은 흠칫하며 뒷걸음질쳤다.

"이거 하나 박고 기다리겠다고 해. 안 오면 나머지도 마저 박는다고."

대열부장은 갈팡질팡하다 몇 걸음 옮겼다. 그러나 이내 되돌아와 조심스레 물었다.

"…식칼 하나 줄 수 있지?"

이세봉이 그대로 전하니까 카츠치카의 얼굴이 더욱 험악하게 변했다.
"이 거지새끼가 내 칼을 동네 싸구려로 아나? 돼지 한 마리 가져오라고 해."
이세봉이 수정해서 말했다.
"돼지 반 마리 가져오면 식칼 준답니다."
대열부장은 더는 아무 말도 하지 않았다. 잠시 숨을 고른 뒤 그는 걸음도 아니고 달리기도 아닌 속도로 두 발을 굴리며 보위원 식당 쪽으로 사라졌다.

지휘부 본관 2층, 소장실 창가에 세 사람이 나란히 서 있었다. 소장, 조직부장, 대열부장이었다. 그들은 말없이, 그러나 분명한 갈증을 안고서, 한 방향을 응시하고 있었다. 그들의 초점은 아득히 서 있는 야장간 굴뚝이었다. 카츠치카가 자기 앞에 굴복했다고 대열부장이 큰소리를 쳤기 때문이었다.
그들은 그렇게 30분째 창가에 서 있었다. 해는 이미 산등성이 너머로 반쯤 몸을 숨기는 중이었다. 하늘은 푸르지도 완전히 붉지도 않았다. 색채를 잃고 서서히 굳어가는 석양빛 아래 야장간 굴뚝만이 도리어 점점 더 또렷해지고 있었다. 물러가는 하늘에 굴뚝만 홀로 떠올랐다. 망원경을 내리는 소장의 표정은 천천히 식어갔다. 처음엔 기대했으나 기다릴수록 의심으로 변했다. 조직부장은 옆에서 비웃는 표정이었다. 눈동자에는 묘한 활력이 돌기 시작했다.

그러나 대열부장만은 확신에 차 있었다. 그의 입가엔 미소가 걸려 있었다. 그는 아무도 모르게 돼지고기와 닭 두 마리를 내주었다. 그는 그 사실을 숨겼다. '순수한 설득으로 굴복시켰다'는 거짓말의 군복을 능숙하게 걸쳤다. 그의 '능력'을 너무 잘 아는 두 간부는 쓴 입을 다시며 창가에서 돌아섰다.

그런데 하필이면 그때였다. 기어이 혼자 고집스레 망원경을 들고 있던 대열부장이 소리쳤다.

"보십시오. 저기 연기가 오르지 않습니까."

의자에 앉고 있던 소장과 조직부장은 다시 퍼뜩 몸을 일으켰다. 창가로 달려왔다. 정말이었다. 굳이 망원경으로 볼 필요도 없었다. 야장간 굴뚝 꼭대기에서 서서히, 그러나 또렷하게 연기가 피어오르고 있었다. 바람조차 없는 하늘로 연기는 곧고 단정하게 뻗어 올랐다.

소장과 대열부장은 그 굴뚝을 보며 한동안 벌어진 입을 다물 줄 몰랐다. 그 연기를 따라 소장은 식칼의 기운이 솟았다. 대열부장은 자기 능력의 상승을 음미했다. 그 옆에서 조직부장은 굴뚝이 아니라 창문 유리에 비친 자기 얼굴을 응시했다. 입술은 웃는 것 같았으나 오히려 이빨의 반사가 선명했다. 미세한 눈꼬리 주름이 두꺼워졌다. 눈빛은 질투와 분노의 그늘로 덮혀 있었다. 그러나 소장은 어린애처럼 기뻐했다.

"됐어. 됐어. 오늘 분명 밤새서 용광로에 불 지핀다고 했지?"

"네. 제 앞에서 '야간전투'로 혁명화의 고지를 점령한다고 맹세했습니다."

소장과 대열부장은 약을 올리듯 조직부장 앞에서 손바닥을 찰싹 소리 나게 맞장구쳤다. 관리소 간부들의 열망대로 9분조는 정말로 정색해서 야간전투에 돌입했다. 야장간 화로에 불을 지핀 손은 카츠치카가 아니었다. 맹렬한 눈빛으로 화로 앞에 모여선 9분조였다. 그 얼굴들은 전혀 죄수 같지 않았다. 무언가를 끝까지 지켜낼 결의로 등등했다. 그 한결같은 시선으로 그들은 분조장의 손끝에 집중하고 있었다. 그 손이 조심스레 널빤지 뚜껑을 열자 동시에 입에서도 똑같은 소리들이 터졌다.

"히야!"

양동이 안에는 갓 손질한 닭 두 마리가 물속에 차분히 몸을 담그고 있었다. 9분조의 환호는 멈출 줄 몰랐다. 카츠치카는 9분조에 닭 2마리를 통째로 줬다. 자기와 이세봉은 돼지고기 1킬로그램씩만 나누어 가져갔다. 야장간을 나서는 그들에게 검은손은 닭 머리와 발을 내밀었다.

"국물이라도 내서 맛은 봐야죠."

카츠치카는 9분조장을 한참 쳐다보다가 돌아서며 한마디 했다. 이세봉이 그를 대신해서 옮겼다.

"막내라도 나오게 해요. 도공님께서 뭘 주시겠대요."

도성진이 두 사람을 따라나섰다. 카츠치카는 휘파람을 불며 앞서 걸었다. 그 뒤를 이세봉과 도성진이 나란히 따랐다. 9분조의 막내는 어느새 15호에서 유명인사가 돼 있었다. 순교한 예수님 제자를 따라 제일 먼저 인간의 손을 들었던 아이로 소문이 자자했다. 이세봉은 그날의 용기를 물었다.

"그래도 무서웠을 텐데..."

"김동규 할아버지라고 있어요. 도련님 아저씨의 말로는 국가 부주석을 했대요. 그 할아버지가 제게 그랬어요. 무서운 것보다 더 무서운 게 공포고, 무서운 것보다 더 태연한 게 용맹이라고요."

"오 좋은 말이구나."

도성진은 내친김에 두 주먹을 흔들어 보였다.

"살자고 하면 내 손이고, 죽자고 하면 살인 도구잖아요. 내가 내 손을 믿는 게 운명이죠. 이것도 그 할아버지 말씀이에요."

"그분은 살아있냐?"

"네. 제 기억 속에요. 할아버지랑 약속했거든요. 난 죽어도 지킬 거예요."

이세봉의 웃음소리에 카츠치카가 몸을 돌려 도성진을 흘겨보았다. 어느새 세 사람은 카츠치카 집 앞에 도착했다. 그는 집 안으로 들어가 봉지 하나를 들고 나왔다. 성진이는 그 안을 들여다보고 깜짝 놀랐다. 하얀 소금이 들어 있었다. 고개를 드니 카츠치카는 벌써 집 안으로 들어가고 있었다. 성진이는 허리 숙여 인사하며 소리 질렀다.

"시니마셍!"

성진은 야장간으로 돌아오며 봉지 안을 보고 또 봤다. 틀림없는 소금이었다. 그것도 무려 반 봉지나 됐다. 15호에서 소금은 황금이다. 소금은 짠맛이 아니라 정신과 육체의 마지막 끈이었다. 사람들은 자기 몸의 건강을 매일매일 혀끝으로 확인하곤 했다. 땀으로 빠져나가는 염분의 맛이 싱거워질수록 나른해졌다. 그때 만약 소금을 섭취하지 못하면 정말로 쉽게 실신하곤 했다.

15호 사람들은 육체적으로만 짠맛을 잃어가는 것이 아니었다. 땀보다 더 분명한 '간'은 눈물이었다. 땀은 남의 강요에 의한 것이지만 눈물은 순수 자기의 본능이었다. 생의 가장 깊은 감정이 육체의 구석구석에 널린 염분을 함께 데리고 밖으로 나오는 것이 눈물이었다. 아픔이든 분노든 그 맛은 언제나 확실했다. 눈물이 짠 건 살아있거나, 희망이 있다는 증거였다. 말을 삼키고 피를 흘리지 않아도 눈물 하나면 그 사람은 자기감정을 먹을 수 있었다.

하지만 오래 살수록 눈물이 싱거워졌다. 처음엔 몰랐다. 그저 자주 울게 되고 울다 보니 그 맛이 익숙해진 줄로만 알았다. 그런데 우는 것도 지치면 나중엔 감정의 맛을 잃어버리게 됐다. 사람의 몸에서 가장 마지막까지 남는 것이 눈물일 텐데 그것조차 간을 잃어버린 것이었다.

15호의 진짜 잔인함은 총이 아니었다. 인간에게서 인생의 짠맛을 모두 빼앗는 것이었다. 소금은 귀하고, 땀은 무가치하고, 눈물은 싱거워지는 인간 감옥이었다. 그 속에서 사람들은 슬픔도, 굴욕도, 고통도 더는 못 느끼는 감정이 됐다. 9분조가 다른 분조보다 웃음과 눈물이 많을 수 있었던 것은 검은손 때문이었다.

도성진은 기억력이 좋았다. 9분조가 석 달 동안 하밥 처벌을 받았을 때 분조장이 건넨 그 말을 절대 잊지 않았다.

"내가 너희들보다 여기 오래 살았잖아? 배고픔보다 무서운 게 뭔 줄 알아? 생각이 비워지는 거야. 짐승이 되는 거야. 이 안에선… 사람이 돼야 살아."

도성진은 카츠치카가 준 소금을 보고 9분조의 기쁨을 먼저 떠올렸다. 그랬더니 눈물이 고였다. 눈에 힘을 주어 짜냈다. 그리고 흐르는 눈물을 혀끝으로 핥았다. 웃음이 났다. 소금처럼 제법 짰다. 그가 아직 젊어서만 아니었다. 9분조 사람들의 눈물은 모두 짰다.

닭고기 파티에 가족세대 2분조 여자들도 초대했다. 서로 다른 철조망 구역의 사람들이 그 밤만큼은 같은 음식을 가운데 놓고 모여 앉았다. 야장간 안은 닭 끓는 냄새로 가득했다. 마치 환각처럼 낯선 향기였다. 그건 닭고기 국물 냄새가 아니라 오래전에 잊어버렸던 '집'의 냄새이기도 했다. 독신자식당에서 받아온 밥도 평소보다 많아 보였다. 주둥이가 밥 퍼주는 사람에게 담배 한 개비를 줬을 뿐인데도 꽤 차이가 났다. 여자들도 각자 집에서 밥을 들고 나왔다. 한쪽 구석엔 말린 쑥이 연기를 날리며 타고 있었다. 닭고기 냄새를 덮으려고 일부러 피워놓았다. 팔팔 끓기 시작했다. 검은손이 얹어뒀던 널빤지를 성스럽게 들어 올렸다. 뽀얗고 투명한 김이 '확' 솟구쳤다. 김 너머로는 뱃속을 드러내고 익어가는 닭 두 마리가 나란히 국물 속에 잠겨 있었다. 막 익어 보들보들한 살과 뼈 주변엔 노란 기름이 동그라미로 떠다녔다.

그 냄새를 맡으며 남자들은 키득거렸다. 너무 오랜만에 맡는 향에 여자들은 고개를 숙였다. 검은손은 물로 손을 닦고 와 양동이를 조심스레 공동 공간 한가운데에 놓았다. '닭고기님'의 행차에 모두가 진심으로 박수했다. 한 마리가 여자들 쪽으로 옮겨질 땐 다들

"야—!" 하고 환호했다. 다른 한 마리가 남자들 쪽으로 갈 때는 "우와—" 하며 감탄했다. 여자들 쪽은 장찌엔이 조심스레 찢어 나눴다. 남자들은 검은손이 살코기를 골라 분배했다. 가운데엔 제법 사회 때처럼 고기를 찍어 먹을 소금이 작은 그릇에 담겨 있었다. 고기도 소금도 공동의 음식이 된 꿈같은 밤이었다. 주둥이는 고기 한 점도 그냥 먹지 않았다.

"민족 최대의 명절보다 잘 먹으면 반역 행위인데… 에라이 모르겠다. 우리 입이 최고 존엄이지."

도련님도 일어나서 닭고기 한 점을 들고 건방지게 다리를 흔들어댔다.

"어때? 이젠 정말 도련님 같아 보여?"

닭고기가 화났는지 그 손에서 훌쩍 날아가 바닥에 떨어졌다. 그는 기겁하며 고기를 주워 물탱크 쪽으로 달려갔다. 그리고 마치 달아날까 봐 헐레벌떡 씻어 얼른 입에 넣었다. 검은손은 사람들의 웃음 너머 여자들 쪽으로 시선을 돌렸다. 그들은 막상 먹는 것보다 그릇에 남긴 양이 더 많았다. 아마도 집에 있는 식구들 생각이 떠오른 모양이었다. 그걸 눈치챈 검은손은 살을 말끔히 발라낸 닭뼈 그릇을 장찌엔 앞으로 가져갔다.

"이거 조금씩 나눠줘. 갖고 가서 푹 끓이면 식구들 몇 끼는 잘 먹을 거야."

"침 묻은 건 아니지? 우린 거지가 아니오."

장찌엔은 말과 달리 그릇을 낚아챘다. 도련님이 억울한 표정으로 소리쳤다.

"우린 거진데도 다 주는 거야."

국물은 모두가 공평하게 나눴다. 똑같은 그릇에 담아 돌렸다. 소금까지 들어간 국물은 살보다 더 깊은 감동으로 가슴을 채웠다.

그러나 그 평화는 오래가지 않았다. 15호에선 밤에 남녀가 같이 있는 것 자체가 불법이었다. 들키면 구류장에 끌려갈 큰일이었다. 아닐세라 "쿵, 쿵, 쿵!" 야장간 문을 누군가 세차게 두드렸다. 야간순찰대였다.

다행히 9분조의 야간활동은 합법이었다. 검은손이 혼자 밖에 나가 지휘부로부터 '야간전투' 지시를 받은 상태라고 설명했다. 여자들은 구석에 몸을 꽁꽁 숨겼다. 도련님은 구석에서 박해순을 과잉보호하며 끌어안고 있었다. 그녀의 손에 몰래 건빵을 쥐어주었다. 박해순이 움찔하며 소곤거렸다.

"이거 어디서 났어?"

"소장이"

"진짜?"

도련님은 며칠 전 소장이 버리고 간 것을 주웠다는 사실을 숨겼다. 매일 얻어먹는 사람처럼 대수롭지 않게 고개를 끄덕였다. 건빵은 눅눅하고 때가 반질반질했다. 그런데도 박해순은 깨질까 조심하는 유리구슬처럼 소중히 감쌌다. 한편, 주둥이는 다른 구석에서 민유정과 바투 마주 서 있었다.

"전에 내 영어 어땠어?"

민유정은 눈썹을 치켜올렸다.

"그거 뜻은 알고 말한 거 맞아요?"

주둥이는 주머니에 손을 찔러넣고 눈을 가늘게 떴다.
"내가 요렇게 말해달라, 딱 주문했다니까. 내 진심, 열정, 의지… 싹 다 압축해서."
"근데 표정은 왜 그랬어요?"
"첫 영어인데… 건방질 만하지."
도성진은 어쩌다 엉뚱하게 장찌엔 옆에 붙어 서 있었다. 장찌엔은 귀염둥이를 품에 꼬옥 안았다. 거칠지만 따뜻한 품이었다. 조금 떨어진 구석에 김상미가 혼자 서 있었다. 입술을 깨물다가 모양으로 말했다.
"이리 와."
하지만 도성진은 고개를 갸웃했다.
"뭐? 뭐라고?"
"저거 진짜 모른 척은…"
"뭐라고?"
사람들의 속삭임 소리를 듣기라도 한 듯 야장간 출입문이 삐걱 소리를 내며 조금 열렸다. 바깥의 어둠 속에서 군복 차림의 순찰대원 하나가 한 발짝 안으로 들어서려 했다. 그를 막아선 것은 검은 손이었다. 그는 단단하게 두 다리를 벌리고 양손으로 문틀을 가로막았다.
"소장 선생님, 조직부장 선생님 특명으로 하는 일입니다. 누구도 들이지 말라고 했습니다."
순찰대원은 망설였다. 15호 경비대는 어디까지나 '시간과 구역'의 질서를 감시하는 군인들이었다. 정치범은 일반 범죄자와 다르기에 경비대 군인이 말을 섞으면 안 됐다. 보위부와 수용자 사이의 언어를 허락받지 못한 군인들이었다. 그는 야장간 속을 들여다보려 몸을 더 굽혔다. 여자랑 이 시간에 같이 있다면 불법을 향해 총구를 들이밀 수 있어서였다. 고기 냄새도 나는 것 같아 더 의심스러웠다. 조금 열린 문틈 안으로 빛이 스며들었다. 그 아래로 주둥이가 망치를 들고 나타났다.

"탕! 탕! 탕!"

야장간의 쇠판 위에서 망치가 시끄럽게 튀었다. 주둥이는 일부러 더 시끄럽고 포악하게 두드려댔다. 그러면서 야장간 주인인 양 고작 아는 한 마디로 카츠치카의 영혼을 흉내 냈다.

"시니마셍! 아이구나 시니마셍!"

그는 우스꽝스럽게 고개를 좌우로 흔들어대며 망치를 두드렸다.

"탕! 탕! 탕! 탕!"

야장간 문 앞의 순찰대원은 시끄러운 그놈보다 다른 구석을 집요하게 살피며 계속 기웃거렸다. 뒤따라온 다른 순찰대원이 그의 팔을 툭 잡아챘다.

"가자. 여긴 보위부 애들도 잘 안 오는 데야."

또 다른 순찰대원도 인상을 찌푸렸다.

"가자니까. 여기 왜놈 있는 데잖아. 휘파람 불던 놈. 가자고, 씨"

결국, 세 명의 순찰대는 어둠 속으로 사라졌다. 그들의 발소리가 멀어지는 동안, 야장간 안에서는 숨죽이고 있던 여자들이 눈빛부터 움직였다. 긴장을 풀 새도 없었다. 갖고 온 그릇들부터 챙겼다. '이제 가야 한다'는 말은 하지 않아도 다 알아들었다. 왜냐하면 곧 '숙박검열' 시간이었다.

독신자세대는 '취침점검'이라면 가족세대는 '숙박검열'이었다. 숙박검열이란 말 그대로 매일 밤늦은 시간, 집집마다 돌면서 누가 자고 있는지를 전수 조사하는 것이었다. 작업반장과 당직 보위원이 문을 열고, 세대원 수를 소리 내어 세고, 식구 외 다른 사람이 없는지 전부 뒤졌다.

숙박검열은 북한 사회에도 존재한다. 거긴 불시에 찾아오고, 여기는 매일 똑같은 시간에 벌어졌다. 정권은 주민감시와 통제의 이 제도를 정당화하는 선전용 단편영화까지 만들었다. 영화의 제목은 〈대한추위〉였다. 숙박검열을 피해 베란다에 숨어든 주인공이 동사 직전 구조되는 이야기였다. 사회의 숙박검열은 얼어 죽을 각오로 숨을 데라도 어디 있었다. 하지만 15호의 현실은 그 '베란다'조차 허락되지 않았다.

카즈치카의 집 부엌에서도 닭국 냄새가 은근히 퍼지고 있었다. 오직 한 사람을 위한 1인용 냄비에서 끓는 냄새였다. 그 안엔 닭 머리와 닭발 두 개가 담겨 있었다. 냄비 아래에선 얇은 나무 조각 몇 개가 촛불처럼 타올랐다.

타닥이는 불소리는 가늘었다. 방 안에서는 가끔 사유키의 마른 기침 소리가 들렸다. 하지만 그녀는 아파서 누워 있는 게 아니었다. 남편이 부엌에 있는 날은 항상 무언가 손에 들고 온 날이었다. 그런 날이면 기분을 풀어내는 방법으로 혼자서 요리를 했다.

직접 음식을 만들거나 먹기 좋게 손질해 놓았다. 사유키가 방에서 조용히 기다리고 있는 날은 남편의 그 마음을 맞춰주는 날이었다. 남편의 기분을 아는 아내로서의 기다림이었다.

부엌은 고요했다. 카츠치카가 거기 있다는 기척만이 유일한 소음이었다. 그는 집 안에서 휘파람을 불지 않았다. 그가 부르는 '루비반지'는 늘 밖이었다. 휘파람은 그에게 세상을 뚫고 나아가는 발걸음의 박자였다. 쇠를 두드릴 때의 숨 고르기일 뿐이었다. 그 음 하나조차, 집 안에선 꺼내지 않았다.

그는 사유키 앞에서 한 번도 입술을 모은 적이 없었다. 그녀의 존재만으로 이미 숨이 쉬어지기 때문이었다. 그 무엇보다 그녀와 나누는 시간은 늘 고요해야 했다. 그리고 온전해야만 했다. 그녀와 있는 순간은 들숨이었다. 세상을 향해 내지르는 휘파람은 날숨이었다. 들이마시듯 아끼고 사랑하는 그녀였다. 그 앞에서 멈춘 숨을 허투루 쓰고 싶지 않아 세상에 나가서는 휘파람을 내뱉었다. 그래서 사유키와 있는 그 고요 속에서 그는 가장 자기 자신다웠다.

방 안에서 사유키의 목소리가 들렸다.

"아직 멀었습니까?"

카츠치카는 칼자루로 가마뚜껑을 한 번 툭 두드렸다. 말로 하는 대신 기다리라는 신호였다. '곧 들어간다'는 암시는 헛기침을 한 번 가볍게 내뱉는 식이었다. 그는 언제나 서두르지 않았다. 그건 사유키는 기다릴 줄 아는 여자여서였다.

냄비 뚜껑을 열자 구수한 김이 퍼져 나왔다. 뼈는 제 자리를 지켰고 살은 이미 물러 있었다. 국물은 탁하면서도 맑았다. 기름 한 방울조차 아까운 세상에서 이런 건 거의 기적 같은 한 끼였다.

그는 집게를 쓰지 않았다. 정성스레 씻은 양손으로 고기를 건져 올렸다. 닭 머리를 들어 올린 그는 눈 아래 살부터 천천히 떼어냈다. 볼살, 목덜미, 가느다란 턱 밑 살이 손끝에서 말끔히 벗겨졌다. 의외로 부드럽고 맑은 살결이었다. 닭발은 더 까다로웠다. 한 마디, 한 마디 뼈를 피해, 가늘고 짧은 근육들을 찢어 발랐다. 굳은살이 박힌 손바닥 안에서 그 살들은 정확하게 분리되었다. 그의 손끝은 기름기로 번질거리며 미끄러져 조금씩 떨렸다.

카츠치카는 그릇에 닭 머릿살, 닭발 살을 서로 엉기지 않게 가지런히 담았다. 그 사이사이로 국물 한 숟갈도 아끼지 않고 부었다. 맑고 투명한 국물이었다. 마지막엔 파를 송송 썰어 넣었다. 익은 파는 색이 풀리며 국물과 함께 퍼졌다. 그는 남은 뼈들을 한쪽에 골라냈다. 다음에 다시 푹 끓이면 그 몇 조각으로도 국물 하나쯤은 더 낼 수 있을 터였다.

그는 작은 식탁을 두 손으로 들고 헛기침을 한번 했다. 그러자 곧 방문이 열렸다. 사유키가 웃는 얼굴로 마중 나왔다. 하지만 밥도 국그릇도 하나여서 잠시 눈빛이 머뭇거렸다. 카츠치카는 닭 뼈가 담긴 그릇을 보여주었다.

"알잖아. 다나까랑 똑같이 나누는 거. 두 마리 몸통은 먹고 왔어."

"둘이서 말입니까?"

"새로 온 다섯 놈도 있잖아."

"정말 먹고 온 게 맞습니까?"

카츠치카는 가마뚜껑을 열었다. 그 안에선 돼지고기가 끓고 있었다.

"먹어. 바깥 일은 남자 일이야."

그는 더 묻기 전에 부엌문을 닫았다. 그리고 흡족한 얼굴로 가마 안을 내려다보았다. 갓 끓어오른 물 위로 돼지고기 덩어리가 하얗게 숨을 토해냈다. 기름기와 핏물이 솥 안에서 부글거리며 겹겹이 올라왔다. 그는 나무 집게로 고기를 건져 올렸다. 이미 반쯤 익은 살점이 부드럽게 떨렸다. 김이 오르며 기름 향이 번졌다.

그는 고기를 깨끗한 대나무 소쿠리에 올려두었다. 그리고 마당으로 들고 나왔다. 고기는 서늘한 밤바람에 금방 식었다. 뜨거웠던 표면이 식으면서 탱탱해졌다. 그걸 다시 부엌으로 들고 들어오니 뿌듯했다. 손끝으로 눌러보니 끈적이지 않을 만큼 수분이 충분히 날아가 있었다.

그는 손을 씻고 굵은 소금을 꺼냈다. 손바닥으로 퍼 올린 소금을, 기억을 덮듯 고기 위에 얹었다. 그 표면 구석구석 살결을 쓸어가며 문질렀다. 마지막으로 천에 고기를 싸서 작은 항아리에 넣었다.

그다음 부엌문을 열고 밖으로 나갔다. 마당 가장자리의 나무 그늘 아래 미리 파놓은 구덩이로 걸어갔다. 거기에 항아리를 묻었다. 흙을 덮고서 그 자리를 흡족해서 손바닥으로 꾹꾹 눌렀다. 그러면서 혼자 조용히 중얼거렸다.

"제발 먹어. 죽을 놈 생각하지 말고…."

그는 담배를 꺼내 물었다. 배에서 꼬르륵 소리가 났다. 아내가 들으면 거짓말을 따질 것 같았다. 돼지고기 끓인 솥의 물을 한 사발 먹어야겠다고 생각했다.

카츠치카는 평소 아침보다 10분 정도 이르게 집을 나섰다. 9분 조가 밤새 화로에 불을 지폈을 테니 담배라도 건네주고 싶었다. 대문을 닫고 돌아선 그의 입에서는 자연스럽게 휘파람이 새어 나왔다. 문 앞에는 이세봉이 서 있었다. 두 사람은 말없이 나란히 걷기 시작했다. 그러나 시선은 각자의 방향으로 달렸다.

카츠치카는 줄곧 앞의 바닥만 바라보며 걸었다. 이세봉은 야장간의 하루를 결정할 그의 표정을 슬쩍 살폈다. 그리고 언제나처럼 느닷없이 몰려오는 15호의 긴장을 경계하며 주변도 둘러보았다. 야장간으로 가는 길은 간밤에 젖어 있었다. 순찰대의 군화 자국이 달빛에 번들거리며 길을 가로질렀다. 두 사람의 발걸음은 그 흔적을 짓밟으며 새벽의 형체를 조금씩 일으켜 세웠다.

드디어 두 사람은 야장간 앞마당에 도착했다. 카츠치카는 굴뚝부터 올려다보았다. 하늘 위로 솟는 연기의 농도와 색, 움직임을 살폈다. 연기가 많고 짙으면 화로 벽의 습기가 굴뚝 어딘가에 걸려 있는 상태였다. 그건 아직 쇠를 달굴 불이 아니었다. 반대로 연기가 거의 보이지 않을 때에는 온도가 충분히 올라 더는 내보낼 것이 없다는 신호였다. 그건 불 스스로가 제 몸을 다스릴 준비를 마쳤다는 표시였다. 굴뚝 연기의 표정만 봐도 화로의 몸이 얼마나 잘 달궈졌는지를 카츠치카는 단박에 읽을 수 있었다.

그는 눈을 감고 숨을 깊이 들이마셨다. 재 냄새도, 탄 냄새도 아닌, 그 사이 어딘가에서 피어오르는 '뜨겁게 달궈진 화로의 숨결'이었다. 단지 불을 피운 것이 아니었다. 불과 열이 밤새 나눈 말들이 아직 공기 속에 머물러 있었다. 불보다 뜨거운 사람들의 진심과 땀, 그 흔적이 지금 그의 코끝에 걸려 있었다. 감았던 눈을 뜨는 카츠치카의 얼굴에는 철보다 먼저 불을 읽는 자의 묵직한 만족이 어른거렸다.

야장간 문은 활짝 열려 있었다. 안의 열기나 냄새를 비우려는 것이 아니었다. 9분조의 '야간전투' 수고를 자랑하려고 열어두었다. 두 사람이 문턱을 넘자 9분조는 누가 먼저랄 것도 없이 일어섰다. 반기는 얼굴이었지만 꼴은 엉망이었다. 닭고기 먹은 생기보다 밤새 견뎌낸 노동의 흔적들이 더 뚜렷했다. 불보다 더 정직한 몰골이었다.

카츠치카는 말없이 자기 작업대로 향했다. 화로 주변은 잘 닦여 있었다. 재 한 줌도 눈에 띄지 않았다. 카츠치카는 작업복 안쪽에서 담배 다섯 개비를 꺼내 건네주었다. "고생했다"도, "나눠줘라"도 없었다. 그에게 말은 어쩌다 목에 걸린 가래처럼 불필요한 것이었다. 그의 가장 정확한 언어는 행동이었다. 불처럼 뜨겁거나 식었거나 언제나 명확한 온도를 가지고 있었다. 이세봉이 그를 대신해 담배를 돌렸다.

"고생했어, 다들."

짧은 칭찬 한마디에 9분조 사람들은 싱글벙글했다. 그 무렵 목공소 책임자란 사람이 야장간 안을 기웃거렸다. 이세봉과 아주 친한 것 같았다. 그는 조직부장 지시로 자기들이 자루를 많이 만들어냈다며 야장간 사람들을 걱정했다.

"나무야 뭐... 쇠를 두드리는 사람들이 문제지."

검은손이 웃으며 다가왔다.

"걱정하지 마오."

그는 고개로 뒷마당을 가리켰다. 생각 없이 따라 섰던 이세봉은 검은손이 보여주는 구덩이를 보고 놀랐다. 그 속엔 며칠은 거뜬히 버틸 만큼의 작업 도구가 빼곡히 묻혀 있었다. 자루만 갈아 끼면 될 정도로 온전한 호미며, 삽이 적잖았다.

"우리 9분조 막내가 제안한 거요."

검은손은 가마니짝을 다시 덮으며 웃었다. 이세봉은 들뜬 표정으로 야장간 안으로 다시 돌아왔다. 카츠치카에게 말하려고 하는데 그가 먼저 입을 열었다.

"널 구류장에서 빼낸 것도 저놈들 짓이야."

카츠치카는 징이 걸려 있는 문턱 쪽으로 걸어갔다. 9분조는 자동적으로 정렬했다. 좋은 높지 않게, 두 번 울렸다. 댕. 댕.

"시니마셍!"

모두가 일제히 허리를 숙였다. 그러나 아무도 쉽게 몸을 펴지 못했다. 작업 시작이 아니라 작업 종료의 두 번 울림이었기 때문이다. 도공님이 실수한 건지, 자신들이 잘못 들은 건지, 서로의 얼굴을 슬쩍 훔쳐보며 눈치만 돌았다. 카츠치카는 야장간을 나서며 이세봉에게 짧게 말했다. 그리고 휘파람을 불며 걸어갔다.

"오전엔 푹 쉬어. 누워서 좀 자."

말을 급히 전하고 이세봉은 카츠치카를 따라 나섰다.

이세봉까지 나가자, 9분조는 진짜 숨을 쉬었다.

"정말 누워서 자도 된대요?"
성진의 한마디는 마치 축복처럼 방안을 가득 채웠다.
"문 닫아. 빨리 닫아."
밖이 조금이라도 보일세라 도련님은 자기가 소리치고도 직접 달려가 문을 닫았다.
쾅!
그건 닫히는 소리가 아니라 그들만의 세계가 열리는 소리였다.
"야!"
누가 먼저랄 것도 없이 탄성이 터졌다. 그러면서 9분조는 한 사람처럼 동시에 누웠다.
"야! 너무 좋다!"
누웠을 때는 감동과 환호의 격정이 더 크게 들렸다. 왜 그렇지 않겠는가. 등을 바닥에 붙인다는 건, 이곳 15호에선 단순히 눕는다는 개념만이 아니었다. 15호의 수용자들이 죄인이 된 이유는 사회에서 남보다 먼저 고개를 들었기 때문이었다. 당의 말을 의심했고, 세상의 이치를 비교했으며, 무엇보다 자기의식을 말과 행동으로 표현했기 때문이었다.
그래서 이곳에서 국가가 가장 먼저 빼앗는 건 '자세'였다. 마음대로 앉을 수도, 제대로 서 있을 수도 없었고, 누울 때조차 허락받아야 했다. 몸을 일으키면 죄, 가슴을 펴면 도전, 고개를 들면 반항이 되었다.
이곳의 '혁명화'란, 육체는 머리부터 허리까지 꺾이게 만들고, 정신은 두 발에서 네 발로 걷게 하는 일이었다. 그렇게 숙여진 채

남으면 짐승이 되었고, 세상으로 나가면 체제의 충견으로 변했다.
 15호에서 1년 이상 살아남은 자의 등은 산 자의 묘비가 되었다. 아무 말도 꺼낼 수 없게 굳어버린 등뼈 사이마다 비운의 문장들이 비문처럼 새겨졌다. 심지어 죽어서도 편히 눕지 말라고 그들은 평토 매장을 받았다. 삶과 죽음 모두가 억눌린 자세 안에 묶여 있었다.
 등짝을 바닥에 붙일 수 있는 깊은 밤이야말로 수용자들에겐 가장 조용한 혁명이었다. 그 시간에 그들은 아무것도 짊어지지 않은 자기 자신과 마주했다. 몸은 괜찮은지, 오늘도 잘 버텼는지를 물었다. 그러고는 내일에도 살 각오를 등에 새겼다. 절망에 눌려 일어나지 못하면 죽음이고, 그 무거운 걸 다시 들고 일어나면 그게 바로 삶이었다.
 그 환생과 다짐의 면적은 정확히 왼쪽 어깨에서 오른쪽 어깨 끝까지였다. 길이는 목덜미에서 허리까지였다. 그 작은 사각형 안에서 그들은 매일 자신이 사람임을 되뇌었다. 등짝이 닿는 그 면적만이 그들에게 허락된 유일한 자유이자 해방이었다. 그런 등의 혜택을 누리는 것이 벌써 몇 번째인가.
 야장간에 온 첫날에도 그들은 누워서 감동했었다. 그 무뚝뚝한 김성근도 감정을 주체하지 못하고 어메이징 그레이스 노래를 부르지 않았던가. 그때처럼 9분조원 모두 공상에 잠긴 눈으로 천장을 올려다보았다.
 가수가 헝클어진 머리를 뒤로 쓸어 넘기며 조심스럽게 물었다.
 "야, 이 아침 시간에 진짜 자도 돼? 안 잡아가?"
 그 말엔 아직 의심이 가득했다. 믿은 것만큼 깨졌을 때 더 아플까 봐 조심스러운 눈빛이었다. 주둥이가 한쪽 입꼬리를 올렸다.
"그래서 안 자는 거야. 이게 꿈이면… 깰까 봐."
도련님이 팔짱 끼며 옆으로 돌아누웠다.
"이따가 진짜 누가 깨우면, 나는 자는 척 할 거야."
주둥이가 콧방귀를 뀌었다.
"이게 어젯밤 제일 많이 잔 놈이… 너는 도련님이라면서 가진 건 개뿔도 없고, 어떻게 양심까지 없냐?"
도련님은 자는 척했다. 그가 코를 골자 잔잔한 웃음이 퍼졌다. 다들 어젯밤의 '평온했던 숨결'을 재확인하는 웃음이었다.
야간전투라지만 사실 9분조는 어젯밤에도 돌아가며 한숨씩 눈을 붙일 수 있었다. 긴 시간은 아니었어도 '독립조'라는 이름이 주는 심리적 해방감이 잠자리를 편하게 했다. 검은손은 밤새 혼자 불을 보느라 눈을 거의 붙이지 못했다. 하지만 그도 표정이 또렷했다. "자도 된다"는 허락, 그 짧은 말 한마디가 그의 피로를 더 많이 씻어내고 있었다.
그때 가수가 아주 작게 휘파람을 불었다. 입술 사이를 빠져나온 선율은 카츠치카의 '루비반지'였다. 나지막하지만 정확한 음이 야장간 안에 생기를 불어넣었다. 가만히 그 소리를 끝까지 듣던 분조원들이 하나둘씩 고개를 돌렸다. 정말, 탁월하게 닮아 있었다. 정확한 음정과 감정으로 가수는 카츠치카가 남기고 간 온기를 입으로 불어 넣듯 그 선율을 그대로 따라가고 있었다.
"야, 진짜 똑같다…"
"와, 이건 도공님이 부는 것 같아."

감탄이 입에서 입으로 퍼지며 저마다 가수를 따라 휘파람을 불어댔다. 그 속엔 절대 놓치고 싶지 않은 마음들이 담겨 있었다. 그것은 자유를 준 카츠치카에 바치는 헌시였다. 9분조에게 야장간은 천국이었다. 그 국경은 잔등만큼 작았지만, 그래서 간절함과 충성심으로 절대 빼앗기지 않을 목숨의 고지였다.

가수가 시작한 휘파람이 다른 사람들 입으로 전파되며 그 멜로디에 조용히 동조하고 있을 때였다. 야장간 안을 신나게 감싸던 그 노랫결 속에서, 검은손이 먼저 일어나 앉았다.

"다들 앉아봐. 할 말 있으니까."

9분조의 휘파람이 순식간에 잦아들었다. 검은손의 말투와 그 자세는 징 소리와 똑같은 의미였다. 9분조원들이 하나둘 몸을 일으켜 빙 둘러앉자 그는 입을 열었다.

"이런 독립조일수록… 공동작업조보다 더 조심해야 할 게 있어."

그의 목소리는 무겁게 바닥을 짚었다.

"15호엔 행운이란 없어. 올 땐 우연이고, 나갈 땐 필연이야."

도련님이 삐딱하게 앉아 있던 자세를 고쳐 앉았다.

"그럼 우리 독립조가 조심할 게 뭐에요?"

다른 이들의 눈빛도 간절해졌다. 검은손의 시선은 천천히 도련님을 꿰뚫고 지나 모두를 향해 다시 걸렸다.

"공동작업조에선 최종배만 조심하면 되지만 독립조가 되면 상대할 놈들이 더 많아져. 우아래, 좌우, 어디서든 뒤틀릴 수 있어. 휘파람은 따라 불 수 있지만 카츠치카의 배짱까지 흉내 내면 안 돼. 하나라도 걸리면… 어디서 어떻게 터질지 몰라."

도련님이 네발로 검은손 앞에 기어왔다.

"그럼, 어떻게요? 그놈들 비위 다 맞추려면?"

검은손의 눈빛이 매서워졌다.

"너 어제 조직부장 앞에서 웃으려고 했었잖아. 보위원은 자기 앞에서 이유 없이 웃는 놈을 기억해. 나중에 반드시 그 후회를 하도록 벼르게 되고."

주둥이가 앞으론 조심하란 의미로 도련님의 등을 장난스럽게 슬쩍 문댔다. 검은손은 눈으로 그 장난을 묵인하면서도 단호하게 말을 이었다.

"여기선 항상 말은 짧게, 시선은 길어야 해. 말이 길면 핑계고 눈이 짧으면 도망이야. 특히 자기감정을 쉽게 꺼내면 먹잇감이 되고 말아. 너무 순해서도 안 돼. 비굴할수록 더 누르려고 하니까. 언어도 고분고분함이 아니라 절차에 복종하는 태도를 유지해야 해. 무표정과 적당히 억울한 얼굴. 그게 이곳에 가장 오래 붙는 얼굴이야."

도성진이 무릎으로 일어서며 물었다.

"놈들이 말 걸면요?"

"대답은 짧게. 보위원은 질문을 피하는 놈을 꼭 기억해. 이곳에선 결함보다 태도가 걸려. 자세 하나로 죽고, 말투 하나로 한 해를 버틴 놈도 봤어."

가수가 고개를 끄덕였다.

"전에도… 3작업반 사람, 태도 하나 때문에 반병신 되도록 맞고 결국 죽었어요."

검은손이 그 이유를 설명하듯 말을 이었다.

"특히 젊은 놈일수록 조심해. 감정과 권력을 혼동하는 놈들이야. 날씨 탓도 죄수에게 분풀이하는 자들. 감정과 통제를 구분하지 못하는 권력의 초짜들이야."

그때 도성진이 무릎을 세워 일어섰다.

"그런데… 조직부장 놈은요? 월왕령도, 김성근 아저씨도 다 그놈 짓이잖아요."

가수가 얼굴을 찡그리며 낮게 말했다.

"그놈은 평생 그렇게 늙은 놈일 거야."

검은손은 손가락으로 도성진을 콕 찍어 가리켰다.

"특히 너. 최종배를 더는 도발하지 마. 이곳에선 보위원의 죄를 보려 하지 마. 봤더라도… 보지 않은 얼굴을 해라. 놈들이 죄수에게 빚졌다고 느끼는 순간, 오히려 그 은혜를 약점으로 기억해. 그리고 결국 둘 다 지워. 흔적도 없이."

"그래도 그놈들도 사람인데 도와주면…"

도성진의 자신 없는 그 말에 검은손은 버럭 목소리를 높였다.

"너도 놈들 앞에선 사람이 되지 마라. 그놈들은 인간에게 더 잔인해."

분조장의 그 마지막 말에 다들 길게 침묵했다. 검은손은 관리소에서 오랜 세월을 버텨낸 낡은 연장을 내려놓은 듯 한숨을 푹 내쉬었다. 그리고 바닥을 내려다보며 더 말을 하지 않았다.

9분조는 소리 없이 그를 바라보았다. 그때부터 쉽게 눕지 않았고 휘파람도 다시 불지 않았다. 자유란 누울 수 있는 평온이 아니라 다시 일어나야 할 각오임을 다들 새삼스럽게 느끼는 것 같았다.

소장은 혁명화 학습실 문 앞에 꼿꼿이 서 있었다. 머리 옆까지 높이 쳐든 손엔 쟁반이 들려 있었다. 그 위엔 기름에 번들거리는 구운 닭 한 마리가 비웃듯 올려져 있었다. 그의 눈빛은 누군가를 향해 한껏 '기대'되고 있었다.

똑. 똑. 똑.

"닭이 왔습니다."

문을 두드리는 목소리는 장난기와 자만으로 버무려져 있었다.

"들어와." 서련화의 목소리는 낮고 또렷했다.

문이 열렸다. 촛불 대신 노란 탁상등이 밝히고 있었다. 예전처럼 어지럽던 방은 이제 깔끔하게 정돈돼 있었다. 하지만 정돈된 건 공간뿐이었다. 공기는 정돈되지 않았다. 서련화가 서 있었기 때문이었다. 그녀의 존재는 주변을 가만두지 않았다. 소장의 기분은 방 안 구석구석을 떠돌며 제자리를 찾지 못했다.

오늘의 서련화는 빨간 실크가 아니었다. 하얀 셔츠에 검은 치마를 입고 있었다. 보위원 식당에서 몰래 쪽지를 써 준 대로 소장이 밖에서 들여온 옷들이었다. 옷을 입은 그녀가 벗고 있었을 때보다 훨씬 더 완벽했다. 소장은 그 사실에 새삼스럽게 탄복했다. 소장은 문을 닫으며 말했다.

"오늘은 내가 시간 좀 냈어."

"그래."

서련화는 짧게 말했다. 그 대답엔 반가움도 유혹도 없었다. 그저 시간이 흘렀다는 사실을 함께 공감해주는 성의였다.

"검열 기간 아니야?"

"등잔불 밑이 어둡다잖아. 오늘 면담은 공식기록에 남지 않아. 시간이 충분해. 히히히"

소장은 탁자 안에서 술병과 잔을 꺼내며 덧붙였다.

"지휘부 모두 검열단이랑 같이 립석리에서 올라온 노루 고기 먹으러 갔어."

그녀는 고개를 끄덕이며 한 손으로 셔츠 자락을 정리했다. 그 동작 하나였을 뿐인데도 소장은 살짝 숨이 차 올라왔다.

둘은 마주 앉아 술과 닭을 먹으며 '개별담화'를 했다. 주로 서련화가 물었고, 소장이 대답했다. 소장은 보위원으로 시작한 젊은 시절부터는 얘기하지 않았다. 그의 회상은 중학교 운동장에서 시작해 주말마다 찾아오는 손주의 이야기에서 멈췄다. 손주를 말할 때 그의 눈엔 물기가 번들거렸다. 그는 어쩌면 군복 속에 숨은 한 사람의 남자로만 남고 싶었던 것이다.

서련화도 다르지 않았다. 그녀의 밝은 추억은 13살에서 아래로 내려갔다. 웃음이 가장 자연스러웠던 건 11살 즈음의 어느 사과밭을 얘기할 때였다. 그동안 못 봤던 그녀의 솔직한 아름다움이 새롭게 돋보였다.

두 사람은 그 이후의 자신들을 말하지도, 묻지도 않았다. 꺼낸다고 해서 정리되는 것들이 아니었다. 성인이었지만, 성인을 말하는 일이 가장 부끄러운 그들이었다. 그렇게 시간이 흘렀다. 말들이 스치고 손이 잔에 닿았다. 눈빛도 몇 번 엇갈렸다. 마침내 서로의 숨결만이 마주하는 시간이 왔다. 그때가 소장에겐 가장 떨리는 순간이었다.

서련화는 차분했다. 그 침묵이 소장을 더 작게 만들었다.
"전에 내 몸, 다 봤잖아."
그녀는 입꼬리 하나 까딱하지 않은 채 말했다.
"붓으로, 구석구석 만졌고."
소장은 목울대를 꿀꺽 삼켰다. 입이 열리고 말이 흘렀다.
"그러니 오늘은… 우리, 끝까지…"
그러나 그 말은 더 나아가지 못했다. 서련화의 손가락이 그의 입술을 눌렀다. 그 힘은 연약했지만, 의미는 절대적이었다.
"전에도… 새로운 경험이었다고 했잖아. 흥분이라고."
소장은 그 손가락이 이상하게 찌릿했다. 그는 평생, 타인의 입을 막는 쪽이었다. 단 한 번도 자신의 입이 막혀본 적은 없었다. 그 순간, 그는 처음 알았다. 입이 결박당할 때, 내면은 더 크게 열린다는 것을.
그의 눈꺼풀 아래로 어딘지 모를 정전기가 지나갔다. 모든 것을 쥐고 있던 자가 아무것도 할 수 없는 자가 되는 무기력, 처음 느껴보는 순종의 평온, 그것도 기묘하고 낯선 흥분이었다. 그 권력이 고작 작고 부드러운 손끝 하나였다는 사실이 그에겐 아찔한 전율이었다.
"이젠 거의 다 왔어."
서련화가 조용히 말했다.
"4단계는… '알몸되기'야."
"…알몸?"
소장은 그 단어를 일부러 입안에서 굴리며 되물었다.

"응."

그녀는 고개를 들고 정면을 응시했다.

"우리, 서로 진심으로 벗기."

소장의 입가에 자신감의 미소가 걸렸다. 하지만 서련화는 섣부른 그 미소를 가볍게 탓하는 어조로 말했다.

"알몸처럼 그냥 있는 그대로 보여주는 거야. 이 옷처럼 가리고, 숨기고, 꾸미느라, 스스로조차 잃어버린 진심."

그녀는 한 단어, 한 문장을 마치 오래 다듬은 물건처럼 꺼내 보였다.

"그 겉치레들을 다 벗고, 더는 숨을 곳 없는 상태로 마주 서는 거. 그게 진짜… 흥분이야."

그녀는 천천히 덧붙였다.

"할 거지?"

소장은 웃으며 군복 상의 단추에 손을 가져갔다. 그러자 서련화의 눈빛이 달라졌다.

"아니."

그녀는 그 손목을 가볍게 붙잡았다. 그 힘은 부드럽지만 단호했다.

"손은… 거짓의 도구잖아. 사람은 손으로 꾸며. 그러다 진짜를 더 잘 감추게 돼."

그녀의 눈빛은 깊고 어두웠다.

"진심으로 벗는 거야. 서로 묻고, 대답이 진심이면 그때, 벗는 거야."

서련화는 크게 숨을 들이켰다.

"내가 먼저 해볼까?"

소장은 말없이 고개를 끄덕였다. 그녀는 조용히 돌아섰다. 그리고 반대편 벽 쪽으로 천천히 걸어갔다. 그 뒷모습은 마치 스스로 어둠속으로 들어가는 사람 같았다. 그녀를 따르던 그늘도 그녀가 돌아설 때 함께 모아졌다. 그늘 속에서의 얼굴은 완전히 달라져 있었다. 입술은 단단히 닫혔고 눈빛은 예리했다.

"넌—"

그 첫 마디에 날이 서 있었다.

"처음 나를 만났을 때… 끝에 가선 날 죽일 생각이었지?"

소장은 숨이 컥 막혔다. 말문이 막혔다. 눈동자가 흔들렸다. 정말로 그 생각을 품었었다. '기쁨조'를 만나는 건, 윗분의 사생활도 함께 만나는 혐의였다. 그 순간, 그는 자신이 수많은 수용자에게 들이댔던 심문서의 문장 하나하나가 얼마나 잔인했는지 처음으로 실감했다. 자신이 방어하는 입장이 되자 모든 언어가 초라해졌다.

"그게… 그게, 근데… 지금은… 지금은 아니야…"

변명은 입안에서 굴절됐다. 그 말이 늘어지자 서련화의 눈빛은 더 강렬했다. 명령처럼 내뱉는 단 한마디 목소리에는 그 어떤 자비가 없었다.

"남자답게 벗어."

그 말에 방 안의 모든 시간이 정지된 것 같았다. 소장의 손이 단추를 풀었다. 아래로 내려갈 때마다 어깨도 무겁게 가라앉았다. 그가 벗는 것은 옷이 아니라 자신이 쥐고 있었던 권력, 지위, 그것들로 장식했던 자존심이었다. 소장은 이왕 벗겨진 가면을 내던지듯 군복 상의를 바닥에 떨구며 물었다.
"너는 내 직위를 이용해서, 이 15호에서 나갈 수 있다고 생각했지?"
그 질문 앞에 그녀는 흔들리지 않았다. 기이할 만큼 또렷한 신념으로 반듯했다.
"틀렸어. 너는 15호 소장이지만 주인은 아니야."
그녀의 입에 아픈 미소 하나가 스쳤다.
"나는 그 권한의 진짜 주인을 섬겼던 여자야. 내 첫 질문에도 넌 비열했잖아."
그녀는 멈추지 않았다.
"사실 너도… 늘 두렵지?"
소장의 두 눈이 커졌다. 목젖이 꿀꺽 흔들렸다. 시선을 바닥에 떨구었다가 다른 벽으로 딱딱하게 옮겨졌다. 방안은 고요했다. 그 속에서 일어서는 서련화의 음성은 부드러웠다.
"허나 이 안에서 나를 지켜주고, 편하게 해줄 유일한 사람. 그건 맞지."
그녀는 천천히 손을 올렸다.
"그 진심으로 나도 하나 벗을게."
그녀는 셔츠의 단추를 풀기 시작했다. 하나, 또 하나. 손끝은 아주 침착했다. 셔츠가 어깨에서 흘러내릴 때 소장은 눈을 깜빡였다. 그녀의 과거 중 하나를 떼어내 바닥에 옮겨놓은 것처럼 보였다. 그는 무엇을 보고 있는 건지 헷갈렸다. 살은 하얬고 선명했지만, 그 투명한 피부 안에 맺힌 상처가 먼저 눈에 들어오는 것 같았다.

"이젠 내가 다시 물을 차례야."

그녀의 목소리는 잔잔했다. 그리고 침착했다.

"이 4단계까지 오며… 너는 좋은 남자가 됐어. 처음의 소장은… 부끄러웠고."

그녀의 볼은 곱게 웃었다.

"기억나? 내 속의 나는, 너를 소환하는 것이라고 했던 말."

그녀의 말은 맑았다.

"너는… 정말로, 소환되는 자신을 느껴?"

끄덕이는 소장의 머리는 묵직했다.

"그래 솔직히… 감정적으로 느끼고 있어."

그러면서 그 자격처럼 스스로를 감싸고 있던 껍질 하나를 훌렁 벗었다. 소장의 목소리는 개운했다.

"너는 내가 여기까지 인내하며 올 줄은 몰랐지?"

서련화는 말없이 고개를 작게 끄덕였다. 소장은 더 묻고 싶었다.

"난 널… 강요로 모욕 주고 싶지 않았어. 그게 내 전문이었지만… 너도… 그 점은 인정하지?"

서련화는 그 질문에 바로 대답하지 않았다. 한참을 말없이 바라보기만 했다. 진심을 말해도 되는 자리에서 벗어도 되는 투명함으로 서 있었다. 이윽고 양손으로 치마 끝단을 움켜쥐었다. 한 줄기 바람처럼 치마가 그녀의 허벅지를 타고 스르륵 내려왔다. 소장은 바닥 위에 벗겨진 치마에 시선을 두었다. 천이 아니라 그녀의 모든 과거에 매달렸던 무게처럼 느껴졌다. 서련화는 그 자리에서 한 걸음 앞으로 내짚으며 말했다.

"내가 모셨던 윗분이 아래에 원했던 충신이 뭔지 알아?"

소장은 말없이 그녀의 눈을 바라보았다.

"두 발로 걷는 인간이 아니었어. 네 발로 기는 개였지. 그때랑 달라. 난 오늘 네 앞에서 내 스스로 치마를 벗었어."

소장의 눈이 잠시 허둥거렸다. 그녀의 의도는 결국 벗는 행위가 아니었다. 대좌 권위의 해제, 사상의 해체였다. 더는 보위원과 죄수와의 만남이 아니었다. 서련화는 진실 하나를 더 벗을 각오로 재차 입을 열었다.

"이젠 내가 물을 차례."

그녀는 더는 예전의 꼿꼿했던 여자가 아니었다. 벗고, 만지고, 닿고, 느낀 여자의 가득함으로 소장을 쳐다보았다.

"난."

그녀의 목소리는 낮고, 부드럽고, 단호하게 깔렸다.

"…이 나라의 최고 남자에게 몸을 바쳤던 여자야. 지금은 이 15호, 최고의 남자 앞에서 벗었고."

그녀의 말은 멈추지 않았다.

"…내가 본 두 남자는, 둘 다… 자기 조국에 충성하지 않았어."

시련회는 마지막 말을 소장의 가슴에 칼처럼 박았다.

"맞지?"

아주 긴 침묵이 흘렀다. 말한 여자와 들은 남자의 가쁜 숨소리가 방안을 가득 채웠다. 소장은 그 어떤 대답도 하지 않았다. 그저 말없이 허리에 손을 댔다. 그리고 바지를 벗었다. 차가운 바닥에 내려앉은 건 단순한 천이 아니었다. 평생을 감싸던 위선의 갑옷이었다. 충성의 흉터와 명령의 껍질이었다. 이제 그의 몸에 남은 건 팬티 한 장뿐이었다. 계급도, 위세도, 모두 바닥 위에 접힌 천 속에 묻었다. 그리고 그는 처음으로 진심을 품은 목소리로 말했다.

"내 붓이…널 만질 때…"

그의 목소리가 낮게 떨렸다.

"너는, 진심으로 느끼고 있었어."

그 말에 서련화의 눈썹이 그때처럼 떨렸다.

"남자까진 아니더라도…적어도, 나를— '사람'으로 본 건 맞잖아? 그렇지?"

그녀의 손은 기다리지 않았다. 이미 대답할 준비가 되어 있던 듯 등 뒤로 가 있었다. 브래지어가 어깨를 타고 흘러내렸다. 부드러운 곡선을 타고 천의 마지막 저항이 부서졌다. 쇄골에서 허리로 이어지는 선명한 선. 그것은 유혹이 아니었다. 자신이 곧게 서 있음을 증명하는 선이었다. 그녀는 팔로 가리지 않았다. 젖가슴도, 허리도, 주저하지 않았다. 오히려 그녀는 자기 몸을 통해 여자의 빛을 발산하고 있었다. 최고 권력자의 미녀로 한 시대를 입고 살았던 여자가 그 시대 전체를 벗은 의식 같았다.

소장은 숨을 삼켰다. 그것은 한 여자의 알몸이 아니었다. 기억을 품은 조각상이었다. 굴욕과 침묵을 견뎌낸 여자 인간, 서련화의 기념비였다.

"우리, 똑같이 하나씩 남았네…"

그녀는 시선을 내려다보다가 조용히 다시 그를 올려다보았다.

"내 질문이 맞다면…우리, 같이 벗자."

'같이' 그건 단순한 말이 아니었다. 내밀어진 손이었다. 체온을 지닌 동의였다. 그녀는 한 걸음 더 앞으로 내짚으며 차분하게 물었다.

"늘 말하던 8살짜리 아들. 그거 거짓말이지? 너에겐 늦둥이가 없지?"

그 순간, 소장은 마치 심장에 총을 맞은 듯 눈을 번쩍 떴다. 숨이 가빠졌다.

"어떻게… 어떻게 네가 그걸…"

서련화는 말이 아닌 통찰로 그를 조용히 꿰뚫었다.

"세월은 흐르는데, 그 8살 아이의 성장은 늘 멈춰있었어."

그녀는 소장 앞으로 한 걸음, 두 걸음 다가왔다.

"순수했던 8살의 강태석. 그리고 지금의 15호 소장. 그렇게 지금 너는… 둘이잖아."

그녀는 한 발 더 다가갔다.

"착한 아이, 나쁜 어른."

소장은 숨지 않았다. 그는 주저앉듯 고개를 떨구었다. 입술이 떨렸다. 그리고 마침내 울먹였다.

"그래! 그래… 난 둘이었어! 매일… 매일 죽어 나가는 시체들을 보고 나면…그 애한테 돌아가서 위안 삼으려고 했어…"

그는 흐느끼며 털어놓았다. 이제 권위도, 가면도, 이성도 없었다.

"난 원래 눈물이 많은 사람이야…정말… 정말 내게 손자가 있었다면…난… 더 미안했을 거야… 더…"

그의 어깨가 들썩였다. 그러나 그 울음은 부끄럽지 않았다. 그건 죄의 고백이 아니라 사람이 되고자 하는 마지막 발악이었다. 서련화가 다가왔다. 그녀는 소장의 두 다리 밑으로 무릎을 꿇었다. 그의 마지막 남은 한 조각, 그 부끄러운 감정의 가림막 앞에서 부드럽게 손을 뻗었다.

"네 마지막… 이건, 내가 벗겨줄게."

그녀의 손이 닿자 소장은 눈을 감았다. 스스로 내리지 못한 마지막 부끄러움. 그걸 누군가 대신 벗겨주는 건, 벌이 아니라 자비였다. 천이 내려갔다. 아무 소리도 없었다. 완전히 벗겨진 남자, 그리고 완전히 벗겨낸 여자였다.

백두대검 제작을 강 건너 불 보듯 하던 소장 발등에 당장 불이 떨어졌다. 출근하기 바쁘게 본부의 부장이 전화를 걸어왔다.

"이제부터 백두대검 제작은 15호 행정 명령으로 정식 결정됐소."

정치위원도 본부 정치국장에게 전화 지시를 받았다. 그래서 그는 오전 간부 조회 시간 때 조직부장에게 면박을 주었다. 그를 염두해 둔 발언처럼 야장간 일에 정치부는 일체 개입하지 않겠다고 했다. 정작 급해진 사람은 소장이었다. 협박과 공갈이 닿지 않는 자를 어떻게 설득할지가 궁색했다. 한 시간 뒤 카즈치카가 소장 방으로 불려왔다. 책상 가운데에는 삶은 계란 두 알이 담긴 접시가 놓여 있었다. 어딘가 모르게 그 접시가 방 안의 중심 같았다. 방안의 남자들은 그 접시를 둘러싼 배우처럼 각자 위치에 서 있었다.

소장이 먼저 앉았다. 자세는 느슨했지만 눈빛은 초조했다. 눈은 계란처럼 둥글고, 속은 단단히 막혀 있었다. 카츠치카와 이세봉은 둘 다 말이 없었다. 말하는 자와 통역하는 자의 순서대로 침묵 중이었다. 카츠치카가 책장 위 나무 상자를 들여다보기 위해 한 발 내디뎠다. 상자가 텅 빈 것을 보자 신경질적으로 뚜껑을 거칠게 닫았다.

"야야. 저 새끼 아무거나 못 만지게 해."

소장이 한 말은 이세봉을 거쳐 전달됐다. 하지만 카츠치카는 사무실을 휘둘러 보며 무심하게 지나쳤다. 문 옆에는 대열부장이 똑바로 서 있었다. 그는 카츠치카의 일거일동을 못마땅하게 바라보고 있었다. 소장은 책상 위의 접시를 이세봉 앞으로 밀어놓았다.

"저놈도 앉아서 이거 먹으라고 해. 원래 이딴 건 불법이야. 다른 놈들한텐 땅바닥에 던져줘. 근데 네놈들한텐 접시에 담아주는 거야. 아무튼 내가 얼마나 생각해주는가 봐."

소장은 능청스럽게 늘어놓으며 옆을 힐긋거렸다. 카츠치카는 장식장 속에 정성스레 진열된 목공에 작품 하나를 뚫어지게 쳐다보았다. 또 손댈까 봐 불안했는지 소장이 이세봉을 향해 책상을 통통 두드렸다.

"이런 거 다 통역해. 내 정성이랑, 접시 계란이랑."

이세봉이 통역했지만 카츠치카의 시선은 여전히 목공예품에 매달려 있었다. 소장은 군복의 윗단추 두 개를 풀었다.

"너도 앉고, 저 벙어리도 앉아서 계란 까게 해."

이세봉은 카츠치카에게 낮은 목소리로 건넸다.

"계란을 드시랍니다."

그러나 그는 못 알아듣는 사람처럼 방안을 느릿하게 둘러봤다. 시선은 천장 모서리를 따라 흐르다가, 다시 장식장 위의 조각들에 머물렀다. 소장은 대열부장을 향해 눈짓했다. 그는 고개를 한번 끄덕이고는 문을 조심스럽게 열고 나갔다. 딸깍. 문 닫히는 소리는 소장의 입김을 바꾸었다. 자세나 말투가 갑자기 돌변했다. 비밀처럼 속삭이는 목소리는 빠르고 예민해졌다.

"솔직히 이런 말까지는 안 하려고 했는데… 실패해도 괜찮아. 바로 통역해."

그는 재떨이에 담배를 비틀어 껐다. 이어 몸을 거의 책상 위에 엎드리며 말했다.

"나도 이 벙어리 안 믿어. 근데 어쩌겠어? 식칼이 장검 돼서 명령으로 떨어졌는데"

그는 벽과 대화하는 것 같아 속이 뒤집어졌다.

"이 새끼 서 있지 말고, 와서 앉으라고 해!"

이세봉이 입을 열기도 전이었다. 카츠치카가 먼저 자신의 발로 걸어 와서 의자를 심술 굳게 뒤로 잡아챘다. 의자 다리가 부서질 듯 바닥을 깊게 긁었다. 소장의 미간이 그 소리에 찡그려졌다. 이세봉도 카츠치카 옆에 앉았다.

"그래그래. 앉았으니 이젠 들어. 그래 서로 좋잖아."

소장은 계란 접시를 이세봉 앞에서 카츠치카 쪽으로 옮겨놓았다. 그러나 그는 그 접시를 손등으로 툭 쳐내고, 곧장 담배갑을 집었다. 그 속에서 한 개비를 꺼내 입에 물었다.

소장은 라이터를 카츠치카 앞으로 밀어주었다.

"그래, 펴. 펴. 많이 펴."

라이터를 켜는 카츠치카의 손을 바라보며 소장의 입가에는 묘한 미소가 번졌다. 카츠치카는 담배 연기를 길게 뿜으며 시선도 주지 않고 일본어로 내뱉었다.

"여기 놈들은 거짓말부터 먼저 하고 생억지를 부리는 족속이잖아."

소장은 웃기만 했다. 일본어는 너무 부드러웠다.

"실패하면, 그 책임은 누가 지는지 묻습니다."

이세봉의 말에 소장의 웃음이 귀에 걸렸다.

"실패하면? 그럼 할 수 없지. 이건 우리 둘이, 아니 셋의 비밀이야. 아무튼 이놈 재간이 그게 단데, 우에서 뭐 어쩔 거야?"

이세봉이 다시 물었다.

"정말 실패해도 된다는 겁니까?"

소장의 입에서 나오는 담배 연기가 자신 있게 길게 뻗었다.

"올해 실패하면 내년에… 십년 후에, 계속 다시 한다고 하면 되지. 어차피 이놈 평생…"

자기가 내뱉은 말끝이 거슬렸는지 그는 급하게 담배를 물고 잇달아 빨아댔다. 입에서 뿜어나온 연기는 이세봉과 카츠치카의 얼굴을 흐리게 가렸다. 소장은 어색해진 방의 공기를 바꾸려고 손으로 책상을 탁 쳤다.

"아, 그래. 할복자살이라도 한다고 해. 일본 사무라이 식대로!"

그는 우연히 내뱉은 자기 말이 대단한 아이디어인 것처럼 웃으며 다시 한번 책상을 내리쳤다.

"그래그래. 하하하! 그렇게 하면…"

그 순간, 쾅, 문이 열렸다. 대열부장이 깜짝 놀란 얼굴로 문을 열고 들어왔다. 소장이 얼굴에서 금세 웃음이 사라졌다.

"넌 왜 또 들어와?"

대열부장은 얼른 문을 닫고 사라졌다. 문이 닫히자 소장은 다시 자기 희열로 돌아왔다.

"내가 지금 당장 본부에 보고할 거야. 실패하면 사무라이처럼 할복이라도 하겠답니다. 하하… 맹세는 자살처럼 요란하게. 그리고 현실에선 실패해! 하하하!"

이세봉이 그 말을 열심히 통역하는 사이에도 소장은 신나서 역설했다.

"이 안에선 다들 살겠다고 발버둥이지. 목숨 걸고 혁명과업 하겠다는 놈이 어딨어? 그런데 사무라이 흉내를 내겠다잖아? 아무튼 간부들이 '목숨을 건다'는 말에 흥분하거든!"

카츠치카는 그의 말이 끝날 때까지 아무 말도 하지 않았다. 담배를 피울 뿐이었다. 그 연기에 탁해진 방안의 공기처럼 이세봉의 얼굴도 왠지 모르게 그늘졌다. 통역하면서도 그는 무엇인가 자꾸 삼키고 있는 얼굴이었다.

소장은 완전히 카츠치카 쪽으로 돌아앉았다.

"어때? 그냥 열심히 식칼만 만들면 되잖아. 내가 백두대검 핑계로 후방사업 잘해줄게."

카츠치카는 두 주먹으로 책상을 누르며 몸을 일으켰다. 이세봉도 그의 움직임에 따라 일어섰다.

"네놈이 더 급하긴 한 거네. 다나까, 계란 챙겨."

이세봉의 행동은 빨랐다. 잽싸게 계란 두 알을 주머니에 넣었다. 소장은 아무런 확답도 없이 비워지는 접시와 두 사람을 번갈아 보았다. 카츠치카는 마지막 한 모금을 깊이 빨았다. 책상 위에 재떨이가 있는데도 꽁초를 아무렇게나 바닥에 버리며 말도 내던졌다.

"할지 말지 고민해 보고, 내일 답장 준다고 해. 이건 회수야."

카츠치카의 손이 소장 앞의 책상을 한 번 쓱 훑었다. 눈앞에서 담배가 사라짐과 동시에 그도 나가 버렸다. 이세봉은 열린 문을 바라보며 뒤늦게 말했다.

"할 수 있는지 연구해보고, 내일 다시 대답을 드리겠답니다."

둘이 나가고 난 뒤 문이 다시 열렸다. 대열부장이 들어서자 소장은 굴복시켰다는 의미로 두 주먹을 불끈 쥐며 웃었다. 그 얼굴엔 해냈다는 자만감이 아주 넓게 번져 있었다. 대열부장도 씩 웃으며 손에 들고 있던 종이 한 장을 내밀었다.

"이건 뭐야?"

소장이 물었다.

"통역 놈이 나가면서 주고 간 겁니다. 야장간 정상화 조건이랍니다."

소장은 종이를 건성으로 보다가 책상 위로 던졌다.

"정상화? 새끼들 공갈질은… 그냥 쥐버려. 또 심술부리면, 그게 더 끔찍하지."

그는 기분 좋게 담배를 찾으려다. 빈손만 휘저으며 주변을 살폈다. 그러다 문을 향해 다시 소리쳤다.

"이 새끼가 라이터까지 갖고 가?"

소장은 습관처럼 화를 냈어도 곧 다시 슬며시 웃었다. 그건 자기 위안을 되씹는 허기진 뒷웃음이었다.

카츠치카는 말없이 가위의 두 날을 다듬고 있었다. 아직 하나로 맞물리지 않은 그 두 조각은 서로를 향한 연인처럼 끝점만 닮아 있었다. 가위라는 도구가 갖춰야 할 기능적 균형이 그의 손 아래에서 서서히 실체를 갖춰가고 있었다. 그는 단 한 번도 줄자를 들지 않았다. 그에게 곡률과 각도는 숫자가 아니라 감각이었다. 쇠를 손가락 끝으로 눌러본 뒤 귀로는 쇳속의 온도를, 눈으로는 불길 속의 색을 알아냈다.

화로에서 건져 올린 한쪽 날을 그는 곧장 오일 통에 담갔다. 순간, 푸슉— 하고 기름이 튀며 짧은 증기가 허공에 흩어졌다. 불을 잃은 쇠는 격정을 토해낸 뒤 돌연 돌처럼 차갑게 모습을 바꾸었다. 옆에서 다른 쇳조각을 다듬던 이세봉이 망치를 내려놓았다.

"기분은… 괜찮으신 겁니까?"

카츠치카는 그 말을 듣고도 고개를 돌리지 않았다.

"응? 응."

대답은 짧고 무덤덤했다. 하지만 이세봉은 가볍게 넘기지 못했다. 소장이 무심코 흘린 단어가 자꾸 마음에 걸렸기 때문이었다. '평생' 그 한 마디였다. 그것은 미래를 두지 않는 사람의 말투였다. 이미 무언가를 정한 사람의 어조였다.

카츠치카는 묵묵히 줄을 꺼내 들고 가위 날의 안쪽 면을 갈기 시작했다. 부딪히는 두 날의 마찰 면을 다듬는 일은 가장 집중력을 요구하는 작업이었다. 아무리 날카롭게 벼린다 해도 두 날이 잘 맞물리지 않으면 겉으론 소리만 요란할 뿐 실속이 없었다.

카츠치카는 눈을 깜빡이지 않았다. 줄질은 쉼 없이 계속했다. 사포와 숫돌, 세밀한 줄까지 차례로 손에 들려왔다. 미세하게 다듬고 마지막엔 손끝으로 그 결을 쓸어내렸다. 드디어 조립할 순간이다. 두 날을 맞대고 중심에 작은 구멍을 뚫었다. 핀을 꽂으며 그는 휘파람을 불었다. 곁에서 작업을 마치던 이세봉이 물었다.

"백두대검은… 어떻게 하실 생각입니까?"

카츠치카는 휘파람을 멈추지 않았다. 손안의 가위에만 집중했다. 그의 손에서 두 날은 하나로 맞춰졌다. 그리고 맞춰진 가위를 천천히 여닫으며 각도에 따라 줄을 다시 댔다. 스칠 때마다 묘하고 부드럽게 찰칵- 하며 닫혔다. 그 소리는 잘 맞물릴 때만 나올 수 있는 완성의 징후였다.

그때 야장간 입구 쪽에서 9분조가 땀을 철철 흘리며 돌아왔다. 목공소에 곡괭이와 삽날을 주고 오는 길이었다. 그들은 들것을 구석에 기대어 놓고 다음 지시를 기다렸다.

"고생했어. 앉아서 좀 쉬어. 오전 작업도 끝났으니까."

이세봉이 말을 건넸다. 그들은 널려 있는 바닥의 다른 장비들을 정리한 뒤 검은손 주위로 둘러앉았다. 카츠치카는 마지막 작업에 집중했다. 손잡이 부분을 가볍게 불에 달궜다가 식히는 중이었다. 그는 손으로 직접 반복해 잡았을 때의 미세한 굴곡과 미끄러짐을 조정했다. 손에 익는 감각이 남아 있는 한 절대로 완성이라 부르지 않았다.
　마침내 그는 가위를 들었다. 종이 한 장을 꺼내 천천히 잘라보았다. 스으읍— 소리는 거의 들리지 않았다. 종이는 본래부터 두 조각이었던 것처럼 부드럽게 갈라졌다.
　"우린 점심 먹으러 왔어요."
　귀에 익은 돌대가리 목소리가 야장간 안으로 치고 들어왔다. 그 소리에 도련님이 벌떡 일어섰다.
　"2분조 여자들 찾죠? 아직 안 왔어요."
　돌대가리는 야장간 안을 둘러보며 여느 때처럼 무작정 실실 웃고 있었다. 성진은 그 웃음을 볼 때마다 헷갈렸다. 그 아이가 강해서일까, 무너져서일까. 생각이 있어서일까, 아니면 이미 포기해서일까. 도무지 그 웃음의 정체를 알 수 없었다.
　사실 돌대가리는 성진과는 너무도 달랐다. 그에겐 애초에 '밖의 세상'이 없었다. 담장 너머를 알지 못하는 삶이란 자유를 빼앗긴 것이 아니었다. 그저, 처음부터 모르는 것이었다. 그래서 그는 자유를 그리워하지 않았다. 억울하다는 감정조차 품지 않았다. 그에겐 바깥에서 들어오는 수용자들이 '세상'이었다. 그들이 들려주는 거리, 간식 이야기, 계절마다 바뀌는 다양한 옷, 볼펜과 연필의 색깔, 교복 바지통을 줄이던 유행…
　돌대가리는 그런 얘기들을 들을 때마다 반신반의하며 고개를 끄덕였다. 그는 그 모든 것들을 그저 한결같은 웃음으로 넘겼다. 그 웃음은 인내의 끝에서 길러진 태연함이 아니었다. 오히려, 아무런 선택도 몰랐던 아이가 아무렇지 않게 어른이 되어버린 얼굴이었다. 세상이 얼마나 망가져 있는지조차 모른 채, 그 자신만은 멀쩡한 듯 살아가고 있었다.

사람들은 그를 돌대가리라 불렀지만, 실은 그 '돌'이 이 15호 수용소에서 제일 편한 속을 가진 존재였다. 속을 숨기는 것도, 드러내는 것도 아니었다. 그저 겉과 속이 다를 필요가 없이 편했다.

성진은 한참이나 그 아이를 멀뚱히 바라보고 있었다. 그 묘한 이질감과 평온함 사이에서 빠져나오지 못하고 있을 때였다. 돌대가리의 뒤로 상미의 얼굴이 불쑥 나타났다. 그러자 도련님은 문 쪽으로 달려갔다. 몸을 기울여 마당 너머를 내다봤다. 저만치, 2분조 여자들이 나란히 걸어오고 있었다. 도련님의 머리 위로 주둥이의 얼굴이 문틈에 걸쳐 나타났다.

"왔어?"

시선은 장찌엔에게 두어도 말과 마음은 민유정에게 던지고 있었다.

"어이 주둥이. 도련."

뒤에서 들리는 검은손의 목소리에 돌아보던 두 사람은 황급히 문에서 물러났다. 그들이 비켜선 문턱을 지나 카즈치카가 밖으로 나갔다. 그는 휘파람을 불며 걸어갔다.

그날 2분조는 9분조와 함께 점심을 먹지 않았다. 그러나 머물고 싶은 마음들에 각자의 발끝은 야장간 안으로 이끌려 들어왔다. 도성진은 이미 돌대가리에게 팔 한쪽이 붙잡힌 상태였다. 그는 그 손에서 빠져나오려고 했지만 그럴수록 손이 옥죄였다. 상미가 그 손을 때리고 싶은 눈으로 내려다보았다.

"동생한테 안 가? 오빠 기다릴 텐데."

그녀의 목소리는 이미 쫓아내고 있었다.

"기다리긴 뭘 기다려. 어제도 싸웠어."

돌대가리가 턱을 치켜들었다.

"야, 그럼 더 잘해줘야지. 빨리 가."

성진은 한발 물러서며 손을 빼내려 했다.

"잘하긴 뭘 잘해. 지가 오빠한테 잘해야지."

돌대가리는 성진의 팔짱을 더 세게 감았다. 상미가 곧장 그 팔을 다독였다.

"오빠 안 오면, 점심도 안 먹을 텐데."

"안 먹긴 뭘 안 먹어. 제 입부터 아는 앤데."

돌대가리가 어깨를 으쓱였다. 한편 민유정과 박해순은 남자들이 붙을 틈을 아예 차단하려고 장찌엔의 뒤에 꼭 붙어 움직였다. 찌엔은 화로 쪽으로 걸어갔다. 그리고 풀무를 손가락으로 툭툭 두드렸다.

"이게 풍구라고 하던가?"

그러고는 천둥같이 가수를 불렀다.

"어이, 가수! 풍구 노래 거 뭐지? 너네 조선 민요."

가수는 쳐다보지도 않고 대답했다.

"풍구바람."

"그래그래. 너희들 그거나 부르며 종일 노는 거 아냐?"

장찌엔이 빈정거릴 때 주둥이는 슬쩍 민유정 옆으로 옮겨갔다.

하지만 가까워질수록 유정은 찌엔의 그림자 속으로 더 깊이 몸을 숨겼다. 주둥이는 그 그림자를 밟으며 애절한 목소리로 말했다.
"잠깐… 할 말 있다니까."
장찌엔이 돌아보더니 주둥이의 등을 탁 쳤다.
"야! 여기서 이러지 말고, 우리 집에 와. 내가 따로 이불 펴줄 테니까."
순간, 민유정의 얼굴이 복숭아 껍질처럼 발갛게 익었다. 그러자 주둥이도 변명하듯 말했다.
"아니, 그런 게 아니라… 그냥 아이 러브 유, 그 말을 하려고…"
그 말은 뜻밖에도 너무 크게 울려버렸다. 박해순에게 말 걸려고 손을 뻗던 도련님이 그 소리에 흠칫 멈췄다. 가수도 놀란 눈으로 돌아보았다. 민유정은 얼굴이 더 빨갛게 달아올라 찌엔의 품에 바짝 달라붙었다.
"어이, 가수! 와서 노래 좀 해봐. 풍구바람."
찌엔이 가수에게 말했는데 도련님이 튀어나왔다. 그는 느닷없이 꼽추 춤을 추며 선창을 터뜨렸다.

어야차 불어라, 우리네 풍구
슬근 살짝 불어도
장수바람이 나온다

허공에 매달린 먼지들이 장단에 맞춰 이리저리 흔들렸다. 도련님은 민유정을 호시탐탐 노리고 선 주둥이의 손을 낚아챘다. 아예 그를 끌고 노래의 중심에 세웠다. 어느새 주둥이의 팔은 도련님의 흥에 이끌려 덩실덩실 흔들리기 시작했다.
 이미 분위기의 중심은 도련님에게 완전히 넘어가 있었다. 동작이 과하여 발장단마다 웃기면서도 이상하리만치 리듬이 있었다. 가슴속 어딘가 한이 맺혔던 흥이 한순간에 터져 나와 보였다. 검은손이 박수했다. 가수도 손을 들어 리듬을 쫓다가 결국 그의 목소리까지 흘러나왔다.
 산수갑산 풍구는 칠팔인이 불어야~
 구리 무쇠 돌무쇠 쾅쾅쾅~
 쏟아져 나오지만...

 하나둘 풀린 눈빛과 구겨져 있던 입가에 웃음들이 피어올랐다. 주둥이와 도련님은 덩실덩실 어깨춤을 추며 야장간 바닥을 기우뚱거리게 했다. 박해순과 민유정도 웃고 말았다. 김상미만 입술을 꾹 깨물고 있었다. 돌대가리가 기어이 성진의 곁을 내주지 않고 버텼다.
 검은손이 상미의 그 눈빛을 훔쳐보았다. 춤판 속으로 걸어 들어가며 돌대가리를 손짓으로 불렀다.
 "야. 돌대가리. 너도 와."
 그는 자기를 불러주자 반색하며 성진의 팔을 잡아당겼다.
 "가자. 춰 보자니까."
 도성진은 그 손을 거절하지 못하고 끌려나갔다. 김상미의 인내는 바닥났다. 팽팽해지더니 끝내 터졌다.
 "너만 오라잖아! 이 돌대가리야!"

풍구바람 한 구석이 찔리며 분위기가 쫄아들었다. 모두가 그녀를 바라보았다. 돌대가리는 왜 다들 자기를 보냐는 듯이 눈을 동그랗게 떴다. 도성진은 고개를 숙였다. 상미는 들고 있던 꼬챙이를 바닥에 탁 던지더니 벼락같이 밖으로 달려나갔다.

이번엔 장찌엔이 울컥하며 두 손으로 입을 틀어막았다. 그녀는 허리를 접으며 얼굴을 감추려 애썼다.

"아이 씨…"

입술을 떨며 욕을 삼킨 그녀는 비틀비틀 야장간을 빠져나갔다. 박해순과 민유정이 뒤쫓아갔다. 춤추던 발들과 박수하던 손들이 멈췄다. 김상미에게 쏠렸던 9분조의 시선들이 모두 장찌엔에게로 옮겨갔다. 야장간엔 더는 장수바람이 불지 않았다. 춤판은 그대로 얼어붙었고, 웃음은 발치에 흩어져 있었다.

"나도 갈래요."

돌대가리가 큰 소리로 자기의 퇴장을 선언했다.

카츠치카는 돌담집의 낡은 문을 조용히 열고 들어섰다. 그러나 곧장 부엌으로 향하지는 않았다. 한 손엔 천에 싸인 가위가 들려 있었다. 다른 손은 여전히 바지 주머니 속 깊숙이 잠겨 있었다. 그는 문 앞에 가위를 조심스레 내려두고는 마당 끝자락을 향해 걸어갔다. 해가 지면 가장 먼저 그림자가 눕고 바람이 일찍 식는 자리였다.

카츠치카는 쪼그려 앉았다. 두 손으로 흙을 가볍게 걷어내자 손끝에 단단한 감촉이 걸렸다. 돌 한 조각을 조심스레 들어내니 검은 흙에 묻힌 작은 항아리가 드러났다. 사유키를 위해 1킬로짜리 돼지비계를 절여뒀던 그 항아리였다. 뚜껑을 열기 전, 주변을 한 번 더 둘러보았다. 아무도 없다고 생각해도 확인이 필요했다.

카츠치카는 천을 풀었다. 짠 내가 먼저 훅— 밀려 나왔다. 소금에 절여 검붉게 익은 비계 조각들이 바닥에 잠들어 있었다. 그의 평온한 표정이 웃음이었다. 이윽고 뚜껑을 덮어 돌을 제자리에 얹은 뒤에 다시 흙을 덮었다. 일어나기 전에 주먹으로 흙 위를 두세 번 꾹꾹 눌렀다. 무언가를 심고, "잘 자라라"고 기도라도 하는 사람 같았다. 그는 손을 털며 다시 일어섰다. 문 앞에 놔둔 가위를 들고 안으로 들어갔다.

15호의 돌담 집들은 하나같은 구조였다. 문을 열면 바로 부엌이 있고, 그 안쪽에 방이 하나뿐인 일자형 집이었다. 카츠치카는 부뚜막 위에 계란과 가위를 나란히 내려놓았다. 그리고는 소리 나게 손뼉을 탁 치며 두 손바닥을 마주 비볐다. 그건 사유키에게 무언가 자랑하고 싶을 때마다 저절로 나오는 버릇이었다.

깜빡 잊은 듯 아궁이에 장작을 집어넣고 불을 지폈다. 하루 끼니에 꼭 맞춰 채워놓는 장작 자리가 비어 있었다. 그는 다시 마당으로 나가 저녁에 쓸 장작을 한 아름 안았다. 바깥에서 마른기침 소리가 들렸다. 속에 걸린 것까지 몽땅 쏟아내듯 사유키의 기침은 한동안 이어졌다. 그녀는 기침을 숨기려고 마당 입구에서 한참이나 망설였다. 카츠치카는 그녀를 기다리게 하고 싶지 않아 먼저 인기척을 냈다. 빈 기침을 해가며 부엌문을 열고 들어갔다.

잠시 후 대문 열리는 소리가 들렸다. 덜컥— 삐걱— 그리고 이어지는 조심스러운 발걸음. 이윽고 부엌문이 열렸다. 사유키가 들어섰다. 카츠치카는 아궁이 앞에서 슬며시 일어나 방 안으로 들어갔다. 사유키의 눈이 반짝였다. 가위를 집어 들고 남편의 손처럼 쓰다듬었다. 이제는 걱정 없이 나물을 자를 수 있을 것 같았다. 사유키는 문을 열었다. 부엌에 선 채로 손에 쥔 가위를 가볍게 들어 올렸다.

"고맙습니다. 이젠 손 안 다치고 살 수 있겠습니다."

목소리는 맑았다. 그 속엔 오래 묵은 고마움과 고백 같은 것이 함께 묻어 있었다. 그녀는 남편에게 자랑하려고 허공에 대고 가위질을 두 번 해보였다.

쓱— 쓱.

예쁘고 귀엽게 공기가 갈라지는 소리가 났다. 어쩐지 오래도록 귀에 남을 것 같았다. 하지만 카츠치카는 그 소리나 가위보다 아내의 얼굴을 슬쩍 쳐다봤다. 한쪽으로 쏠린 긴 머리카락이 잔잔한 숨결 위에서 들고났다. 그녀는 투명하게 웃고 있었다. 세상의 모든 슬픔을 잠시 잊게 만들어주는 얼굴이었다. 카츠치카는 저절로 미소를 흘렸다. 입술이 희미하게 올라가며 볼 근육이 오랜만에 깨어났다. 기분 좋은 감각이 그 짧은 순간에 뺨을 타고 스쳤다.

"잠시만 기다리십시오. 얼른 밥 차리겠습니다."

사유키는 귀한 물건처럼 가위를 조심스레 방바닥에 내려놓고 부엌문을 닫았다. 카츠치카는 문을 향해 성큼 다가섰다. 좋았었는데 문에 가려지는 것이 아쉬웠다. 그깟 밥이 뭐라고 이 순간을 잘

라버리는가. 그는 문손잡이에 손을 얹었다. 다시 열어볼까. 그러면 그 얼굴에 아직 남았을 그 미소를 한 번 더 볼 수 있을 것 같았다. 그러나 목소리로 대신하고 말았다.

"그거 삶은 계란이야. 난 먹고 왔어. 당신 거야."

그는 방바닥에 놓인 가위를 집어 들었다. 닫힌 문을 한 번 더 확인하며 거울 앞에 가 섰다. 거울은 그를 기다렸던 것처럼 대번에 맞아 주었다. 카츠치카는 입꼬리를 들어 올려 보았다. 눈가를 좁혀 방금 미소를 따라 해보았다. 하지만 그 웃음은 이내 무너졌다. 서툴고 어색했다. 남이 자기 얼굴을 흉내 내는 것처럼 보였다.

그는 새삼스럽게 알았다. 자기는 원래 웃지 않는 사람이었다. 그렇게 태어난 팔자였다. 사유키가 자기 운명을 떼어준 덕에 그나마 한 번씩 웃는 것이었다. 그는 거울 앞에서 생각했다.

"15호에서 사랑을 입에 올리는 건 정말 나쁜 놈이다. 허세 이전에 위선이다. 여기선 진심 하나면 넉넉한 세상이다. 그것도 말로 아닌 생각과 행동으로 줘야 진심이다. 그 마지막 한 조각까지 다 내어줄 때만 사내는 사내로서 온전해진다. 그게 남자의 진짜 미소다."

그 확신으로 다시 웃어보았다. 이번엔 조금 달랐다. 자기가 보기에도 못생긴 얼굴은 아니었다. 적어도 오늘 거울 앞에서만큼은 한 사람 몫은 되는 남자 같았다.

이어 그는 부엌문을 살피며 장롱을 가만히 열었다. 거기서 자신의 하나뿐인 내복을 꺼내 들었다. 한겨울이면 빨고 말릴 때까지 벌거벗고 있어야 했다. 손끝으로 천을 문질렀다. 오래 입어 무른 구석이 있어도 아직 뜯어지진 않았다. 그는 다시 부엌 쪽으로 고개를 돌렸다. 그 문이 열리기 전에 속옷 허리춤 한 단을 가위로 잘라냈다. 도둑질하는 손처럼 빠르게 서둘렀다. 남은 속옷은 접어 다시 장롱 속 깊은 곳에 밀어 넣었다. 동시에 눈빛은 불 앞에 섰을 때처럼 제대로 무언가를 만들겠다는 결기로 다시 살아났다. 그는 가위 손잡이를 들어 잘라낸 천 조각으로 단단하게 감기 시작했다. 이번엔 급하지 않았다. 조심스럽고 정갈하게 아내의 손을 감싸듯이 천을 둥글게 감아올렸다.

바로 그때 부엌문이 열렸다. 사유키가 밥상을 들고 들어왔다. 카츠치카는 순간 허리를 곧추 폈다. 그걸 본 그녀는 금방 알아챘다. 평소엔 제멋대로인 그 어깨가 넓어질 땐 뭔가 들켜버린 것이었다. '나쁜 짓'을 감추려고 자기 주변을 둘러치는 감정의 철조망이었다. 그럴 때면 한동안 한 자세로 가만히 있었다. 가볍게 말해선 안 될 죄의식으로 굳어 있는 것이었다.

사유키는 뚫어지게 쏘아봤다. 그러면 지은 죄만큼 얼굴이 달아올랐다. 그는 언어 대신 온도로 말하는 사람이었다. 사유키는 남편의 주변을 둘러보다가 고집스럽게 앉아 있는 그를 콱 밀어버렸다. 엉덩이가 들리며 그 밑에서 가위가 나왔다. 사유키는 손잡이에 둘둘 말린 천 재질만 봐도 어디서 뜯어냈는지 대뜸 알았다.

"그 옷 하납니다. 조선 겨울이 얼마나 추운데, 동상 입으면 어쩌려고 그러는 겁니까?"

카츠치카는 미안하면 변명할 줄 몰랐다. 인정하는 차원에서 앞뒤 다 자르고 나름의 방법을 말했다.

"바깥 일은 남자 일이야."

카츠치카가 서둘러 젓가락을 들자 사유키도 일단 밥상에 마주 앉았다. 한술 뜬 후 카츠치카는 슬며시 가위를 건네 보았다. 비로소 그날 만든 가위는 그제야 완성된 것 같았다.

3
잘 가!

"탕." "깡." "챙."

야장간의 정상화는 굳이 눈으로 보지 않아도 알 수 있었다. 망치가 먼저 말했다. 금속과 금속이 맞부딪히는 음들이 심장박동처럼 규칙적이고 단호하게 울려 퍼졌다.

9분조는 어느새 각자의 자리를 자연스레 찾아 움직이고 있었다. 작업할 때 침묵은 기본이었다. 말보다 정확한 건 손의 감각이었다. 망치의 각도와 철판을 뒤집는 찰나까지도 모두가 조율된 악기처럼 서로의 숨결에 맞춰 이어지고 있었다. 그건 단순한 협업이 아니었다. 서로의 실수를 감싸고 리듬에 맞추며 조금씩 늦추거나 앞당기는, 말하자면… 한 덩어리로 녹아든 삶이었다.

도성진은 손에 들린 망치 손잡이를 바닥에 한 번 탕- 하고 내려쩍었다. 그 울림이 굳은 바닥을 타고 야장간 전체에 은근히 퍼졌다. 그는 조심스레 삽날을 들어 올렸다. 식어가는 쇠붙이 속에는 아직 완전히 지지 않은 붉은 기운이 미약하게 남아 있었다. 어젯밤 불탔던 그의 꿈 한 조각이 현실에서 식는 것 같았다.

바로 옆에선 주둥이가 화로 속을 휘젓고 있었다. 쇳덩이를 꺼내는 그의 동작은 의외로 정중했다. 열을 머금은 쇠는 잘 익었다.

"탕! 챙! 탕! 챙!"

도련님의 뒤를 가수가 따라쳤다. 이젠 서로가 마주 보지 않고서도 어느 틈에 맞춰 돌아갔다. 검은손은 맨 끝에 앉아 숫돌을 들고 이미 다 깎인 삽날을 매만졌다. 그 손끝은 무언가를 다듬기보다 자기가 갇혀 산 세월을 더듬는 것 같았다.

그때 야장간 문이 열리며 군인 2명이 큰 마대 두 개를 메고 들어왔다. 이세봉이 그들을 맞이했다. 군인들은 몇 마디 던지고 이내 사라졌다. 이세봉이 징을 두드렸다. 그 마대는 소장이 보낸 것이었다. 야장간 정상운영 조건으로 카츠치카가 직접 요구했던 물자였다. 도련님이 조심스레 포대 하나를 열었다. 군청색 천의 수용자 새 옷이 쏟아져 나왔다. 지켜보던 9분조원들 입에서 감탄이 흘러나왔다.

"이거... 진짜 새 옷이야?"

9분조는 도무지 믿기지 않는다는 얼굴로 옷가지를 하나하나 꺼내 들었다. 겨울용 상의를 코에 대고 킁킁 맡아보고 여름용 반팔옷을 가슴에 대고 펼쳐보았다. 그들의 눈엔 포식자의 경계심과 아이 같은 기쁨이 함께 뒤섞여 뒹굴고 있었다.

"이건... 우리 입은 천 재질이랑 다른 것 같아요."

도성진은 손바닥으로 소매 끝을 쓰다듬었다.
"와, 팔꿈치에 구멍도 없고… 엉덩이랑 무릎은 아예 두 겹이야."
가수는 모처럼 긴 숨을 내쉬며 말했다.
작은 상자에는 연고와 소독약이 차례로 들어있었다. 작은 노란색 연고통이 햇빛에 반사되어 반짝였다.
"이거 진짜… 화상치료제 맞아?"
주둥이 옆으로 검은손이 다가와 연고 하나를 들고 살폈다.
"맞아. 이건 바르면 덧나지 않는 약이야."
야장간 안은 낯선 공기로 가득 찼다. 고통을 덜어줄 수 있다는 작은 약 하나가 그들의 표정을 흔들었다. 불에 덴 손, 망치에 찍힌 발, 자꾸만 벌어지던 상처들… 모든 고통이 일순간 머릿속을 스쳐 갔다.
도련님이 이번엔 바닥에 놓인 마지막 마대를 풀었다. 거기엔 더 믿기지 않는 것이 들어있었다. 검은 고무창이 단단히 박힌 새 신발들이었다. 각자 치수가 적힌 종이가 덧대어 있었다. 땀이 배지 않은 끈과 흙 한 점 없는 밑창 고무의 결에 9분조는 한동안 아무도 입을 떼지 못했다.
"신발이야…"
가수가 맨 먼저 속삭였다.
"진짜… 우리 거 맞아요?"
도성진이 먼저 무릎을 꿇었다. 손으로 한 짝을 조심히 들었다. 그리고 코끝에 대고 숨을 들이마셨다. 생고무와 직물의 냄새… 그건 분명히 새것의 냄새였다. 처음 만들어져 아무의 피땀이 닿지 않은 바깥 냄새였다. 한 짝씩 손에 들고 저마다 신발을 바라보는 모습은 어딘가 경건했다. 도련님이 구석에 앉아 자기 신발을 벗었다. 까맣게 터진 발뒤꿈치엔 오래된 굳은살과 물집 자국이 남아 있었다. 검은손이 말했다.

"오늘부터 우리는 바닥이 아니라… 땅을 딛겠구나."

그 말에 모두의 시선이 바닥으로 향했다. 그동안 맨발 위에 씌워진 고무토막들과 다 헤지고 찢어진 낡은 조각들이 지금 이 눈앞의 신발과는 비교되지 않았다.

웃음 가득한 9분조의 얼굴들과 달리 이세봉의 표정에는 그늘이 짙었다. 그는 식칼을 갈고 있는 카츠치카 곁으로 조심스레 다가갔다. 쇳소리를 방해하지 않게 무릎을 낮추고 말했다.

"백두대검도 내일 중으로 대답 달랍니다. 저걸 줬으니 온갖 생색 다 낼 겁니다."

카츠치카의 손이 멈췄다. 칼끝이 숫돌 위에 눕혀졌다. 그는 숯이 든 마대가 쌓여 있어야 할 구석을 바라보았다. 하나 남은 것마저 거의 바닥이었다.

"숯불조에 가서 숯 가져와야지?"

이세봉도 고개 돌려 눈으로 확인하며 대답했다.

"네. 숯이 떨어졌습니다."

카츠치카의 시선은 웃음소리로 옮겨갔다. 9분조는 새 옷과 신발을 가진 기쁨에 여념이 없었다. 그는 내일을 걱정하지 않는 사람이었다. 소장이 약속을 지켰다는 눈앞의 사실에만 마음을 열었다. 거짓 없는 불처럼 뜨겁게 타오르고 남김없이 식는 법도 알았다. 그는 새 신발을 신어보는 도성진을 바라보다 짧게 말했다.
"다나까. 저것들 세수시키고 새 옷 입혀."

잠시 후, 9분조는 야장간 마당에 일렬로 나와 있었다. 빠짐없이 새 옷과 새 신발로 단장하고 있었다. 가수는 옷깃을 세우며 어깨를 폈다. 검은손은 도성진의 신발 끈을 살짝 당겨주었다. 도련님은 머리카락을 넘기며 거울 없이도 자신의 윤곽을 정돈했다. 주둥이가 제일 먼저 이세봉 앞에 섰다.
"나 어때요?"
이세봉은 그의 옷자락에 묻은 먼지를 후 불어 털어주었다.
"원래 멋있었어요."
도련님도 뒤질세라 말끔히 씻은 얼굴을 내밀었다.
"난요? 나 별명이 도련님인데 비슷해요?"
이세봉이 천천히 고개를 끄덕였다. 말이 없었다. 옆에서 주둥이가 얼굴을 찡그렸다.
"똑같이 입혀 놓으니까, 우리 가운데 네가 제일 머슴 같아."
그러면서 손으로 도성진을 가리켰다.
"얘가 진짜 도련님 같다."
이세봉과 도련님까지 모두가 웃음을 감추지 않았다.
그때였다. 드르륵- 야장간의 문이 힘차게 열렸다. 9분조는 웃음을 거두고 자세를 가다듬었다. 모든 시선이 일제히 그 문 쪽으로 향했다. 새 옷을 걸친 카즈치카가 모습을 드러냈다. 그는 평소처럼 같은 표정으로 문틀을 가로지르며 짧게 말했다.

"이쿠조(行くぞ 가자!)"

그를 따라 9분조가 걷기 시작했다. 열을 맞추고 발을 모았다. 그들에겐 행진곡도 있었다. 맨 앞에서 카츠치카가 휘파람으로 부르는 일본 노래 "루비반지"였다.

그것은 단순한 출발이 아니었다. 의식이었다. 같은 구내, 같은 길, 같은 땅이지만 오늘 그들의 발자국은 분명히 달랐다. 도성진은 허리를 편 채 걸었다. 바짓자락이 부드럽게 흔들리며 새 신발은 흙을 밀어냈다. 가수는 어깨를 들썩이며 휘파람 박자에 맞춰 입술을 움찔거렸다. 도련님은 머리를 한쪽으로 넘긴 채 장난스럽게 걸었다. 주둥이는 뒤를 살피며 발끝을 세우고 동료와 보폭을 맞췄다. 망치질 리듬처럼 발소리도 같았다.

시키지 않았어도 그들은 거의 군무처럼 걸었다. 감정이 맞닿은 질서였다. 자부심을 함께 나눈 기상이었다. 슬픔과 웃음이 한 끈에 묶인 발걸음의 일치였다. 휘파람을 불던 카츠치카가 이상한 촉감에 입을 다물었다. 그랬더니 뒤에서 '루비반지' 휘파람이 들렸다. 더는 자기 혼자의 것이 아니었다. 어깨에 멘 들것만 수용소일 뿐, 야장간 사람들의 겉과 속은 이미 사람 사는 세상에 나와 있었다.

제일 먼저 돼지우리 수용자 2명이 구경 나왔다. 자기들이 입은 낡은 옷을 내려다보며 중얼거렸다.

"저거 어디서 온 놈들이야?"

목공소 수용자들은 아예 길섶에 한 줄로 늘어섰다. 그들의 시선은 바늘처럼 뾰족했다.

"소장 놈 방은 우리가 다 장식해줬는데 저놈들만 특별대우 해주는 거야?"

누에를 생산하는 잠업조 여자들은 창가에 몰려섰다.

"간부집 자식들만 따로 모은 독립조래. 옷부터가 다르구나"

옷공장 여자들은 허리를 숙여가며 시선을 모았다.

"저거 내년 공급옷이잖아. 저 사람들은 왜 올해에 입었어?"

양봉조 남자들은 자기들 분조장 옆으로 몰려들었다.

"돌대가리 말이 맞는 것 같아요. 빽이 쎈 놈들이니 저놈들 가마솥은 한 병으론 안 될 것 같아요. 꿀 두 병 줘야 할 것 같아요."

보위원 식당에서 일하던 이들도 하나둘씩 뛰쳐나왔다. 마지막에 서련화도 문가에 섰다.

"저놈들은 잡혀 온 죄수들 맞아?"

지휘부 앞을 지나칠 땐 야장간 독립조의 휘파람 소리는 멎었다. 대신 그들은 일부로 발소리를 높였다.

척! 척! 척!

운동장에서 축구 경기를 하던 보위원들은 공을 멈췄다. 가쁜 숨을 내쉬며 눈으로 쫓았다.

"유명한 왜놈에, 부주석 아들에, 만담꾼 주둥이까지... 저놈들 뭐 하는 독립조야?"

발과 손을 절도있게 맞추며 지나가던 경비대원들의 대열이 흐트러졌다.

"죄수놈들 옷이 어떻게 우리보다 새것이야?"

야장간 행렬은 립석강 강둑을 따라 위쪽으로 향했다. 거기선 남자독신자 세대가 돌을 들고 뛰고 있었다. 미꾸라지가 누구보다 먼저 눈을 비비며 헛웃음을 켰다.

"월왕령에 옹헤야 탈주범, 예수쟁이까지… 반동이 제일 많았던 분조가 제일 잘 나가? 히야 세상이 거꾸로 돌아가네. 진짜."

그늘에 모여앉아 고구마를 먹던 감시반 사람들도 자리에서 일어서며 놀라 쳐다보았다.

"저 우둔한 것들. 훔치자마자 저렇게 대놓고 새 옷 입고 다니면 어쩌려고…?"

혼자 담배를 피우던 최종배도 연기 사이로 9분조를 알아보았다.

"새끼들… 다시 오기만 해봐라."

마침내 9분조는 옥수수밭 김매기 작업장 근처로 들어섰다. 가족세대 여자들이 웅크린 몸으로 잡초를 뽑고 있었다. 하나둘 그들이 허리를 폈다. 2분조 여자들의 환호성이 그중 가장 컸다. 장찌엔이 감탄했다.

"야! 저것들 사회사람 같다야. 하하하"

"주둥이 아저씨 멋있어요. 완전 배우 같아요."

김상미의 어깨가 솟구치자 민유정이 수줍게 웃으며 말했다.

"아니야. 성진이가 최고로 멋있어."

두 여자는 9분조를 향해 손을 흔들었다. 사방에서 가족세대 여자들이 두 손 들어 그 남자들을 반겼다.

벽에 걸린 김일성 초상화는 사람들의 충성심을 검증하듯 방안을 근엄하게 내려다보고 있었다. 소장이 먼저 입을 열었다. 책상에 놓인 재떨이를 손등으로 밀면서.

"야, 그 새끼들. 도대체 며칠째 연구한다는 거야?"

목소리는 건조했고, 눈빛은 싸늘했다.

"이딴 실험 놀음에 언제까지 시간을 줄 거야. 아무튼, 당장 이 방으로 끌고 와! 직접 따지겠으니까"

대열부장이 바로 일어나려던 순간, 조직부장이 팔을 내밀며 그를 멈췄다.

"잠깐."

그가 한 박자 쉬고 말을 이었다.

"안 그래도 제가 그놈 진정성을 확인할 겸 평양의 무쇠 기술자나 제련 전문가들에게 물어봤습니다. 불 조절이니 맞장구니… 듣고 보니 틀린 말은 아닙디다."

소장은 여전히 인상을 써도 표정이 미세하게 느슨해졌다. 조직부장은 말을 이었다.

"쇠를 진짜 아는 놈이라면 말입니다. 그놈이 특별히 요청한 원료나 제안하는 조합이 있을 겁니다. 그걸 보면… 속을 알 수 있다는 겁니다. 이게 그냥 강철을 두드려 만드는 게 아니더군요."

소장이 턱을 괴고 눈을 깜빡였다.

"그래서 지금? 이러고만 있으란 말이요?"

조직부장의 눈빛이 가늘어졌다.

"반동놈들은… 끝까지 의심하며 밀어붙여야 합니다."

그 말엔 오래된 냉소가 들어있었다. 한 치의 감정도 담기지 않은 경계심과 증오가 넘쳐 있었다. 사무실 안엔 잠깐 정적이 흘렀다. 대열부장의 눈빛이 은근히 빛을 띠었다. 자신만이 해결할 수 있다는 확신이었다.

"좋습니다."

그는 의자에서 일어섰다.

"제가 그놈 속을 알아보겠습니다."

각자 생각에 빠져 있던 소장과 조직부장이 동시에 그를 바라보았다. 무언의 합의가 눈빛 사이로 오갔다.

삼십 분 뒤 대열부장은 2작업반 사무실에 앉아 있었다. 상좌인 그는 중위 앞에서는 대단한 위상을 지니고 있었다. 의자에는 그가 앉아 있고, 최종배는 죄수처럼 한 구석에 반듯하게 서 있었다.

"담배 있어?"

"네. 여기 있습니다."

최종배는 두 손으로 담뱃갑을 받쳐 들었다. 건넨 담배가 입에 맞지 않았는지 대열부장은 연기를 두어 번 뱉고는 입술을 다물었다. 그의 표정엔 이 방에서 빨리 나가고 싶어 하는 기색이 뚜렷했다. 익숙하지 않은 공간, 기분 나쁜 공기, 죄수들이 드나드는 나쁜 기운까지 모든 게 음산했다.

최종배 역시 같은 갈망이었다. 불편한 상관이 빨리 사라졌으면 했다. 급하게 치우느라 옷장에 던져놓은 가방이 걱정됐다. 먹다 남은 술병이 거꾸로 서 있었다.

그때, 조심스러운 노크 소리가 들렸다. 도성진이 쭈뼛거리며 들어섰다. 두려운 표정으로 문 앞에 섰다. 그리고 자기와 같은 자세인 최종배의 두 다리를 새삼스럽게 내려다보았다. 대열부장의 얼굴은 짐짓 근엄했다. 허리 양쪽에 주먹을 고이며 일어섰다. 시선은 도성진을 한 꺼풀 벗기고 들춰보듯이 마구 훑었다.

"이놈이… 전번에 예수쟁이 따라 제일 먼저 손들었던 그 반동놈 맞지?"

최종배가 곧장 대답했다.

"네. 맞습니다."

대열부장은 권총을 꺼내 책상 위에 올려놓았다.

"어린놈의 새끼가 말이야. 감히… 죽고 싶어?"

도성진은 허리를 낮추며 짧게 답했다.

"지금은 혁명화 잘하고 있습니다!"

대열부장은 숨막히게 노려보았다.

"잘할 수 있어?"

"네. 선생님. 혁명화 잘하겠습니다."

"내 네놈을 두 눈 부릅뜨고 지켜볼 거야."

"네. 선생님. 잘하겠습니다."

"그래서 말인데, 이 선생님이 특별 신임으로 너에게 혁명과업 하나 맡기겠다. 잘할 수 있지?"

도성진은 눈을 크게 뜨고 차렷 자세를 취했다.

"네, 선생님!"

"그 전에 너. 지금 나랑 한 말은… 평생 비밀로 지켜야 한다. 알았어?"

"네, 선생님…"

"복창해 봐."

도성진의 입술이 젖어 있었다. 숨을 크게 들이켠 그는 또박또박 말했다.

"평생 비밀로 지키겠습니다!"

"다시!"

도성진은 속으로 개새끼라고 욕했다. 그 힘으로 고함쳤다.

"평생 비밀로 지키겠습니다!"

다음 날 아침. 도성진은 카츠치카의 작업대 앞에 서 있었다. 그 자리엔 이세봉도 함께 있었다. 성진의 표정은 잔잔했고, 목소리는 태연했다.

"대열부장놈이 카츠치카 도공님께서 백두대검 만들 재료에 대해 어떤 고민을 하는지, 어떤 토론이 오가는지를 매일 살펴보고, 보고하라고 했습니다."

이세봉은 고개를 끄덕였다.

"그래. 가봐."

도성진이 돌아섰다. 그의 뒷모습은 경쾌했다. 그를 바라보며 이세봉이 슬쩍 웃었다.

"재미있는 놈입니다. 전에 주신 소금 은혜를 갚고 싶다며 어제는 도공님 생일을 물었습니다. 분조장도 물어 봤구요."

카츠치카는 코웃음을 쳤다. 쓸데없는 감정에 휘말리지 말라는 그만의 경고였다. 그는 혼자 달궈지고 혼자 식는 사람이었다. 고독을 뜨겁게 끌어안는 성격이었다. 이세봉은 대화 주제를 바꾸기로 작심한 듯 카츠치카 앞으로 완전히 돌아앉았다.

"놈들도…일본대검 만드는 방법은 어디서 주워들은 것 같습니다. 하긴, 조총련 놈들도 있으니까요."

카츠치카는 화로에서 쇠를 꺼내 색깔만 들여다봤다.

"어떻게 하실 생각입니까?"

카츠치카의 대답을 기다리는데 검은손이 다가왔다. 한 손에 작은 헝겊 주머니가 들려 있었다.

"이건 꿀이요."

그는 주머니에서 꿀병 두 개와 무 두 개를 꺼냈다.

"폐결핵이나 가래 걷어내는 데 무꿀이 좋다오. 얇게 썰어서 꿀에 담그기만 하면 되오. 9분조 마음이라고 전해주오."

검은손은 그 말을 남기고 제자리로 돌아갔다. 카츠치카는 시선을 잠시 내리깔았다. 그 눈빛엔 익숙지 않은 기색이 떠 있었다. 무언가를 받는 일에 서툰 사람이 가지는 특유의 불편하고 경직된 모습이었다. 그러나 그 어색함의 뒤편에 고마움의 감정이 숨겨 있음을 이세봉은 누구 보다 잘 알고 있었다.

카츠치키는 몸을 일으켰다. 이세봉도 따라 일어섰다. 카츠치카는 한 쪽 벽에 붙은 책상으로 갔다. 거기서 뭔가 적은 종이를 들고와 이세봉에게 내밀었다. 그 종잇장을 들여다 본 이세봉은 놀란 눈으로 고개를 들었다.

"이걸 놈들에게 주라고요?"

카츠치카의 일본어는 오늘따라 유별나게 강했다.

"백두대검 어쩌고... 이놈들 생고생 좀 시켜야지."

카츠치카는 주머니에 꿀 한 병과 무 하나를 넣었다.

"제 아버진 단 걸 싫어합니다. 마저 가져가십..."

이세봉의 말이 끝나기도 전에 카츠치카는 나가고 있었다. 문턱을 넘기 전에 주먹으로 징을 두 번 때렸다. 밖으로 나온 그는 뒷마당 쪽으로 발을 옮겼다. 그는 폐기된 폐화로 쪽으로 걸어갔다. 낮게 엎드린 붉은 벽돌 덩어리는 여전히 그 자리에 있었다.

그는 약속된 폐화로 위에 시선을 얹었다. 전번처럼 편지가 들었다는 신호로 서 있는 벽돌은 없었다. 카츠치카는 그대로 한참을 바라보았다. 담담한 얼굴에 작은 쓴웃음이 스쳐 지나갔다. 기다리거나 기대한 것은 아니었어도 아무것도 없다는 사실이 어딘가 모르게 허전했다. 돌아서며 휘파람을 불었다. 하지만 그 소리는 입술을 한 바퀴 돌다 말고 멎었다. 자기가 징을 두 번 치고 나왔는데도 야장간 안쪽에서 망치질 소리가 들려왔기 때문이었다.

툭... 탕...

소리는 얕고, 느렸다. 망치로 힘껏 내리찍는 것이 아니었다. 무언가를 어루만지는 듯한 울림이었다. 깨지지 않을 만큼만, 금속의 결을 따라, 조심스레 눌러 찍는 음색이었다. 놈들이 만드는 건 곡괭이도, 삽도, 호미도 아니었다. 귀를 기울이자, 소리가 또 한 번 맴돌았다.

탕... 쩡... 탕.

불에 물러진 가벼운 쇠의 중심을 한쪽으로 기우는 방식으로 두드러지고 있었다. 그는 어깨에 걸친 주머니 안을 새삼스럽게 들여다보았다. 꿀과 무가 어디서 났는지 대강 짐작이 갔다.

"…솥을 만들어 바꿔왔군."

낮게 중얼대며 휘파람을 다시 불었다. 그 소리는 끝까지 이어지며 집까지 닿았다. 카츠치카의 습관은 사유키보다 항상 먼저 들어가는 것이었다. 부엌의 아궁이에 불부터 올렸다. 손을 씻은 뒤 작은 도마를 꺼냈다. 그 위에 검푸른 껍질이 그대로 살아있는 무를 올려 두었다. 무가 부드럽게 갈라질 때마다 칼날 아래로 담백한 수분이 번졌다. 항아리 하나를 꺼냈다.

그는 무 조각들을 조심스럽게 바닥에 눕혔다. 그리고 허리춤에서 꺼낸 병의 뚜껑을 따고 거꾸로 세웠다. 무와 꿀이 만나는 소리를 듣는 입가엔 작은 미소가 스쳤다. 꿀이 무를 완전히 덮을 때까지 기다리는데 밖에서 대문 소리가 들렸다. 곧이어 부엌문이 삐걱거리며 사유키가 들어왔다.

카츠치카는 병을 거꾸로 든 채 항아리를 품에 안고 방으로 들어갔다. 그의 등을 보며 사유키는 미소를 지었다.

그로부터 30분쯤 후, 그녀는 밥상을 들고 방 안으로 들어왔다. 기침 소리가 여전히 그녀보다 먼저 들어왔다. 카츠치카는 항아리에 뚜껑을 닫아 보물단지처럼 한쪽 구석에 놓았다. 그리고 두 손을 맞비비며 상에 마주 앉았다. 먼저 시래기국을 한 숟갈 떠올려 입에 가득 넣었다. 그리고 늘 그랬듯 사유키의 국그릇도 비교하며 바라보았다. 근데 색이 달랐다. 자기 앞의 국물은 누르끼리한 빛을 띠고 있었다.

며칠 전, 이세봉이 소장 방에서 가져온 계란 생각이 났다. 그날 점심, 사유키의 국에 흰자위가 떠있기에 먹었구나 여겼었다. 한 숟갈을 떠 입에 댄 순간, 혀끝이 먼저 알았다. 그 짐작은 확신이 되었다.

"…내 국에 노른자 풀었어?"

사유키는 아무 대답도 하지 않았다. 고개를 숙이고 태연하게 젓가락질을 이어갔다. 잠시 뒤 그녀의 입에서 마른기침이 터져 나왔다. 예전보다 더 깊게 가슴 안쪽을 긁으며 밀려 나오는 소리였다. 카츠치카는 말없이 아내를 바라보다 자신의 국그릇을 들어 사유키 앞에 놓았다. 그러자 그녀는 밥 한술, 반찬 한 점에만 젓가락을 가져갔다. 국엔 숟가락을 넣지도 않았다.

"…국 안 먹어?"

그의 목소리는 낮았다. 묻는다기보단, 마음 한켠에서 흘러나온 거의 읊조림에 가까운 소리였다.

"오늘은… 기침 때문에 밥만 먹고 싶습니다."

사유키의 대답은 공손했다. 동시에 완고했다. 그 한마디에 카츠치카의 눈이 곤두섰다. 그는 국그릇을 거칠게 들어 올렸다. 부엌문을 박차고 나가더니 그대로 바닥에 내던졌다.

댕그랑!

쇠그릇이 바닥을 때리며 요란한 소리를 냈다. 그러거나 말거나 사유키는 젓가락을 멈추지 않았다. 아주 잠깐, 한 순간 멈췄을 뿐. 곧 다시 묵묵히 밥을 떴다. 카츠치카의 시선이 부엌을 훑었다. 진짜 그의 속을 뒤집은 건 따로 있었다. 한켠에 널린 빨래들이었다. 그가 잘라냈던 내의의 조각들이 다시 꿰매어 있었다. 그리고 바구니 속 가위 손잡이에 감겨 있는 천 조각은 사유키의 옷이었다. 그는 무릎을 딛고 일어섰다. 눈빛은 말보다 격하게 흔들렸다.
"에에이…"
그는 문을 벌컥 열고 나가버렸다. 사유키는 남편의 그 행동에 별로 신경 쓰지 않았다. 자기 국그릇을 가져와 숟가락을 담그었다. 아무 일도 없었던 것처럼 밥 한 숟가락을 더 떴다.

립석강 위로 정오의 햇살이 흩어졌다. 바람도 잔잔해서 여울 위로 번지는 잔물결은 긴장을 푼 숨결처럼 고요히 퍼지고 있었다.
소장과 조직부장은 오랜만에 함께 낚시를 나왔다. 겉으로 보기엔 소풍 같았다. 그럴 만도 했다. 본부 검열이 어제 끝났던 것이었다. 본부 검열총화는 군사재판처럼 엄격했어도 결과는 예상보다 평범했다.
지휘부는 무사히 살아남았다. 구읍리의 희생자는 미리 정해져 있었다. 자살한 지형철이었다. 당과 혁명을 반대한 죄명과 함께 부관참시 처형으로 죄의 무게를 사후에 덧씌웠다. 이미 시신은 평토 처리가 끝난 뒤라 유골도 없는 아무 계곡에 대고 총성 몇 방으로 끝냈다.
죽은 자보다 산자가 더 문제였다. 지형철의 삼촌인 본부 부부장은 그 즉시 해임되었다. 이후 구읍리를 제외한 네 개 리에서 여섯 명의 보위원들이 줄줄이 처분되었다. 구속된 두 명 중 한 명은 죄수에게 편의를 봐주는 조건으로 그의 친척에게서 자전거를 받았다. 여자 보위원은 독신자세대 남자 수용자와 연인관계를 맺었다가 문제가 됐다.

그랬다. 독신자는 혁명화가 끝나면 출소하여 전직으로 복귀될 가능성이 높았다. 그 가능성은 때로 여자 죄수나 보위원들에겐 은근한 갈망의 대상이 되기도 했다. 또 어떤 보위원은 수용자와 같은 고향 출신이란 사실을 숨겼다가 제대 조치 됐다. 나머지 셋은 전부 수용자 여자들과 부적절한 관계를 맺은 혐의로 구속되었다.

수용자 대책 문제도 심각하게 다루어졌다. 공개처형과 구류장 처벌을 더욱 강화하라는 새로운 조항도 내규에 추가되었다.

"당조직지도부 검열에 본부 검열까지 나오니 저도 이번엔 맘고생 좀 심했습니다."

조직부장은 맘고생이란 단어를 특별히 강조했다. 소장은 속으로 개수작이라고 맞받아쳤다. 검열 기간 내내 진짜 낚시를 즐긴 자는 오직 한 사람, 조직부장뿐이었다. 그는 애초부터 검열의 사각지대 밖에 존재하는 자였다. 조직부는 본부의 인사 대상도 아닌 데다 업무도 외부에 노출되지 않았다.

그들은 상급 조직부를 통해 오로지 당중앙위원회 조직지도부로만 곧장 연결되는 비밀스런 횡적 구조였다. 밖으로 보이는 노동당의 영도가 훼손되지 않게 그 조직은 대놓고 '지도'하지 않았다. 감시하고 판단하고 제거했다. 그래서 평소 그들이 하는 일은 검열단과도 다르지 않았다. 사람을 만나 말을 끌어내고 그 말 속의 결을 분석해 정치적 유죄로 만들어냈다.

그런데 비슷한 업무성격의 검열단이 들어오자 조직부의 역할은 공중에 떠버렸다.

소장이 늘 하는 말처럼 "하루종일 빈둥거리는 놈"이라 조직부장의 관심은 백두대검에 쏠릴 수밖에 없었다. 더구나 백두영웅으로 신격화되는 김정일에게 바쳐지는 보위부 선물이었다. 그 충성의 맨 앞자리에 자기가 서고 싶어했다. 백두대검은 이미 본부 조직부를 통해 중앙당 조직지도부에도 보고됐다. 그들에게 보고되지 않은 일은 북한에서 존재하지 않는 일이나 다름없었다. 당조직지도부가 검열과 영도의 힘을 갖는 것은 정보에 있었다.
　조직부장은 검열이 끝나자마자 소장을 낚시터로 불러냈다. 한낮의 햇살은 부드러웠고, 물결도 평화로웠다. 그러나 소장의 기분은 시간이 지날수록 점점 가라앉고 있었다. 물속에서 자꾸 미끼만 슬쩍 빼가는 놈이나 곁에서 계속 지껄이는 놈이나 지겹고 성가셨다. 그에겐 낚시가 아니라 물 한가운데 앉아 심문받는 고문실에 가까웠다.
　"소장동지 천연색 텔레비죤 몇 대 남았습니까?"
　그 순간. 소장의 속이 부글부글 끓어올랐다. 그게 왜 궁금하냐고 쏘아붙이고 싶었다. 그러지 못하니 담배를 꺼내 물었다.
　"없소. 당조직지도부 검열. 그리고 이번에도 다 주고 한 대도 없소."
　말하다 보니 이놈이 거의 다 가져갔다는 계산이 돌아갔다. 카츠치카만 건드리지 않았어도 식칼로 대충 퉁칠 일이었다. 생각이 거기까지 닿자 억눌렀던 짜증이 치솟았다. 그는 거칠게 낚시대를 휙 낚아챘다. 미끼가 달려 있는지도 확인하지 않은 채 그대로 강물 쪽으로 팔을 휘둘렀다. 순간 이건 낚시질도 아니라는 생각에 얼굴이 상기됐다.

"소장동지!"

귀익은 목소리가 들렸다. 돌아보니 대열부장이 강둑 위에서 웃으며 달려오고 있었다. 저 정도의 호들갑을 떨 때는 반쯤만 믿어야 한다는 걸 소장은 잘 알고 있었다. 그래도 지금 그의 등장이 무척 반가웠다. 적어도 이 지긋지긋한 낚시대 옆, 조직부장의 웃음 섞인 질문에서 벗어날 수 있으니까.

"드디어 왔습니다."

대열부장이 환한 얼굴로 뛰어왔다. 손에는 종잇장이 들려 있었다.

"제가 나선 지 하루 만에 놈들이 백두대검 제작 명세서를 보냈습니다."

소장은 오늘 처음 미소를 지으며 종이를 받았다. 그런데 소리 내어 읽어 내려갈수록 기운이 식었다.

"백두대검이니 백두산 천지물을 가져오고…"

말을 멈춘 소장은 대열부장을 바라보았다. 역시 이놈은 반도 믿어선 안 된다는 표정이었다.

"백두산 천지물을 떠오라고?"

"예, 천지물로 쇠를 식혀야 한답니다."

소장은 종이를 그대로 구겼다. 곧장 소리 질렀다.

"백두대검을 만들랬지, 누가 천지물에 담그래? 아무튼, 여기서 백두산이 얼마나 먼 줄 알아?"

기세에 눌린 대열부장이 반 발짝 물러나며 목소리를 더 키웠다.

"요덕물은 안 된답니다. 물의 성능도 쇠의 결에 중요하답니다. 백두산은 가까운 겁니다. 거기 보면 일본까지 갑니다!"

"뭐? 뭐? 뭐라고?"

소장은 화들짝 놀라 종이를 펴들었다. 그 안의 글자들이 어지럽게 눈앞을 휘돌았다.

"이게 뭐야? 산철… 옥강… 이즈모 지방의… 다타라 제철… 다마하가네?"

"예. 조총련 통해서 일본에서 배로 가져오면 된답니다."

그 말이 끝나기 무섭게 소장은 다시 종이를 구기다 못해 꽁꽁 다져 대열부장 얼굴에 던졌다.

"이놈아 여기가 무역성이야? 여기 관리소야! 그리고. 일본이 어디 옆집이야?"

두 사람의 고성이 엇갈리는 동안 조직부장은 말없이 종이를 주워들었다. 허리를 펴고 그것을 찬찬히 읽었다. 문장 하나하나에 눈길을 얹고 손가락도 짚었다.

카츠치카의 명세서가 자기가 파악한 일본도 제작 정보와 절묘하게 일치했다. 일부러 흘린 정보라 보기엔 정확도가 높았다. 뒤에서는 여전히 설전이 오갔다.

"백두대검 만들랬더니 후지대검 만들겠다는 거야? 네가 나선 게 이거야?"

"우리 쇠로는 안 된다잖습니까. 쇠는 일본에서 가져오더라도 백두산 천지물로 식히면 그게 백두대검이 된답니다!"

"이거 다 해주자면 돈이 얼마나 깨지는지도 몰라? 산 넘고 바다 넘고."

"우리나라 쇠로는 만들 수 없답니다! 소장 동지도 잘 아시잖습니까.”

그때 조용하던 조직부장이 종이를 펴들고 말했다.

"이놈은 정말 만들 결심이 선 놈입니다. 제가 평생의 원칙을 한 번 깨보겠습니다. 단 한 번 이 반동 놈을 믿어보겠습니다.”

그 말에 소장과 대열부장은 동시에 두 눈을 맞추었다. 둘은 그 합쳐진 시선으로 조직부장을 쳐다보았다. 그날 저녁 조직부장은 소장의 수법을 쓰기로 했다. 그는 총 대신 카츠치카와 이세봉을 닭고기 밥상 앞으로 불러냈다. 조직부장은 타이르듯 말했다.

"일본 재료로 만들면 '후지대검'이지. '백두대검'이라 속이잖아? 곧바로 수령 기만죄가 돼.”

카츠치카는 닭다리를 뜯기만 했다. 조직부장은 소금단지를 앞에 밀어주었다.

"우리 당의 자력갱생 정신을 받드는 마음으로 방법을 연구해봐. 이젠 정말 시간 없어.”

카츠치카가 기분 나쁜지 닭뼈를 식탁 위에 던져놓으며 뭐라고 말했다. 이세봉이 통역했다.

"도공님 말씀으론 닭 한 마리가 너무 적답니다. 곱빼기로 먹어야 할 것 같답니다.”

그날 저녁, 카츠치카와 이세봉은 닭 한 마리씩 싸들고 집으로 갔다.

다음날 정오를 막 넘긴 시간에 숨을 헐떡이며 대열부장이 조직부장 사무실로 뛰어들었다. 소장도 그 자리에 앉아 있었다. 대열부장은 문손잡이를 쥔 채 서서 밝게 웃었다. 소장은 이젠 그 얼굴 자체가 불신이라는 듯 담배부터 꺼내 물었다. 하지만 오늘만큼은 달랐다. 대열부장의 눈빛은 어딘가 진짜였다. 그는 가슴을 폈다.

"소장동지! 드디어— 드디어! 자력갱생 명세서가 도착했습니다! 순수 국내 재료만으로 제작 가능한, 백두대검의 공식 명세서입니다!"

소장은 한 번만 더 믿어보자는 미련으로 종잇장을 받아들었다.

"소성로… 환원로… 건설 기간은 보름… 이 기간 야장간 독립조 상밥, 배급 두 배,"

소장은 대열부장 얼굴을 슬쩍 쳐다보았다. 이번엔 그의 웃음이 믿을만 했다. 하지만 곧 다시 읽어나가던 소장의 목소리는 행간을 따라 점점 격앙되었다.

"계란 서른 개? 건빵 두 봉지, 담배 세 갑, 닭 한 마리… 한 마리?"

그는 멈췄다. 눈썹이 번쩍 치솟았다. 그리고 위협적으로 고개를 천천히 들었다.

"그럼 뭐야, 이놈들. 보름이면 닭 열다섯 마리 먹겠다는 거잖아?"

대열부장은 이미 그런 반응을 예상했다는 듯이 한 박자 빠르게 말했다. 마치 미리 외워둔 연극 대사처럼 줄줄 읊었다.

"원래 6개월 걸릴 일을 보름 만에 끝낸답니다. 10월 10일 맞추려면, 보름 동안 한숨도 못 자고 일한다고 합니다."

소장은 책상에서 몸을 일으켰다. 의자 다리가 삐걱이며 밀려났다. 대열부장이 닭 열다섯 마리를 훔쳐 먹기라도 하듯 그의 얼굴 앞에 종잇장을 흔들었다.

"내가 이거 더 읽어야 해? 여기가 사람 가두는 관리소지 닭 목장이야? 아무튼, 하나 물어보자. 넌 왜 자꾸 실없이 웃고 다니냐?"

대열부장은 두 번 다시 웃지 않을 사람처럼 입술을 꽉 깨물었다.

"주는 대로 받아오지 말고. 생각 좀 해! 그러니 막 달라고 하지. 쯔쯔 아무튼, 돼지 한 마리 내놓으라 하지 않은 것만도 다행이다."

소장이 혀를 차며 다시 종잇장을 번쩍 들어 올리는 동안 대열부장은 비실비실 문 쪽으로 뒷걸음쳤다.

"백두대검 제작 당일…"

그다음 순간 방안은 조용해졌다. 종이 위를 더듬던 소장의 두 눈이 어느 한 문장에서 딱 멈췄다.

"제사 차림으로 고급술 열 병?… 돼지 한 마리…?"

그의 입술이 지쳤는지 끝내 피식 웃음이 새어 나왔다. 소장은 종잇장을 허공에 던졌다. 대열부장을 향해 던졌는데 자기 발밑에 떨어졌다.

"이놈들, 칼을 만들겠다는 거야? 영양보충 하겠다는 거야? 제사상은 또 뭐야? 이 안에서 미신 행위를 벌이겠다는 거야?"

대열부장은 고개를 숙였다.

"일본에선 반드시 제사상을 차린답니다. 그런 행사 안 하면… 제작 기운이 안 돈다고 합니다."

자기 자리에 앉아 있던 조직부장이 슬그머니 일어섰다. 눈빛은 진지했고, 움직임은 조심스러웠다.

"그놈 말이 맞습니다. 왜놈들이 일본검 만들 땐 행사를 크게 한답니다. 제가 다 알아봤습니다."

조직부장은 허리를 굽혀 바닥의 종잇장을 집었다.

소성로와 환원로를 만드는 보름 동안 9분조에겐 상밥이 내려졌다. 카츠치카와 이세봉은 정량보다 조금 더 많은 배급을 받기로 했다. 담배 세 갑이 허용됐다. 하지만 달걀과 닭 한 마리에 대한 요구는 끝내 거절당했다. 뜻밖에도 카츠치카는 아무런 이의 없이 받아들였다. 이세봉은 도공의 머릿속에 완성된 무언가의 계획이 있을 거라는 확신을 가졌다.

8월 초순. 야장간은 마침내 백두대검 제작을 위한 '야간전투'에 들어갔다. 먼저 해야 할 일은 두 개의 화로를 만드는 것이었다. 카츠치카는 백묵을 들고 자리를 찾기 시작했다. 야장간의 바닥은 이미 수천 번의 불길을 견딘 땅이었다. 열기가 달아오르고 식기를 반복하며 수많은 망치질과 발길질을 삼켜온 자리였다.

그 위에 카츠치카는 묵묵히 서서 한참을 바라보았다. 그리고 천천히 무릎을 굽혔다. 가로로 긴 선을 하나 그었다. 그 선을 중심으로 다시 세로줄을 나눠 두 개의 사각형을 만들었다. 하나는 소성로, 다른 하나는 환원로 자리였다. 같은 불이지만 그 불이 타오르는 이유는 달랐다.

"이쪽은 태우는 거야."

이세봉이 왼쪽 바닥을 손가락으로 두드리며 말했다.

"저쪽은… 다시 살리는 거고."

왼쪽에는 불순물을 태워 없앨 소성로, 오른쪽에는 철을 다시 태어나게 할 환원로였다. 이세봉은 불을 먹는 화로와 불을 낳는 화로라는 말로 덧붙여 설명했다.

카츠치카는 솔선수범으로 망치를 들어 바닥을 내리쳤다. 금이

간 땅속에서 먼지가 일었다. 9분조도 옹기종기 둘러앉아 그의 망치질을 따라 바닥을 파기 시작했다. 종일 땅을 걷어낸 자리에 점토를 깔고 그 위에 벽돌을 한 장 한 장 올렸다. 소성로는 넓고 얕았다.

"이건 속을 드러내야 해. 태워야 하니까."

이세봉의 말처럼 소성로의 벽은 낮고 입은 넓게 벌어져 있었다. 산철을 넣으면 안쪽까지 고르게 열이 퍼질 수 있도록 설계됐다. 굴뚝은 두 줄로 설계됐다. 하나가 열기를 빼기 위한 길이라면 다른 하나는 그 열기를 타고 흘러나가는 연기와 감춰야 할 비밀의 길이었다.

환원로는 달랐다. 조금 더 깊으면서 안으로 오므라든 구조였다. 소성로가 무언가를 태워내는 자리라면 환원로는 죽었던 철을 다시 살리는 분만실 같았다.

카츠치카와 이세봉은 철판을 구부려 구멍 하나 없는 뚜껑을 만들었다. 9분조는 점토 벽 사이마다 내화벽돌을 정성스레 세웠다. 벽 안쪽에는 바람이 통할 수 있도록 작은 숨구멍을 하나하나 뚫어 넣었다. 그때는 카츠치카와 이세봉이 직접 장비를 들었다. 불이 머무는 것과 숨이 지나는 것을 구분할 줄 아는 자들만이 그 벽을 만들 수 있었다.

송풍용 페달은 손재주 좋은 목공소 사람들이 맡았다. 지휘부에서 내려온 자전거 한 대가 그들의 손에 해체되었다. 흔한 자전거가 아니었다. 광이 살아 있고 페달도 깨끗한 새 자전거였다. 소문은 늘 먼저 돌았다. 이 자전거는 얼마 전 뇌물로 받았다 적발된 대숙리 보위원의 집에서 나온 것이었다. 이미 기름칠이 잘 된 체인 하나가 그 진실을 말해주고 있었다. 자전거는 풀무를 돌리는 심장으로 다시 태어났다. 페달을 돌리면 손잡이 하나 없는 풀무가 서서히 숨을 쉬도록 만들었다. 그 완성품을 본 카츠치카는 고개를 끄덕였다. 그리고 아무 말 없이 담배 두 갑을 꺼내 목공소 사람들 쪽으로 건넸다.

보름 뒤, 두 개의 화로가 완성됐다. 아침부터 관리소 간부들이 무리 지어 야장간으로 향했다. 소장과 조직부장이 앞장섰다. 무리는 '기념사진'을 남기려고 온 행렬 같았다. 그들은 화로 앞에 줄지어 섰다. 아니 백두대검 앞에 정렬한 듯 박수까지 해댔다.

얼굴엔 다들 과잉된 충성경쟁으로 준비된 미소들이 떠 있었다. 모두가 숨을 죽인 가운데 카츠치카와 이세봉이 화로 앞으로 걸어 나왔다. 성대한 의식이라도 열리는 것처럼 발소리 하나조차 웅장해 보였다. 카츠치카는 말이 없었다. 이세봉은 천천히 시선을 군인 쪽으로 돌렸다. 그리고 날카롭게 외쳤다.

"지금부터 백두대검 제작 용광로에 불을 지펴 올리는 공식 행사를 시작하겠습니다!"

구경 왔던 군인들은 졸지에 행사 동원 인력이 됐다. 조직부장이 앞줄에서 차렷 지세를 취하자 나머지 인원도 일제히 자세를 가다듬었다. 옷깃과 모자챙을 다듬으며 옆 사람과 발 간격을 맞췄다. 뒤쪽에서 담배를 꺼내 들던 소장은 얼굴을 찡그렸다. 괜히 불구경 나왔다가 얻어걸렸다는 표정이었다. 어쩔 수 없이 두 발을 모아 섰다. 9분조가 화로 앞에 섰다.

"소성로 점화!"

이세봉이 목청껏 외쳤다. 거창한 그 소리에 비해 정작 소성로 안에선 불은 없이 연기만 솔솔 올라왔다. 도성진이 검은 숯을 조심스레 넣었다. 곁에선 카츠치카가 숯을 하나하나 직접 고르고 있었다. 숯은 적당히 건조된 것만 골랐다. 바람 앞에서도 모양을 잃지 않고 불씨를 천천히 감쌌다. 살아난 불은 처음엔 나직하더니 이내 점점 더 뜨겁고 붉게 타올랐다. 불은 벽돌 사이에서 자기 몸을 펼치며 오래 기다린 숨결처럼 환하게 퍼져나갔다. 불이 붉어지자, 카츠치카는 몸을 돌려 환원로 쪽으로 걸어갔다. 밖에서 차렷 자세로 굳어진 군인들은 그를 따라 몸을 돌렸다.

"환원로 점화!"

이세봉이 다시 소리 질렀다. 도성진이 페달에 발을 올렸다. 경건한 자세의 보위원들 앞에서 그렇게 높이 앉아보긴 처음이었다. 자전거 체인이 경쾌한 소리를 내며 회전했다. 풀무에서 공기가 뿜어졌다. 굵고 일정한 바람이 코로 숨을 들이쉬듯 환원로 안으로 빨려들었다. 바람이 길을 내니 그 줄을 따라 불이 자랐다. 소성로의 불은 위로 치솟고 환원로의 불은 안으로 빨려들었다. 성질도, 목적도 같지 않아 불의 방향이 달랐다. 박수 소리가 터졌다. 그 중심에서 조직부장이 이세봉 앞에 섰다. 격려한다 해도 소장이 먼저 하는 게 옳았다. 하지만 불을 보니 욕심이 앞섰던 모양이었다.

"잘했어. 당장 오늘부터 제작 가능하지?"

소장이 몸을 돌렸다. 그러자 군관들 대부분이 그를 따라 움직였다. 그 와중에도 조직부장은 자리를 뜨지 않았다. 그는 이세봉에게 간절하게 말했다.

"며칠 지나면 9월이야. 10월 10일 맞추면 안 돼. 내일이나 모레는 나와야 해. 오늘부터 할 수 있지?"

"도공님께서 아직 아무 말씀 안 하십니다."

조직부장은 성급하게 돌아섰다.

"이따 대열부장을 보낼 게. 요구 사항 있으면 그 사람에게 다 말해."

그가 길모퉁이를 돌아 사라지자 야장간 안에 잠겨 있던 공기가 한꺼번에 풀렸다.

"와아!"

9분조가 일제히 웃음을 터뜨렸다. 이제 진짜 '작업'이 시작된다는 걸 그들 모두 알았다.

다음 날, 조직부장 지시라며 군인들이 야장간으로 들이닥쳤다. 그들의 손에는 철제 연탁, 기념 그림, 행사용 물자들이 한가득 실려 있었다.

"내일 당장 백두대검 제작 행사를 할 거야."

일방적이었다. 어떤 설명이나 협의가 없었다. 카츠치카가 망치를 들고 일어섰다. 그는 소성로 앞에 섰다. 이세봉이 그 곁에서 엄포놓듯 입을 열었다.

"도공님께서 소성로랑 환원로를 직접 부쉬버릴 거라고 하십니다."

그 한마디가 공기를 바꿨다. 조직부장은 이번엔 먼저 소장과 정치위원을 설득했다. 돼지 한 마리가 걸려 있는 심각한 회의였다.

그러나 소장은 여전히 닭 제사상만 고집했다. 정치위원은 제사상 자체가 불법이라며 원천반대했다. 그러자 조직부장이 정색했다.

"제사상이 아니라 행사상입니다. 놈의 고집 들어주고 진행합시다."

팽팽한 이견이 서서히 좁혀졌다. 결국은 통돼지 대신, 돼지머리와 넓적다리 하나로 합의되었다.

사흘 뒤 8월 29일, 카츠치카는 야장간을 군인들에게 개방했다. 마침내 백두대검 제작 기념식을 허용한 것이었다. 당일 아침 보위원들에게 잡혀간 돼지는 슬피 울었다. 정오 무렵에는 야장간 안의 길다란 철판 식탁 위에 돼지머리와 넓적다리 한 짝이 올려졌다. 구색 맞추어 떡, 과일, 건빵까지 한 줄씩 놓였다. 고급술 다섯 병도 마련됐다. '백두산 들쭉술' 상표가 빛나는 병이었다. 시커먼 벽에는 백두산 위용을 그린 그림도 걸렸다. 조직부장 지시로 어느 수용자가 그렸다는데 쓸데없이 너무 잘 묘사돼 있었다.

소장은 대열부장과 작전부장, 후방부장을 데리고 털레털레 걸어왔다. 정치위원은 굳이 차를 타고 왔다. 야장간 앞마당까지 차가 들어서더니 그 안에서 선전부장과 간부부장이 차례로 내렸다. 보위원들은 먼지 하나 없이 정돈된 제복 차림으로 하나둘 줄지어 입장했다. '백두'에 걸맞게 발걸음은 의전에 가까웠다. 입장 순서까지 정해진 듯 어깨의 간격이나 시선, 고개의 각도까지 모두 통일돼 있었다. 행사장 한쪽 구석에는 거대한 비닐통들이 열 개 남짓 줄지어 있다. 어설픈 먹물 글씨로 각각의 통 표면에는 이렇게 적혀 있었다.

"백두산천지물"

야장간은 갑자기 좁아졌다. 다 들어가지 못한 보위원들은 마당에 정렬했다. 상당수는 무슨 행사가 진행되는지도 몰랐다. 그래도 안쪽에서 박수가 터지면 영문도 모른 채 따라서 손뼉을 쳤다. 박수소리가 잦아들자 정치위원이 격식을 갖춰 외쳤다.

"지금부터 백두대검 제작 기념 충성의 결의 행사를 엄숙히 시작하겠습니다!"

순간, 일제히 입이 벌어졌다. 노래가 시작됐다. 김일성장군의 노래였다.

장백산 줄기줄기 피어린 자욱
압록강 굽이굽이 피어린 자욱

목청은 컸고 발음은 지나치다 싶을 정도로 절절했다. 군인들 가슴에 달린 김일성 초상 휘장이 들썩거렸다. 카츠치카는 흰색 저고리를 입고 있었다. 그가 직접 요구한 의상이었다. 강철의 순도만큼 색도 순백이어야 한다고 강조했다. 이세봉과 9분조는 진료소에서 급히 가져온 의사복인지 환자복인지 모를 허연 천 조각을 몸에 뒤집어쓴 채 서 있었다. 하나 같이 치수가 맞지 않아 입은 자도 보는 자도 불편했다. 노래가 끝나자 정치위원이 구호를 선창했다.

"당과 수령께 바치는 충성심으로 세계 최강의 백두대검을 기어이 만들자!"

뒤이어 모두가 입을 쩍 벌리고 복창했다.

"만들자! 만들자! 만들자!"

9분조도 "만들자!"고 따라서 소리쳤다. 보위원이나 죄수들 모두 알고 있었다. 진심 없는 충성의 행사는 알면서도 속아주는 기념극 같은 것이었다. 노래와 구호가 끝나자 흰옷을 입은 카츠치카가 소성로 앞에 섰다. 그의 손엔 무산광산에서 보내왔다는 산철 몇 개가 들려 있었다. 돌처럼 투박한 그 덩어리를 보며 정치위원이 소장에게 살짝 속삭였다.

"우리 주체 철강 자원입니다."

소장은 '주체'라는 말엔 고개를 끄덕였지만, '자원'이란 단어엔 씁쓸하게 입을 다물었다.

"산철 용광로 투입!"

이세봉이 팔을 높이 들며 외치자 흰 위생복 소매가 찢어졌다. 카츠치카는 가장 맹렬히 타오르는 불 한가운데로 산철을 천천히 밀어 넣었다. 순간 불이 짧게 숨을 삼켰다. 마치 예고 없이 던져진 낯선 생명체에 놀라듯이 화로 안의 불길이 일순간 출렁였다. 카츠치카는 근엄한 얼굴로 사람들을 향해 돌아섰다. 산철 보다 더 신기한 일본어가 흘러나왔다. 이세봉은 통역이 아닌 명령처럼 숨을 고르고 입을 열었다.

"이 시간 이후부터 하늘과 땅, 산과 강의 기운이 모두 이 야장간으로 모입니다. 쇠의 순도는 바로 그런 기운으로 완성되는 것입니다. 온도, 산소, 공기의 결합은 섬세한 균형으로 작동합니다. 따라서 먼지 하나, 발소리 하나도 용광로의 숨을 어지럽힐 수 있습니다. 오늘부터 3일간, 야장간 반경 100미터 이내 모든 출입을 금지합니다."

그리고는 문턱으로 갔다. 그가 징을 울리자, 쨍하고 울리는 소리와 함께 9분조가 일제히 외쳤다.

"작업 시작!"

그 외침은 구령이자 개전 선포처럼 울렸다. 9분조는 각자의 자리를 향해 일사분란하게 흩어졌다. 전시 상황이라도 된 것처럼 망치와 철편을 들고 허겁지겁 진지를 구축했다. 과장된 진지함과 절도에 군인들조차 당황했다. 그 기세에 눌려 뒷걸음질 치며 야장간 마당 밖으로 쓸려나갔다.

카츠치카가 굳이 오늘을 백두대검 제작 의식의 날로 택한 데는 그만의 이유가 있었다. 검을 다루는 장인이지만, 이번만큼은 사람을 다루는 기술로 수용소를 움직였다. 그가 주인인 야장간의 불은 언제나 뜨거웠다. 그 불이 언제, 어떻게 타오를지는 오직 그의 몫이었다.

불은 그에게 순종하는 동물이었다. 그는 그 짐승의 고삐를 쥔 사냥꾼이었다. 은밀하고 집요하게 불의 숨결을 모았다. 이날을 위해 두 화로를 만든 것도, 행사 날짜를 미룬 것도, 소성로와 환원로 앞에서 협박을 연기한 것도 모두 의도된 것이었다. 쇠를 달구는 시간표처럼 온도와 망치질 사이사이에 계산된 흐름이었다.

소장을 건너뛰고 정치위원의 기질을 헤아렸고, 조직부장의 허세와 빈틈을 읽어냈다. 닭 대신 돼지로 끌어올려 돼지머리와 넓적다리로 타협시켰다. 그는 칼을 만들 듯 단단하게 벼리고, 날카롭게 감추며, 제단처럼 하루를 완성했다. 그날 밤의 한가운데, 그녀를 앉히기 위해서였다.

그렇다. 오늘은 사유키의 생일이었다. 예전 같았으면 카츠치카는 사유키와 단둘이서 조용히 혹은 이세봉 가족과 함께하는 저녁으로 만들었을 것이다. 하지만 올해는 달랐다. 9분조를 초대했다. 그들의 여자들인 가족세대 2분조도 초대했다.

카츠치카는 자신이 만든 생일이란 무대에 기꺼이 조연으로 뛰어든 9분조에 보답을 하고 싶었다. 묵묵히 건네주던 꿀도 고마웠다. 무엇보다 그들의 의협심이 마음에 들었다. 어쩌면 이날이 마지막 생일일지도 모른다는 직감 때문이었을 것이다.

사유키는 처음엔 망설였다. 자신의 생일이 누군가의 축제로 포장되는 것을 내심 꺼렸다. 그녀는 누군가에게 기념되는 존재가 되거나 사람들 사이에서 소비되는 것을 유난히 싫어했다. 하지만 남편의 표정 앞에서 마냥 거절하지 않았다. 그렇게 그녀는 카츠치카의 곁에서 살며시 야장간 문을 밀었다. 문을 여는 순간 그녀는 놀랐다. 너무 많은 사람들이 자기를 기다려주고 있었다.

잔칫상처럼 높게 차려진 철판 식탁 위에는 돼지머리가 통째로 올려져 있었다. 크고 우스꽝스런 얼굴은 마치 이 모든 걸 미리 알고 있었다는 듯이 능청맞게 웃고 있었다. 양옆으로는 새하얀 떡과 밥이 가지런히 있는가 하면 반찬들이 제법 줄비하게 차려져 있었다.

관리소에서 억지로 빼앗은 음식만이 아니었다. 며칠 동안 독신자세대 9분조와 가족세대 2분조가 함께 품어서 숨기며 나른 것들이었다. 음식 하나하나에 각자의 수고와 말 못 할 사연들도 함께 얹혀 있었다.

『백두대검 제작 개막식』이라는 조잡한 종잇장은 바닥의 먼지를 한겹 덮는데 사용됐다. 대신 색연필로 꾹꾹 눌러 쓴 한 줄짜리 문구가 벽에 붙어 있었다.

"사유키 사모님! 생일 축하합니다!"

"Happy birthday, Madam Sayuki!"

흔들리는 전등 아래서도 그 글씨들은 또렷했다. 그림을 잘 그리는 상미가 밤새워 정성껏 쓴 것이었다. 그 밑의 영어는 민유정이 직접 쓴 진심이었다. 장찌엔과 박해순은 작은 행주에 마음을 합쳤다. 부드럽고 정갈한 면천이었다.

야장간 안은 웃음이 넘쳤어도 주위는 고요했다. 이 밤만큼은 순찰대도 얼씬거리지 않았다. 9분조는 공식적으로 야간전투 중이고, 가족세대는 숙박검열 시간만 피하면 아무도 묻지 않는 밤이었다.

지금 이 작은 공간은, 법도 규칙도 닿을 수 없는 성역이었다. 사유키는 평생 처음으로 이토록 많은 사람들에게서 생일 축하 인사를 받았다. 처음 보는 얼굴들이어도 이상하게 낯설지 않았다. 모두 그녀의 생일을 진심으로 기뻐해 주고 있었다. 그녀는 처음으로 자신이 누군가에게 '아는 존재'가 된 것 같았다.

소성로와 환원로는 생일을 위한 아궁이로 달궈지고 있었다. 그 위에 얹은 돼지 다리와 머리는 뜨겁게 끓고 있었다. 고기와 술 냄새, 사람들의 웃음소리가 야장간 천장에 부딪혀 은은히 울렸다. 축하의 인사말과 술잔이 오고 가는 한가운데서 검은손이 허리를 펴며 일어섰다.

그는 먼저 사람들을 천천히 둘러보았다. 가까이 앉은 가족세대 사람들은 어쩐지 진짜 가족처럼 느껴졌다. 어색하지 않았을뿐더러 이 자리에서만큼은 피붙이 같았다. 옆엔 9분조 동료 머리엔 먼지가 내려앉았지만, 그 눈빛들은 누구보다 또렷했다. 형제라 불러도 이상하지 않을 얼굴들이었다. 그리고 맨 끝. 가만히 술잔을 들고 있는 카츠치카와 이세봉, 옆에서 잔기침을 조심스럽게 누르는 사유키까지 검은손은 존경의 시선으로 훑었다.

"이 야장간은 우리에게 자유만 준 게 아닙니다."

검은손의 목소리에 술잔 들던 손들이 멈췄다. 사람들의 시선이 확실하게 그에게로 모였다.

"저의 분조원 김성근은 '아멘'의 두 손을 주었다면 카츠치카 도공님은 일어설 두 다리를 주었습니다."

9분조는 누구라 할 것 없이 잠시 김성근의 생각에 잠긴 듯싶었다. 분조원들은 앉은 자세들을 고쳤다. 검은손은 말을 이었다.

"그래서… 자! 9분조!"

미리 약속한 사람들처럼 9분조 전원이 우르르 자리에서 일어났다. 굳었던 무릎이 덜컥 펴지면서 고난의 때가 켜켜이 묻은 몸뚱이들이 등줄기를 반듯이 세웠다.

"도공님은 무쇠를 다루는 기술이 있다면, 우리 9분조엔 조선 최고의 가수가 있습니다! 사유키 사모님 생일 축가로 제목 소개!"

검은손의 그 말이 떨어지자 9분조가 바쁘게 움직였다. 합창대처럼 앞에 한 줄로 늘어섰다. 도성진이 그들 가운데로 걸어나오더니 두 팔을 넓게 펼쳤다.

"도공님 18번곡… 루비반지!"

순간, 마치 아무도 몰라야 할 비밀이 불쑥 들춰진 것처럼 사유키와 카츠치카가 동시에 서로를 바라봤다. 사유키의 눈에는 놀람과 기쁨이 겹쳐 떠올랐다. 카츠치카는 미간을 찌푸리며 이세봉을 돌아보았다.

"가사만 알려달라고 해서…"

이세봉의 고개는 슬며시 정면으로 향했다. 검은손은 다시 허리를 곧게 펴고, 맑은 음성으로 외쳤다.

"자, 노래에 앞서! 9분조 차렷!"

모두가 일제히 자세를 정비하자 검은손은 더 크게 한마디를 내뱉었다.

"카츠치카 도공님과 오늘 생일 맞으신 사유키 사모님께, 생일인사!"

그러자 모두가 리허설을 한 자세와 각도로 입을 모아 힘차게 외쳤다. "시니마셍!" (죽지 않습니다!)

사유키는 두 손으로 입가를 가렸다. 그 표정엔 또 한 번의 놀람이 스쳤다. 세상에 생일 인사로 죽지 말라니! 사유키가 카츠치카를 돌아보았다. 그는 난감한 표정으로 벽을 보고 있었다. 곁에서 이세봉은 고개를 숙이고 웃고 있었다. 하긴 이 수용소에서 죽지 말라는 말처럼 든든한 인사가 어디 있겠는가. 웃는 이세봉을 따라 사유키의 눈빛도 부드럽고 따뜻해졌다. 그녀는 9분조에게로 다시 시선을 돌렸다. 죽지 않는다고 외친 이 작은 공동체의 고백을 믿음직하게 바라보았다. 가수가 그 확신으로 먼저 선창했다.

뿌옇게 흐린 유리의 건너편은 바람의 거리,

묻지도 않는 이야기를 하는 마음이 안타까워

사유키는 놀랐다. 수용자치고 진 노래 솜씨였다. 카츠치카의 시선도 슬그머니 돌아왔다. 가수의 목소리 안에는 숨죽인 삶을 뚫고 올라온 진짜 '호흡'이 있었다.

낙엽 하나 정도 가치도 없는 이 목숨
그대를 잃었으니
몸을 숙이며 손가락의 반지를 빼냈지
나에게 돌려줄 생각이라면 버려줘

9분조는 연습을 많이 한 것 같았다. 음정과 가사를 익힌 수준이 아니었다. 가수의 성대에 맞춰 목소리를 모았다가 때로는 놔주며 화음까지 맞추었다. 2절부터는 주둥이와 도련님이 곡조에 흥에 맞춰 추임새도 넣었다. 가족세대 2분조 여자들도 박수하며 화답했다.

맞아! 탄생석이라면 루비야.
그 말이 머리 속에 맴돌아,
그것은 8월의 눈부신 햇살 속에서
맹세한 사랑의 환상이야
고독을 좋아하는 나인 걸
신경 쓰지 말고 떠나도 돼
마음이 변하기 전에 빨리 사라져 줘

카츠치카는 놀랐다. 어디서 그렇게 웃음을 배우고 있었을까. 시니마셍인 줄 알았는데 스미마셍이었다. 9분조는 어깨를 흔들었다. 몸이 박자보다 먼저 반응했다. 고된 작업 속에서도 잊지 않았던 자기들만의 리듬이 있었다. 그들은 모두 하나였다.
 카츠치카는 사유키를 보았다. 자기가 준 기쁨 중에 이렇게 요란한 건 처음인 것 같았다. 그녀의 생일에 무언가 정말로 해준 것처럼 뿌듯했다. 그 감격이 딴 데도 아니고 이 죽음의 수용소 안이라니! 자기 감동의 반을 떼주듯 사유키는 카츠치카를 쳐다보았다. 그녀의 두 눈엔 눈물이 고여 있었다. 화로의 불은 여전히 타오르고 있었다. 아직 제련되지 않은 쇠보다 더 뜨겁고 단단한 것이 모두의 가슴에 조용히 새겨지고 있었다.

 사유키를 위한 하루는 빠르게 지나갔다. 지난밤과 헤어지기 싫었던 별들은 날 밝는 아침까지 하늘에 머물러 있었다. 해가 중천에 옮겨질 때까지도 야장간은 고요했다. 망치질 소리는 들리지 않았다. 백두대검 제작의 전장에서 야간전투를 치른 이들은 모두 숙연하게 쓰러져 있었다. 술기운이 그들의 폐 속을 휘감은 채 코를 골고 있었다. 그들은 취해서 엉겨 붙은 자세 그대로 마치 전사자들처럼 자고 있었다. 그러나 카츠치카와 이세봉만큼은 달랐다. 언제나처럼 일찍 눈을 떴다. 두 사람은 아무 말없이 소성로 앞에 앉아 불을 바라보았다.
 "온도는?"
 카츠치카가 낮게 물었다.
 "650입니다." 이세봉의 답도 짧았다.
 카츠치카는 말했다.

"조금 더 가자."

그 말 속엔 단순한 고집이 아닌 기다릴 줄 아는 미학이 배어 있었다. 철이 자기 안의 이물질을 스스로 토해내는 시간을 존중하는 기다림과 쇠가 말 걸어올 때까지 고요히 응시하는 장인의 인내였다.

카츠치카와 이세봉은 묵묵히 담배를 피웠다. 그들 앞에서 숯은 조용히 타오르고 있었다. 불꽃이 점점 맑아지더니 연기가 차츰 엷어졌다. 열기만이 더욱 선명하게 남았다. 산철은 그 속에서 서서히, 그리고 고백하듯 이물질을 내놓고 있었다.

"조금만 더."

화로를 들여다보던 카츠치카가 속삭였다. 그건 온도에 대한 말이 아니었다. 삶에 대한 말이었다. 잠시 후, 하나둘씩 눈을 비비며 깨어난 9분조가 그들 주변에 옹기종기 모여들었다. 몸은 아직 비틀거려도 눈빛만큼은 밤보다 맑았다. 바닥에 놓인 산철 하나가 도련님의 손에 들렸다. 그는 이리저리 돌려보았다.

"이게 쇠가 된다고?"

"우리가 용광로도 만들었잖아."

"뭐든 할 수 있는데 먹을 것만 못 만드네."

"딱 필요한 것만 못하니까 반동이지."

주둥이의 그 말을 도성진이 받아쳤다.

"반동인데 백두대검도 만들잖아요."

그들의 몸에서 술 냄새가 진동했다. 카츠치카는 얼굴을 찡그렸다.

"다나까. 이놈들 다 따라오게 해."

그가 향한 곳은 야장간 한쪽 벽면이었다. 모두 열두 개의 백두산 천지물이 있었다. 카츠치카는 옷을 훌렁 벗어 집어던지고 그중 한 통으로 들어갔다. 물 만난 고기 떼처럼 이세봉과 9분조는 한 사람이 한 통씩에 들어가 앉았다. 그들이 백두산 기운으로 씻는 동안 산철은 안쪽에서부터 미세하게 갈라지기 시작했다. 겉은 여전히 둔탁해 보여도 내부 어딘가에서는 조용한 파열이 일어나고 있었다. 무겁게 가라앉았던 덩어리 사이로 거짓과 타협의 껍질이 하나씩 벗겨지기 시작했다. 숨기려던 것이 터져 나오는 순간이었다. 불순물이 걷히자 그 틈새로 아주 작고 가느다란 반짝임이 남았다. 첫 쇳가루였다. 그것은 카츠치카의 손바닥 위에 얹혔다. 따뜻하고, 부드럽고, 무엇보다 생기가 있었다.

"진짜 쇠다…"

모여든 9분조는 입을 모아 중얼거렸다. 신기하고 경이로운 눈빛들이 그 작은 쇳가루에 쏠렸다. 카츠치카는 조심스레 그것을 작은 체에 부었다. 체는 마치 오랜 시간 익힌 솜씨처럼 가루를 가려냈다. 딱 한 손바닥. 그는 그것을 두 손으로 덮듯 감쌌다. 불 옆에 놓고 말렸다. 그날, 그들은 첫 쇳가루를 얻었다. 첫 의지와 생명이 손에 닿은 날이었다.

이틀 뒤 공정은 환원로로 넘어갔다. 소성로가 껍질을 벗긴 산철의 정수를 '쇳가루'라는 이름으로 환원로 앞에 바쳤다. 환원로는 낮게 몸을 웅크리고 있었다. 얼고 말려둔 쇳가루들이 카츠치카의 손에서 불의 심장 위로 떨어졌다.

슉— 파삭— 가늘고도 또렷한 소리가 울렸다. 환원로의 불은 이제 생명을 가졌다. 불길은 혀처럼 길게 뻗어 나와 바닥의 쇳가루를 핥았다. 가마 안의 온도는 쉬지 않고 치솟더니 이내 1,000도를 넘었다. 이제 쇳가루는 수용소의 고통처럼 무겁게 뭉쳐지고 온 우주의 기억이 한 점에 응축되는 듯했다. 그 안에는 무수한 과거와 죄, 망각과 사랑이, 고열 속에서 하나로 조여들고 있었다.

밤은 다시 깊어졌다. 말은 없었다. 그들은 앉아 기다렸다. 쇠가 "이제 나를 꺼내라"고 눈짓할 때까지 그저 불을 바라보았다. 그건 제련이 아니었다. 진심이 쇠의 무게를 닮아가는 시간이었다. 그 속에서 사람 또한 강해지고 있었다. 마침내 쇳가루가 덩어리로 뭉쳐졌다. 카츠치카는 망치를 들었다. 이제 무게를 풀어낼 시간이었다. 그의 손에서 운명의 형체가 시작될 차례였다.

"올려."

검은손이 쇳덩이를 조심스레 집게로 들어 올렸다. 카츠치카의 망치가 허공을 갈랐다. 망치의 첫 울림은 단순한 충격이 아니었다. 그건 '환영합니다'는 말이었다.

텅— 철판 위로 울림이 퍼졌다. 쇳덩이의 몸에서 희미한 불빛이 일었다. 그건 대답이다. 무언가 되고 싶다는, 아직은 미완의 자아가 조용히 손을 든 순간이었다.

텅— 두 번째 망치질이 내려앉았다. 그건 파열이 아닌 곡선이었다. 또한 방향이었다. 운명의 방향을 향해 조심스럽게 다가가는 각도의 제안이었다. 쇠는 카츠치카의 손길을 따라 조금씩 자신을 기울였다.

텅— 세 번째 망치가 눌렀을 때 쇠가 움찔했다. 그건 단지 반응이 아니었다. 사람처럼 기억하는 몸짓이었다. 어디서 왔는지, 무엇이었는지, 돌이었는지, 과거였는지, 아니면 잘못 들어선 현재였는지…

카츠치카는 묻지 않았다. 세상은 언제나 다듬어진 것만을 기억했다. 그 모든 시작은 형체 없는 고통에서 비롯되었다. 야장간 안에서 사람과 쇠는 서로 마주 보았다. 둘 다 너무 많이 다쳐봐서 말이 없었다. 이세봉은 불쑥 말했다.

"인간은 검처럼 살아야 돼. 검은 강한 것과 유연함이 하나의 몸 안에 공존하거든, 둘 중 하나라도 빠지면 부러져."

카츠치카는 쇳덩이를 다시 불 속으로 밀어 넣었다. 붉은빛이 쇠의 살 속 깊이 파고들었다. 이제 불은 상처가 아니었다. 정화였다. 가장 깊은 절망 속에서도 아직 살아있는 심장을 꺼내는 의식이었다. 마침내 카츠치카는 집게로 쇠를 꺼냈다. 이번엔 망치가 깨부수는 도구가 아니었다. 접고 감싸며 이해하고 용서하는 손이었다. 카츠치카는 망치를 잠시 멈추고 입을 열었다.

"다나까. 물 좀."

그 목소리는 밤의 온기 같았다. 다나까는 말없이 물통을 들었다. 그리고 철 위로 한 방울의 망설임도 없이 물을 부었다.

치이익— 쇳덩이 위로 하얀 김이 피어올랐다. 그건 숨이었다. 불 속에서 기어이 살아 돌아온 자가 토해낸 뜨거운 생명의 숨결이었다. 그 숨결이 사라지기도 전에 카츠치카는 쇳덩이를 반으로 접었다. 그리고 망치를 내리쳤다. 쇠가 입을 다물었다. 금속도 침묵을 배운다. 불필요한 말을 없애고 단단한 몸이 되기 위해 다시 펴고, 접고, 두드렸다.

반복되는 그 과정을 통해 쇠는 점점 '자기 자신'을 찾아갔다. 무엇이 남고, 무엇이 지워졌는지 그 뜨거운 여정 속에서 금속은 인간처럼 갈등하고, 결심했다. 몇 차례를 더 거듭하자 쇳덩이의 표면에는 결이 생기기 시작했다. 육안으로는 보이지 않는 미세한 선들. 그건 인간이 고통을 겪으며 눈가에 새긴 주름 같았다. 세월의 흔적이고 고통의 궤적이며 단련의 여정이었다. 살아온 날들의 문신처럼 망치질이 반복될수록 쇠는 더 유려해졌다. 불꽃은 점점 더 정직해졌다. 거짓 없는 빛과 숨지 않는 용기였다. 게다가 말하지 않아도 전해지는 진심의 온도였다.

그날 한밤중, 야장간의 지붕 위로 하늘빛 연기가 피어올랐다. 쇠의 가장 깊은 안쪽에서 오래도록 묻혀 있던 시간의 숨결이 은근히 세상 위로 올라오고 있었다. 카츠치카의 망치 아래 검은빛을 띠던 쇳덩이가 마침내 모양을 갖춰가기 시작했다. 그러나 그것은 아직 '쇠'였다. 칼이 되기 위한 마지막 관문은 고통이었다. 카츠치카는 그것을 알고 있었다. 어떤 단련도 마지막 순간을 견디지 못하면 무너진다. 모든 도검의 혼은 가장 부드러운 마지막 물속에서 태어난다.

야장간의 불은 이제 더는 격렬하지 않았다. 오히려 고요했다. 그것은 무언가를 태우기 위한 불이 아니었다. 살리기 위한 온기였다. 카츠치카는 쇠를 조심스레 불 속에 밀어 넣었다. 숨을 죽이고 심장처럼 펄떡이는 불꽃을 바라보며 쇠가 마지막 생기를 끌어안을 때를 기다렸다. 카츠치카는 망치를 내려놓았다. 그리고 아기를 안아 올리듯이 그 쇠를 들어 올렸다. 망설임 없는 손길로 그는 쇠를 물속으로 던졌다.

쾅! 화르르— 차가운 물이 끓는 소리를 냈다. 하얀 김이 솟구쳤다. 불과 물이, 불꽃과 김이, 칼의 운명을 두고 격렬히 다투고 있었다. 그 순간, 카츠치카의 두 눈도 젖었다.

그는 그 소리를 듣고 있었다. 쇠가 칼이 되는 울음과 몸부림이었다. 곁에 서 있던 이세봉은 감히 숨도 크게 쉬지 못했다. 주둥이와 도련님은 입을 벌린 채 뒷걸음질 쳤다. 가수와 도성진은 서로를 바라보았다.

검은손은 허리를 숙였다. 가장 뜨거울 때와 가장 차가울 때가 만나는 그 찰나였다. 쇠는 가장 무딜 때와 가장 예리할 때를 모두 기억하며 마침내 '칼'이 되었다.

카츠치카는 그것을 꺼냈다. 그는 그날 처음으로 그 쇳덩이를 '검'이라 불렀다. 쇠는 견뎌냈다. 불의 온기와 물의 차가움 사이에서 말이다. 스스로를, 칼이라 부를 수 있게 되었다.

백두대검이 완성됐다는 소식은 15호의 지휘부를 흔들었다. 본부는 흥분했다.

"간부들이 내일 새벽 출발한답니다."

그들이 도착하기 전, 오후 네 시까지 시연회 준비를 마치라는 지시가 떨어졌다. 15호는 순식간에 건드린 벌집이 되었다. 아침부터 수용자들이 지휘부 운동장을 다듬었다. 시연에 필요한 문구와 장식도 서둘러 준비했다. 칼집은 이미 완성되어 있었다. 전직 만수

대창작사 출신 공예사가 동원됐다. 예전엔 수령의 초상화에 금사를 덧대던 손이 이젠 지옥에서 칼집을 만들고 있었다. 15호에는 국보급 인재들이 많았다.

조직부장의 말처럼, "척 하면 척"이었다. 카츠치카가 어제 종일 세운 날은 도금 기술자의 손을 거쳐 광이 흘렀다. 그 기술자 또한 수용자로 그가 낸 광택은 목숨을 걸고 내놓은 진심이었다.

"그래도 역사적인 칼인데… 도공님 직인을 남기셔야 하지 않겠습니까?"

이세봉의 말에, 카츠치카는 피식 웃었다.

"백두대검?"

입에 올리는 순간에도 씹어 삼키듯 말했다.

"놈들이 '백두'라 부르던 그 산 아래 나는 지옥을 묻으련다."

말이 곧 직인이었다. 아무런 표식도 없이 15호 전체의 침묵을 담은 칼 하나를 세상에 던졌다. 내일이면 그 백두대검이 진실을 벨 순간이 온다.

해는 이제 골목 끝 담벼락을 붉게 칠한 뒤, 지평선 아래로 조금씩 사라지고 있었다. 가족세대 골목길 위, 두 남자의 그림자가 나란히 늘어졌다. 카츠치카는 휘파람을 불고 있었다. 둘이 같이 있을 때 그 소리는 흥얼거림이라기보다 자신을 다스리는 규칙 같은 것이었다. 뭔가 생각하고 있다는 신호였다. 동시에 아무 말도 하지 말라는 무언의 장벽이기도 했다. 이세봉은 그 옆을 조용히 걸었다. 발소리를 낮추면서 마치 동행의 호흡에 맞추는 듯했다. 그러다 문득 입을 열었다.

"형님, 야장간에 온 사람들 말입니다. 쭉 같이 일해도 될 사람들 같습니다."

그 말엔 가볍지도 무겁지도 않은 평정이 담겨 있었다. 하지만 카츠치카는 여전히 휘파람만 불었다. 그런데 그 음의 꼬리는 오늘따라 자꾸만 끊겼다.

이세봉이 다시 물었다.

"요즘 고민이 많으신 것 같습니다. 혹시⋯ 제가 알아선 안 되는 겁니까?"

카츠치카는 걸음을 멈췄다. 하필이면 그 자리에 붉은 햇빛이 길게 깔려 있었다. 휘파람을 따라서 바람도 멎은 것 같았다. 카츠치카는 의외로 심각하게 물었다.

"부탁하면 들어줄 거야?"

물음엔 단순한 의논이 아닌 오래 참았던 마음의 무게가 실려 있었다. 이세봉은 망설이지 않았다.

"동생 아닙니까. 목숨이라도 걸겠습니다."

카츠치카는 잠시 그 자리에 서 있었다가 발을 뗐다.

"그럼⋯ 나중에 부탁할게."

말은 미루어 누었어도 미음은 오히려 가까워졌다. 두 사람의 발소리가 다시 저녁의 골목을 채웠다. 이세봉은 고개를 돌려 조심스레 말했다.

"지금 해도 됩니다."

그러자 카츠치카는 앞에 대고 문듯 턱으로 가리켰다.

"오늘 여자들 전원총회인지 지랄인지 한다며?"

"네. 그래서 오후 일찍 다들 들어왔습니다. 형님 부탁이 뭔데요?"
"어디야?"

한발 앞서가는 카츠치카의 등을 이세봉은 무겁게 바라보았다. 그는 부탁하지 않는 사람이었다. 그에게 부탁은 종종 사물로 표현됐다. 쇠를 두드리다가 그 위에 그대로 놓인 망치와 깨끗하게 빨아 햇볕에 걸어놓는 수건 같은 것이었다. 그러면 자기가 대신 망치를 들었다. 남은 수건은 찾아서 빨았다.

그는 그렇게 물건으로 말했다. 그 물건이 놓인 자리엔 뜻이 있었다. 요구하기 전에 되갚을 방법을 먼저 생각하는 사람이었다. 자기 삶을 담보로 건 약속처럼 생각하는 사람이었다. 그에게 부탁이란 삶으로 말하고 나서 침묵으로 준비해 마지막엔 눈빛 하나로 건네는 것이었다. 근데 그는 분명히 두 번을 말했다. '부탁'이라고...

두 사람이 찾아오는 곳은 가족세대 공터였다. 그 중심엔 느티나무가 축 늘어져 있었다. 자연의 일부인 그 나무마저 그 땅에서 오래 산 존재의 부끄러움에 허리를 펴지 못했다.

그 넓은 공터에는 구읍리 여자들이 다 모여 있었다. 분기마다 한 번씩 여자들만 따로 모이는 여자 전원 생활총화였다. 주마다, 월마다 생활총화가 열리고도 성차지 않아 분기마다 또 다시 열리는 생활총화는 거의 사상투쟁 수준으로 강도 높게 진행된다.

검붉은 햇살 아래엔 기다란 책상이 놓여 있었다. 책상 뒤로는 권위와 감시가 나란히 앉아 있었다. 대열부장의 팔짱 낀 자세는 이미 판결을 끝낸 자의 거만함이 묻어 있었다.

독신자, 독립조, 가족세대, 재일교포세대를 담당한 각각의 여자

보위원들도 한 줄로 길게 붙어 앉았다. 한끝에 앉은 홍신영은 누구보다 증오와 의심의 눈빛으로 여자 수용자들을 훑고 있었다.

책상 앞으로는 여자 수용자들이 빽빽하게 앉아 있었다. 거의 400여 명 남짓했다. 보위원 식당의 서련화의 얼굴도, 간호사 신숙자의 얼굴도 보였다.

여자들은 대열부장의 시선이 움직일 때마다 파도처럼 그쪽으로 고개가 몰려갔다. 그가 입을 열면, 그 전에 이미 감정들을 줄 세웠다. 남자들의 생활총화보다 여자들의 자리가 더 시끄러웠다. 그녀들은 쉽게 흥분하는 데다 한 번 분개하면 그 꼬리가 계속해서 이어졌다.

그 대중 앞에 한 사람이 서 있었다. 사유키였다. 재일교포 마을을 대표하는 몇 명의 비판 대상자 중 한 명으로 불려 나간 것이었다. 그녀는 작고 마른 어깨를 펴지도 못한 채 무언가를 참는 얼굴이었다. 가슴을 두드리는 손은 단순한 통증 때문만은 아니었다. 맥박보다 빠른 사람들의 말이 날카롭게 그녀를 찔러대고 있었다.

"저년은 오늘도 안 뛰고, 다리 아픈 흉내 냈습니다!"

"선생님이 화낸 게 누구 때문인데, 이 간나야!"

"우리 말 모른다는 거 거짓말이야. 작업 휴식은 어떻게 알아듣냐."

"일본년이면 다야? 그러게 왜 반동짓 했어!"

비판은 돌멩이처럼 날아들어 사유키의 몸과 마음을 때리고 있었다. 사유키는 그 말들이 무슨 뜻인지 전혀 알 수 없었다. 하지만 몸서리치게 무서운 모욕이라는 것은 알았다. 너무 아팠다. 속에 상처가 터지고 피가 나올 만큼 정말로 고통스러웠다.

그 광경을 본 순간 휘파람을 불던 카츠치카의 걸음이 멎었다. 그의 눈빛이 한 점에서 멈춰 섰다. 사유키의 어깨와 그녀가 당하는 모욕의 각도였다. 그러고도 아무도 멈추지 않는 살벌한 풍경이었다. 이세봉도 흠칫했다. 그가 갑자기 휘파람을 뚝 멈추면 반드시 어떤 사단이 벌어졌다. 휘파람은 그의 자제이며 경계선이었다. 그 소리가 사라졌다는 건 이제 스스로를 붙잡지 않겠다는 뜻이었다. 자신을 다스리던 리듬이 끊기면 그 순간부터 이성도 멎었다.

"저것들이… 알아듣지도 못하는 사람을 세워놓고…"

카츠치카의 입에서 뱉어진 일본어의 한마디는 이미 그 한복판으로 날아가는 폭탄이었다. 그는 곧바로 전원생활총화 중심으로 향했다.

"형님, 안 됩니다. 형님이 나서시면…"

하지만 이미 직진하고 있었다. 그에게 등은 마지막 경고였다. 카츠치카가 저만치서 씽씽 걸어오는 모습을 본 수용자들 사이엔 낮은 술렁임이 번졌다. 그때까지도 자리에서 일어선 여자들은 사유키를 비판하고 있었다.

"저 쪽바리 년은 놀고 먹으려고 조선말을 우정 안 배우고 모른 척해요!"

또 다른 여자가 자리에서 벌떡 일어났다.

"귀머거리 행세는 하면서 집 갈 때는 어떻게 알아듣고 뛰어가냐. 미친년아!"

커져가는 모욕에 사유키는 입술을 깨물었다. 카츠치카가 공터 입구로 들어서며 비판하는 여자 수용자를 향해 길게 손을 뻗쳤다.

일본어로 고함치는 목소리도 긴 창대 같이 날아갔다.
"닥쳐! 이 미친년아!"
일본어 목소리에 모든 시선이 쏠렸다. 다들 낮게 앉은 공터 위에 우뚝 솟은 카츠치카의 얼굴은 어디서도 잘 보였다. 그는 비판하던 여자가 스스로 주저앉을 때까지 긴 팔과 그 끝의 손가락을 내리지 않았다. 그 채로 연단을 향해 무섭게 걸어갔다. 그의 두 발에 군화가 걸쳐진 것도 아닌데 그 소리가 크게 들렸다. 대열부장이 앉은 자리에 이르자 카츠치카는 단호하게 말했다.
"다나까. 지금 사유키 데려간다고 해. 막으면 '백두대검' 부러뜨린다고 해."
이세봉에게 향했던 그 말을 이세봉은 곧장 고개를 숙이며 대열부장의 귓가에 말했다.
"뭐? 뭐?"
대열부장은 이를 사려 물었다. 그채로 가만히 이세봉을 쳐다보았다. 그의 눈엔 피가 몰렸다. 눈동자 한가운데가 벌겋게 물들며 실핏줄이 팽창했다. 윗입술이 들썩이고 손끝이 저릿했다. 주먹을 쥐면 떨려 폈더니 피가 돌았다. 카츠치카는 답을 기다리지 않았다. 벌써 돌아서 사유키에게 향하고 있었다. 그의 등은 오히려 대열부장을 노려보고 있었다. 이세봉은 대열부장의 귓가에 바싹 다가가 속삭였다.
"제가 식칼 한 자루… 따로 드리겠습니다."
'식칼'이라는 단어가 닿는 순간, 대열부장의 목울대가 덜컥 움직였다. 헛기침으로 반응을 감추려 하면서 이번엔 모든 감정을 주먹

안에 욱여넣었다. 그의 얼굴보다 아내에게 걸어가는 카츠치카가
더 화가 나 있었다.
 사유키는 질서를 파괴하며 가까워지는 남편을 겁에 질린 눈으
로 바라봤다. 그 걸음에 연단에 앉은 여자 보위원들은 얼굴을 굳혔
다. 마당에 웅크린 여자 수용자들은 삽시에 조용해졌다. 모든 시
선이 하나로 모였다. 서로에게 가까워지는 두 사람, 점점 좁혀지
는 그 세계였다. 그리고 마침내 카츠치카와 사유키가 마주 섰다.
 그 순간 사람도 바람도 숨을 멈춘 것처럼 고요했다. 사유키는
여전히 고개를 들지 못했다. 그녀 앞에 마주 선 카츠치카는 난생처
음 환하게 미소를 지었다. 그 웃음은 사유키의 눈이 수치심의 바닥
까지 내려앉은 만큼 그보다 더 낮게 자기 몸을 낮추려는 행위였다.
 그 미소는 누군가에게 보이기 위한 것이 아니었다. 카츠치카에
겐 남들의 시선 따윈 그저 배경이었다. 오직 사유키, 단 한 사람을
위한 것이었다. 평생을 침묵으로만 살아온 자가 꺼내든 최후의 언
어였다. 그리고 그녀가 치욕을 당한 그 자리에 자신이 먼저 땅으로
주저앉겠다는 무언의 맹세였다. 그래서 그 웃음은 자기 자신을 허
무는 것이었다. 자기 안의 벽을 무너뜨리며 그녀를 세우려는 안간
힘이었다. 강해 보여야 했던 남자가 무너지는 역설적인 방식은 바
로 그 미소였다.
 그 앞에서 사유키는 얼굴이 붉어졌다. 쫓기던 수치심은 수줍음
으로 바뀌었다. 짓밟혔던 자존은 자긍심으로 일어섰다. 카츠치카
는 짧게 말했다.
 "집에 가자."

그 말은 집보다 더 따뜻했다. 그저 부드럽기만 한 게 아니었다. 카츠치카는 그녀를 덥석 끌어안았다. 자기가 가졌던 모든 강함을 단 한 명의 여인을 높이는데 다 써버렸다. 그 품 안에 그녀는 그대로 녹아들었다. 사랑은 고통 속에서도 웃을 수 있는 유일한 감정이었다.

순간 부러움인지, 경악인지, 선망인지 모를 비명과 신음이 한꺼번에 터졌다.

"헉"

"어머…"

"좋겠다…"

무의식적으로 입을 틀어막고 눈앞을 가린 손가락 틈으로 보이는 걸 붙잡으려 애썼다. 너무 숨이 차서 입이 벌어졌다. 400여 명이 일제히 고개를 들게 했다. 여자 수용자들의 눈빛은 말하고 있었다.

"우리도 누군가에게 안길 수 있어."

"우리도, 사랑을 받는 여자야…"

"그래. 죄수가 아니라, 인간이야…"

사유키는 그 모든 여자 수용자의 어깨 위에서 안긴 셈이었다. 여자 보위원들의 눈빛은 무너졌다. 단단한 권위 뒤에 감춰둔 여자의 허기가 먼저 흔들렸다. 그들은 누구보다 거만하고 뻣뻣했다. 늘 검은 단발에 딱 맞는 군복을 입고 눈썹 하나 흐트러지지 않게 매만진 얼굴을 하고 있었다. 그것이 이곳에서의 권력이며 무기였다. 자신들의 인간성을 포장하는 미(美)였고 위엄과 존엄이었다.

그러나 그날, 공터 한가운데서 '한 죄수 남자'가 '한 여자 죄수'를 망설임 없이 안았을 때 그들의 모든 방어가 무력해졌다.

"저건…우리에겐 없던 거다."

단 한 번도 허락받지 못했던 품이었다. 어떤 남자도, 어떤 권위도, 어떤 시간도 그렇게 가득히 안아주지 않았다. 그들은 혼란스러웠다. 질투는 남에게 가야 하는데 그 감정은 자신을 향해 되돌아왔다.

"우린 왜, 죄수보다도 못한가?"

홍신영은 얼굴이 달아올랐다. 권위를 붙들고 선 감정의 근육이 피를 흘렸다. 군복 입은 자신에게는 시선과 냄새마저 허용 않던 그 남자가 죄수옷 입은 여자에게는 전부를 내어주었다. 속으론 울부짖었고 겉으론 화끈거렸다. 그건 여자 인간으로서 가지지 못한 것에 대한 통증이었다. 갈구해도 절대로 닿지 못할 미열이었다.

모든 환호와 비명을 떨궈두고 홀연히 둘만 떠난 가족세대의 저녁이었다. 사유키를 안은 카츠치카는 말없이 걸었다. 걸음은 무겁지도, 가볍지도 않았다. 그저, 그녀가 겪은 하루 속 감정의 무게만큼 덜거나 더할 뿐이었다. 몇 걸음 지나자, 그녀의 몸이 미세하게 기울어졌다. 긴장으로 버티던 힘이 서서히 풀리는 느낌이었다.

카츠치카는 잠시 멈춰 섰다. 팔의 힘을 다시 모아 조심스럽게 그녀를 품에서 등으로 옮겼다. 그녀를 업었다. 안았을 때보다 훨씬 좋았다. 뒤는, 그녀가 울어도 괜찮은 자리였다. 설사 등에서 흐느낀다 해도 그는 묻지 않아도 됐다. 그래서 서로가 원(怨) 없는 위치였다.

원래 카츠치카의 사랑은 앞이 아니라 늘 뒤에 있었다. 그녀에게 줄 수 있는 체온은 등 쪽이 훨씬 넓었다. 밤이 포근하다고 느껴질 만큼 잠들어도 될 자리였다. 카츠치카에게도 편했다. 무엇보다 아내에게 자기 얼굴을 보이지 않아도 되는 자세였다. 분명 등 뒤는 가득하고 시야 앞은 텅 비어 있었다. 그게 좋았다. 그에게 부부란 함께 끓는 것이 아니라 감정의 분업이었다.

남자인 자기는 불이었다. 슬픔도 분노도 고통도 다 안에 집어넣고 녹이는 용광로였다. 언제나 속으로만 불을 지폈다. 감정을 끓이고 태우며 안에만 가뒀다. 세상의 추위 앞에서 아내를 위해 자신이 깡그리 타야 한다고 믿었다.

여자인 사유키는 굴뚝이었다. 남편이 참는 뜨거움을 대신 내뿜는 굴뚝이었다. 그 속의 열기를 제일 먼저 알아채고 가장 늦게 식었다. 불의 증명이자 숨이었다. 그래서 카츠치카는 자기를 태우면서도 온전히 남을 수 있었다. 사유키는 타지 않으면서도 가장 뜨거울 수 있었다. 불이 먼저이고 연기가 나중이듯이 카츠치카는 남자가 앞이고 여자가 뒤라고 생각했다. 정면으로 어둠을 마주한 자기에게 모든 것을 맡기고 업혀 가는 아내가 고마웠다. 하긴 평생 감사하다 못해 죄송한 여자였다.

사유키는 부유한 가정의 장녀였다. 집에서 쫓겨나면서까지 기어이 남자 곁으로 왔다. 그랬다. 처음엔 독신자로 혼자 들어왔던 카츠치카였다. 그런데 그의 죄를 나누겠다고 수용소까지 자진해서 들어온 사유키였다. 15호에서 지정한 가족세대가 아니었다. 아내가 남편을 구원하듯 찾아온 가족세대였다. 그래서 카츠치카에게 그녀의 체온은 두 팔로 안았을 때는 부족했다. 두 어깨로 담아냈을 때가 더 깊이 와 닿았다. 등으로 사랑을 품었을 때만 혼자 울 수도 있어서였다. 그날도 아내를 업고 가는 그의 두 눈은 금세 젖었다.

"사유키. 내가 비밀을 말해줄까?"

카츠치카 눈에서 눈물 한 줄이 내려왔다.

"뭡니까? 내가 알아도 될 일입니까?"

"응. 우리 집 마당에 절인 고기 있어. 장작 창고 옆 오른쪽 구석에"

"가서 먹읍시다. 비밀이 그겁니까?"

"내일 내가 만든 검이 잘되면 말이야."

"바깥일은 남자 일이 아닙니까? 내가 알아도 될 일입니까?"

"응. 좋은 일이니까. 사유키는 일본 가게 될 거야."

"왜 사유키만 간다고 합니까. 우린 부부잖습니까."

고개를 그쪽으로 돌렸는지 왼쪽 귓등으로 그녀의 목소리가 들렸다.

"그래. 같이 가자. 나가면 병원부터 가자."

"우리 정말 나갈 수 있는 겁니까?"

사유키의 작은 두 팔이 부드럽고 더 깊게 그의 목을 감쌌다. 그녀의 뺨이 등 뒤 어깨뼈에 살짝 기대졌다. 그녀의 체온은 가늘면서도 확실하게 그의 등을 데웠다.

"응 그럴 수도..."

카츠치카 두 눈에서 굵은 눈물방울이 주르르 굴러떨어졌다. 이번엔 사유키가 물었다.

"어떻게 나갈 수 있는 겁니까?"

그녀의 턱이 어깨 위에 올려진 것 같았다.

"내일... 검이 잘 되면..."

"칼 하나 때문에 그 사람들이 쉽게 놔주겠습니까?"

그녀가 턱을 등에 붙이고 말하니 발음할 때마다 토닥토닥 두드리는 것 같았다.

"..."

"자세히 좀 설명해줄 수 있습니까?"

"..."

카츠치카는 앞을 보며 이렇게 눈물 난 적이 처음이었다. 더구나 아내가 등 뒤에 닿아있는데도 말이다. 아내의 작은 손이 카츠치카의 얼굴을 쓰윽 씻었다.

"내려줘요. 당신 지금 왜 우는 겁니까?"

카츠치카는 오히려 아내의 몸을 한 번 더 끌어올렸다. 그의 어깨가 위로 들썩였다.

"업으니 좋아서 그래."

그 말은 거짓이 아니었다. 다만 모든 진실을 담기엔 너무 짧은 대답이었다.

"정말입니까. 믿어도 되겠습니까."

다시 손이 왔다. 작고 따뜻한 손가락들이 그의 뺨과 눈가를 어루만졌다. 카츠치카는 이번엔 웃었다. 그녀의 손이 닿은 자리들에서 미소가 피어났다.

"가서 절인고기나 먹자…"

그녀의 손은 남편의 웃음을 만진 뒤에야 다시 등 뒤로 쏘옥 들어갔다.

"오늘 안겨봐서 너무 좋았습니다."

카츠치카는 사유키가 등에 꼭 안기는 기운이 포근했다. 그의 걸음이 더 단단해졌다. 그는 일어나지 않은 일을 먼저 말한 적이 없었다. 감정을 미리 대비한 적이 없었다. 처음으로 아내를 위해 준비해보고 싶었다. 그런데 역시나 서툴렀다. 카츠치카는 늘 무언가를 태우는 쪽이었다. 말보다 망치, 감정보다 행동이었다. 그런데 그날 그는 불을 끄듯 '내일'을 말해버렸다.

야장간 안에는 9분조 사람들은 일렬로 서 있었다. 열진 문틈 사이로는 보위원 몇이 보였다. 그들은 손목시계를 들여다보며 초조해했다.

카츠치카의 행동은 느긋했다. 최고의 무쇠 장인답게 흰옷을 입고 있었다. 이세봉에게서 백두대검을 받아들었다. 옷도, 얼굴도 말끔했지만, 손등과 손목, 그리고 눈두덩에는 지워지지 않는 그을음이 남아 있었다. 세월의 흔적이자 불을 마주한 자의 표식이었다. 불과 쇠와, 고통과 시간을 태우다 남은 사람의 흔적이었다.

그는 천천히 발을 내디뎠다. 야장간의 문턱을 넘자, 기다리던 보위원들이 보채듯 먼저 걸음을 옮겼다.

"시니마셍!"

백두대검 시연회를 격려하는 9분조 전체의 힘찬 목소리였다. 카츠치카가 그냥 나가버리자 그들은 다시 한번 일제히 외쳤다.

"시니마셍!!"

말이 가진 뜻도 제대로 모른 채 그들은 축복의 인사처럼 허리까지 숙였다. 카츠치카는 끝내 돌아보지 않았다. 흰 옷자락과 함께 검은 그림자도 이끌고 걸어갔다. 그의 곁에 섰던 이세봉이 돌아보았다. 무언가를 두고 온 사람처럼 다시 야장간 쪽으로 달려왔다. 문가에 아직 서 있던 9분조 앞에서 멈춰 섰다.

"그 '시니마셍' 말이오…"

그는 미소를 지었다.

"'죽지 않는다'는 뜻이오. 일본말 인사는 그게 아니오. 스. 미. 마. 셍. '스미마셍'이 인사요."

의미 있는 웃음을 남기고 다시 카츠치카에게 뛰어갔다. 9분조는 어리둥절한 표정으로 서로를 바라보았다.

"스미마셍…?"

검은손은 입을 반쯤 벌린 채 허공을 바라보고 있었다. 도성진은 문가에 그냥 서 있었다. 카츠치가가 멀어지는 골목 쪽을 하염없이 바라보고 있을 뿐이었다. 그의 눈빛은 남들과 달랐다. 무언가 알고 있는 자의 눈이었다. 아니면, 무언가를 감당하기로 마음먹은 자의 눈빛이었다. 그 약속을 확인하듯 카츠치카가 야장간 쪽을 한번 슬쩍 돌아보았다. 도성진은 그 순간을 기다렸던 사람처럼 손을 냅다 흔들었다. 하지만 카츠치카는 뛰어오는 이세봉을 향해 소리치고 있었다.

"빨리 안 오고 뭐해?"

"스미마셍 알려주고 왔습니다. 형수님 생일 인사도 시니마셍이라고 해서…"

숨을 헐떡이며 달려온 이세봉이 하는 말이었다. 카츠치카는 다시 걸었다. 그의 걸음은 여전히 빠르고 일정했다. 눈은 줄곧 길바닥을 짚고 있었다. 짧은 숨 사이로 한 마디가 흘렀다.

"왜? 그 사람들한텐 꼭 필요한 말인데."

이세봉은 그의 보폭에 걸음을 맞추며 말을 이었다.

"그래도 얼굴들이 많이 좋아진 것 같습니다. 처음 왔을 땐 다들 지치다 못해 자기 인생을 못 찾고 포기한 사람들 같았는데…"

카츠치카는 피식 웃었다.

"사는 게 뭐가 어렵다고. 인생은 한 문장이야."

그는 휘파람을 불었다. 이세봉이 어색하게 물었다.

"형님의 한 문장은 뭡니까?"

카츠치카는 걸음을 멈추지 않았다. 표정도, 대답도, 무뚝뚝했다.

"없어. 그 따위."

이세봉은 고개를 갸우뚱했다. 그 어감에 감춰진 것을 찾아보려는 표정이었다. 카츠치카가 먼저 입을 열었다. 자신에게조차 들키고 싶지 않은 혼잣말로 덧붙였다.

"…이름만 있지. 사유키."

더 묻지 말라는 듯, 카츠치카는 휘파람을 이어 불었다. 짧고 낮은음이 골목의 잔기류를 스쳐 지나갔다. 지휘부 운동장으로 들어서던 두 사람의 발걸음이 멈췄다. 그곳은 이미 하나의 무대였다. 수많은 눈들이 고정된 공간과 숨소리조차 질서 있게 정돈된 대기였다.

연단 양옆으로 군인들이 단정하게 줄지어 앉아 있었다. 그들의 표정은 이미 시작과 끝을 다 아는 사람들 같았다. 박수와 환호조차 낼 준비를 미리 끝낸 얼굴들이었다. 운동장 가장자리에 박힌 깃대들은 붉은 물결로 일렁이고 있었다. 무성한 바람이 지나가며 그 깃발들을 흔들었다. 그러자 피와 충성의 상징으로 반발하며 되레 바람결을 휘저었다.

대열부장이 호송군관들에게 뛰어와 호통쳤다.

"왜 늦었어? 간부들이 다 기다리는데!"

군인들의 눈빛은 분명히 책임을 넘기고 있었다. 카츠치카와 이세봉을 보며 투덜거렸다. 운동장 중앙에는 백두대검 시연을 위해 세운 모형들이 줄지어 있었다. 정갈하게 말린 볏짚단, 사람 키만 한 나무 기둥, 심지어 멧돼지의 절단된 뒷다리까지 매달려 있었다. 아직 칼은 칼집에서 빼지 않고 있었다. 그러나 칼날의 기운과 섬광은 이미 진열돼 있었다.

시멘트 지붕이 덮인 높은 연단 위엔 본부에서 내려온 장성들이 제복을 입고 일렬로 앉아 있었다. 그들은 자기들을 기다리게 한 대가와 보상을 배로 받아낼 표정들이었다. 기대와 의심이 교차하는 얄팍한 안간힘이 그 표정 너머로 번지고 있었다.

그때, 다시 바람이 불었다. 운동장 전체를 감싼 깃발들이 일제히 물결쳤다. 카츠치카는 그 바람의 기운을 몰고 빠른 걸음으로 마당을 가로질렀다. 그가 입은 흰옷 색깔 하나가 시뻘건 흙 위로 지나가자 마치 운동장이 갈라지는 듯했다. 한가운데까지 걸어간 그는 검을 들고 섰다. 더는 쇠를 두들기는 장인이 아니었다. 이제 그는 검을 휘두를 무사의 얼굴이었다. 그의 허리엔 오늘을 위해 단 한 자루로 벼려낸 '백두대검'이 매달려 있었다. 깃발을 들고 있던 군인이 앞으로 나섰다.

"지금부터 백두대검 시연회를 시작하겠습니다!"

웅성거리던 간부들 사이로 잠시 정적이 흘렀다. 모두의 시선이 운동장의 중심인 카츠치카에게 꽂혔다. 그는 허리춤에서 칼을 벗겨 연단을 향해 거짓 없는 직선으로 팔을 쭉 내밀었다. 군인이 칼을 받기 위해 허겁지겁 달려왔다. 곧 이세봉도 반대 켠에서 통역을 위해 달려갔다. 카츠치카 손에서 칼을 건네받으려던 군인의 표정이 굳어졌다. 칼을 놔주지 않는 그의 손아귀 힘을 느껴서였다. 카츠치카는 일본어로 소리쳤다.

"두 손으로 정중히 받아가 이 새끼야!"

이세봉이 통역하자 군인은 차렷 자세를 취한 뒤 두 손으로 공손히 받들었다. 검을 넘겨받은 군인은 등을 곧게 세우고 연단 쪽으로 돌아섰다. 뛰어가면서도 두 손으로 백두대검을 떠받들었다.

"정치국장 동지, 백두대검입니다."

연단 중앙 누런 제복의 본부 정치국장은 상장이었다. 대검을 받아쥔 그의 얼굴에 만족감이 번졌다. 칼집에서 검날을 빼들었을 때는 소리 내어 웃었다. 날렵한 곡선에 반사되는 햇빛, 정제된 은빛의 마무리에서 명작을 느낀 만족이었다. 백두대검은 날 선 긴장감을 안고 간부들의 손을 옮겨 다녔다.

조직부장은 상장 앞에서 열심히 무언가를 설명하고 있었다. 그의 손은 공중에서 허공을 가르며 칼날의 강도와 절도, 장인의 혼까지 그려내려는 듯 분주했다. 맨 끝줄에 앉아 있던 소장은 상체를 앞으로 기울여 그 꼴을 보며 혀를 찼다.

"지가 뭘 안다고 쯔쯔"

검은 돌고 돌아 다시 운동장 중앙의 사내에게로 왔다. 바로 그 순간 깃발을 들고 서 있던 군인이 목소리를 터뜨렸다.

"백두대검 성능 시험 시작!"

모든 시선이 운동장의 한가운데로 몰렸다. 카츠치카는 이미 두 다리를 넓게 벌리고 있었다. 시선은 정면을 꿰뚫고 있었다. 왼발이 약간 뒤로 물러섰다. 양손은 검의 자루를 깊게 움켜쥐고 있었다.

"메에에엔!"

기합과 동시에 백두대검은 볏짚단의 상단을 단숨에 베었다. 짧은 숨소리와 파열음처럼 터지는 박수가 뒤를 이었다. 그는 자세를 다시 다듬고 검을 아래로 내렸다.

"도오오오!"

볏짚단의 아랫부분이 두 동강 났다. 칼날은 한 치의 떨림도 없이 예리한 곡선을 그었다. 그는 망설이지 않으면서 오직 쇠가 가르쳐준 길을 따라 움직였다.

카츠치카는 곧 나무 모형 앞에 섰다. 검을 가볍게 한 번 흔든 뒤에 다시 숨을 모았다.

"쓰끼이이이!"

억센 결을 자랑하던 구조물이 한 번에 힘없이 갈라졌다. 찢어지는 나무의 비명이 운동장에 메아리쳤다. 이번엔 간부들도 참지 않았다. 박수와 환호로 들끓었다. 소리치는 조직부장 얼굴에는 충성심과 흥분, 체제의 자긍심이 뒤섞인 표정이 올라붙어 있었다. 두 손을 가슴에 모아쥔 홍신영의 입에선 신음이 연속 터져 나왔다. 그녀는 두 팔을 포개어 자기 어깨를 그러안고 몸을 부르르 떨기까지 했다.

마지막으로 카츠치카는 멧돼지의 절단된 다리 앞에 섰다. 육체, 뼈, 힘줄, 살이 모인 고깃덩어리는 마지막 시험이었다.

"코오오오트!"

베고, 찌르고, 다시 내려쳤다. 산산이 흩어진 것은 멧돼지의 살점만이 아니었다. 수용소의 모든 경계를 한 번에 허무는 검의 위력이었다. 보위원들은 흥분했다. 죄수의 손에서 만들어진 기적 앞에 그들은 탄복하며 기립 박수를 했다.

연단에 앉아 있던 상장의 손이 천천히 들려 올라갔다. 그의 손엔 칼 하나가 들려 있었다. 일본도였다.

일본도가 군인의 손을 통해 카츠치카에게 전달되었다. 칼날이 칼집을 벗는 순간이었다. 그의 까만 눈동자 안에서 하얀 선이 반짝이며 일어섰다. 얼굴엔 경이로움과 탄복이 넘쳤다. 세상에서 가장 순수한 선(線)을 마주하고 있었다. 빛은 칼날을 따라 무광과 유광의 진가를 밝히고 있었다. 칼의 곡선은 남을 꺾기 위해서가 아니라 스스로를 먼저 숙인 곡선이었다. 진실을 가르고, 거짓을 베며 이뤄야 할 선만을 품고 있는 힘의 미(美)였다.

"일본도 격파 준비!"

연단 밑에서 군인이 파란색으로 바뀐 깃발을 높이 쳐들렸다. 그러자 두 명의 군인이 쇠받침대를 들고 운동장 중앙으로 달려왔다.

카츠치카는 옆으로 팔을 길게 뻗어 운동장 한끝에 섰던 이세봉을 불렀다. 달려온 그에게 카츠치카가 일본도를 건넸다. 이세봉은 아무 생각 없이 칼을 받아들고 싱글벙글 웃었다. 그는 칼집을 벗기고 황홀한 눈빛으로 반짝이는 날을 내려다보고 있었다.

그때였다. 갑자기 낯선 목소리가 허공에서 뚝 떨어져 그의 정수리 위로 꽂혔다.

"세봉아. 내 부탁 들어준다고 했지."

이세봉의 손이 멈췄다. 칼의 반짝임이 식어가는 가운데 그의 고개가 천천히 들려졌다. 차마 두 눈은 마주치지 못한 채 시선은 카츠치카의 가슴팍에서 멎었다. 울컥 무언가가 치밀어 올라오며 입술이 먼저 떨렸다.

"…지금 형님 입에서 조선말이 나온 겁니까?"

"그래. 이젠 말할 때가 된 것 같다."

이세봉의 두눈이 커졌다. 카츠치카의 그 말은 단순히 언어 선택의 문제가 아니었다. 그에게 조선말은 삶으로 소리 낼 말이 아니었다. 비명도, 유언으로도 허락되지 않을 언어였다. 살아있을 때 꺼낸다는 이유가 딱 하나밖에 없었다. 이세봉은 허겁지겁 일본어로 외쳤다.

"형님. 이 동생은 못 들은 것으로 하겠습...."

그러나 그 순간, 카츠치카는 입고 있던 흰옷을 벗어 던졌다. 그리고 해진 내의차림으로 섰다. 그건 사유키가 손바느질로 한 땀 한 땀 기워준 것이었다. 그는 야장쟁이도, 카츠치카 본인도 아니었다. 이제 사유키의 남자로 그 자리에 섰다. 백두대검 날을 들고 바닥에 털썩 누워버렸다.

정적이 순식간에 운동장을 덮었다. 이세봉만 뒤걸음 친 것이 아니었다. 연단 위 본부 간부들도 죽음을 다루던 보위원들도 하나같이 소스라쳐 놀라며 일어섰다. 조직부장이 누구보다 먼저 튀어 나갔다. 그는 상장 앞으로 달려가 소리쳤다.

"지금 보고 계십니까? 제 놈 목숨 위로 칼날을 든 저 자신감을 보십니까. 저게 바로 15호에서 만든 겁니다. 저게 바로 백두대검입니다."

소장은 그를 짓누르듯 노려보았다. 홍신영은 두 손으로 입을 틀어막고 눈을 질끈 감았다. 운동장 전체가 숨을 멈췄다. 아무도 움직이지 못했다.

그리고 그때, 연단에 앉은 상장이 두 손을 들었다. 손끝에서부터 천천히, 낮고 굵은 박수소리가 울렸다.

짝- 짝- 짝- 짝.

그 리듬에 맞춰 하나둘씩 손뼉이 모였다. 응원이자 명령이었다. 환호이자 강요였다. 소리들은 창끝처럼 날아와 이세봉의 등을 찔렀다. 그 속에서 카츠치카는 드러누운 채 하늘을 보고 있었다. 이세봉은 조심스레 무릎을 꿇었다. 두 손으로 그의 어깨를 붙잡았다.

"형님… 조선이 무너지는 건 봐도, 우리 야장간이 무너지는 건 못 본다 하셨잖아요…"

카츠치카는 간절한 눈으로 이세봉을 쳐다보았다.

"사유키가 많이 아파."

"그럼, 형님은요… 이러는 형님은요?"

카츠치카는 미소를 지었다.

"바깥 일은 남자 일이야."

이세봉은 고개를 가로저었다. 애타게 흔들던 그 심정을 쏟아냈다.

"이러면 안 됩니다. 형님은… 나갈 수 있습니다."

"내 아버지는 조총련 손에 죽었어. 소장 놈 말이 맞아. 나… 여기서 평생 썩어야 돼."

카츠치카는 떨리는 손으로 이세봉의 멱살을 쥐었다.

"이놈들 법이 웃기잖아. 장본인이 죽어야만 나간다잖아!"

이세봉의 눈동자가 요동쳤다. 두 뺨엔 눈물이 뚝뚝 떨어졌다.

"그래도… 저는 못합니다."

이세봉의 어깨가 무너졌다. 카츠치카는 그 어깨를 두 팔로 감싸 안았다.

"사유키 더는 못 버텨. 남편인 내가 잘 알아."

카츠치카는 애원하듯 간절하게 이세봉의 손을 부여잡았다.

"세봉아. 이게… 사유키가 나갈 수 있는 마지막 기회야."

이세봉은 오열하며 고개를 숙였다.

"형님… 제발… 저는… 정말 못합니다…"

카츠치카는 눈을 감았다가 떴다. 그 눈동자는 더는 흔들리지 않았다.

"세봉아… 놈들 손에 말고… 제발 네 손에 좀 죽자."

그 한마디가 칼처럼 대기를 베고 흘렀다. 그때였다. 연단 밑에 있던 군인 두 명이 그들을 향해 움직이기 시작했다. 가까워지는 그들을 보며 이세봉은 절박하게 외쳤다.
"형님… 정말… 이 방법밖에 없는 겁니까…?"
카츠치카는 말없이 결연하게 두 팔을 위로 쳐들었다. 한 손은 백두대검 손잡이에, 다른 손은 눕혀진 날 끝을 잡고 있었다. 이세봉의 울음은 무너지는 강둑 같았다.
카츠치카의 입술이 떨렸다. 요동치던 그 마지막 진심을 하늘을 향해 토해냈다.
"세봉아! 사유키는 제 발로 여기 들어온 여자야. 내가 내보내야 내가 남자야!"
보위원들이 빠른 걸음으로 다가오고 있었다. 그들의 눈은 이미 서슬푸른 칼을 쥐고 있었다. 이세봉은 일본도를 들었다. 보위원들을 노려보다가 천천히 돌아섰다.
"형님, 저도… 따라갈게요!"
그는 고함치며 일본도를 높이 들었다. 날이 하늘을 가르며 떨어졌다.
철컥!
이세봉의 칼날은 백두대검을 두 동강 내며 그 아래 도공의 목과 가슴까지 그었다. 카츠치카의 목에서 피가 철철 새어 나왔다. 가슴 부위에서도 빨간빛이 뿜어져 나왔다. 그런데도 그의 얼굴은 변함이 없었다. 시선은 마지막 푸른 하늘에 닿아있었다. 그 한 점을 붙들고 입술은 느리게 움직였다.

"…좆같이 살다가… 멋지게 죽는구나…"

그의 눈에서 눈물이 주르르 흘렀다. 하지만 입술은 미소를 머금고 있었다. 최후의 그 한순간을 위해 그는 평생 아껴둔 것처럼 울지도, 웃지도 못하고 살아왔다. 쇠처럼 굳었던 살과 불처럼 타올랐던 피가 비로소 돌이킬 수 없는 상처가 되어 그를 평온 속에 눕혔다. 그제야 슬퍼도 괜찮은 얼굴이 되었다. 웃어도 후회 없는 표정이 살아났다. 눈을 감는 그 찰나에 카츠치카는 눈물과 미소의 두 감정을 다같이 모아 말했다.

"사유키… 잘 가…"

그 말과 함께 머리가 한쪽으로 기울어졌다. 이세봉은 그 앞에서 허물어지며 무릎을 꿇었다. 그의 얼굴이 형님의 가슴께에 박혔다. 이세봉의 입에서 피가 콸콸 쏟아졌다. 달려왔던 두 군인은 뒷걸음쳤다. 이미 두 몸이 포개진 채 한 덩어리가 돼 있었다. 이세봉의 배를 관통한 일본도는 미세하게 떨리고 있었다. 그는 마지막 힘을 모아 중얼거렸다.

"형수님!"

그 부름과 함께 이세봉은 카츠치카의 마지막 조선말을 일본어로 통역해주었다.

"형님이 먼저 가시면서… 형수님도 잘 가라고 하셨습니다…"

이세봉은 눈을 뜬 채로 형님의 품 안에서 숨을 거두었다.

그 옆에서 한 군인이 두 조각으로 부러진 백두대검을 들었다. 그는 연단을 향해 그 두 개의 날을 높이 들어 흔들어 보였다.

사유키는 부엌에 가만히 앉아 있었다. 오래전부터 그 자리에 있었던 것처럼 일어날 이유를 찾지 못하고 있었다. 남편은 이렇게까지 늦은 적이 없는 사람이었다. 항상 먼저 와 있었다. 그래야 가마의 물도 끓고 옥수수밥이 익었다. 자기가 밥을 지을 때면 마당에서 장작 소리가 났고, 쪼꼬만 뙈기밭이라도 야채가 자랐다. 남편이 있는 시간 속에서만 저녁이 지나고 아침도 왔다.

사유키는 가마뚜껑을 열었다. 손등으로 김을 막으며 안을 들여다보았다. 옥수수 밥은 잘 되었다. 고슬고슬하게 뜸 들인 두 그릇이 식지 말라고 뜨거운 물 안에 잠겨 있었다.

밥상에는 가로로 놓인 젓가락 두 쌍이 마주 앉아 있었다. 그 옆에 작은 종지에 담긴 도토리 된장. 어젯밤 알려준 항아리에서 꺼낸 돼지고기 절임도 있었다.

손놀림이 없으니 시간이 더 안 가는 것 같았다. 다른 구석들은 남편의 손길이 거쳐 가서 눈에 익은 대로였다. 사유키는 찬장 위를 정리하기로 결심했다.

담아둘 것이 없어 오래 방치됐던 나무함들을 내리려는데 덜컥, 무언가가 떨어졌다. 수용소와는 전혀 어울리지 않게 화려한 색깔의 봉투였다. 분명 편지봉투 같은데 겉면에는 우표도 글자도 없었다.

그녀는 조심스레 속지를 꺼내 펼쳤다. 일본어였다. 사유키의 눈이 순간 빛났다.

"동생 카츠치카에게…"

하지만 첫 문장을 보니 저절로 내려졌다. 자기도 기억하는 일본에 있는 친형의 필체였다. 오래전 편지가 틀림없었다. 훔쳐보면 도둑질 같았다. 그는 편지를 제 자리에 되돌려 놓고 다시 아궁이 앞에 앉았다. 그채로 시간이 흐르니 불안이 더 커졌다. 남편이 늦어지는 이유가 혹시 편지와 관련 있을 수도 있다고 생각됐다. 사유키는 용기 내서 다시 편지를 찾아 들었다.

"브로커 요구대로 본론만 짧게 적는다. 아버지가 조총련 탈퇴 다음 날 괴한의 칼에 맞아 돌아가셨다."

사유키의 손이 잠시 떨렸다. 그래도 눈은 흐트러지지 않았다. 그녀는 편지를 끝까지 읽었다.

"유언장을 보니 평양에서 친자 권리를 내세워 재산 상속을 요구하니, 그걸 막느라고 아버지는 너와 사유키에 대한 상속 승계 권한을 일본 입국 조건으로 못박아 놓으셨더라."

해질녘, 사유키는 부엌을 떠나 야장간으로 향하는 길 위에 있었다. 바람이 불었다. 치맛자락이 일렁였고, 머리칼이 헝클어졌다. 그녀의 귓가에 아까 읽던 편지 구절이 다시 생생히 이어졌다.

"동생아. 평양의 보복이 너에게 더 심해질 것 같아 두렵기만 하구나. 지금 네 상황과 앞으로의 계획도 무엇인지 알려 줘. 브로커에게 네 답장 비용을 먼저 지불했다. 길게 못 쓴다."

'계획'이란 그 단어에 그녀는 어쩐지 웃고 싶어졌다. 이 안에서 하루라도 계획대로 흘러간 날이 있었던가. 그런 계산은 오로지 북한 정권의 몫이었다.

평양의 '귀국사업' 1순위 대상자는 부유한 재일교포이거나 그 자녀들이었다. 애국헌금을 강요하거나 상속 명목으로 뜯어낼 수 있어서였다. 카츠치카도 그런 부류 중 한 명이었다. 그녀는 손가락으로 반쯤 풀어진 머리끈을 정리했다.

그녀는 걸었다. 입술은 굳게 다물려 있고 눈빛은 그 어디에도 닿지 않았다. 흙길 위에 떨어지는 발걸음은 그조차도 스스로 망설이고 있었다.

그녀는 문득 멈췄다. 야장간 앞에 멈춰 선 트럭에서 군인 몇이 무엇을 조심스레 내리고 있었다. 트럭이 내뿜는 불빛 앞에서 보이는 것은 두 개의 들것이었다. 그녀의 눈앞으로 시체 두 구가 보였다. 이어 그 땅에 주저앉아 9분조 사람들이 우는 모습도 보였다.

사유키는 손등으로 입을 가렸다. 걸음도 그 자리에 박힌 듯 멈추었다. 카츠치카였다. 그 옆의 시체는 이세봉이었다. 순간 더는 보이지 않았다. 그의 목안에서 신음 같은 목소리가 부서졌다.

"이게⋯당신의 바깥일입니까?"

말끝마다 심장이 붙들려 끌려 나오는 듯했다. 눈물이 주르르 흘러내렸다.

"이게⋯이게 제가 울지 않아도 될 일입니까?"

그날 밤 그 자리에서 기절한 사유키를 가족세대 2분조 여자들이 돌보았다. 사유키는 눈을 떴다가 현실을 둘러보고 다시 기절했다.

카츠치카와 이세봉의 시체는 9분조 사람들이 묻어주었다. 소장이 특별히 보낸 군인들이라지만 지형철 같지 않았다. 그들은 두 시체에 동정은 보내면서도 끝내 깊이 묻어주라는 말은 하지 않았다.

그 밤, 야장간으로 다시 돌아온 9분조는 카츠치카 작업대에 빙 둘러앉았다. 쇠를 두드리던 망치 소리는 사라졌다. 그 자리를 적막과 탄식이 채우고 있었다. 아무도 말하지 않았다. 말은 곧 울음이고 감당하지 못할 슬픔이었다. 숨을 쉴 때마다 한숨은 무겁게 뱃속에서 퍼져 나왔다.

도성진은 누구보다 고개를 숙이고 두 손으로 얼굴을 감싸 쥐었다. 그는 분명 카즈치카의 죽음보다 더 큰 비밀을 안고 있었다. 그가 왜 전날에 자기를 따로 뒷마당으로 불러냈는지에 대해 9분조 앞에서 말할 수 없었다. 약속이고 맹세였다.

검은손이 조용히 입을 열었다. 그의 목소리는 떨렸다. 말 한마디마다 가슴속의 울분이 번져 나왔다.

"그러고 보니…"

뒤늦게 깨달은 사람처럼 허공을 바라보며 말했다.

"우리가… 카즈치카 도공님께… 지금까지 단 한 번도… 인사를 드린 적이 없었구나…"

그 말과 함께 이미 흐느끼던 이들의 울음이 한층 깊어졌다. 그저, 모두가 함께 죄인이 된 심정으로 고개를 떨구었다. 그래서 하나 둘 일어섰다. 9분조가 모두가 차렷 자세로 섰다.

그들 앞에는 카즈치카가 평생을 함께했던 손 망치 한 자루와, 이세봉의 이름이 새겨진 징 망치가 나란히 놓여 있었다. 그 앞에 정렬한 9분조의 자세는 군인보다 더 곧았다. 검은손은 그들을 바라보며 외쳤다. 목소리는 울음에 젖어 있었다. 떨렸지만 뚜렷했다.

"9분조, 차렷!"

모두가 일제히 고개를 들었다.

그 망치 앞에서. 그 이름 앞에서.

"카츠치카 도공님과 이세봉 선생님께…"
그는 잠시 눈을 감았다. 그리고 울음을 터치며 한마디를 외쳤다.
"인사—!"
그 순간, 9분조원들의 입이 동시에 열렸다. 허리 깊이 숙였다.
"스미마셍!"

4
모리화

 야장간에 울리는 망치 소리는 허전했다. 울림엔 심장이 없었다. 쇠와 쇠가 맞부딪는 소리는 떠난 이의 이름을 부르는 절규 같았다. 망치가 내려치고 있어도 무게에는 결단이 없었다. 방황하는 손끝들이 엇갈린 리듬을 찍어내고 있었다. 불길이 살아 있어도 그 위에서 식어가는 건 사람들이었다. 휴식 시간에도 조용했다. 슬퍼서만은 아니었다. 말이 적었던 카츠치카였기에 오히려 그의 존재를 귀 기울여 찾게 되는 고요였다.

 걸어서 15호에 들어왔던 사유키는 실려 나갔다. 그녀가 일본으로 돌아갔다고 믿는 사람은 아무도 없었다. 북한 정권을 잘 아는 15호 사람들이기 때문이었다. '째포마을' 사람들은 평양시 순안구역으로 갔을 거라고 속삭였다. 거기에 일본인 처 마을이 있다고 했다.

도성진은 홀로 마당을 빠져나와 폐화로가 있는 야장간 뒷마당으로 향했다. 그는 그 앞에 멈춰 섰다. 바람이 굴뚝 속을 훑고 지나가며 긴 숨소리처럼 울렸다. 성진은 그 굴뚝을 올려다보며 카츠치카가 죽기 전날의 오후를 떠올렸다.

그날 이세봉이 9분조를 갑자기 일으켜 세웠다.

"자, 다들 일어나. 볏짚 가지러 가자."

카츠치카는 쇠를 달굴 때마다 간혹 볏짚 재를 사용했기에 야장간엔 항상 볏짚이 필요했다. 가수와 함께 들것을 들며 따라나선 도성진에게 이세봉이 말했다.

"넌 남아서 볏짚 놓을 자리를 다 정리해."

그가 혼자 남아 땀 흘리며 일하고 있을 때였다. 야장간엔 두 사람, 일본말밖에 모르는 카츠치카와 자신뿐이었다. 그런데 어디선가 불쑥 조선말이 들렸다.

"얼라반동이라 했던가."

성진은 주위를 둘러보다가 너무 놀라 바닥에 주저앉고 말았다.

"따라와."

분명 카츠치카의 입에서 나온 조선말이었다. 그는 자리에서 일어서며 다시 소리를 냈다.

"따라오라니까."

그제야 성진은 혼미해진 정신을 붙들고 겨우 일어섰다. 두려움과 기대가 뒤섞인 감정이 목젖까지 차올랐지만, 그는 눈을 떼지 않았다. 카츠치카는 그 시선을 이끌고 곧장 뒷마당으로 향했다. 폐화로 앞에 선 그는 단도직입적이었다. 아직도 정신을 못 차리고 있는 성진에게 자신이 사용하지 못한 단 한 번의 기회를 넘겨준다고 설명했다. 그는 한쪽 벽돌을 손끝으로 가리켰다.

"딱 한 번이다. 네가 가장 위험에 처했을 때. 여기에 네 소원을 담은 쪽지를 넣어. 그 한 번의 값은… 이미 지불됐으니까."

그는 쇠망치를 두드리는 어조로 강조했다.

"명심해라. 그 한 번은 정말로 네가 죽을 처지에 내몰렸을 때 사용하는 거다. 어차피 죽을 거 그놈들 정체를 아는 너 자신을 노출해 거래하는 최후의 수단으로 말이다."

"보위원 놈들인가요?"

그는 그늘진 목소리로 권력 브로커에 대해 설명했다.

"일본에 있는 내 형에게서 돈을 받고 편지를 전해주던 놈들이야. 수령보다 돈에 충성하지. 비밀을 지키지만, 평양과도 이어진 위험한 놈들이야. 믿으면 안 돼."

성진은 그의 손이 움직였던 기억을 더듬어 벽돌 줄을 아래에서 세기 시작했다. 세 번째 줄, 왼쪽에서 여덟 번째. 그곳에 이르자 벽돌은 쉽게 빠져나왔다. 그는 조심스럽게 손을 깊이 밀어 넣었다. 공간은 텅 비어있었다. 그 공허 속에서 희미한 가능성만이 맴돌았다.

성진은 다시 벽돌을 제자리에 끼워 넣고는 화로 안쪽을 들여다보았다. 화구는 입구부터 오래된 잿더미로 반쯤 막혀 있었다. 그 속엔 매듭을 단단히 조여 맨 그물주머니 몇 개가 숨어있었다. 주머니 안엔 잘게 썬 장작이 들어있었다. 그 옆에는 불을 지필 때 사용할 기름병 몇 개가 웅크리고 있었다. 아직 쓰이지 않은 불씨처럼 준비되어 있었다.

성진의 고개가 천천히 하늘을 향했다. 화로에 연결된 굴뚝은 높게 솟아 있었다. 누구도 눈여겨보지 않았을 그 탑은 어떤 신호를 기다리는 봉화대처럼 비장하게 서 있었다. 외벽에 덧댄 철제 사다리가 있었다. 거칠게 붙인 용접 자국들이 사다리의 생명을 말해주고 있었다. 성진은 그 사다리를 가만히 쳐다보았다. 어쩌면 그 위에서 불빛 하나를 세상에 던질 날이 올지도 몰랐다.

"쪽지를 벽돌 안에 넣고, 그 신호로 굴뚝 위에 불을 붙이면 된다. 그러면 놈들이 편지를 가져간다."

성진은 그 말을 가슴에 새기고 되뇌며 천천히 철제 사다리를 오르기 시작했다. 하늘이 가까워질수록 손아귀에 힘이 더욱 또렷이 실렸다. 굴뚝 꼭대기에는 지름 30센티미터 남짓의 철제 링 프레임이 리벳 네 개로 단단히 고정돼 있었다. 그 위에 얹힌 녹슨 철판은 아래에서 보면 단지 연기를 막는 덮개처럼 보일 뿐이었다. 하지만 그것은 하늘을 향해 불을 여는 작은 봉화대였다.

도성진은 굴뚝 끝에 쪼그리고 앉아 사방을 둘러보았다. 멀리, 겹겹이 진 산등성이가 그의 시야를 가르며 흘렀다. 하늘은 낮게, 바람은 잠잠히 그를 감쌌다.

그는 아래를 내려다보았다. 그 밑에서 그날의 카츠치카가 올려다보았다.

"만약 놈들이 이 비밀을 어떻게 알았냐고 묻는 날에는 말이다. 이 카츠치카의 상속자라고 해라. 돈에 욕심이 많은 놈들이니 네 목숨값을 계산하게 될 거다."

성진은 그 의미보다 의문이 더 컸다.
"…상속자요? 그게 뭔데요?"
성진에게 그 단어는 너무 낯설고, 현실과는 거리가 멀었다. 카츠치카는 아무 말 없이 사다리를 툭툭 두드렸다. 쇠와 쇠가 부딪히는 둔탁한 소리가 어딘가 공허하게 울렸다.
"난 아들이 없다. 어차피 그 돈을 쓸 일도 없고…"
카츠치카가 도성진을 눈여겨보게 된 건 김성근을 따라 제일 먼저 손을 들었다는 그 용기를 알았을 때였다. 처음엔 그저 철없는 짓쯤으로 여겼다. 하지만 성진이는 김동규가 말한 운명의 의미를 잘 알고 있었다. 그걸 자기 손에 단단히 쥐고 있어 보였다.
야장간이 문이 닫혀 모두가 손을 놓고 있을 때도 그의 아이디어는 빛났다. 그를 둘러싼 9분조의 시선만 봐도 그는 이미 '철부지'가 아니었다. 어릴 적부터 어른들의 세계 속에서 자란 아이, 삶과 죽음의 경계를 너무 일찍 알아버린 소년이었다.
더구나 카츠치카에겐 다른 선택의 여지가 없었다. 일본까지 가야만 상속받을 수 있는 조건이라면 확률은 더 희박했다. 최소한 성진이의 젊음에는 희망을 걸어볼 수 있지 않은가. 조총련과 15호를 고발할 수 있다면 그는 죽어서도 눈을 부릅뜰 수 있었다.
카츠치카는 같은 뜻을 가진 친형을 믿었다. 가훈을 아는 자가 자기의 혈서까지 내민다면 반드시 성진이의 폭로를 도와주리라 확신했다. 자기 대신 성진을 기꺼이 동생으로 받아들일 것이다. 그 모든 계산으로 성진을 바라보는 그의 눈빛은 오래전부터 훨씬 깊었다. 눈 안에는 오랜 망설임과 최종 결심이 함께 굳혀져 있었다.

"대신 부탁이 있다. 이 나라를 탈출해서 일본에 도착하면… 이 15호와 조총련을 꼭 고발하라."

그는 주먹으로 폐화로를 쾅 내려쳤다.

"여기 놈들은 태어나서 어쩔 수 없지만, 조총련의 그놈들은 자유의 혜택을 누리면서도 스스로 양심을 속이는 놈들… 독재의 공범이고, 하수인이고, 위선자다."

그는 성진의 어깨에 손을 얹었다. 손끝의 온기가 유언처럼 전해졌다.

"약속할 수 있지?"

도성진은 그 손을 느끼며 고개를 들었다. 하지만 눈물은 이미 흘러내리고 있었다.

"저한테 부탁하고… 약속한 사람들 다 죽었어요. 아저씨까지 왜 그래요!… 싫어요…"

성진의 목소리는 불길한 예감으로 치를 떠는 절규였다. 카츠치카는 주먹으로 그의 눈물을 조심스레 닦았다. 그리고 그를 와락 껴안았다.

"지킬 게 있어서 남자다!"

짧은 한마디 뒤로 오랜 침묵이 둘 사이를 가득 채웠다. 이윽고 야장간 안에서 성진과 마주 앉은 카츠치카는 조심스럽게 품을 열었다. 손수건 하나를 꺼냈다. 거기엔 피로 써진 글씨가 있었다.

"静水深流 (せいすいしんりゅう)"

"정수심류! 세이수이신류. 고요한 물은 깊이 흐른다는 뜻이다. 이게 우리 집 가훈이다."

카츠치카의 눈동자에 가득한 물기는 호수처럼 깊고 고요했다.
"내 아버진 이 가훈대로 과묵했으면서도 가슴엔 늘 바다 하나를 품고 사셨다. 그 어떤 압박에도 기어이 가족과 사업. 그리고 명예를 지키셨고…"
그는 멀리 두었던 시선을 성진의 두 눈에 가져왔다.
"넌 이걸 목숨으로 지켜라. 이게 내 상속 승계의 증표이고… 가훈을 아는 자의 상속 자격이다."
그 손수건을 건네받는 도성진의 두 손은 떨렸다. 그리고 그날의 그 다짐으로 성진이는 지금 굴뚝 위에 앉아 있었다. 그의 시선은 먼 산까지 바라보고 있었다. 하늘이 가까웠다.
그는 한 손을 품속으로 집어넣었다. 손끝에 닿는 천은 피가 말라붙어 가죽처럼 꿋꿋하게 굳어 있었다. 폐화로는 이제 쓰이지 않아도 그 위에 솟은 굴뚝은 하늘을 향한 유일한 저항의 통로였다.
철제 사다리는 유언을 잇는 의지였다. 맨 위의 둥근 철판은 불을 한껏 떠받들 소원이었다. 그리고 그 봉화는… 지금, 도성진의 눈빛에서 이미 천천히 타오르고 있었다.

해는 산에 걸려 구원의 호소처럼 빛을 뿌리고 있었다. 야장간으로 이어지는 자갈길 위로 두 사람의 그림자가 길게 늘어졌다. 앞서 걷는 자는 소장이었다. 그는 뒷짐 지고 어깨를 느슨히 풀은 자세로 천천히 걸었다. 그 뒤를 좁은 보폭으로 바쁘게 따라붙는 자는 대열부장이었다. 그는 소장의 오른편에서 왼편으로, 다시 왼편에서 오른편으로 바람결처럼 옮겨 다니며 말을 걸었다.

"이 길만 지나가면 아직도 그놈 생각이 납니다."

대열부장의 말에 소장의 걸음은 느려졌다. 끝내 멈춰서 하늘 어딘가를 노려보았다.

"하는 척만 하라 했더니 진짜로 죽자고 덤벼들면 어떻게 해?"

그의 목소리는 살아있는 카츠치카에게 야단치는 것처럼 들렸다.

"아무튼, 열성이 말썽이야."

바람이 소장의 군복 옷깃을 가볍게 스쳤다. 대열부장은 그 바람을 따라 한 발 더 다가섰다.

"그놈이 '백두대검' 들고 누울 땐 와, 소름 돋았습니다. 뭘 만들어도 그렇게 죽기 내기로 만들었으니… 그래 일본 애들 물건들이 다 좋은 거 같습니다."

소장은 흘끔 대열부장을 돌아봤다. 이게 도대체 그 장인 정신의 한 틈이라도 알고서 지껄이는지 엿보는 눈이었다. 그리고 다시 발걸음을 뗐다.

"대단해. 아무튼 대단해,"

그리고 아주 짧은 침묵을 두고 이어 말했다.

"내 옆에 그런 놈 하나만 있어도…"

말끝이 허공에 걸렸다. 대열부장이 얼른 끼어들었다. 그의 얼굴엔 웃음기가 섞인 진지함이 묻어 있었다.

"제가 있지 않습니까. 그 통역 놈도 따라 죽는 거 보십시오. 저도 소장 동지 모시다 저렇게 따라 죽겠다고 결심했습니다."

소장은 걸음을 멈췄다. 고개를 돌려 대열부장을 바라봤다. 눈빛은 짜증을 억누르다 못해 피곤해 보였다.

"야. 내가 칼 맞아 죽을 일이 뭐가 있어? 아무튼, 그 입은, 에잇!"

그 한숨은 대열부장의 모자라도 벗기어 내던질 기운이었다.

야장간 앞을 지나던 소장의 걸음이 문득 멈췄다. 문 너머로 스치는 익숙한 얼굴들이 보였다. 주둥이, 도련님, 그리고 도성진의 모습이 그의 시야를 잡아끌었다.

소장은 걸음을 돌려 문턱을 넘었다. 곧바로 정면에 일렬로 정렬된 9분조원들이 그의 시선을 받들었다.

소장은 잠시 그들을 바라보았다. 카츠치카 한 명보다 많은 여럿이나 되는데도 야장간이 텅 비어있는 것 같다고 느꼈다.

"이것들이 뭘 만들 줄은 알아?"

그의 목소리는 퉁명스러웠지만, 그 안에는 무언가 은근히 기대는 기색이 스며 있었다.

대열부장은 듣지도 보지도 못하는 시체 앞에 서 있는 듯이 아무렇게나 지껄여댔다.

"아닌 게 아니라 조직부장 동지께서 강습 가기 전에 야장간부터 물어봤습니다. 아마 전문가들로 교체할 계획인 것 같습니다."

소장의 시선이 그의 목덜미를 눌러 바닥에 눕혔다. 사무실에서 나 오고 갈 이야기를 죄수들 앞에서 막 꺼내서가 아니었다. 자기가 임명한 독립조를 감히 멋대로 바꾸려는 조직부장까지 한꺼번에 두 놈을 찍어 내리는 힘이었다.

이미 9분조원들 사이로 팽팽한 긴장이 퍼졌다. 그들은 눈빛으로 서로를 확인하며 무언가 예감했다. 독립조 해체라는 불안이 공기 중에 흩날리고 있었다. 그때였다. 주둥이가 불쑥 앞으로 한 걸음 나섰다. 목숨을 걸고 다가선 걸음처럼 비장했다.

"선생님. 도공님이 가르쳐 주신 기술로… 식칼을 만들고 있습니다."

소장의 눈이 그에게로 돌아섰다. 반갑고도 격려하는 눈빛이었다.

"배웠다고? 어떻게 만든 데?"

주둥이는 잠시 숨을 골랐다. 그리고 되뇌듯 말했다.

"도공님이… 기술의 첫째도 둘째도 비밀이라고…"

"이게 어디 앞이라고 감히 비밀을."

대열부장이 주먹을 쳐들려고 하자 도성진이 재빨리 말을 이었다.

"맞장구치기라고 했습니다."

"맞장구라고?"

소장의 미간 사이에 의심과 기대로 갈라섰던 경계가 허물어졌다. 주둥이는 숨을 크게 들이마셨다.

"맞장구치기는… 달군 쇠를 서로 호흡 맞춰 두드려야 골고루 펴지고…"

"그리고?" 소장의 목소리는 부추기는 것처럼 들렸다.

도련님이 조심스럽게 끼어들자 가수도 덧붙였다.

"볏짚이랑… 참숯 있잖아."

"진흙도,"

"풍구질도요."

마지막 도성진이의 말은 너무도 억지스러웠다. 소장의 눈이 서서히 차가워졌다.

"적당히 해야지 이것들이… 어디서 사기를 치려고."

그는 라이터로 도성진의 머리를 톡 쳤다.

"야, 쇠에 무슨 볏짚이나 진흙이 들어가?"

그 말에 도련님의 눈빛이 번뜩였다.

"인도에는… 5세기에 만들어져 현재까지 녹슬지 않는 철 기둥이 있습니다. 그 비밀은 나뭇잎을 넣고 철을 녹인 건데… 아직까지 과학적으로 해명이…"

도련님의 바깥 세계에 대한 박식함에 다들 보았다.

"야야, 오늘부터 시작해."

소장은 뒤돌아섰다. 그러다 발길을 멈췄다. 검은손을 향해 손가락을 들더니, 곧장 주둥이에게 돌렸다.

"아무튼, 네가 식칼 책임자 해."

그 순간, 9분조원들의 눈빛에서 번쩍 불꽃이 튀었다. 누구도 목소리를 내지는 않았어도 그 표정만으로도 벅찬 감정이 뭉텅이처럼 부풀어 올랐다. 소장이 발걸음을 떼려는 찰나 도련님이 재빨리 앞으로 다가섰다.

"저, 선생님! 칼 만드는 일은… 신성한 일이라서, 시작할 때 잔칫상을 크게…"

소장은 그 말에 피씩 웃더니, 고개를 절레절레 흔들었다.

"이게 못된 것부터 배워가지고…식칼이나 만드는 주제에 잔치 같은 소리."

그의 마지막 한 마디는 엄포였다.

"일주일 내로 만들어!"

소장과 대열부장의 뒷모습이 야장간을 벗어나자마자, 9분조원들은 참았던 숨을 터뜨리며 얼싸안았다.

"그럼 우리도…"

도성진이 감격한 나머지 말을 더듬었다.

"카츠치카... 도공님처럼 소리치며 살 수 있는 거예요?"

"아멘!"

그들의 입에서 한목소리가 터져 나왔다. 그들은 우르르 카츠치카 작업대 앞으로 몰려갔다. 카츠치카의 손망치와 이세봉의 징망치 앞에, 9분조는 다시 정렬해 섰다. 두 명의 스승 앞에서 숨을 고르는 9분조를 향해 검은손이 우렁차게 외쳤다.

"9분조 차렷! 카츠치카 도공님과 이세봉 선생님께 인사!"

"스미마셍!"

그들의 외침은 어둠이 내려앉는 15호 야장간을 가득 울렸다. 얼굴과 작업복 위의 땀이 자부심처럼 번들거렸다. 그런데 그날은 물론 다음날도 야장간 안은 조용해졌다. 뚝딱 만들 것 같았던 식칼이었다. 아니 정말로 금방 만들어내긴 했다. 주둥이는 두 자루의 식칼을 번갈아들고 있었다.

하나는 카츠치카가 남긴 식칼이었다. 날은 은백색으로 매끈했다. 칼등에서 칼끝으로 이어지는 곡선은 물이 흐르듯 자연스러웠다. 칼의 무게중심은 정교하게 날에서 3센티미터 뒤로 몰려있었다. 손에 쥐면 칼이 아니라 손가락 일부처럼 자연스럽게 움직였다.

옆에 놓인 또 하나의 칼. 그건 9분조가 만든 것이었다. 날은 똑바로 펴지지 않았다. 비틀린 채 얇게 늘어난 데다 끝부분은 열을 견디지 못해 잿빛으로 변색 되어 있었다. 성진이가 고철 더미에서 들고 온 버려진 식칼보다 못했다. 주둥이는 두 칼끝을 공중에서 휘돌리며 탄복했다.

"히야. 하나는 예술이고, 하나는 투쟁이구나."

누구도 입을 먼저 열지 못했다. 담금질도 끝난 열기만이 식어가고 있었다. 가수가 고개를 들었다.

"카츠치카 도공님… 백두대검 만들 때 보니까,"

그는 말끝을 다듬으며 기억을 더듬었다.

"달군 쇠를 볏짚이나 진흙에 박고, 식혀서 다시 불에 넣고, 맞장구치고, 펴고… 접고…"

그 말이 채 끝나기도 전에 주둥이가 저들이 금방 만든 조악한 쇠조각을 들어 올렸다.

"그렇게 해본 게 이거잖아."

그러면서 바다 중앙으로 던져 버렸다. 검은손도 걱정이 깊어진 표정이었다.

"아까 보니 소장놈이 많이 기대하던 얼굴이던데…"

주둥이가 애꿎은 도련님에게 불만을 돌렸다.

"그러게 넌 왜 인도로 가고 5세기까지 넘어가냐? 그 5세기에도 만드는 걸 우린 지금 못 만들고 있잖아."

도련님의 허리가 더 곧아졌다. 팔짱까지 끼며 큰소리 쳤다.

"그랬으니 남았지. 아까 못 들었어? 조직부장 놈이 쫓아낸다잖아."

도성진이 버려진 쇳조각에 시선을 두고 중얼거렸다.

"그냥… 계속 접어볼까요? 접다 보면 쇠가 하얗게 늘어나면서…"

주둥이가 그 말을 배듯 쏟아붙였다.
"엿 만드냐?"
모두의 표정에서 힘이 빠졌다. 조금 전까지 이어지던 열기가 바닥으로 푹 꺼졌다.

밤이 서서히 깊어가고 있었다. 가족세대가 모여 사는 토굴집 사이로는 인기척 하나 들리지 않았다. 하늘은 구름에 덮여 바람 한 점 없었다. 고요는 깊었다. 그 적막을 가르던 한 남자의 발소리가 멈췄다. 장찌엔의 집 앞이었다. 그는 문 앞에서 조심스레 귀를 기울였다. 손끝이 문고리에 닿는 찰나, 안에서 여자의 목소리가 새어 나왔다. 가장 먼저 들린 건 장찌엔 특유의 날 선 말투였다. 어둠을 뚫고 나오는 그녀의 말은 단호했다.
"우린 화교야. 쨰포들처럼 오면 끝이야? '비켜라, 중국 가겠다.' 이래도 된다니까.."
그 말이 채 끝나기도 전에 낮지 않은 음성들이 안에서 서로 엇갈려 흘러나왔다.
"여기 출신 화교가 중국 갔다는 소문이 없어…"
"이놈들이 중국 눈치 볼까?"
"만약 그랬는데 그것도 반역이라고 하면?"
장찌엔의 음성이 더 높아졌다.
"반역은 개뿔. 중국 종자가 조선에서 뭔 반역이래?"
긍정하는 목소리도 이어졌다.

"엊그제 들어온 혜산 아줌마가 그러는데 남조선에서 체육 올림픽 한다더래요. 거기에 중국이 선수들 보낸다고 했더래요. 그래서 지금 밖에선 강연회하고 난리라데요. 중국놈들은 혁명의 배신자라고."

"국경 경비대도 늘었다데요. 매일 강둑에서 중국 애들이랑 욕질한답디다."

남자는 숨죽이고 문틈을 살짝 벌렸다. 그 안을 가득 채우는 여자들의 목소리는 한 치도 꺾이지 않았다. 목소리는 나지막하나 결코, 낮지 않은 결기로 서로를 붙들고 있었다.

"60년대에도 그랬잖아. 우리 화교들, 귀화 안 했다고 배급 끊고 학교도 못 가게 하고."

"우리 애들, 왜 공부를 못했는데? 문화대혁명 때 평양에서 '모택동 만세' 불렀다고… 그때부터 대학 문이 아예 막혔잖아."

여자들은 한동안 말이 없었다. 장찌엔이 결론처럼 묵직하게 입을 열었다.

"우리가 누구야. 공자와 제갈량의 고향 산둥성 여자들이야. 오늘부터 남편들 다 설득해. 안 간다면 죽인다고 해. 차라리 제 식구 손에 죽는 게 낫지."

말이 끝났을 때 다시 방 안엔 정적이 내려앉았.

바깥의 남자는 문고리에서 손을 뗐다. 그는 그 문을 열지 않았다. 그저 그 밤을 뚫고 귀에 새겨진 말들을 가슴속으로 천천히 밀어 넣고 있었다.

다시 목소리들이 들렸다.

"……그래도, 조용히 해야 해요. 믿을 만한 사람한테만… 비밀로 모아야죠."

목소리들 속엔 희망과 두려움이 겹쳐 있었다.

장찌엔이 일부러 크게 말했다.

"뭔 비밀이야? 우리가 수령님 싫어서 간대? 고향 가서 수령님 그리워하며 살겠단 건데, 그게 무슨 죄야."

그때였다. 문밖에서 짧은 헛기침 소리가 들렸다.

"어험."

인기척에 방 안의 공기가 단숨에 줄어들었다. 문이 열리며 남자가 부엌으로 들어서자 여자들은 빠져나갈 구멍 앞에 줄을 선 것처럼 문가로 모여들었다.

"아버..지."

장찌엔이 아버지 장덕화 앞을 막아서며 애매하게 불렀다. 하지만 장덕화는 방안으로 성큼 들어섰다. 순간, 집 안에 있는 사람들 중 가장 무거운 존재가 됐다. 여자 수용자 셋은 말없이 눈빛을 교환하며 그의 주변을 피해 밖으로 나갔다.

장찌엔은 밖으로 따라 나가 그들과 몇 마디 더 주고받은 뒤 집안으로 들어왔다. 방안엔 딸과 아버지, 단둘만 남았다. 장찌엔은 팔짱을 낀 채 벽에 기대어 섰다. 아버지의 표정만 봐도 여자들 대화를 엿들은 것이 틀림없었다. 어두운 전등 불빛은 장덕화의 얼굴을 깊게 비추고 있었다. 그는 먼저 입을 열지 않았다. 대신 무거운 대화를 나누자는 의미로 부엌문을 닫았다.

낮게 드리운 전등 아래 그의 그림자는 탁자 위로 번졌다. 그림자는 오래된 무늬처럼 벽지를 타고 흘렀다. 벽시계의 초침 소리는 그 위에서 마른 물방울처럼 톡톡 떨어졌다. 장찌엔은 벽에 등을 기대선 채 스르륵 미끄러져 앉았다. 말이 오가기도 전에 두 사람 사이엔 오래된 생각들이 먼저 주저앉아 있었다.

"아버지도, 좀 있으면 일흔이야."

딸이 먼저 입을 열었다. 그 목소리는 지극히 메말랐다. 그러면서도 그 밑자락엔 조용한 간청이 깔려 있었다. 부드럽지도 격정적이지도 않았다. 다만, 오래 품어온 속을 꺼내는 굳어진 것이었다.

"여기서 백 살까지 살 거야?"

장덕화는 고개를 돌렸다. 딸의 얼굴을 정면으로 마주하기 어려운 회피이면서도 동시에 대답을 피하는 침묵이기도 했다.

"난 나갈 거야. 어떻게 해서든. 옛날이랑 지금의 난 달라."

다르다는 딸의 말에 장덕화도 더는 침묵하지 않았다.

"너 있고, 애도 있는 거지. 근데…"

그는 말끝을 끌며 입술을 깨물었다.

"이놈 법이 어디 그래? 엄마나 애, 둘 중 하나잖아."

그 말에 장찌엔은 입을 다물었다.

한순간, 방 안의 시간도 정지한 듯했다. 그녀는 앉은 채로 아버지 쪽으로 조금 더 다가갔다.

"난 화교야."

또박또박, 짧은 문장을 썼다.

"이놈들 법대로 안 살 거야."

말은 담대해도 눈동자는 흔들렸다. 그 떨림은 고집이나 분노가 아니라 오랜 갈등과 슬픔에서 비롯된 것이었다. 장덕화는 순간 흠칫했다. 20년 전 아내가 남편의 팔을 뿌리치고 압록강을 넘을 때도 똑같은 눈빛이었다. 무언가를 끊어내야만 살아남을 수 있었던 결연한 눈빛이었다. 그날의 아내 얼굴을 지금 딸에게서 보았다. 그는 길게 한숨을 내쉬었다.

"어떻게? 애 아빠도 죽었다며…"

말이 다 끝나기도 전에 장찌엔의 얼굴이 일그러졌다. 두 눈이 벌게지고 입가가 미세하게 떨렸다.

"아부지! 애 아빠 소린 왜 해! 나만 있어? 내 뱃속의 아이도 들잖아!"

그녀는 거의 외치듯 말했다. 목소리엔 억눌려온 서러움과 폭발 직전의 분노가 뒤섞여 있었다. 울음을 참으려는 사람 특유의 숨소리와 무너짐을 억제하는 턱 끝의 긴장이 뚜렷했다. 두 사람 사이에 놓인 말들이 모두 멈추더니 이제는 말이 아니라 체온만이 남아 있었다.

그들은 같은 집 안에 앉아 있으면서도 각자 다른 슬픔과 시간 속에 웅크리고 있었다. 미래를 향해 무너지고 있는 딸과 과거 속으로 천천히 주저앉고 있는 아버지가 있었다.

오후 시간, 산에서 일하는 공동작업장을 찾았던 소장은 보위부 식당 수용자들을 보게 됐다. 그 속에 서련화도 보였다. 그들은 산나물과 밤을 받아가기 위해 왔다. 최종배는 남자들을 시켜 밤을 몇 마대 따도록 했다. 홍신영은 가족세대 여자들에게 더덕과 도라지, 두릅나물을 캐놓도록 했다. 소장은 땀 흘리는 서련화가 애처로웠다. 그는 야장간으로 급히 사람을 보냈다. 주둥이를 데려오되 만담을 준비해서 오도록 했다. 서련화를 위한 만담이라 특별히 "춘향전"이라고 주제까지 정해주었다.

"작업시작!"

사람들은 역시 소장이 오니 휴식한다며 좋아했다.

잠시후 9분조가 등장하자 여기저기서 감탄이 터져 나왔다. 그들을 쳐다보는 2분조 여자들은 저들끼리 둥글게 좁혀 앉았다. 서로 꼭 잡는 손들에는 야릇한 힘이 실려 있었다. 주둥이를 보자 반갑기는 남자들도 마찬가지였지만, 여자들이 더 좋아했다. 어떤 여자들은 괜히 수줍어하며 서로 팔을 쿡 쿡 찔러댔다.

"주둥이다. 주둥이 왔다!"

"소문에는 독립조 갔다던데."

"양어장이래"

"아니야. 토끼장이래."

지쳤던 수용자들의 입가에 다시 웃음기가 맺혔다.

그날은 날씨도 좋았다. 다른 날보다 산에서 터지는 박수 소리는 더 높았다. 발아래 수용자들을 쭉 둘러보는 주둥이의 시선은 민유정에게서 멎었다. 공터 왼쪽에는 소장과 최종배. 홍신영이 앉았다. 그들의 뒤에는 밤과 산나물 마대가 놓여 있었다.

오른쪽에는 수용자들이 비좁게 몰려있었다. 서로의 무릎과 어깨가 겹쳐졌다. 9분조는 맨 뒤에 서 있었다. 마치 주둥이란 인재를 직접 키워낸 스승 집단처럼 하나같이 거만한 표정이었다.

　유독 도련님만 불안한 표정으로 가족세대를 기웃거렸다. 며칠 동안 박해순 얼굴이 보이지 않아서였다. 그런데 오늘도 그녀는 또 보이지 않았다.

　소장도 슬그머니 여자들 쪽으로 돌아앉으며 서련화를 흘끗 보았다. 그녀는 등받이가 있는 의자에 앉은 것처럼 허리를 반듯하게 세우고 있었다. 팔도 다리도 단정히 모은 자세였다. 표정은 없었지만 벌써 귀를 기울이려는 노력으로 땅을 보며 눈을 깜빡이었다.

　주둥이는 입을 열기 전, 짧게 숨을 고르며 시선을 천천히 돌렸다. 그 움직임은 마치 마음속 어딘가에 가라앉은 감정을, 혀끝까지 끌어올리기 위한 채비 같았다. 그가 다음 말에 닿으려는 그 찰나, 혀가 멎었다. 숨이 털컥 꺾였다. 시선 끝에서 무언가가 걸렸다. 공터 왼편, 사람들의 시야 밖에서 감시반원들이 발끝으로 살금살금 최종배 뒤에 접근하고 있었다. 다시 보니 그들은 분명 담배를 훔치고 있는 중이었다. 그 앞에 서 있던 홍신영이 고개를 돌리려 하자 주둥이는 곧장 목소리를 터뜨렸다.

　"제목은… 춘향전!"

　모든 시선이 일제히 그의 입술로 쏠렸다. 웃음과 긴장이 기이하게도 하나의 박수처럼 겹쳐서 터질 준비를 하고 있었다. 사람들은 숨을 들이켰는가 하면 벌써 입가에 웃음을 걸고 있었다. 그는 무대의 중심으로 한 걸음 나왔다.

　"춘향전?"

　주둥이의 첫 목소리는 잠시 의문처럼 울렸다.

"기생이 정조를 지켰다고? 내가 진짜 춘향전을 말해줄까?"

공터 곳곳에서 목소리가 터졌다.

"네에!"

"들려줘!"

"해줘. 주둥이!"

그는 무대가 바뀌듯 천천히 원을 그리며 몸을 회전했다. 동그랗게 그린 그 선 안으로 사람들의 기대가 몰렸다. 마침내 몸을 멈추고 한쪽 손을 뻗으며 외쳤다.

"'저년을 매우 쳐라!'"

그 울림과 동시에 최종배 옆의 담배가 사라졌다. 감시반 두령과 두목이 그 현장에서 다급히 물러나며 주둥이를 향해 엄지를 치켜들었다. 그는 고개를 한 번 끄덕이고 다시 자신만의 목소리로 돌아왔다.

"사또 변학도 앞에서 형틀에 묶인 건 이쁜 춘향이가 아니었어. 춘향이 어머니, 늙은 월매였지."

이어지는 주둥이 말투는 장단을 탔고 목소리는 마치 극 중 인물들처럼 남녀로 갈라졌다.

"'너 이년! 누구 마음대로 딸을 그 따위로 키웠느냐!'"

"'아이고 사또양반, 그 미친년이 내 말을 듣긴 합니까요!'"

익살스럽고 찰진 억양에 공터 곳곳에서 숨죽인 웃음이 들썩이며 피어올랐다.

주둥이는 흐름을 놓치지 않았다.

"그 시각 춘향이는 광한루에서 술을 따르고 있었지. 남원 양반들 다 휘어잡고서 술창고, 고기창고, 식량창고 열쇠가 다 그 여자 손에 있었어. 광한루는 춘향이 직장이었거든. 사실 그래서 잡혀왔던 거야."

사람들이 키득거렸다. 도련님은 계속 불안하게 2분조 여자들 주변을 살폈다. 그 무렵, 소장의 눈이 무대가 아닌, 무대 가장자리에 앉은 여자를 스쳤다. 서련화였다. 그녀의 자세는 왠지 불안해 보였다. 숙여진 고개가 살짝 옆으로 비껴 있었다. 주둥이는 다시 목에 핏대를 세웠다.

"'너 이년! 아무리 기생이라도 이 고을 양반들을 다 꿰차?'"

"'아이고 사또님. 꿰차다니요. 난 님이 있는 여자요!' 기생이 갑자기 정조 타령을 하니까 사또가 괘씸해서 곤장 30대를 내렸어."

웃음이 퍼지려던 찰나, 주둥이는 사람들의 시선을 이끌고 고개를 홱 돌렸다.

"그 순간, 남자 감옥 저편에서 목소리가 들렸어. '암행어사 출도요!'"

그 목소리는 공터 전체에 메아리쳤다. 그 울림이 잦아들 무렵, 주둥이는 수용자들을 향해 시선을 돌렸다.

"그게 누구였게?"

사람들이 각자 소리쳤다.

"몽룡이요!"

"이몽룡!"

"춘향이 남편!"

하지만 주둥이는 고개를 절레절레 흔들었다. 천천히 뭔가를 바로잡겠다는 동작이었다.

"그래. 전해지는 춘향전에선 그랬지. 하지만 사실은 달라."

말이 바뀌는 순간, 사람들의 기대가 다시 쏠렸다. 주둥이는 낮은 목소리로 비밀처럼 속삭였다.

"과거에서 낙마한 이몽룡이었어. 실제는 거지가 돼서 전국 팔도 떠돌며 암행어사 사기를 치다가 잡혀 왔던 거야."

웃음은 한 방에 쏟아졌다. 주둥이는 쉿! 입에 손가락을 세웠다. 그 동작조차 익숙하고 노련했다.

"이몽룡은 감옥에서 편지를 썼어. '향단아, 방자놈이 훔쳐간 내 보따리 좀 찾아줘라…'"

그 한 줄이 끝나자마자 공터에 웃음이 한 번 더 세차게 터졌다. 무릎을 치는 사람도, 웃음을 참지 못해 등을 휘청이며 어깨를 들썩이는 이도 있었다. 주둥이가 다음 대사를 꺼낼 때에는 모두가 알아서 조용해졌다. 이젠 그들만의 리듬이 생겨나 있었다.

"춘향이도 옥중 편지를 썼지. '사또님. 수청을 들라면 말로 하시지. 왜 자꾸 여자를 때리십니까.'"

익숙한 이야기의 탈을 쓴 낯선 대사였다. 사람들은 이미 터진 웃음 끝을 부여잡고 귀를 바짝 세웠다. 그 침묵을 뚫고 주둥이의 목소리는 더 뚜렷하게 이어졌다.

"달밤이었어. 춘향이와 변학도, 둘이 마주 앉았지."

한 박자 쉬고, 그의 눈매가 반쯤 감겼다.

"기생이잖아. 웬만한 양반은 그냥 다 넘겼을 텐데… 문제는"

주둥이는 몸을 앞으로 기울였다. 목소리를 낮추었다. 눈썹을 치켜올리며 속삭이듯 말했다.

"이 변학도가 세상 변태였던 거야."

공터 곳곳에서 킥킥대는 기운이 올라왔다. 그는 단단히 준비해 둔 목소리로 사또의 흉내를 내기 시작했다. 목을 치켜세우고 말투에 권위를 실었다.

"'자고로 여자는 몸을 벗는 게 가장 쉬운 것이거늘. 난 정조가 있는 남자이거니. 속은 입고 겉만 벗는 여자와 절대로 몸을 섞지 않을 것임에. 내 앞에선 생각도 벗고, 말도 벗어야 하느니라.'"

이번에는 춘향이의 말투로 돌변했다.

"'사또님. 몸은 벗어봤어도… 생각과 말은 어찌 벗는 것입니까? 이 춘향은 아무리 벗어봤어도 그런 건 벗어본 적 없사옵니다.'"

주둥이는 갑자기 손에 든 몽둥이를 높이 들어 올렸다.

"'여봐라! 밖에 누구 없느냐! 이년이 안 벗겠단다!'"

순간, 공터 전체가 웃음에 휩싸였다. 그 짧은 폭소의 순간을 놓치지 않고 주둥이는 바닥에 주저앉더니 온몸을 눕히고 끌려가듯 손을 길게 뻗었다.

"춘향은 끌려가면서도 이렇게 외쳤지. '이 몸이 죽고 죽어, 일백 번 고쳐 죽어, 백골이 진토 되어, 넋이라도 있고 없고.'"

그러던 그가, 갑자기 얼토당토않은 목소리로 외쳤다.

"'암행어사 출도요! 사기꾼 이몽룡이 감옥에서 춘향과 사또를 보고 소리쳤어. 암행어사 출도요!'"

사람들은 춘향의 백골타령에 이어 그 얼빠진 '출도' 목소리에 또 한 번 터졌다. 웃음이 다시 파도처럼 번지자 주둥이는 손을 들었다.

"다음날, 춘향이 엄마가 또 맞았어. '아이고 춘향아. 기생이 갑자기 정조라니, 그게 무슨 말같지 않은 소리냐! 살아남아야 사랑이다.' 춘향이 엄마 이름은 그렇게 매달 얻어맞아서 월매가 된 거야."

그 말에 먼저 웃음을 터뜨린 건 소장이었다. 그 와중에도 자꾸만 서련화를 흘끗거리며 살폈다. 웃으면서도 어딘가 미안한 기색이었다. 서련화는 웃지 않고 있었다. 그녀의 두 뺨이 조금 붉게 물들어 올라와 있었다. 고개는 여전히 단정한 각도로 내려가 있었다.

주둥이는 갑자기 수용자들을 향해 눈을 부릅떴다.

"너희들 생각해봐. 엄마보다 자기 딸을 더 잘 아는 사람이 어디 있겠어? 월매도 맞다 보니 황당했던 거지. 춘향이와 이몽룡이 천생연분? 아니야. 감옥 연분일 뿐이야. 그럼 춘향이가 왜 갇혔냐고? 기생답게 벗을 건 다 벗었는데 변태 변학도는 그냥 안 벗었다잖아!"

그는 한 걸음 내디뎠다.

"치마를 벗어도 안 벗었대. 빤쯔를 벗어도 더 벗으래. 말도 벗으래, 감정도 벗으래."

그는 한동안 입술을 꾹 눌렀다가 형틀에 묶인 춘향이가 된 듯 온몸을 긴장시킨 후 외쳤다.

"우와아! 끝내 춘향이가 머리 뚜껑이 열려서 변학도에게 꽥 소리쳤어!"

순간, 그는 윗옷을 탁 벗었다. 피맺힌 외침처럼, 주둥이의 목소리가 공터를 가르며 터졌다.

"'이 씨발! 할 거면 빨리 하던가! 안 할 거면 그냥 놔주시던가!'"

웃음소리가 일제히 솟구쳤다. 서련화는 처음엔 고개 아래로 숨듯 피했지만, 입가에는 묘한 곡선이 그려지고 있었다. 어깨가 미세하게 떨렸다.

"그러자 남자 감옥에서 사기꾼 목소리가 또 들렸어! '암행어사 출도요! 암행어사 출도요!'"

서련화의 어깨가 아예 앞뒤로 흔들렸다. 그녀는 마침내 웃음을 터뜨리고 있었다. 한동안 꼭 다물었던 입술 끝이 풀렸고 표정이 무너졌다. 소장도 고개를 젖히며 웃었다. 사람들은 난데없는 암행어사 외침에 다시 한번 크게 웃었다. 이제는 수용자도, 군인도, 감시자도, 연기자도 없었다. 웃는 사람들만이 있었다. 유독 도련님만 웃지 않았다. 그는 행여나 다른 여자들 분조도 하나하나 살폈다.

주둥이는 무대의 마지막을 장식하듯이 사또, 월매, 춘향, 이몽룡의 목소리로 차례차례 바꾸며 연기했다.

"'이년아! 수청을 들라 했는데 아직도 안 벗을 테냐? 벗지 않고 목숨이 붙어 있을 것 같냐!'"

사또에 이어 월매였다.

"'아이고 사또양반! 우리 딸이 벗는다잖소! 벗겠다는데 뭘 자꾸 자꾸 또 벗으란 거요!'"

춘향이처럼 몸을 떨며 읊조렸다.

"'이 몸이 죽고 죽어, 일백 번 고쳐 죽어, 백골이 진토되어, 넋이라도 있고 없고…'"

마지막엔 역시나 뜬금없는 그 소리였다.

"'암행어사 출도요! 암행어사 출도요!'"

그는 암행어사 명패처럼 손을 들고 외쳤다. 그대로 퇴장하자 사람들은 박수치며 외쳤다. "암행어사 출도요! 암행어사 출도요!" 그날 작업이 끝나는 밤까지 수용자들의 입에서는 그 소리가 이어졌다. 주둥이의 만담이 끝나자, 웃음으로 부풀었던 공간은 이내 가라앉기 시작했다.

"빨리 일어나! 빨리 작업장 들어가!"

홍신영은 가족세대 여자들을 다그치며 자리를 일으켰다. 그 와중에 도련님은 2분조로 향했다. 그녀들은 도련님을 보자 다같이 돌아섰다. 피하려는 기색이 역력했다. 도련님은 장찌엔 앞으로 뛰어가 막아섰다.

"해순이한테… 무슨 일 생겼어? 왜 오늘도 안 보여?"

그 음성마저 목 안에서 걸리며 나왔다. 장찌엔이 그를 바라보다 눈을 내리깔며 말했다.

"에이… 말 안 하려고 했는데."

그러고는 한숨 쉬며 단도직입적인 말이 나왔다.

"걔… 다 죽게 생겼어."

도련님의 얼굴에서 피가 서서히 빠져나가는 듯했다. 눈동자가 멈추지 않고 흔들렸다. 입술은 바짝 말랐다. 그 침묵 사이로 민유정이 조심스레 끼어들었다.

"영양실조 너무 심하게 와서요. 혹시 몰라서… 우리가 교대로 밤마다 붙어 있어요."

"아니… 왜… 영양실조가 와요?"

도련님의 목소리는 믿을 수 없다는 듯 허공을 더듬었다. 마치 자신이 잘못 듣기를 바라는 듯 되물었다.

"자기 말로는 그랬어. 가마치도 자주 먹는다고…."

그 말에 장찌엔은 목소리를 높였다.

"가마치가 그냥 생겨? 사고는 많은데, 수혈해 줄 피가 없으니 관리소에서 여자들한테 피를 요구하는데, 누가 피를 뽑아? 그깟 가마치나 주는데."

도련님은 얻어맞은 것처럼 그 자리에 멍하니 섰다. 누가 봐도 그는 지금 속에서 부서지고 있었다.

"나도 얼마나 말렸는데요."

민유정은 자기반성 하듯 말했다.

"아버지 불쌍하다고, 피 뽑고…."

"언제야? 2월인가? 그땐 가마치로 누명 벗긴다고… 나참. 그게 말이나 돼?"

장찌엔의 말은 도련님의 가슴에 대못을 쾅 박았.

김상미의 말이 차갑게 덧붙여졌다.

"피 뽑아봤자 가마치도 얼마 안돼요."

도련님의 눈이 흐려졌다. 말을 잇지 못한 그는 고개를 떨구었다. 두 발을 끌며 돌아섰다. 걸음은 빨라지고 어깨가 떨렸다. 몸보다 무너진 마음이 앞질러 뛰어가고 있었다.

"도련. 도련님. 야!"

가수가 몇 번이고 외쳐보았지만, 그는 이미 멀어지는 그림자였다. 도련님은 그 누구보다도, 자기 자신에게서 도망치고 있었다. 발밑의 마른 흙이 산산이 부서졌다. 눈물은 입술을 타고 흘러내려, 목덜미를 지나 가슴 깊은 곳까지 파고들었다.

"내가… 내가 해순이 피를 먹었어…!"

그의 떨림이 들판을 울렸다. 발이 허공에 걸려 넘어졌다. 그 채로 땅 위에 두 무릎을 꿇었다.

멀리, 해가 지고 있었다. 산등성이 너머로 피처럼 붉은 노을이 피어올랐다. 그 빛은 들판을 지나 하늘 전체를 적셨다. 그 노을 아래에서 그는 울부짖었다.

"그동안 내가…!"

고개가 뒤로 젖혀졌다. 붉게 불타는 하늘이 그의 눈동자에 와르르 쏟아졌다.

"해순이 피를… 해순이 피를 먹었어… 아! 아! 아아아아아아!"

그 절규는 땅을 가르고, 들판을 찢고, 하늘로 날아올랐다. 그 길로 도련님은 곧장 박해순의 집으로 달려갔다. 문을 벌컥 열고 들어서자, 해순이는 창백한 얼굴. 말라붙은 입술로 누워 있었다. 그녀는 무언가를 기다리다 지친 눈으로 천장을 바라보고 있었다.

도련님은 아무 말 없이 그녀를 안았다. 한참을 그러고 있었다. 그녀가 살아있다는 것을, 그 안에 아직 온기가 있다는 것을, 자신의 품으로 확인하고 싶었다.

다음 날 아침. 도련님은 수혈실로 맨 먼저 들어가 팔을 걷어붙였다. 하나둘씩 9분조원들이 따라 들어왔다. 누구도 묻지 않았다. 누구도 말하지 않았다. 그들은 줄지어 앉아 팔을 내밀었다. 그들이 받은 건 달걀 5알과 누룽지였지만, 그것은 피의 연대였다.

그날 이후 9분조는 밤을 새웠다. 혁명화를 맹세하며 자진해서 '야간전투'를 벌였다. 하루는 냄비를, 다음날은 대야를 만들었다.

그들은 그릇과 음식을 맞바꾸었다. 손에 넣은 음식은 모조리 박해순 몫이었다.

도성진은 돌대가리와 함께 가족세대 구역을 뛰어다니다 염소목장을 발견했다. 그는 자기의 새 신발 한 켤레를 내어주고, 염소젖을 얻어왔다. 도련님은 그 젖으로 죽을 쑤었다. 한 입, 또 한 입, 순가락에 떠 박해순의 입에 넣었다. 도련님의 입가엔 미소가 떠올랐다. 아기에게 밥을 떠주는 엄마 흉내도 냈다. 박해순은 뜨겁지도 않은데 고개를 돌렸다. 그리고 그 옆에서 울었다.

2분조 여자들도 밤을 새우며 해순이를 간호했다. 장찌엔은 부엌에서 불을 지폈다. 야장간 남자들이 구해온 돼지 뼈를 가마에 넣었다. 그녀는 그것을 푹 고아 뼛국을 끓였다. 기름이 빠지고 뽀얗게 우러난 국물은 마치 우유 같았다. 그날 밤. 박해순의 얼굴에는 잔잔한 숨결이 내려앉아 차분해졌다.

저녁 해가 천천히 기울고 있었다. 관리소 본부 건물에도 하나둘 불이 들어왔다. 높은 담장 밑에 서 있는 한 사람의 그림자가 길게 드리워졌다. 그림자는 미동도 없이 땅 위에 박혀 있었다. 도련님이었다. 그는 손을 바지 주머니에 밀어 넣었다.

오래된 기억을 꺼내듯 쪽지를 꺼내어 펼쳤다. 종이는 바스락거렸다. 모서리는 이미 해졌다. 필체는 흐릿했지만, 그 글씨는 박해순의 것이었다. 그녀는 몸이 좀 회복되며 말할 기운을 찾자 쪽지의 행방부터 물었다. 그것이 어디 있는지, 아직 간직하고 있는지. 전달했는지... 그녀에겐 단순한 삼촌 집의 주소였지만, 도련님에겐 이젠 사랑의 언약서가 됐다.

그는 그 쪽지를 바라보다가 주먹 안에 움켜쥐었다. 자기 심장의 박동수를 세며 지휘부 보초를 향해 걸어갔다. 몸이 앞섰고 두려움은 뒤에 남았다. 정문의 보초는 죄수가 제 발로 걸어오는 모습에 당황한 표정을 지었다. 총구를 들어 보였다.

"야. 여기가 어딘 줄 알고."

도련님의 당당함은 멈추지 않았다. 고개를 들고 정면을 보며 대답했다. 목소리는 전혀 머뭇거림이 없었다.

"소장 선생님께서 불러서 왔소."

보초는 한 걸음 앞으로 나섰다. 죄수의 얼굴을 다시 살폈다.

"나, 리종옥 부주석 아들, 리만수요."

보초가 더 묻기 전에 도련님은 그 앞을 쌩 지나쳤다. 뒤도 돌아보지 않았다. 처음이었다. 누구의 도움도 없이, 누구의 허락도 없이, 자기 이름으로 실천한 한 걸음이었다.

정문을 넘어서자 모든 것이 달라 보였다. 마치 그의 몸에 어딘가 열쇠가 맞아 돌아간 듯 싶었다. 숨소리조차 가벼워졌다. 건물 안으로 들어서자 복도 저편에서 보위원 허니가 마주 왔다. 도련님은 그 앞에서도 거침없었다.

"소장 선생님께서 부르셔서 왔습니다. 방을 알으켜주십시오."

보위원은 습관적인 의심으로 아래위를 훑어보았다. 죄수의 턱은 조금도 처지지 않았다. 어깨는 쫙 펴져 있었다. 눈빛에도 상당한 설득력이 있었다. 보위원은 망설이다가 직접 그를 안내하기로 했다. 소장에게 잘 보이려는 마음도 있었다. 문 앞에 이르자 그는 두 번 노크한 뒤 거수경례를 붙였다.

"소장동지! 소장동지께서 호출하신 죄수를 데려왔습니다. 운수참모 리—"

소장이 인상을 찌푸렸다.

"뭐라고? 내가?"

그가 눈을 치켜뜰 때 문틈 너머에서 도련님의 얼굴이 불쑥 나타났다.

"뭐야, 저놈은?"

소장은 놀라 일어서기까지 했다. 도련님은 뻔뻔하게 들어와 방 한 가운데에 멈춰 섰다. 운수부 군관이 문을 닫고 나갔다. 둘은 책상을 사이에 두고 마주 앉았다.

소장은 부주석 아들을 찬찬히 뜯어보았다. 놈은 유서라도 전달하려고 온 사람 같았다. 온갖 마지막을 다 구겨 넣은 표정으로 담배갑을 보고 있었다. 정작 둘이 따로 앉으니 그의 존재 너머에 있는 부주석과의 관계가 더 잘 풀릴 것 같았다.

"한 대 펴."

담배갑과 라이터를 밀어주자 놈은 의외로 고개를 깊이 숙였다.

"안 피우겠습니다. 아무것도… 생각나지 않습니다. 하고 싶은 것도 없습니다. 그냥… 죽고 싶습니다."

소장의 주름이 깊어졌다. 담배도 거부하는 정도면 정말로 최후의 감정까지 포기한 것 같았다.

"인마, 너 말이야. 네가 여기서 허튼 짓 하면…그건 두 번 반역이야. 알어? 그럼… 네 아버지는 어떻게 되겠냐?"

그 말에 정곡을 찔린 사람처럼 도련님은 등을 구부리며 울먹였다.

"그래서… 그래서 아버지 목소리만 듣고 싶습니다. 그러면 십 년은… 십 년은 버틸 것 같습니다."

"이놈아. 아무튼 혁명화 잘 마치고 사회에 나가서 지금 못한 효도를…"

"전화로만 들어도…정말… 원이 없겠습니다. 언제 끝날지도 모를 여기서…"

라이터를 가져오던 소장의 손이 멈추었다. 자기가 말을 잘못 들었는가 싶어 고개를 갸웃했다.

"뭐? 너 지금 전화라고 했어?"

"네. 어제는 정말… 죽고 싶었습니다. 죽으면… 아버지가 이곳 사람들을 얼마나 미워하시겠습니까. 제가 여기 15호에서 건빵 얻어먹은 것도 모르고 말입니다…"

소장은 헛기침하며 코를 훌쩍였다. 비웃음 섞인 목소리로 말했다.

"15호에서 줬어? 인마… 내가 준 거야. 그걸 아직도 몰랐냐? 아무튼…"

도련님의 목소리는 계속 흐느꼈다.

"고맙습니다. 아버지는 그 사실도 모르고… 제가 죽으면…죽으면…"

그는 당장 숨이 넘어갈 것처럼 말을 잇지 못했다.

소장은 의자 등받이에 팔꿈치를 올리고 등을 기댔다. 그리고 담배를 몇 번 더 깊이 빨아들이다가 재떨이에 비벼껐다. 수화기를 들었다.

"교환이야? 너 누구야?…응 너 마침이다. 평양시 전화국으로 연결해…"

소장은 수화기를 손으로 막고 도련님을 향해 몸을 기울였다.

"이놈아. 내가 옷 벗을 각오로 딱 한 번 사회 전화 연결해주는 거야. 대신… 말 잘해야 돼."

노트와 볼펜을 도련님 앞에 던져 놓았다.

"아버지 사무실 전화 적어."

그렇게 그는 부주석과 아들을 불법으로 연결해주었다. 수화기를 건네는 순간 소장은 후회했다. 고개를 숙이고 계속 운 줄로만 알았던 도련님 얼굴이 바짝 말라 있어서였다.

"새끼…"

소장은 중얼거리며 담배 한 대를 물었다. 하지만 도련님은 아버지와 통화가 시작되자 북받친 설음으로 통곡했다.

"아버지! 아버지!"

연속 부르는 그의 목소리는 어린애 같았다. 도련님은 마치 자신이 15호 담 밖으로 나간 것만 같은 착각 속에서 더욱 오열했다. 그 울음은 어깨부터 시작해 무릎까지 흔들었다. 수화기를 쥔 손은 덜덜 떨렸다. 말은 흐느낌 속에 묻혔다. 소장이 내민 노트를 읽을 때도 발음이 흩어졌다.

"감… 감대선…"

소장은 속삭였다.

"강태석이야, 이놈아."

"강대석…"

"아니. 강. 태. 석."

드디어 도련님은 발음을 제대로 뱉어냈다.

"강태석"

그보다 도련님이 더 신중하게 여러 번 반복한 것이 있었다. 박해순의 삼촌 집 주소였다.

"그 친구… 그 집에 맡겨둔 짐…꼭 좀 찾아줘요. 아버지가 직접 가요. 꼭…"

그는 몇 번이고 같은 말을 반복했다. 수화기를 내려놓았을 때 도련님의 손등은 축축했다. 소장은 그의 등을 두드려주었다.

"울지 마. 인마 힘내. 아버지와 통화도 했는데"

위로 같으면서도 사실은 제 이름 발음을 잘했다는 칭찬이었다. 소장은 자리에서 일어나 책상 위를 정리했다. 모자를 쓰며 무심히 말했다.

"이젠 가. 전화했으니 됐지?"

하지만 도련님은 일어나지 않았다. 오히려 의자에 더 깊숙이 파고들었다. 소장은 의아하게 쳐나보았디.

"안 가? 일어나야지 이놈아"

도련님은 움쩍도 하지 않았다. 대신 고개를 무겁게 옆으로 돌리며 혼잣말로 중얼거렸다.

"뭐라는 거야. 저놈"

"…다.. 암…배…"

"뭐라고? 발음 똑바로 해. 발음."

도련님은 좀 더 선명하게 말했다.

"담배 한갑만 주시면 다시는 딴 맘 먹지 않겠습니다"

그 말을 붙들고 흘러내리는 그의 등짝으로 담배 한갑이 던져졌다.

같은 시간 도성진은 김상미와 가족세대 골목에서 함께 있었다. 김상미가 내민 것은 신발 깔창이었다.

"이거 뭐야?" 그는 멋쩍어했다.

"신발 깔창." 김상미가 별치 않게 말했다. "내가 준댔잖아." 그 말투엔 뿌듯함이 묻어 있었다.

도성진은 깔창을 매만졌다. 얇고 폭신한 천 사이사이에, 김상미의 체온까지 바느질로 박아둔 것 같았다.

"고마워. 너는?"

"나? 나 뭐?"

"너 갖고 싶은 거. 뭐냐고."

김상미는 피식 웃었다. 그 미소는 장난 같기도, 쓸쓸한 기대 같기도 했다.

"치."

그녀가 작은 어깨를 살짝 으쓱였다.

"넌 절대 못 해주는 거야."

"그게 뭔데?"

"우표 편지."

그 말에 도성진의 손이 맥없이 내려앉았다.

"우표 편지…?"

"응."

그녀의 시선은 먼 데를 향했다. 달빛 너머, 담장 밖 어딘가를 바라보았다.

"내가 갇혀 사는 게 아니라… 남들처럼 세상에서 자유롭게 산다는 증거잖아. 나중에 애인 생겨도, 우표 붙은 편지로 고백받을 거야. 그래야 진짜 같을 거 아냐."

"그 편지에 우표가 없으면?"

도성진의 그 질문은 어딘가 죄지은 사람의 고백처럼 들렸다. 김상미의 먼 시선이 점 점 내려와 도성진의 뒤 어딘가에 머물렀다.

"없으면… 그럼 좀 슬프겠지…"

말을 마친 그녀는 도성진을 가볍게 밀었다.

"얼른 신어 봐."

도성진은 얼른 허리를 숙였다. 신발 끈을 풀고, 깔창을 조심스럽게 끼웠다. 받기만 해야하는 여자의 선물이라 한짝만 신었다.

"두 짝 다 해봐"

"아니야. 한 짝만 해도 알아."

"맞아? 어때?"

"맞아. 꼭 맞아."

"진짜?"

"응. 앞에 좀 부족하긴 한데… 일없어."

"어디 보자. 손 치워봐."
"됐어. 이거 말고…"
"손 놔. 왜 잡는 거야."
"잡아보자."
"손은 왜 잡아."

작고 서툰 그 접촉 뒤에 침묵이 잠깐 흘렀다. 무언가 새롭게 느끼는 박동 소리에 눌린 것 같았다. 그러나 그 순간은 오래가지 못했다.

"거기 누구야? 남자 여자 아니야? 네놈들 누구야!"

홍신영의 목소리가 어둠을 찢고 날아왔다. 목소리에 이어 발걸음 소리도 빠르게 다가오고 있었다. 도성진과 김상미는 순간 굳어졌다. 설레며 쿵쿵 뛰던 심장이 다른 쪽으로 기울며 뛰었다. 본래 심장으로 되돌려놓고 싶었다.

처음 떨려봤던 그 숨결, 망설임과 긴장이 공존하는 그 경지로 오르고 싶었다. 둘은 똑같은 마음으로 마주 보았다. 우표 없는 편지 한 장이 빠르게 오고 갔다. 상미가 먼저 손편지를 보냈다. 도성진이 답장으로 그 손을 잡았다. 둘은 웃었다. 손으로 이어진 성진이와 상미는 골목길로 냅다 뛰었다.

그들은 도망치는 것이 아니었다. 서로에게로 더 가깝게 마주 달려가는 중이었다.

"서지 못해? 어떤 놈들이야!"

뒤에서 홍신영의 고함이 날아왔다. 그 목소리는, 젊은 두 남녀에겐 오히려 웃음의 기폭제가 되었다. 이 골목 저 골목, 두 사람은 어둠을 가르며 달렸다. 발소리가 부딪히고 그 위로 웃음소리가 겹쳤다. 그 웃음은 이제 숨길 수 없는 그들만의 언어였다. 동시에 감정이고 분출이었다.

"서라! 어디야! 내 네놈들, 기어이 잡는다!"

독이 오를 대로 오른 홍신영의 고함이 왼쪽 골목 어딘가에서 울려 퍼졌다.

도성진과 상미는 방향을 바꿨다. 끝을 알고 장난치는 숨바꼭질이었다. 갈림길이 나왔다. 두 사람은 웃음을 참고 숨을 죽였다. 서로의 어깨에 숨결을 기대며 귀를 기울였다. 쫓아오는 그림자는 분노로 질주하고 있었다.

그때 상미가 하늘을 가리켰다. 홍신영 손전등의 불빛이 갈 곳을 잃고 허공으로 솟구쳤다가 허둥대듯 땅에 꽂혔다. 성진이 입가에 손을 모았다. 입을 벌리고 웃어댔다.

"하하하!"

그 외침이 밤공기를 가르며 멀리 울렸다. 난데없는 그 소리에 홍신영의 발걸음이 뚝 멈췄다. 고개를 좌우로 빠르게 돌렸다. 소리가 튄 방향을 찾으려 안간힘을 썼다.

"잡히기만 해봐라!"

이 골목인가, 저 골목인가. 그의 걸음은 갈팡질팡 흔들렸다. 눈빛이 일그러졌다. 발끝이 헛디뎠다. 그 사이에도 목소리는 이어졌다. 이번엔 상미가 남자 목소리로 웃어댔다.

"하하하"

곧이어 성진이가 다시 여자 목소리로 받았다.

"호호호!"

그 소리에 어느 골목에서 홍신영의 성난 고함이 터졌다. 목소리는 절박했다.

"잡히면 구류장이야! 아니, 네 놈들 내가 쏴죽일 거야!"

그러면서도 그의 손전등은 여전히 허공을 쑤시고 더듬으며 방황했다.

"하하하"

"호호호!"

그 울림이 솟구쳐 골목 위로 퍼졌다.

손전등의 불빛이 그 소리의 방향을 향해 덜컥 흔들렸다. 숨차게 뛰어오는지 그 빛은 빠르게 흔들렸다. 곧이어 발소리도 들렸다.

도성진과 김상미는 반대편 골목으로 뛰어갔다. 둘은 절대 손을 놓지 않았다. 서로의 손을 꼭 잡고 가볍게 날아갔다. 한참을 뛰다가 두 사람은 동시에 멈췄다. 이번엔 서로의 숨을 맞췄다. 호흡을 세 번 나눈 뒤 두 사람은 동시에 외쳤다.

"우릴 잡아봐라!"

둘이 함께 쏘아 올린 외침은 하늘을 찔렀다.

운동장은 이미 어둠에 깊숙이 잠겨 있었다. 달빛은 구름 사이로 찔끔 스며들 뿐이었다. 감시탑 위 조명만이 고독하게 밤을 지키고 있었다. 머나먼 하늘 저편에서 번개가 한 줄기 섬광을 그었다. 서늘한 바람이 두 사람의 뺨을 스치고 지나갔다.

주둥이가 무기처럼 신발을 벗어들었다. 조언이 시원치 않으면 손바닥이 아니라 신발짝이 날아간다는 협박이었다.

"야. 너 그거 언제까지 알려줄 거야?"

"뭘?"

"내가 말했잖아. 자유보다 더 쎈 말. 영어로 생각해서 알려달라고."

"자유면 자유지 더 쎈 말이 어디 있어?"

주둥이는 벌떡 일어서더니 엉덩이에 묻은 흙을 툭툭 털었다.

"있어. 같은 말이라도 봐봐, 배고픔, 기아, 굶주림. 허기, 얼마나 많아? 미국이 자유의 나라인데 더 많지. 지금부터 고민해서 내일까지 딱 알려줘."

말을 마친 그는 더 묻지도, 대꾸도 기다리지 않고 털레털레 걸어갔다. 도련님만이 홀로 운동장에 남겨졌다. 아니 버려진 것 같았다. 부탁을 들어주자니 영어가 막히고 거절하자니 자기 표정이 꽉 막혔다. 고민이 그의 턱에 주먹을 얹히게 했다. 그러다 문득 눈이 반짝였다.

저만치서 어슬렁어슬렁 낯익은 그림자 하나가 다가오고 있었다. 미꾸라지였다. 밝은 곳보다는 어둠 속에서 더 선명하게 보이는 놈이었다. 늘 뭔가를 오물오물 씹는 입매, 걸음은 느리지만 어딘가 들킨 도둑처럼 조심스러운 몸짓이었다.

도련님이 먼저 불렀다.

"야, 5번!"

미꾸라지는 설마 하며 주위를 두리번거리다가 도련님과 눈이 마주치자 너무 반가워했다. 주머니에 손을 찔러 넣고 어정어정 걸어와선 옆에 앉았다.

"너 영어 좀 알지?"

"너 유학생이었잖아."

"전문용어는 잘 모르지. 난 러어잖아."

"나도 다 까먹었지. 알고 싶은 전문용어가 뭔데?"

"나는 자유투… 아니, 프러포즈보다 쎈 말이 뭐야? 러브보다 더 쎈"

그 말에 미꾸라지의 눈썹이 희미하게 들썩였다.

"알려주면?"

도련님은 줄게 더 많은 사람처럼 여유있게 웃었다.

"담배 줄까 했더니."

그 순간 미꾸라지 눈동자 안에서 불똥들이 여기저기 뿌려졌다. 음식이나 담배 앞에서는 절대 늦지 않는 반사 신경이었다.

"알아 알아! 말해줄게."

도련님은 반신반의한 얼굴로 다시 물었다.

"뭔데?"

미꾸라지는 씨익 웃었다. 그러더니 씹던 껌처럼 툭 내뱉었다.

"…섹스."

도련님은 쓴 입을 다시며 고개를 끄덕였다. 그 표정엔 '너답다'는 포기가 깔려 있었다. 미꾸라지는 일어나 엉덩이를 흔들기까지 했다. 도련님의 목소리도 비아냥으로 흔들렸다.

"영어는 몰라도… 섹스는 안다."

도련님이 가 버리자 미꾸라지가 붙어 늘어진 껌처럼 말했다.

"담배는… 안 줘?"

그러자 멀어져가는 도련님의 입에서 요란하게 침을 뱉는 소리가 들렸다.

"에이, 저 더러운 입!"

갇혀 사는 15호 사람들이지만 각자의 사연으로 자신들의 밤을 만들어가고 있었다. 가족세대 사람들도 다르지 않았다. 배가 고프거나 마음이 공허한 사람들도 순간을 채우려고 노력했다.

벽 한쪽에 짙게 드리운 그림자 하나가 붙어 있었다. 돌대가리였다. 그는 그물채를 손에 들고 널빤지로 둘러막은 바닥 한쪽을 응시하고 있었다. 그 안에는 도토리 부스러기를 향해 슬금슬금 기어 나오는 쥐 두 마리가 있었다. 돌대가리는 순간적으로 그물채를 내리쳤다. 하지만 그의 동작보다 쥐들의 반응이 더 빨랐다. 쥐들은 틈 사이로 쏜살같이 사라졌다. 그는 멍하니 그 구멍 앞에 서 있었다. 눈에는 하루의 아쉬움이 다 들어있었다.

한편, 박해순의 집에서는 규칙적인 방망이 소리가 은은하게 이어지고 있었다. 아버지는 방안에 길게 누웠다. 해순은 그의 다리 위를 조심스럽게 오르내리며 방망이로 두드렸다. 손길은 기계적이었다. 그녀의 눈꺼풀은 짓누르는 졸음에 반쯤 내려앉았다. 그 소리는 벽을 타고 옆집으로 흘러들었다. 민유정의 집이었다. 그 방에는 김상미가 와 있었다. 유정은 상미에게 영어를 가르치는 중이었다.

"아이―러브―유."

상미는 어색한 웃음을 터뜨렸다.

"아이 할 때 아이요? 나도 아인데요? 히히."

"해봐. 세상에서 가장 아름다운 말이니까."

유정의 목소리는 또렷이 살아 있었다. 상미는 눈을 동그랗게 뜨고 쳐다보았다.

"정말요? 그럼 이 좋은 걸… 15호에서 우리 둘만 아는 거예요?"

민유정은 살짝 웃었다.

"알면서도 못하는 게 이 말이야. 남들은 살아 있으면서도 못하는 말이기도 하고… 지금 우리가 대단한 거야."

상미는 몸을 앞으로 내밀며 속삭였다.

"아이… 러브… 유."

소장은 일주일 동안 강원도 원산에 출장을 갔다 왔다. 밤새 차를 타고 와서 피곤할 법도 하지만 오후에 기분 좋게 출근했다. 조직부장은 평양으로 강습받으러 떠나고 관리소에 없었다. 소장은 정치위원 방에 들러 승전소식처럼 큰 목소리로 말했다.

"드디어 배로 도착했습니다. 내가 직접 원산항에서 콩기름 공장 기계설비들을 확인했습니다. 하하하"

그가 말한 콩기름 공장은 일본에서 들여온 최신식 시설이었다. 재일교포 수용자 하나를 혁명화에서 해제시켜준다는 조건으로 끌어들여 15호 수용소에서 유치한 프로젝트였다. 수용자를 만나는 것부터 혁명화 해제 심사 부서와 그 윗선의 설득까지 소장이 1년 넘게 공들여 성사하게 된 일이었다. 무엇보다 그 안에는 소장의 사심도 교묘하게 들어있었다.

그는 재일교포 수용자를 내세운 해제자 명단 한쪽에 서련화의 이름도 슬쩍 끼워 넣었다. 1차 명단에 이어 의도적으로 2차 명단에도 반복하여 언급되도록 조정했다. 명단 속 이름이 반복되면 '심사 필요성'이라는 명목이 생기기 때문이었다.

혁명화 해제심사 부서는 15호에서 작성한 명단을 토대로 수용소 현장 방문과 담화를 통해 결론을 내렸다. 관리소 추천권이라 해봐야 자체 재량으로는 연간 서너 명이 고작이었다. 그것마저 반역모의 적발, 탈출 시도 고발, 감시 업무에 적극적으로 협조한 수용자로 제한했다. 애당초 '혁명화를 얼마나 열심히 했는가'는 중요하지 않았다. 결국, 혁명화란 체제에의 협력 여부로 환산되는 숫자놀음이었다.

소장은 익히 잘 알고 있는 그 '보고'라는 메커니즘을 이용했다. 그리고 그 선 위에 자신의 입김을 태우기 위해 많은 엔화를 썼다. 국가보위부는 당조직지도부 직속이라 몇 다리만 넘으면 '제의서' 작성자에게도 연이 닿을 수 있었다.

"소장동무는 왜 이 명단에 집착하는 거요?"

소장의 적극적인 관심과 노력에 산부들이 의문을 가지고 물으면 그는 큰소리로 이렇게 말할 수 있었다.

"그 명단에 그 사람 재일교포가 들어가 있지 않습니까. 콩기름 공장 때문에 이 고생하는 거 아닙니까."

그런데 문제가 생겼다. 자기 방으로 들어와 앉기 바쁘게 전화통이 울렸다. 수화기를 들고 있는 소장의 얼굴은 점점 어두워졌다.

노여움과 예민함이 서류 더미 위에 덧쌓여 책상 위를 어지럽히고 있었다. 그는 전화 수화기를 쥔 채 벌떡 일어섰다. 이마에 맺힌 땀을 손등으로 문지르며 말을 고르려다. 결국, 참지 못하고 목소리를 높였다.

"부부장동지 그게 무슨 소립니까? 제가! 우리 15호가! 1년 공들여 가져온 콩기름 공장이 아닙니까? 원산까지 제가 직접 가서 확인했단 말입니다."

그의 말투는 '절규'에 가까웠다. 그럴 만도 했다. 그가 들여온 콩기름 설비들이 너무 최신식이라 문제가 됐다. 원산항의 수입 수출 명부를 확인하던 중앙당 간부가 국가보위부 15호가 쓰기엔 아까운 시설이라며 윗선의 결재를 받아 중간에서 화물을 낚아챘다.

소장이 꼬박 하루가 걸려 요덕까지 차를 타고 오는 사이에 그 수입품들은 전부 중앙당 재정경리부 콩기름 공장으로 실려 갔다. 대신 저들이 갖고 있던 기계들을 뜯어서 보내준다는 설명이었다.

소장은 그것만 잃은 것이 아니었다. 혁명화 해제명단을 통과시키려던 명분도 함께 사라져버렸다.

수화기를 내려놓은 그의 손은 무거웠다. 턱은 굳게 다물려 담배도 들어가지 않았다. 잠시 눈을 감고 숨을 가다듬던 그때 다시 전화벨이 울렸다. 그는 굼뜬 동작으로 수화기를 들어 올렸다.

"뭐… 뭐라고? 무역부장은 뭐래?"

소장의 목소리는 또다시 솟구쳤다. 이번엔 무역부에서 일하는 조카에게서 온 분노의 소식이었다. 수화기 너머의 상대는 현재 상황이 황당하다는 듯이 잠시 말을 잇지 못했다. 그러나 소장은 멈추지 않았다.

"솔직히 무역부에 너만큼 돈 갖다 바친 놈이 누군데?"

그의 입술은 부르르 떨렸다.

"무역부장은 내게 신세를 졌으면… 은혜는 갚아야 할 거 아냐… 중앙당 부부장 아들이 사장이 됐다고? …아무튼 끊어!"

툭— 수화기를 내려놓은 것이 아니라 내던졌다. 화는 겹쳐서 온다더니 공적으로나 사적으로 정말로 재수 없는 날이었다. 그는 책상 위에 쌓인 서류 더미를 한쪽으로 밀어내려다 괜히 들어서 쾅— 하고 내리쳤다. 종이들 사이에서 빠져나온 연필 하나가 바닥을 데굴데굴 굴러갔다. 무시당한 권력자의 피로가 그의 어깨에 엉겨 붙어 있었다. 그는 우두커니 선 채 헛웃음을 흘렸다.

"이 중앙 간부 새끼들… 도둑질하는 놈이나 빚지고도 모르는 척하는 놈이나… 아무튼, 다 똑같은.."

그는 깊은숨을 내쉬며 붓을 들었다. 그 감촉으로 자신을 진정시켜보려 했다. 그때였다. 노크소리에 이어 문이 열렸다. 대열부장이 문을 반쯤만 열고 조심스레 고개를 내밀었다. 소장은 눈을 치켜떴다.

"야, 그 야장간 놈들 식칼 만든다고 한 지 일주일 넘지 않았어?"

대열부장은 얇은 웃음을 지었다. 저게 또 웃는다 하던 순간 그가 먼저 입을 열었다.

"안 그래도 지금 직접 들고 와서… 사용법까지 설명한답니다."

"사용법?"

말이 끝나기도 전에 문이 활짝 열렸다. 대열부장의 어깨너머로 줄지어 선 무리의 그림자가 보였다. 제일 앞에 선 건 주둥이였다. 늘 입꼬리를 올리고 다니던 그 얼굴이 오늘만큼은 엄숙했다. 그 뒤로 놈들이 하나씩 계속 들어왔다. 자세는 절도 있었고 동작은 일사불란했다. 순식간에 방안은 9분조원들로 빽빽하게 늘어섰다. 갑자기 늘어난 체온과 숨소리들, 무엇보다 씻지 않은 냄새로 숨이 막혔다. 몸과 옷과 발바닥에서 올라온 죄수 고유의 악취가 방안을 가득 메웠다.

 가뜩이나 스트레스에 찌든 소장의 신경은 후각까지 정통으로 얻어맞아 더 불쾌해졌다. 소장은 뒷걸음치듯 의자 등받이에 등을 붙이며 담배부터 얼른 입에 물었다. "뭐야, 이것들은…" 말을 잇기도 전에, 검은손이 발을 내딛으며 또렷하게 외쳤다.

 "9분조 일동, 차렷!"

 천장까지 두드리는 구령과 함께 놈들은 일제히 발을 구르며 차렷 자세를 취했다. 그 동작은 보위원들의 의전을 과하게 흉내 낸 듯 싶었다. 그래서 끔찍하게 요란했다. 자로 잰 것처럼 정렬한 그 한 줄에서 주둥이가 한 걸음 앞으로 나섰다. 그의 얼굴은 전장에서 살아 돌아온 영웅 같았다.

 "소장 선생님!"

 그 외침은 장엄했다. 그 말끝에선 만세 함성이 터질 것만 같았다. "선생님 명령대로 식칼 제작 혁명과업을 제 기한 내에 충실히 완수하였습니다! 식칼 제작 책임자, 2작업반 9분조 4번!"

 소장은 의자에 느릿하게 몸을 기대며 담배를 깊게 빨았다. 놈들이 도대체 어디까지 가려는지 지켜볼 심산이었다. 그들은 저들끼리 식칼을 주고받는 동작마저 국기 게양식처럼 신성하게 꾸몄다. 분조장이 두 팔로 흰 천을 받쳐 들자 주둥이는 그것을 깃발처럼 양손으로 떠받들고 책상 앞으로 걸어왔다. 팔과 다리의 각도를 잡으며 걸음 하나하나에 행사의 의미를 부여했다. 국가에 헌납하는 상징물을 들고 오는 것 같았다.

주둥이의 얼굴은 혼자 감격해 있었다. 기술자도 군인도 아닌 그가 지금은 9분조를 대표하는 '선출된' 사절처럼 보였다. 놈은 선물의 의미를 잔뜩 실어 흰 위생복을 잘라 만든 천을 조심스럽게 풀기 시작했다. 때가 자글자글한 손으로 심오하게 매듭을 푸는 꼴이 역겨웠다. 소장은 서랍을 열고 15호 전시용인 카츠치카의 명품 식칼을 꺼내어 책상 위에 올려놓았다.

이를 본 주둥이의 표정이 굳어졌다. 천을 풀던 손이 멈췄다. 그의 눈동자가 방황하듯 흔들렸다. 두 개의 식칼이 마침내 책상 위에 나란히 놓였다. 왼쪽에 놓인 반짝이는 칼날은 정교한 마감과 각인으로 완벽한 균형을 자랑하는 카츠치카의 명품 식칼이었다. 오른쪽에는 성진이가 고철 더미에서 주워낸 식칼을 갈아 만든 9분조의 식칼이었다. 날은 회색빛으로 얼룩졌고 손잡이는 오래된 연탄집의 쇠 지렛대 같았다.

소장은 더 보고 말 것도 없이 담배를 비벼껐다.

"이런 허접한 파철 쪼가리 들고…"

그의 음성은 갑자기 폭발했다.

"떼거지로 몰려와서 이것들이 뭐라도 빌어먹을까 하고, 어?! 썩! 나가지 못해?!"

벼락같은 고함이 터지자 온갖 격식을 다 동원했던 9분조의 반듯한 한 줄은 순식간에 헝클어졌다. 서로 어깨가 부딪히고 넘어지며 어수선하게 빠져나갔다. 신발이 벗겨져 황급히 찾아들고 나가는 수용자도 있었다. 소장은 자리에서 벌떡 일어나 더럽혀진 공기를 손으로 휘저었다.

"어디 감히 소장 방에… 야! 이것들 어느 놈이 자꾸 들여보내는 거야?"

그러더니 책상 위의 9분조 식칼을 집어 들고 창가로 성큼성큼 걸어갔다.

그리고는 창문을 활짝 열고 밖으로 냅다 내던졌다.

"아휴, 이 냄새…야, 거 문 좀 다 열어놔! 방 안이 돈사야, 돈사!"

그는 창밖으로 상반신을 내밀고 숨을 몰아쉬었다.

"뛰라! 뛰라!"

최종배의 고함은 쉬지 않았다. 립석강 제방 쌓기 현장에서 9분조는 돌을 들고 뛰었다. 소장 방에서 쫓겨나온 뒤 그 길로 독립조는 해체됐다. 200여 명의 남자들이 오가다 보니 바닥은 진흙이 아니라 콘크리트 같았다. 땀과 발자국과 체념으로 닳아 패인 계곡에 가까웠다. 그들의 등에서 흐르는 것은 육체의 땀이 아니었다. 그냥 그들의 운명 같았다. 오직 달리는 것. 숨이 찢어지도록 참는 것. 넘어지지 않는 것. 그것만이 그들에게 허락된 전부였다.

"뛰라! 뛰라! 저기 9분조 새끼들, 걷는 놈 누구야?!"

최종배는 또 소리쳤다. 몸을 앞으로 기울이며 손에 쥔 막대를 허공에 휘둘러댔다. 그의 눈빛은 게으름의 감시가 아니라 누가 덜 고통스러워 보이는지 즐기며 탐색하는 것 같았다. 헐떡이며 돌을 들고 뛰던 검은손과 가수 옆으로 감시반의 두령이 달려왔다.

"독립조 좋은 데 왜 왔어요?"

검은손은 돌을 더 깊게 끌어안으며 대답했다.

"이 15호에 독립이 어디 있냐."

돌을 안은 가수는 무표정했다. 옹헤야 처형장에서 노래를 부른 이후로 그 얼굴이 됐다. 야장간에서 잠시나마 미소가 돌아왔었는데 다시 돌과 만나니 딱딱해졌다. 두령은 뛰는데도 멈춰 있는 가수의 그 얼굴을 찬찬히 들여다보았다.

9분조 중에 누구보다 고통스러워하는 사람은 도련님이었다. 그는 자신의 두 발이 여전히 뛰고 있다는 사실조차 믿기지 않았다. 마주 오는 검은손을 발견하자 떨리는 손을 앞으로 내뻗으며 소리쳤다.

"아니 내 말 좀… 휴식 시간 지났는데 왜 안 줘요?"

목에 돌이라도 매달린 사람처럼 그의 목소리는 덜덜 떨렸다. 2작업반 반장이 곁을 스쳐 지나갔다. 검은손은 그의 등을 건드리며 말했다.

"반장! 가서 좀 말해. 휴식 시간 한참 지났다고!"

그러나 그는 대꾸도 없이 앞으로 달려갔다. 뒤도 돌아보지 않았다.

"뛰라. 뛰라. 저기 걷는 새끼들 누구야?"

도련님은 헛웃음을 지었다.

"히야… 저 촌놈은 손목에 시계가 있어도 문제고, 없어도 문제네."

도련님 옆에 주둥이가 들러붙었다. 비어있던 옆 공간에 뭐가 갑자기 생기자 도련님은 화들짝 놀랐다.

"또, 또, 또… 나 영어 모른다니까…"

그는 질색하다 못해 그대로 멈췄다. 이어 왼팔로 돌을 껴안고 오른손으로 바짓단을 휘저으며 달아났다. 땀범벅이 된 얼굴로 어정쩡하게 뛰는 도련님 옆에 미꾸라지가 쓱 붙었다. 그의 말투엔 언제나처럼 기름이 묻어 있었다.

"너무 힘들어 보인다. 나 그거 찾았는데…"

"뭘?"

"러브보다 쎈 말. 이번엔 확실해. 먼저 담배부터"

"우선 말해."

미꾸라지는 큰 비밀인 양 주변을 한 번 둘러보고 입술을 오므려 내밀었다.

"키스"

도련님은 들고 있는 돌이 근질거리는지 얼굴에 힘을 주었다.

"영어는 몰라도 키스는 안다."

그는 미꾸라지를 피해 다른 방향을 선택했다.

한편 도성진 옆으로 감시반의 두목이 다가왔다.

"가족세대 지역 토끼장에 몇 마리 있어?"

"위치는 아는데 세어본 적 없어요."

"저녁에 막사에서 약도 그려줘."

두목은 곤봉을 잠시 성진의 돌 위에 내려놓고 팔소매를 걷었다. 곤봉 하나 얹어졌을 뿐인데, 성진은 돌이 더 무겁게 느껴졌다.

"거긴 지휘부랑 가까워서 위험해요"

"우린 조선인민군대야. 지옥에도 땅굴 뚫고 다녀."

두목은 곤봉을 들고 다시 앞을 향해 달려갔다. 도성진은 카츠치카의 손수건이 땀에 젖지 않았는지 품에서 꺼내 확인해 보았다. 비닐봉지에 들어있어 안전했다. 옹헤야가 주고 간 병 속에 잘 넣어 다시 땅에 묻어야겠다고 결심했다.

독립조 해체는 9분조만 힘든 것이 아니었다. 가족세대 2분조 여자들도 같이 괴로워했다. 점심에 야장간을 들여다 본 2분조 여자들은 실망하며 돌아섰다.

"독립조 교체됐구나… 아침에 분명 따로 일하던 것 같던데…"

민유정의 그 한 마디가 모두를 침울하게 했다. 뒤에서 김상미가 투덜거렸다.

"얜 간다는 말도 없이 가."

박해순은 우드득 소리나게 손마디를 꺾었다.

"이게 빽이 있긴 있는 거야."

"어이구. 이것들 올해는 따뜻하게 보낼 줄 알았더니…"

장찌엔도 야장간의 변화를 인정하는 표정이었다. 그녀가 말한 것처럼 9분조 사람들은 올해 겨울은 문제가 없다고 자신했었다. 15호 사람들은 여름부터 자체로 겨울준비를 꾸준히 했다. 아직 바람이 살갗을 물지 않을 때 실오라기 하나라도 더 구해서 미리 겨울을 꿰매둬야 했다. 그렇지 않으면 혁명화의 진짜 계절인 겨울을 버티기 힘들었다. 다행히 카즈치카가 장만해준 새 솜옷은 있었지만, 관리소에서 만든 것이라 얇았다. 겨울로 넘어가면 천 한 조각도 구하기 힘들어졌다.

15호에는 행운이 없다던 검은손 말이 맞았다. 들어올 땐 우연이고 나갈 땐 필연이었다. 무더위 때 제일 뜨거운 화로 앞에서 일하다가 11월에 갑자기 밖으로 던져진 9분조의 옷이 제일 가벼웠다. 다른 분조 사람들의 옷은 갑옷처럼 두터웠다. 검은손은 남들보다 추위에 떨고 있는 분조원들을 걱정 가득 둘러보았다. 더 늦기 전에 대책이 필요했다. 9분조장은 가족세대 분조장들을 찾아다녔다.

수면이 낮아진 립석강 하천을 정리하는 일주일 공동작업에 가족세대 남자들도 함께 투입돼 있었다. 분조별로 할당된 혁명화 계획을 도와줄 테니 헝겊이라도 조금 나눠달라고 부탁했다. 분조장들 중 화교 분조장이던 장찌엔의 아버지 장덕화가 창백한 얼굴로 기꺼이 고개를 끄덕였다.

그날부터 9분조는 남들보다 몇 배로 돌을 날랐다. 최종배는 트집을 잡고 싶었지만 아무 말도 할 수 없었다. 놈들이 진심으로 죽도록 일하고 있었기 때문이다. 하지만 이상했다. 9분조는 늘 돌을 들고 뛰고 있었는데 막상 쌓이는 돌무지는 다른 분조와 비슷했다. 최종배는 괜히 가슴이 먹먹해졌다.

"저렇게까지 해야 하루가 끝나는 놈들이구나."

그는 새삼 그들의 절박함을 느꼈다.

그렇게 9분조는 날마다 천을 조금씩 모았다. 공동작업이 끝나는 마지막 주 아침이었다. 장덕화는 자신이 입던 옷을 한 아름 안고 나타났다. 그는 말없이 건넸다. 검은손의 두 눈에 눈물이 고였다. 수용소에 갇혀 살며 이토록 고마운 순간은 처음이었다. 감사의 말을 꺼내려고 고개를 들던 검은손은 굳어졌다. 눈앞의 얼굴이 낯설었다. 그는 수없이 많은 시체를 본 사람이었다. 죽음의 빛과 생명의 온기를 단번에 구분할 줄 알았다.

장덕화는 살아있는 얼굴이 아니었다. 숨을 쉬고 있음에도 그것은 생명이 아니었다. 이미 떠난 사람이 살아있는 몸을 빌려 움직이는 것 같았다.

검은손은 9분조로 돌아와서도 장덕화가 준 옷의 무게와 그 낯빛을 이상하게 느꼈다.

그날은 해가 식는 립석강 위로 초겨울 바람이 몰려왔다. 그림자를 잃은 수용자들의 형체는 떠도는 유령 같았다. 사람들의 작업복은 흙먼지와 땀으로 굳어 있었다. 작업장에는 쉼 없이 기침과 가래 섞인 숨소리가 뒤엉켰다.

그 한가운데, 장찌엔의 아버지 장덕화가 굳은 자세로 돌을 들고 있었다. 그의 걸음은 마치 땅이 아니라 뾰족한 못 위로 간신히 한 발씩 옮기는 것 같았다. 그의 몸은 이미 걸을 수도, 돌을 들 수도 없는 상태가 되어 있었다. 뱃속에서 벌레처럼 꿈틀대던 통증은 이제는 움직일 때마다 뒤틀리는 덩어리로 뭉쳐 있었다. 몸 안의 상처가 시작된 보름 전엔 작았다. 가렵고 욱신거렸고 시큰거렸다. 하지만 그것은 시간이 지날수록 썩었고, 불어났고, 차올랐다. 헝겊은 하루가 다르게 두꺼워졌다. 처음엔 얇은 수건이었고, 나중엔 누더기 속옷이었다. 그것들이 굳어지다 못해 굴레가 되어 있었다.

그렇다. 그는 제 손으로 상처를 냈다. 걷잡을 수 없이 불어나는 딸의 배를 보고 아비로서 용단이 필요했다. 그래서 상처 위에 두려운 소망을 꽁꽁 묶었다. 피가 샐까 한 겹 둘렀고, 고름이 흘러나올까 몇 겹의 천을 동여맸다. 집에서 잘 때도 혹시나 신음이 들킬까 두려워 춥다며 부엌 아궁이 옆에서 잤다. 장찌엔은 들어와 자라고 야단쳐도 그의 고집을 이기지 못했다.

그가 오늘 아침, 돌을 들기 위해 허리를 숙이던 순간 염증의 둑이 무너졌다. 피와 고름이 헝겊 틈새로 터져 나왔다. 시큼한 악취가 허공으로 피어올랐다. 헝겊마저 퉁퉁 불어 올랐다. 사타구니 아래로, 허리끈을 따라, 허벅지로 피의 실금이 내려갔다. 피는 선홍색이 아니었다. 검었다. 이미 죽은 피였다. 안에서 곪아 터진 체액이었다. 장덕화는 눈을 감았다. 그가 느끼는 통증은, 살을 가르는 고통이 아니었다. 몸의 중심이 무너지는 절망이었다. 삶의 촛불 한점이 꺼지는 어둠이었다.

장덕화는 간신히 눈을 떴다. 바람은 아무 일도 없다는 듯 그의 얼굴을 스쳤다. 비통하게 내려다보는 검은손을 향해 그는 단 한 번 숨을 더 쉬었다. 숨은 얕았고, 짧았고, 떨렸다. 그 숨이, 그의 딸과 뱃속의 아이를 위한 유서였다는 것을 9분조 사람들은 몰랐다. 채찍을 휘두르며 달려왔던 보위원도 그 앞에서 호통을 치지 못했다.

장덕화의 화교 분조는 노인들이라 9분조가 마대에 담아 진료소로 달려갔다. 혁명화의 시간이 길어도 진료실은 저녁 7시에 문을 닫았다. 9분조는 이제는 독립조가 아니어서 가족세대 지역으로 넘어가는 것 자체가 불법이었다. 경계 철조망 앞에서 가족세대 남자 담당 보위원은 장덕화를 다른 수용자들에게 넘기도록 했다. 그는 딸에게 곧바로 연락할 거라고 약속했다. 하지만 그 소식을 받은 사람은 장찌엔이 아니라 홍신영이었다.

그 시간에 여자들은 가족세대 구획 확장 공사에 동원돼 있었다. 새로 들어올 세대를 위해 담장을 허물고 다시 쌓는 작업장이었다.

장찌엔이 아버지가 쓰러졌단 소식을 들은 건 밤 8시, 작업이 끝난 뒤였다.

장찌엔은 상미와 함께 허둥지둥 집문을 열었다. 방안은 캄캄했다. 그 어두움 한가운데 장덕화는 시체처럼 누워있었다. 다행히도 민유정과 박해순의 손에 이끌려 간호사 신숙자가 나타났다. 그녀는 숨을 몰아쉬며 장덕화 곁에 주저앉았다. 간호사답게 얼굴부터 먼저 보고 내려가던 그의 시선은 푹 젖은 배 부위에서 멈추었다.

"가위! 칼이라도 빨리."

장찌엔이 가위를 찾아 들고 오는 사이 신숙자는 뒤로 벌렁 나앉았다. 본인이 아니고선 상처를 이렇게까지 감출 수 없는 여러 겹의 매듭들을 보았기 때문이었다. 그 헝겊이 한 겹 두 겹 벗겨지고 갈라지는 그 순간 오래 숨긴 고름이 쏟아져 나왔다. 방안은 금세 역한 냄새로 가득 찼다. 모두의 숨이 걸렸다.

"아ㅡ" 신숙자는 팔로 입을 막고 한 걸음 물러났다가, 그대로 밖으로 뛰쳐나갔다.

"선생님. 왜 그냥 나가세요?"

민유정과 박해순이 그 뒤를 붙잡으려고 일어섰다. 김상미도 쫓아나갔다. 신숙자는 마당에서 가쁜 숨을 내쉬며 제 가슴을 두드리고 있었다. 그 뒤에서 2분조 여자들은 쉽게 다가서지 못한 채 쳐다보기만 했다.

"저게… 무슨 병이에요? 무슨 고름이…"

민유정의 목소리는 떨렸다. 물으면서도, 듣고 싶지 않은 대답처럼 말끝이 흐려졌다. 신숙자는 하늘을 향해 하소연처럼 토해냈다.

"왜 이리도… 사람들이… 모질까… 어쩌면 이러고들 살까…"

박해순이 낮게 물었다.

"왜요…? 왜 그래요…?"

신숙자는 손을 덜덜 떨며 숨을 몰아쉬었다. 두 눈은 번들거렸다.

"아무리 아비라도… 저게… 저게 얼마나 죽을 만큼 아픈데… 한 집에 같이 사는 딸도 모르게… 저렇게 오래 감추고…"

"고칠 수 있나요? 빨리 들어가요… 고쳐줘야 하잖아요…"

김상미가 다가와 그녀의 팔을 부여잡자 신숙자는 고개를 저었다.

"…그냥… 죽으려고 한 거야. 사람이 아니라, 아픈 짐승처럼… 혼자 죽으려고…"

그 말 앞에, 민유정이 한 발 더 다가섰다.

"선생님은… 서독에서도 간호사 했잖아요. 저게 도대체… 뭔데요?"

신숙자는 고개를 숙였다. 흔들던 머리마저 무거운 듯, 그대로 아래로 떨어졌다. 감긴 눈 사이로 눈물방울이 떨어졌다.

"저 정도면… 장기까지 갔어. 이미… 안에서 썩기 시작했어. 지금 저 아버진, 사람이 낼 수 있는 마지막 비명조차… 그조차 숨기는…"

그녀의 목소리는 뒤로 갈수록 흔들렸다. 끝내 명치 끝에 걸려 더 말을 잇지 못했다. 그때였다.

"그게… 뭔 소리유…?"

뒤에서 목소리가 튀어나왔다. 문지방에 기대선 장찌엔이었다. 그녀는 들어도 모르겠고, 믿지 않겠다는 눈으로 신숙자를 바라봤다. 멍한 시선이 희미하게 흔들리며 한 걸음, 또 한 걸음 뭐라도 붙잡기 위해 다가왔다.

곧이어 장찌엔의 통곡 소리가 가족세대를 흔들었다.

"아이구, 아버지… 아버지…! 이 찌엔이가 잘못했시유… 진작 아버지 말을 들었어야 했는데… 이제라도… 이제라도 하겠시유… 그러니… 아버지… 제발… 이러시면 안 돼요…"

한 시간쯤 지나 홍신영이 군의관과 함께 나타났다. 뒤에는 시체 처리를 위해 소독 통을 든 군인 2명도 서 있었다. 신숙자는 아직 사망하지 않았고 이러면 안 된다며 막아섰다. 안에선 장찌엔의 통곡이 계속 들렸다.

군의관이 먼저 돌아서자 소독 통을 든 군인들도 그 뒤를 따라갔다. 몇 걸음 옮기던 홍신영은 멈춰서 장찌엔의 비명에 잠깐 귀를 기울였다.

"왜 그러셨어요, 아버지…왜 이리 숨기고… 이 찌엔이가 잘못했시유. 제발 눈 좀 떠봐요…"

"흉한 저 중국 이름 부르지 말랬는데…"

중얼거리며 돌아서던 홍신영은 이내 다시 멈췄다. 장찌엔의 다음 말이 귀에 거슬렸다.
"제가 애를 떨굴게요. 제발 눈 떠요. 제가 당장 아버지 말대로 지울게요!"

군복 벨트를 조여 매는 그녀의 눈에 살기가 어렸다.

장찌엔의 울음은 아버지가 숨을 거둔 이후 오히려 조용해졌다. 시체가 실려나간 후 장찌엔은 탁자 앞에 마주 앉았다. 고인의 사진 한 장도 없었다. 대신 아버지가 신던 신발 두 짝이 놓여 있었다. 그 앞에 앉은 장찌엔의 입에서 노래가 흘러나왔다.

아름다운 한 송이 모리화
아름다운 한 송이 모리화
뜰에 흐드러지게 꽃이 피어 향기 좋으나
모리화보다 좋지는 않네
나는 일부러 한 송이를 꺾어 꽂으니
또 꽃을 보고 남들이 나를 욕할까 두렵네

그녀가 아는 중국 노래라면 그것 하나였다. 어렸을 때부터 아버지도, 어머니도 같이 불러줘서 그의 몸에 피처럼 흐르던 선율이었다. 자신이 중국인임을 자부하고 그 기억을 소환할 때마다 혼자 더듬었던 가사였다.

아름다운 한 송이 모리화
아름다운 한 송이 모리화
모리화가 피어나니
눈도 하얗지만 모리화보다는 못하네
아름다운 한 송이 모리화

아름다운 한 송이 모리화
뜰에 흐드러지게 꽃이 피워도
모리화 보다는 못하네
나는 일부러 한 송이를 꺾어서 꽂으니
또 내년에 움이 트지 않을까 두렵네

그녀는 중국어도 몰랐다. 중국 땅을 밟아본 적도 없었다. 아버지 어머니가 산둥성 출신인 것만 알고 있을 뿐이었다. 이제 장찌엔에게 남은 마지막 민족의 혼은 그 노래 하나뿐이었다. 그래서 아버지의 영혼 앞에 불러주는 의미만 있지 않았다. 한 소절, 한 음정마다 자기의 정체성을 회복하는 그녀의 결의였다.

마당에서 화교들도 따라 불렀다. 그 소리가 통곡으로 뭉개지며 퍼져나갔다. 그때부터 온 동네가 불을 켜고 함께 울었다. 그 소리는 땅과 하늘 사이의 공간을 울리며 멀리 독신자세대까지 번져왔다.

"가족세대에 뭔 일이 난 것 같은데?"

가수가 귀를 기울이며 말하자 도성진이 그쪽으로 목을 길게 뻗었다.

"설마 장찌엔 아버지한테 일이 생긴 건 아니겠지요?"

도런님이 성진의 머리를 한 대 가볍게 쥐어박았다.

"이건 재수 없이. 야. 아무리 관리소라도 우리 주변 사람들이 또 죽어?"

주둥이는 잠깐 귀 기울이다가 대뜸 고개를 끄덕였다.

"그래. 누가 죽긴 죽었다."

"엥? 누가요?"

"그건 어떻게 알아요?"

다들 궁금해하자 주둥이는 담담히 말을 이어갔다.

"가족세대는 우리랑 달라. 우린 동정하면 불법이니 숨어서 울잖아. 저 사람들은 저렇게 누가 죽었소! 하고 대놓고 울어. 다들 품은 원한이 많으니까 이때다 싶어서 모여 한풀이하는 거지."

검은손은 일어나 어둠 속으로 혼자 걸어갔다. 그 등을 보던 도성진이 한쪽 무릎을 세우고 일어섰다.

"우와. 소리 들어보니 온 동네가 다 우는 것 같아요."

"가족이 아니라 장본인이 죽었구나."

모두가 고개를 돌려 주둥이를 바라보았다. 그건 또 어떻게 아느냐고 일제히 묻는 것 같았다.

"장본인이 죽으면 소리가 달라. 몇 배는 더 커져. 죽은 사람 불쌍해서 우는 것도 있지만 그 가족은 나가잖아. 남은 사람들은 자기네 슬픔까지 다 쏟아내는 거지."

9분조의 시선은 다시 가족세대로 향했다. 그 어둠이 멀어 보이지 않았다. 누구에게든 죽음이 불시에 찾아올 수 있다는 막연한 공포 때문이 아니었다. 그 운명의 끝에도 법을 적용하는 수용소의 잔인함이 더 깊고 선명하게 느껴져서였다. 검은손은 어둠 속에 혼자 앉아 주먹으로 눈물을 닦고 있었다.

조직부장 사무실 가운데엔 낡고 긴 책상이 놓여 있었다. 맞은편엔 소장과 대열부장이 앉아 있었다. 세 사람 모두 한동안 말이 터지지 않았다. 9월 초순, 백두대검 시연회가 끝난 이후로 그들은 처음 모여앉았다.

조직부장은 그동안 전국 조직부 강습에 참석하느라 한 달 내내 자리를 비웠었다. 해마다 한 번씩 열리는 전국 조직부 집중 강습은 그들만의 계절이다. 시급 조직부는 도에서, 도급은 중앙으로 모였다. 북한의 경제조직 구조의 분류에 따라 15호는 1만명 이상의 연합기업소급에 해당됐다. 조직부 강습은 4주 동안 조직관리 경험과 교훈, 평가와 문책에 이르기까지 집중적으로 다루어진다. 말이 강습이지 그들만의 투쟁과 인사 기간이었다. 그 강습을 계기로 조직부장들이 승진하거나 해임되는 경우도 많았다.

주상익 조직부장이 당중앙 청사에서 비판을 받는 동안 15호는 또 한 번 발칵 뒤집혔다. 그는 강습이 끝나는 것과 동시에 곧바로 요덕으로 내려올 수밖에 없었다. 책상 중앙에 놓인 고급담배 한 보루는 그가 평양에서 들고 온 것이다. 대열부장은 벽에 걸린 달력을 돌아보며 말했다.

"올해 강습은 작년보다 더 길어진 것 같습니다."

소장은 애당초 궁금하지도 않았다. 조직부장도 별로 대답하고 싶지 않은 얼굴이었다. 그의 손끝에서 쓸데없는 행동이 반복됐다. 가볍게 쥔 라이터를 딸깍— 켜고 바로 탁— 껐다. 다시, 딸깍—탁—

바로 직전까지 본부에서 또 독촉 전화가 왔었다. 지나간 언성, 무거운 이름들. 방 안의 담배 연기까지 모두 융해되어 공기 속에 머물러 있었다.

"아니, 이제 와서... 그 중국놈 시체를 내놓으라면…"

소장의 말은 허공을 맴돌다가 한숨으로 내려앉았다. 대열부장이 눈치없이 그걸 다시 들어올렸다.

"본부에선… 무조건 찾으랍니다. 다음 주까지."

소장은 고개를 홱 돌렸다. 본부의 압박을 아무런 필터 없이 담는 그의 입에 쑤셔넣듯 말했다.

"야. 그럼 너 오늘부터 퇴근하지 마. 삽 들고, 구읍리 땅 싹 다 뒤집어. 나가. 지금. 안 나가?"

대열부장은 억울함을 호소하려다가 고개를 떨궜다.

"저는 그냥… 본부 명령이 그렇다는… 보고만…"

변명은 끝까지 닿지 못했다. 소장의 거친 분노가 먼저 폭발했다.

"야! 담당자들이 제각각 평토하고, 짐승들이 그날로 다 파먹는데… 여기 공동묘지가 있어? 뭘 어디서 찾으란 거야? 그걸 네가 몰라?"

조직부장은 묵묵히 담배를 꺼내 물었다. 불을 붙이려던 손이 잠시 멈췄다. 그 또한 기대는 없어도 혹시나 하는 미련은 버릴 수 없었다.

"그날 묻은 놈들 말이야. 정말 기억이 안 난대?"

대열부장의 시선이 바닥에 박혔다. 타고 남은 담배 재처럼 흐릿한 눈빛이었다.

"잘 아시지 않습니까. 묻은 기억도 못 하게 하는 게 여기 원칙인데… 게다가 둘은 신입이고, 한 명은…전번 달에 죽었습니다."

세 사람 사이엔 연기뿐이었다. 역시 책임 앞에선 담배만한 대화가 없다고 말하는 표정들이었다.

15호는 시체를 반드시 밤에 묻었다. 해가 지고 나서야 보위원들은 작업장과 멀리 떨어진 불모지를 골랐다. 평토란 단순한 매장이 아니었다. 모래 위에 그어진 이름처럼, 아침이면 땅에서도, 사람들 기억 속에서도 완전히 지워지는 절차였다.

소장은 화가 난 얼굴 그대로 조직부장에게 돌렸다.

"중국 공산당 중앙도 아니고, 듣자 하니 어디 시골 성급 간부라면서요? 그깟 지방 간부가 뭘 그리 대단하다고, 조카놈 유골까지 내놓으라는 거요?"

조직부장은 책상 위로 두 손을 공손히 올려놓았다.

"시골 아닙니다. 중국에서 성급이면 우리나라 인구보다 많습니다."

말하고도 답답했는지 군복 단추 두 개를 풀었다.

"살았으면 사람을 내보내던가, 죽었으면 시체라도 보내라고… 공식 요청을 했답니다."

소장은 긴 숨을 뱉었다. 담배 연기와 함께 울컥하는 말도 같이 나왔다.

"그렇게 핏줄이 귀한 줄 알면 60년대에 찾지, 왜 이제 와서…"

그때, 대열부장이 움찔하며 자리를 고쳤다. 그간 참아온 말을 드디어 꺼낼 순간이었다.

"솔직히, 지금 중국놈들 편을 들 때입니까? 개혁개방 하는 데다 남조선 체육올림픽 참가해서 당 강연회선 수정주의다 사회주의 배신자라고 욕하지 않습니까."

조직부장은 그를 쏘아보면서도 말을 하지는 않았다. 대열부장은 당정책을 방패 삼아 더 격하게 쏟아냈다.

"개혁개방하는 그런 놈들한테 우리가 왜 굽신거려야 합니까?"

"야."

조직부장이 어성을 높였다.

"이게 어디서 저만 원칙 있는 척은…"

그는 의자를 더 당겨 앞으로 밀며 소장에게 말했다.

"세계13차청년학생축전에 오는 중국 대표단 규모가 남조선 88체육대표단보다 몇 배로 더 커야 합니다. 그게 외교니까. 그래서 본부도 더 들볶는 겁니다. 정말 방법이 없겠습니까?"

소장은 대답 없이 담배만 물고 있었다. 경험상 정치부가 자기에게 사정할 땐 책임도 떠넘기려는 수작이었다. 그는 담배갑을 주머니에 집어넣으며 중얼거렸다.

"하아… 그놈의 팔팔(88) 못 막아서 외교부 놈들이 들어왔는데… 구십(90) 되면 또 들이닥치겠구만."

먼지처럼 말끝을 털어내며 천천히 일어섰다. 그가 몸을 들자 주변의 연기도 흔들렸다. 세 남자의 어깨가 더 무거워졌다. 때로는 죽은 자 하나가 이토록 많은 산 자를 불편하게 만드는 곳. 그곳이 바로 이곳, 15호였다.

점심 식사 시간이 되자 2분조는 집으로 향했다. 오는 도중에 그녀들은 습관처럼 야장간 앞마당에서 잠깐 멈추었다. 장본이 죽었어도 아직 절차가 남아 있는 장찌엔이 박해순과 민유정과 함께 돌아오는 길이었다.

그녀들은 말없이 다시 걷기 시작했다. 야장간에서 조금 떨어진 골목에서 낮은 담장을 따라 토굴동네 입구로 접어들 때쯤이었다. 그들은 동시에 멈춰 섰다. 앞쪽에 조직부장, 홍신영, 그리고 군의관이 서 있었다. 셋은 오래 기다린 자세들이었다. 홍신영이 먼저 앞으로 나서며 손가락을 들어 장찌엔의 얼굴을 겨눴다.

"너만 남고 나머지 년들은 사라져."

박해순과 민유정은 말없이 돌아섰고 그 뒤에 장찌엔 혼자만이 남겨졌다. 바닥엔 그의 그림자가 길게 늘어졌다. 그 채로 한동안 침묵이 흘렀다. 장찌엔은 눈을 껌뻑이며 헛기침을 했다. 조직부장은 아무 말도 하지 않고, 눈빛만으로 무언가를 꿰뚫는 듯했다.

그때, 군의관이 한 발 앞으로 다가섰다. 장찌엔 앞에 서더니, 그녀의 배 쪽을 유심히 바라보았다. 찌엔이 두 손을 앞으로 모아쥐자 군의관은 손등을 쳤다.

"손 치워 봐. 등 구부리지 말고, 허리 반듯이 펴고."

군의관의 목소리는 장찌엔의 등에 전기처럼 퍼졌다. 그녀는 천천히 고개를 돌려 군의관을 노려보았다.

"여자 몸 왜 봅니까? 난 원래 이 자셉니다."

장찌엔은 두 손을 더 고집스럽게 모아쥐며 군의관을 직시했다. 조직부장의 시선은 날카로워졌다. 그는 그녀를 한참이나 내려다보다가 입을 열었다.

"중국 가서 수령님 그리워하며 살겠다고? 반체제 조직결성. 선동. 그게 반역죄인 줄은 몰랐어?"

장찌엔은 숨을 멈췄다. 후회가 막심했다. 이곳에선 어떤 말도 죄로 번역되는 공간임을 망각했던 자신이 증오스러웠다.

"아닙니다. 반체제 조직도 선동도 아닙니다. 중국 사람으로 중국 가고 싶다는…"

"그게 반동이야. 딴 건 줄 알아?"

조직부장은 딱딱한 어투로 덧붙였다.

"넌 이젠 가족세대가 아니야. 여자 독신자세대로 넘길꺼야. 다음 주 이사 갈 준비나 해."

"저는 반동 짓 한 적이 없습니다. 수령님 그리며 살겠다고 했습…"

애원하는 장찌엔의 두 눈엔 눈물이 가득 고였다. 조직부장에게 한 걸음 다가서자 그는 뒷걸음쳤다.

"너 그럼 솔직한가 보자."

조직부장은 가까이 오지 말라는 손짓을 하며 물었다.

"너 이 질문에도 거짓말하면 앞에도 거짓말한 거야. 알았지? 그러니 잘 대답해."

울음 한가득 물고 있는 장찌엔은 고개를 흔들었다.

"너 임신했어? 안 했어?"

장찌엔은 머리를 더 깊이 숙였다. 그 얼굴을 살피려는 건지 뒷짐 진 조직부장의 허리도 더 구부려졌다.

"조직부장 동지!"

그때 대열부장이 달려왔다. 그는 조직부장 앞에 멈추기 바쁘게 말들을 쏟아냈다.

"큰일 났습니다. 본부 정치국장 동지께서 내일 여기로 직접 나오신답니다."

"정치국장 동지가?"

조직부장이 바지에 묻은 흙을 터는 사이 대열부장의 말들은 더 깊어졌다.

"지형철만 책임질 일이 아니라며 그 중국 공산당 놈 조카 시체라도 당장…"

"야!"

조직부장이 허리를 펴며 버럭 소리 질렀다. 대열부장의 가벼운 입을 경고처럼 노려보다가 군의관에게 돌아섰다.

"이년 끌고 가서 임신 확인하고 당장 대책 세워."

이어 홍신영을 향해 엄하게 말했다.

"그날 모였던 가족세대 화교 년들 싹 다 찾아내."

마지막으로 대열부장을 노려보며 큰 소리로 꾸짖듯 물었다.

"소장 동지 어디 계셔?"

"방에 있습니다."

걸음을 옮기던 조직부장은 따라오려는 대열부장에게 몸을 돌렸다.

"넌 군의관이랑 남아서 저년 불법증거 다 수집해. 저년이 화교 비밀결사 조직을 결성해서 화교들 내보내지 않으면 항쟁을 벌이자고 모의했는데, 넌 그것도 모르고 있었잖아! 멍청한 것…"

성난 표정으로 돌아선 조직부장은 걸음도 신경질적이었다. 그 뒷모습에 대고 눈알에 힘주던 대열부장에게 군의관이 다가섰다.

"지형철 문제는 끝난 거 아닙니까?"
"그놈보다 왕가놈인지 화콘지 그 유골 찾으라고 본부에서 야단법석인데 왜 나한테 화를 내고 말이야."
"반동 유골은 왜 또 찾으라는 겁니까?"
"그 친척놈 중국 공산당 간부가 내놓으라고 지랄한다잖아."
대열부장과 군의관의 대화를 엿듣는 장찌엔의 머리를 홍신영이 채찍으로 툭 건드렸다.
"야. 너 가족세대에서 나가긴 나가는구나. 독신자세대로. 호호호"
홍신영의 깔깔대는 웃음소리는 가족세대 골목을 벗어나는 조직부장 귀에도 들렸다. 그게 누구 웃음인지 기억하고 계산하는 그의 눈빛은 서늘했다. 마주 오며 경례하던 군인까지 고개를 푹 숙였다.

"정치국장 동지 오신다는 소식 들었습니까?"
조직부장이 방에 들어서기 바쁘게 묻는 말이었다.
소장은 어항 속을 들여다보며 대수롭지 않게 말했다.
"여기 형편을 몰라서 오겠소? 한 번 왔다 가는 거겠지요."
문이 벌컥 열렸다. 이번엔 정치위원이었다. 소장은 이것들이 왜 방에 다 몰려오는지 의아해했다.
"조직부장 동무도 마침 있으니 이제부터 긴급간부 회의를 합시다."
정치위원은 의자에 앉기 바쁘게 준비해온 노트를 책상 위에 올려놓았다. 소장은 마지못해 마주 앉았다. 조직부장은 품속에서 수첩을 꺼내 올려놓았다.

소장은 자기만 성의가 없는 것 같아 다시 일어나 책을 하나 들고 왔다. 관리소의 정치 행정 간부들과 당조직지도부 대표자도 다 모인 셈이었다. 하지만 유골 문제 앞에선 시체처럼 말이 없었다. 산 자의 존재를 증명하려고 모인 것처럼 하나같이 담배만 피워댔다.

연무(煙霧)는 그날 회의의 진짜 기록 같았다. 대책보다 뿌옇고, 논쟁보다 흐릿했으며, 피로보다 더 불분명했다. 그들은 연기가 있어야 말할 수 있었다. 말이란 건 날카롭다. 때론 그 끝이 칼처럼 돌아와 제 목덜미를 베었다. 하지만 연기속에서 나오는 말은 모서리가 흐려지고, 방향을 잃었다. 책임도 의도도 절반쯤 지워졌다. 그래서 그들은 담배를 피워야만 했다.

소장은 천장을 바라보며 연기를 길게 내뿜었다. 그 연기는 직선으로 솟구치다. 곧장 콘크리트 천장에 부딪혔다. 책임을 위로 떠미는 자들의 무표정한 변명처럼 퍼지며 사라질 땐 빨랐다. 그렇게 30분째 그들은 간부급 긴급대책회의라는 불을 지펴놓고 담배 연기만 피워올리고 있었다. 불붙은 담배 하나가 꺼질 무렵, 다른 이가 성냥을 켜는 식이었다. 그것이 이 회의의 유일한 진행이었다.

하지만 시간이 길어질수록 소장의 속이 들끓었다. 이것들이 자기 방에 몰려온 자체가 행정적 책임으로 떠넘기려는 의도였다. 내일 본부 정치국장 앞이라도 빈손은 정해진 사실이었다. 거듭 대책을 내놓으라 할 경우, 오늘 긴급회의 장소만 상기시켜줄 건 뻔했다. 결국, 이 방의 주인인 자기만 부각 되는 꼴이 될 판이다. 그러면 팔은 안으로 굽는다고 정치국장은 행정관리 문제를 따지고 야단칠 것이다. 소장이 재떨이에 꽁초를 비벼끄는데 노크 소리가 들렸다. 대열부장이 문을 열고 들어왔다. 그는 경직된 자세로 경례를 붙였다. 그러나 방 안의 공기는 단 한 사람도 그 소리에 반응하지 않았다. 정치위원과 조직부장은 여전히 창밖을 보고 있었다. 그들의 뒷모습은 벽 같았지만, 날이 서 있었다. 대열부장은 그 등줄기를 보며 소심하게 입을 열었다.

"급히... 알려드릴 일이 있어 왔습니다."

소장은 짜증을 하급 부장에게 쏟을 기세였다. "또 뭔데."

대열부장은 두 손을 엇갈려 모으며 고개를 살짝 숙였다. 입술이 떨렸다.

"그... 유골 말입니다."

정치위원의 눈빛이 천천히 대열부장을 향해 돌아섰다. 조직부장은 담배를 꺼내다 말고 손을 멈췄다.

소장이 먼저 물었다.

"찾았어?"

"그게 아니라..."

대답은 공중에 맴돌다가 조직부장의 저음에 덮였다.

"그럼 뭔데. 얼른 말해."

대열부장은 한 음절씩 고통스럽게 꺼냈다.

"화교 여자가... 그 유골을... 임신했답니다."

소장이 등을 의자에 기대며 지친 목소리로 물었다.

"야야 그건 또 무슨 소리야."

"아니, 그게 아니라... 그 유골 놈의 종자를 임신했답니다."

조직부장의 눈이 커졌다. 그 눈동자 속에 불이 붙는 듯한 기색이 역력했다.

"뭐 뭐 그년 임신이 그놈 종자라고? 확실한 거야?"

대열부장은 눈을 감았다가 떴다.

"확인됐습니다."

정치위원은 코웃음을 흘렸다.

"임신은 또 뭐요? 도대체 나도 모르게 이 관리소가 어떻게 돌아가는 거요?"

소장도 잇달아 말했다.

"저도... 지금 처음 듣습니다."

방 안의 공기가 눅눅해졌다. 누구도 상상하지 못했던 진실이 밀고 들어온 낯선 기합 탓이었다. 조직부장의 손에 들린 라이터가 빠르게 돌아갔다. 권력을 움켜쥔 그 손이 처음으로 자기 가슴 안을 두드렸다.

"그년 지금 어딨어?"

조직부장의 목소리는 바닥을 후벼파듯 날카로웠다.

"홍신영 중위가 오후에도 혁명화해야 한다면서 작업장으로 끌고 나갔습니다. 독신자세대로 가더라도 오늘까지 가족세대이니 자기 권한이리면서 말입니다."

소장은 속으로 작게 비틀린 웃음을 삼켰다. 그 일이 조직부장만 알고 있던 임신 사건이라면 이제 방향을 조금 틀어도 되겠다 싶었다. 그는 대열부장을 향해 묻는 척하면서, 정치위원에게 넌지시 시선을 보냈다.

"오늘까지 가족세대란 건 또 뭐야?"

대열부장은 애매한 침묵 끝에 말을 이었다.

"네. 조직부장동지 말씀으로는… 그년이… 화교들 비밀결사 조직을 결성했답니다. 화교들 내보내지 않으면 항쟁을 벌이자고 했다 합니다."

"뭐, 뭐?"

소장과 정치위원의 시선이 동시에 조직부장을 향했다. 그 눈빛에는 단지 "당신이 알고 있었냐"는 질문만 담긴 것이 아니었다.

소장은 이 방의 당당한 주인으로, 정치위원은 반동들의 정치문제까지 걸머쥔 책임자로, 두 사람 모두 시선을 쏘아 보냈다. 조직부장은 그 무게를 의식하면서도 애써 무시하며 대열부장을 향해 눈을 들었다. 눈빛엔 더는 여유가 없었다.

"그년 배를 당장 갈라서라도 애를 없애야지, 작업장에 데려가면 어떻게 해?"

정치위원이 덧붙였다.

"지금 그년 태도는 어때?"

대열부장은 말끝을 조심스럽게 눌렀다.

"군의관이 내일 수술하겠다 하니까… 아주 완강합니다. 아마 왕가 놈이 죽기 전에 뭐라 한 것 같습니다. 중국 공산당 간부의 핏줄이라고… 아까도 작업장 나가면서 '한 사람이라도 더 알게 하겠다'고 말했습니다."

그 순간이었다. 조직부장의 손안에서 불안하게 굴러가던 라이터가 번개처럼 튀어 나갔다. 대열부장의 몸이 반사적으로 움츠렸다가 제 자리로 돌아왔다.

"야! 이 새끼야!"

조직부장이 버럭 고함쳤다. 목소리가 쩌렁쩌렁 울렸다. 흥분보다 조급한 당혹에 가까웠다. 입가에는 침이 어렸다. 그 안에는 분노만이 아니라, 스스로를 향한 방어적 흥분이 들어있었다.

"그 말을 듣고도 바로 구류장에 집어넣지 않고, 너 도대체 뭐 하는 놈이야?!"

대열부장은 미동도 없이 고개를 더 깊숙이 숙였다. 조직부장은 책상을 앞으로 밀치며 온몸을 솟구쳤다.

"빨리 안 나가고 뭐 해, 이 새끼야!"

고성을 지르는 조직부장이 불쾌했는지 정치위원은 모자를 쓰며 일어섰다. 대열부장은 구두 굽으로 바닥을 찍으며 돌아섰다. 소장이 그를 다시 붙들었다.

"잠깐. 홍 중위, 당장 내 방으로 달려오라고 해!"

그 말은 힘의 중심을 다시 소장에게로 되돌렸다. 그러자 정치위원은 모자를 벗으며 도루 자리에 앉았다.

"저도 이왕 왔으니 내막을 좀 들어봐야겠습니다."

조직부장의 볼살이 파르르 떨렸다. 백두대검이 예전대로 진행되시 않았을 때도 조직부 탓으로 돌려서 본부 정치부에 보고했던 정치위원이었다. 지금도 마찬가지였다. 화교 비밀조직, 임신 사건까지 조직부장이 이미 알고도 덮어뒀던 사안들을 보고서에 정리하려고 그 '내막'을 운운하는 것이었다. 대열부장이 사라진 뒤, 방 안은 묘하게 식어 있었다. 세 사람은 아무 말 없이 각자의 생각에 잠긴 채 어색하게 앉아 있었다. 담배 연기는 서로에게 말 걸지 않아도 되는 침묵의 예의처럼 퍼지고 있었다.

 가족세대 여자들은 돌을 들고 더디게 움직였다. 그들을 다그쳐야 할 홍신영이 돌기둥처럼 한 곳에 꽂혀 있었기 때문이었다. 막대기를 든 팔에 힘이 들어갔는데도 손끝은 허공을 자꾸 더듬었다. 고함은 이미 지쳤다. 그게 더 억울했는지 턱을 덜덜 떨고 있었다. 눈앞의 장찌엔 때문이었다.

 장찌엔은 무릎 위에 두 팔을 올려놓고, 자갈밭 한가운데 쭈그려 앉아 있었다. 일하지 않았다. 두 눈은 홍신영을 외면한 채 먼지를 뚫고 먼 하늘을 응시하고 있었다. 어떤 각오 하나가 이미 저 끝까지 닿아 있는 얼굴이었다.

 "죽여. 맞아 죽지 뭐."
 "다시 말해봐. 정말 죽고싶어?"

 홍신영이 막대기를 높이 쳐들자 장찌엔이 주변에 대고 보위원처럼 소리 질렀다.

 "우리 화교들 다 봐. 똑똑히 봐! 이 장찌엔이 맞아 죽는 거!"
 "이년아, 그 이상한 이름도 하지 말랬지?"

 홍신영이 한 걸음 더 바투 내디뎠다. 말보다 더 다급한 건 그의 눈빛이었다. 그러나 장찌엔은 웃으며 되받았다.

 "내 이름이요."

 그리고 햇빛을 한껏 올려다보며 소리쳤다. "아, 덥다."

 장찌엔은 아무런 망설임 없이 옷을 걷어 올렸다. 치맛단 안에서 드러난 것은, 둥그렇게 부푼 배였다. 숨기지 않았다. 오히려 보여주었다. "나 임신했어…"

그 대사 하나에 주변의 작업이 뚝 끊겼다. 가족세대 수용자들의 시선이 한꺼번에 그녀의 배로 몰려들었다.

"어머머, 임신했대"

"저렇게 말해도 되는 거야?"

"어머 저 언니 큰 일 날려고…"

여자들 사이에서 번지는 걱정과 관심은 홍신영을 더 불안하게 했다.

"이년아. 배 가리지 못해?"

장찌엔은 아랑곳하지 않았다. 오히려 더 크게, 더 멀리 외쳤다.

"애 아빠가 중국 공산당 가문의 3대 외독자였대요!"

목소리는 갈라지지 않았다. 광장에 울리는 방송처럼 또렷했다.

"어떻게 찍어도 가문의 대들보를 골라서 통째로 자빠뜨려!"

홍신영이 직접 손을 뻗쳐 그녀의 옷을 잡아 내렸다. 그러자 장찌엔은 오히려 천을 다 끌어 올려 아예 맨살을 드러냈다. 그걸 본 여자들은 더 경악했다.

"어머머, 저거 봐."

"내가 여기 오래 살긴 살았지… 저런 것도 보네."

홍신영은 여자들을 향해 돌아섰다.

"야! 네년들 뛰지 못해? 오늘까지 다 쌓지 못하면…"

"애 아빠 유골 내놓으라고 중국 공산당에서 항의했대요. 내 배에 있는 애 아빠가 중국 공산당 높은 간부 친척이래요."

"이년아! 너 그 입, 정말 닥치지 못해?!"

홍신영의 목소리는 절박한 분노에 가까웠다. 그러나 장찌엔은 이미 멈출 수 없는 강물처럼 입을 열었다. 피를 토하듯 쏟아냈다.

"그래! 애 아빠도 죽이고, 애도 죽이고, 나도 죽여! 화교들 잘 듣고 있지? 너희들 나가면 다 소문내! 중국 공산당 간부가 찾던 애 아빠도 죽고 애기도 이 안에서 죽었다고!"

가족세대 여자들은 약속처럼 모두가 장찌엔을 보았다. 작업장은 더는 작업공간이 아니었다. 여자들은 뛰던 걸음을 멈추고 귀를 기울였다. 돌 대신 말을 날랐다. 그러던 그녀들의 시선이 일제히 다른 한 곳으로 향했다. 대열부장을 선두로 무장한 군인들이 줄을 지어 달려오고 있었다. 작업장의 공기는 한순간에 뒤집혔다.

장찌엔은 군인들의 손에 끌려가면서도 같은 말을 계속 외쳐댔다.

"중국 공산당 간부가 애 아빠 유골을 달라고 항의했대. 내 배에 있는 애 아빠 유골을 달라 했대."

그의 눈동자에는 한치의 공포도 없었다. 한 사람의 귀에라도 알려야 한다는 무서운 열기만 넘쳐 있었다. 그 말이 나올 때마다 홍신영은 뒤쫓아가며 막대기로 사정없이 장찌엔의 얼굴을 때렸다.

장찌엔은 구류장에 구속됐다. 홍신영은 소장 방으로 불려갔다. 그를 기다리던 세 명의 간부들은 또 다른 고민에 신음하며 머리를 부여잡았다. 장찌엔이 구류장에 가기 전에 쏟아낸 말들 때문이었다.

"안돼. 안돼. 빨리 가서 막아야지! 막을 방법 없어?"

정치위원이 울상이 되어 소리치자 소장은 눈을 감으며 말했다.

"그걸 어떻게 막는답니까? 이미 엎어진 물인데... 내일이면 벌써 온 관리소에 소문 날겁니다."

조직부장은 자기에게 좁혀오는 그물을 찢으려는 것처럼 목소리를 높였다.

"그년이 그걸 어떻게 알았어? 너 그 가벼운 입이 또 나불거린 거 아냐?"

대열부장도 물러설 수 없었다.

"그 남자 놈이 죽기 전에 그년한테 친척 자랑을 했을 겁니다. 저를 왜 끌어들이는 겁니까."

"그럼 그년 입에서 나온 본부에서 유골 찾으라는 그 말! 그건 어떻게 나온 거야? 설마 남자 놈이 지옥에서 엿들은 거야?"

조직부장이 의심을 굳히려 하자 대열부장의 얼굴이 붉게 물들었다.

"그건 그년이 부풀려서 한 말일 겁니다. 그럼 제가 죄수년과 내통했다는 겁니까?"

"그럼 이 새끼야. 여기 앉아 있는 우리란 말이야?"

조직부장이 거친 말을 쏟아내도 책임은 정리되지 않았다. 어떻게든 자기 대신 책임을 떠안을 자를 찾으려 악을 쓰고 있었다. 군의관과 홍신영도 입을 꾹 다물었다. 저들 역시 대열부장이 발설한 현장에 함께 있었다. 장찌엔을 방치한 책임이 자신들에게 미칠까 두려웠던 것이다.

"그년은 원래 말을 잘 붙이는 년입니다."

"그건 그년이 지어낸 말입니다."

소장은 처음 생각과 달리 홍신영과 군의관을 관대하게 돌려보냈다.

5
생명

 다음날 15호 관리소에 본부 정치국장이 도착했다. 그는 유골보다도 그 '소문'에 더 격노했다. 정치위원의 사전 보고는 아주 구체적이었다.

 정치국장은 책상을 쾅 내리쳤다. 소문은 이미 정치적 문제였다. 정치국장은 즉석에서 본부 조직부국장에게 전화를 걸었다. 조직부장은 자기 사무실에서 전화를 받으며 오후 내내 진땀을 빼야 했다.

 "지금 분위기 보면 정치부가 모든 책임을 너에게, 그리고 우리 조직부에 넘겨 씌우려고 하는 거야. 깨끗하게 마무리해."

 조직부국장은 그 마지막 말로 전화를 끊었다. 조직부장은 자기 자리에 앉으며 서랍에서 '충성의 일기장'을 꺼냈다. 그리고 꼼꼼하게 글을 써내려갔다.

 "정보를 알고도 함구한 것은 내 잘못이 아니다. 이게 원래 우리

조직부가 일하는 방식이 아닌가. 잠수함처럼 수심에서 정보를 얻은 뒤 존재를 수면 위로 드러낼 땐 누구라도 공격하는 당의 암행어사! 다만 아쉬웠던 하나는 분명히 있었다. 소장이나 정치위원도 몰랐던 15호 내 화교반체제 조직결성 사건이 본부에서도 아무도 관심을 갖지 않는 것이다. 나는 충성심으로 끝까지 파고들 것이다."

조직부장은 일기장을 덮자마자 볼펜을 아무 데나 확 내던졌다. 일기장에 적은 결의와 달리 지금은 화교, 임신, 소문, 그 지저분한 청소를 자기가 도맡게 됐다는 짜증 때문이었다.

한편 정치국장은 요덕에 하루 더 머물며 현장에서 유골을 찾을 수 없는 관리소의 구조적 한계를 인정했다. 그것도 고개로만 끄덕이는 정도였다. 그가 직접 행차한 이유는 단 하나, 전화로만 일하지 않았다는 현장 방문 증거를 남기려는 것뿐이었다. 본부로 귀환하는 차 안에서 배웅하기 위해 나온 소장과 정치위원에게 명령했다.

"그 아기 혈통 소문, 반드시 지워. 어디에도 남기지 마."

"알겠습니다!"

소장과 정치위원은 동시에 대답하며 거수경례를 했다. 손은 무거웠지만 내심 속은 가벼웠다. 그건 전적으로 조직부장이 해결해야 할 문제였기 때문이었다. 먼저 인지하고도 입을 다물고 있던 자의 몫이었다.

그 시간에 조직부장은 구류장에 가 있었다. 뱃속 아기를 미끼로 장찌엔을 설득하는 방법 외에는 없어 보였다. 본인 입으로 퍼뜨린 소문을 스스로 거두게 해야만 문제가 깔끔하게 정리될 것 같았다. 군의관은 산모 면담과 진단을 근거로 임신 4개월이라고 결론 내렸다.

조직부장은 구류장 6개월 처벌을 즉시 지시했다. 그리고 담화실로 장찌엔을 따로 호출했다. 잠시 뒤, 그녀는 군인의 손에 이끌려 들어왔다. 장찌엔은 철제 의자를 밀어 앉았다. 앉는 자세에는 한 치의 망설임도 물러섬도 없었다. 오히려 독한 결심이 자리했다. 조직부장은 눈썹을 치켜들었다. 말없이 그녀를 응시하더니 천천히 입을 열었다.

"화교비밀 결사 조직부터 말해봐. 솔직히 말하면… 장본인은 죽었으니 사회로 내보내 줄 수도 있어."

하지만 장찌엔은 숨을 고르지 않았다. 말은 그녀의 입에서 이미 준비돼 있었다.

"결사조직 같은 것도 없었고, 중국 사람이 중국 가겠다고 말한 것도 반역죄입니까? 그게 어떻게 선동이 됩니까?"

조직부장은 잠시 웃었다. 빈정거림도 아니고, 경멸도 아니었다. 오히려 오래된 피로와 마주한 사람의 씁쓸한 웃음이었다.

"중국사람? 네 애비는 중국 사람 아니야."

장찌엔은 숨도 쉬지 않고 반사적으로 내뱉었다.

"산둥성 사람입니다."

말은 오랫동안 의심해본 적 없는 확신에서 튀어나온 반사신경 같았다. 그러나 조직부장의 대답은 단호했다.

"조선 국적으로 귀화한 조선 사람이야!"

장찌엔의 눈이 커졌다. 표정이 굳고, 이마에 얇은 주름이 겹쳐졌다.

"…네?"

조직부장은 팔짱을 풀고 천천히 상체를 앞으로 기울였다.
"문화대혁명 때 도망쳐 조선화교련합회 안에 노동당 세포조직도 만들겠다고 뛰어다닌 노동당 당원이었어."
장찌엔은 믿을 수 없다는 듯 고개를 저었다.
"중국 호구 조사하면 분명히 나올 겁니다. 우리 호적에—"
그 순간, 조직부장의 주먹이 책상을 쳤다. 탁— 하는 소리와 동시에 목소리가 폭발했다.
"60년대 거지 같은 중국이 인구조사나 제대로 한 줄 알아? 네 애비 포함해서 다 지워졌어!"
그 뒤로 이어지는 목소리는 바늘처럼 예리했다.
"너. 그리고 네년과 붙어먹은 그놈까지. 여기 있는 놈들 전부. 중국 대사관에도 이름이… 다 없어."
말은 회초리처럼 장찌엔의 뺨을 내리쳤다. 그녀는 멍하니 조직부장의 눈을 응시했다. 믿음이 무너지는 소리가 가슴 안쪽에서 울렸다. 침묵이 길어지자 조직부장은 얼굴을 더 가까이 들이밀었다.
"그래서 여기 잡혀 들어온 거잖아."
장찌엔의 시선이 흔들렸다. 눈동자엔 흐릿한 혼란이 떠올랐다. 모든 것이 거짓말인지, 아니면 이제야 진실이 드러난 건지 그녀는 분간할 수 없었다. 조직부장은 그 틈을 놓치지 않았다. 그의 음성은 멀리서 울리는 확성기처럼 공허하게 울렸다.
"주은래가 우리 수령님께 애원했지. 제발 화교들 잘 봐달라고. 71년도에 화교들 6만명 대부분이 중국 국적으로 바꿨어. 근데 네 애비는 안 바꿨지. 오히려 조선 국적 택했고… 그래서 노동당원도 될 수 있었던 거야."

아버지가 조선국적으로 귀화하다니? 노동당원이었다니? 담화가 끝난 이후에도 장찌엔은 그 시간 속에 그냥 앉아 있었다. 쇠살창 너머로 마지막 가을비가 어두운 하늘을 긁고 있었다. 비는 내리다 말기를 반복했다. 그 사이사이 천둥이 먼 산등성이에서 으르렁거렸다. 벽에 기대앉은 장찌엔의 두 볼에선 눈물이 흐르고 있었다. 얼굴은 이미 눈물에 흠뻑 젖어 있었다. 축축하게 젖은 머리카락이 뺨에 들러붙어 떨어지지 않았다. 살 속까지 파고드는 찬 기운이 쇠창살 틈 사이로 밀려 들어왔다. 그 바람결에 실려 조직부장의 목소리가 다시 들려왔다.

"네 아비는 당의 신임을 등에 업고, 이 주체 조선에 개혁 바람, 반공화국 바람을 끌어들이며 간첩질을 하다 여기 들어왔던 거야."

철문이 닫힌 뒤에도 말은 오래 남아 구류장의 한복판에 무겁게 가라앉았다. 마지막에 남기고 간 그의 제안은 뜻밖에도 거래였다.

"전체 사상투쟁 무대에서… 애 아버지 이름이 지형철이라고 해. 너의 가족세대 선생님이었던 그놈. 그놈이 들켜서 자살까지 한 거야."

그는 속삭였다. 너무도 간사한 목소리였기에, 더 깊숙이 파고들었다.

"그렇게만 말하면, 너 원하는 대로 해줄게. 애 낳고 가족세대 남도록."

비가 세차게 창살을 두드렸다. 장찌엔은 손을 무릎에 얹고 미동도 없었다. 이미 온몸이 무겁게 잠겨 있었다.

"딱 삼일 시간 줄게. 싫다면 애를 지울 거야. 아니, 여기 구류장

질서로 기합 받으면 저절로 떨어질 거야"

천둥이 한 번 구류장의 천장을 내리쳤었다. 어둠 속에서 군인들의 고함과 여성 수용자들의 비명, 그리고 채찍질 소리가 뒤엉켜 울렸다. 조직부장이 떠난 이후로 그녀의 결정을 재촉하려고 밤을 더 깊이 눌러대는 것 같았다. 그의 협박이 귓속을 떠나지 않는 이틀째 되는 날이었다. 약속한 3일이 채 되기 전에 대열부장이 군의관을 데리고 나타났다. 주사 바늘이 번뜩였다. 장찌엔은 본능적으로 몸을 틀며 소리쳤다.

"건들지 마! 아이한테 뭘 하려는 거야!"

그러자 대열부장이 뜻밖의 말을 했다.

"지키려는 거야. 애가 정상인지 보려고… 검사하려는 거야. 걱정 마. 앞으로도 애는 지우라고 안 할 거야."

거짓이 아니었다. 본부에선 이미 산모의 출산을 지시한 상태였다. 중국에서의 외교적 항의가 더 강해질 경우를 대비해, 유골 대신 살아있는 혈통 아기를 보내려는 계산이었다. 아기의 존재 가치가 급격히 부상된 건 그 혈액형 때문이었다.

중국 성급 간부의 편지에 언급된 조카의 희귀 혈액형은 Rh 음성으로 명시돼 있었다. 그 흔치 않은 피가 산모의 대중에서 맥박치고 있다는 사실이 상황을 바꾸고 있었다. 장찌엔도 대열부장의 진지한 표정에서 금방 알았다. 유골이라도 찾으라고 난리 쳤던 놈들이 아니었던가. 평양에서 정치국장까지 달려올 정도로 급했던 놈들이 아니었던가. 그 혈통의 아이다!

대열부장은 나가며 말했다.

"몸 관리 잘해. 밥 더 달라고 해도 돼."

쇠살창이 쾅 소리를 내며 닫혔다. 장찌엔은 이내 주먹으로 눈가를 쓱 문질렀다. 그리고 버럭 소리 질렀다.

"야! 오줌 마렵다! 문 열어!"

장찌엔의 목청은 군인들보다 더 높았다. 철문 바깥에서 군화발 소리가 다가왔다. 그들은 똑같이 이마살을 찌푸렸다. 찌엔은 전혀 다른 공간에 앉은 사람 같았다. 등을 벽에 기대고, 한쪽 다리는 반쯤 접은 채 무릎 위에 팔꿈치를 올렸다. 마치 제집에 앉은 것처럼 편안한 자세였다.

"이 년아. 구류장 규칙 몰라? 벽에서 몸 안 떼?"

"가운데 정자세로 앉아 있고, 요구사항은 손들고 말한다. 알겠나?"

군인들이 위협조로 호통쳐도 장찌엔은 피식 웃었다.

"몰라! 안 해!"

다른 군인들까지 달려와 구경하며 어이없어했다. 그들은 막대기로 쇠살창을 때리며 부글부글 끓었다.

"야, 저걸 왜 못 때리게 하지? 주먹이 근질거린다."

"저럴 거면 왜 여기 처박아 둔 거야?"

장찌엔은 그들을 거들떠보지도 않았다. 여전히 등을 벽에 붙이고, 눈만 천천히 위로 치켜올렸다.

"요강 가져와. 똥도 싸야겠다!"

그녀의 목소리는 거칠지도 떨리지도 않았다. 그냥 태연했다. 밖에선 첫 눈이 내리고 있었다.

또 한 해가 저벅저벅 찾아오더니 1월이 저물었다. 일 년 중 하루가 가장 길다는 2월 초순이 문턱을 넘고 있었다. 이맘때의 추위는 유난히 맵고 짰다. 바람도 눈도 사람의 기력부터 할퀴고 들어왔다. 해제명단에서 또 빠질 것이란 예감이 어떤 추위보다 먼저 마음을 동사(凍死)하게 했다. 나가고 싶다는 소망조차 온전히 자신의 것이 아니었기에 불 앞에 앉고도 따뜻함은 가슴에 닿지 않았다.

소장이 서련화를 개별 면담으로 호출한 것도 그런 계절이 다가왔기 때문이었다. 미리 꺼내줄 위로 한 줌이 필요했던 2월이었다. 무너지기 전에 움츠러드는 사람의 어깨를 붙들어야 하는 시기였다.

서련화는 오랜만에 들어온 혁명화학습실 안을 둘러보았다. 속이 훤히 들여다보이는 빨간 실크도 새삼스럽게 만져보았다. 방엔 창문 하나 없었다. 실내 공기는 2월의 골짜기처럼 싸늘하게 느껴졌다. 벽에 걸린 '수령님 교시' 액자도 얼어붙은 문장처럼 차가웠.

서련화는 작고 낮은 책상 앞에 앉아 있었다. 팔을 포개지도, 등을 기대지도 않았다. 시선은 비어있었다. 두 눈도 2월을 마주해서 어디를 보나 닿지 않았다.

소장이 숯 화로를 들고 들어섰다. 그의 걸음엔 조심스러움이 배어 있었다. 표정은 지난 계절과 다르지 않았다. 그것만으로도 그녀는 알 수 있었다. 자신이 또 한 해를 이 안에서 보내야 할 것임을 말이다. 저절로 고개가 내려졌다.

"오랜만이다. 본부 검열이 끝나고도… 좀 바빴다."

그녀는 고개를 들었다. 입술이 짧게 떨렸다.

"이해해."

말은 이해였지만 전한 건 깊은 침묵이었다. 두 사람 사이 공기는 서서히 조여들었다. 정적은 감정의 눌림으로 미세하게 떨렸다. 소장은 책상 모서리에 손을 얹었다. 말을 고르는 듯 손끝을 한 번 움켜쥐었다가 다시 천천히 펼쳤다.

"마음 같아선… 너를 자주 부르고 싶지만… 널 지키자니 내 속을 억누르는 거다."

그 말은 끝내 다 못 꺼낸 진심처럼 그녀 앞에 조심스레 놓아졌다.

"알아… 그 마음."

련화는 조용히 응답했다. 목소리는 깊은 가슴 아래에서 곧장 올라온 것처럼 또렷했다. 진심은 짧고 작게 말해도 울림이 있다고 믿는 어조였다. 그리고 실내는 다시 고요에 잠겼다. 잠시 숨을 고르는 여백이 아니었다. 무슨 말을 해도 곧장 변명이 될 것 같은 인내의 정적이었다. 둘 다 말하지 않음으로써 서로의 체면을 지켜주는 중이었다.

끝내 련화가 먼저 입을 열었다. 끝이 뻔히 보이는데도 일단 거기까지 가봐야 돌아설 수 있을 같았다.

"이제 곧… 2월 그날인데… 올해도 나는 안 되겠지?"

소장은 아무런 표정도 보이지 않았다. 아니, 보이지 않으려 애쓰는 것이었다. 다만 그의 눈동자 깊은 곳에서 무언가 아주 조금 흔들렸다. 그는 말하지 않았다. 그녀의 이름을 추천서에 적어 넣은 일도, 많은 엔화를 써가며 노력한 사실도 함구했다.

작은 기대 하나가 더 깊은 추락을 만들어낼 수도 있다는 걸 잘 알아서였다. 무엇보다 그녀가 정치범이기 때문이었다. 일반 범죄

자처럼 목적하고 계획하고 실행한 게 아니었다. 대부분은 우발이고 한순간의 실수였다. 들어올 때의 교훈을 나갈 때까지 각성시켜야 했다. 더구나 자신이 지켜주고 싶은 여자라면 말이다.

"…련화야."

그는 처음으로 그녀의 이름을 불렀다. 이름을 품고 있는 자기 속을 드러내야만 그녀가 좀 더 귀를 기울일 수 있을 것 같았다.

"…내가 소장으로 여기서 잔뼈가 굳었으니… 이 안에서 살 놈, 죽을 놈, 그 두 부류의 차이를 말해줄까?"

련화는 그의 말보다 표정을 더 깊이 들여다보았다. 감정을 배제한 관료의 얼굴이었지만 눈빛에는 권한 이상의 무게가 스며있었다. 그녀는 듣기로 결심했다. 몸을 살짝 정돈하며 자세를 바로잡았다. 허리를 세우고 무릎을 가지런히 했다. 들을 준비가 되었다는 표시였다. 소장의 눈은 얼어붙은 물처럼 투명했다. 가라앉은 문장들은 이미 오래전부터 굳어져 있는 것 같았다.

"살 놈은 항상 지한테 떨어질 명령을 미리 눈치채고 입을 닫아. 아무 말도 하지 않아. 근데 죽을 놈은 꼭 물어봐. '왜요?' '언제까지요?' '무슨 기준으로요?' 그 입이, 누적되는 그 말들이, 목숨을 덜고 나가지."

소장의 말은 물처럼 흐르지 않았다. 한 글자, 한 글자가 목울대를 눌러 내려오는 쇳덩이 같았다. 그 무게를 피할 수 없는 느낌이었다. 서련화의 얼굴 한가운데 가장 연약한 근육 하나가 움찔거렸다. 소장은 그녀의 반응을 애써 모른 척했다. 그리고 판결문처럼 말의 칼날을 이어 갔다.

"살 놈은 등이 낮아. 위에 뭐가 있는지 궁금해하지 않아. 고개를 들지 않지. 죽을 놈은 자꾸 눈을 들어. 남보다 먼저 주변을 알려 해. 보위원 견장을 보고, 표정을 훔쳐봐. 쓸데없이 본 놈은 이유 없이 말려들게 돼."

련화의 눈썹이 천천히 가운데로 모였다. 자신의 지난날을 되짚는 표정이었다. 그 틈을 소장은 놓치지 않았다. 거기서부터 더 깊이 파고들며 목소리를 다시 밀어 넣었다.

"살 놈은 무식한 척 해. 글씨도 어설프게 쓰고 숫자도 더듬거려. 죽을 놈은 사상 검토 때마다 철학을 인용해. 이 안에서도 자기 박식함을 증명하려고 해. 그게 자기를 의심하고 겨누는 총구란 걸 몰라."

그녀의 입가에 가느다란 미소가 스쳤다. 웃음이 아니었다. 감정을 미끄러뜨리지 않기 위한 방어였다. 무너지지 않기 위한 얇은 가림막이었다.

"살 놈은 주먹이 쏟아져도 그 이유를 알려고 안 해. 그래서 때리던 놈이 스스로 멈추지. 그러나 죽을 놈은 맞기 전에 꼭 말해. 그럼 거기서 안 끝나. 때릴 명분이 생기면 그놈부터 찾게 되고 그럼 영영 못 일어나."

련화의 기억은 접시를 깼던 날에 멈췄다. 그날도 여자 보위원은 서슴없이 손을 들었어도 자신은 아무 대꾸 없이 그 모욕을 견뎠다. 그때 소장이 없었더라면, 혹은 자기의 정당함을 한마디라도 항변했다면 그때부터 수난도 모르게 이어졌으리라 생각됐다.

"살 놈은 받은 수번에 익숙해져. 죽을 놈은 자꾸 '나는 누구였다'

고 말해. 과거를 가진 놈이 먼저 지워져."

그 말은 단숨에 지나갔다. 소장은 서련화가 누구보다 과거를 숨길 줄 아는 여자라는 걸 알고 있었다.

"살 놈은 그릇도 조심히 써. 죽을 놈은 성질내며 던지지. 체제는 도구보다 싸게 죽일 놈을 기다려. 살 놈은 이 체제를 이해하려고 해. 원칙을 계산하며 줄을 안 넘지. 죽을 놈은 체제에 의존하고 기대려고 해. 언젠가는 공정할 거라 믿어. 그게 제일 멍청한 거야. 그런 놈은 끝까지 당하고 끝내 사라져."

소장의 말이 끝나자 방안은 절벽 아래로 기울어진 것 같았다. 련화는 그 깊은 아래를 보듯 고개를 떨구고 오랫동안 말이 없었다. 그러다 천천히 눈을 들었다. 그리고 한 문장을 꺼냈다. 가벼운 것 같았지만 실은 지금껏 주고받은 모든 말보다 무겁고 깊은 물음이었다.

"그러면… 난 어느 쪽일까?"

그건 질문이라기보다 마지막 시험처럼 던지는 말이었다. 자신을 죽일지 살릴지 윗선에서 고려하는 어느 한쪽이든 알고 싶었다. 소장의 입에서 나오는 한 마디가 그 칼날과 체온 사이 어딘가를 가늠해줄 것 같았다.

소장은 말없이 그녀의 두 눈을 뚫어지게 바라봤다. 감당할 말의 무게를 고르다가 묵직하게 입을 열었다.

"살아야지. 살 놈이 돼야지. 이건 내 명령이야."

소장은 끝까지 그녀에게 희망이나 미련을 암시할 말은 꺼내지 않았다. 그건 약속이 아니라 유예이기 때문이었다. 그는 천천히 자리에서 일어섰다.

"오늘은 이 정도 만나고, 다음에…"

서련화도 조용히 따라 일어났다. 그리고 조심스레 다가와 소장의 양쪽 어깨에 두 손을 얹었다. 작고 부드러운 손이었다.

"여기도, 사람이 살만 해. 네가 있어서."

그 말은 들리는 순간보다도 더 오래, 그리고 깊이 울렸다. 소장은 가슴 어딘가에서 쿵- 하는 무게와 파문이 일었다. 련화의 눈빛은 열정적으로 흔들렸다. 눈은 깨진 벽 틈으로 스며드는 빛줄기처럼 가슴을 찔렀다.

"내 앞에서 미안해하지 마. 내 남자의 마음은 사소하면 안 돼. 난 오늘 내 가슴 속으로 널 소환하고 싶어."

그녀는 탁상 등의 빛이 닿지 않는 어두운 벽 쪽으로 걸어갔다. 불과 열 걸음 남짓한 거리였다. 서련화가 그 벽 앞에서 돌아섰을 때 소장은 놀랐다. 그녀는 밝게 웃는 얼굴이었다. 웃음이 이토록 아름다운 얼굴을 만들어내는 줄 이제야 알았다. 그동안 저 웃음을 억누르고 살았던 그녀의 속이 얼마나 아팠을지를 뒤늦게 느꼈다.

"5단계는 '속궁합 맞추기'야. 흥분되지?"

그녀는 웃으며 말했다. 소장도 따라 미소를 지었다. 련화의 목소리는 이미 자기 품 안에서 맴돌고 있었다. 그 웃음은 어느새 그의 살을 어루만지고 있었다.

"살이 닿는 속궁합이 아냐. 그보다 먼저 감정이 닿는 속궁합이지. 그 궁합으로 가까이 마주 서면…오늘, 우리 몸도 나누는 거야. 할 거지?"

소장은 여자 앞에서 부끄러움을 느낀 적이 없었다. 그러나 지금 련화의 용기와 진심 앞에 자신의 얼굴이 서서히 붉어지고 있다는 걸 느꼈다.

"…그 감정의 궁합은… 어떻게 맞추는 건데…?"

"나는 내 감정을 시로 벗을 게. 한 걸음에 시 한 수씩. 넌 네 감정 대로 아무튼, 이 말로 대답하고… 그렇게 가까워지다 보면 만나는 거지."

"군인인 내겐 어려워서 듣고도…"

"출발한다."

종소리처럼 울리는 그 한마디에, 소장은 안쪽에서 가슴이 무너지는 소리를 들었다. 위로를 주려던 자리였는데, 되레 평온을 건네받고 있었다.

서련화는 잠시 천장을 올려다보았다가 마침내 소장의 눈을 바라보며 입을 열었다.

사랑은 열 걸음
아무도 먼저 걷지 못한 거리였다
그 길의 그림자는 늘 하나인 줄 알았는데
둘이 보던 하늘에서 눈비 오던 계절도 있더라
어느새 돌아보니 아홉 걸음 와 있더라
마지막 한 걸음은… 누가 먼저 짚어줄까

"…아무튼." 소장의 첫 대답은 자신감이 넘쳤다.

서련화는 잔잔한 미소를 머금고 한 걸음을 내디뎠다. 이번엔 한 번 고개를 숙인 뒤 다음 시를 불렀다.

나는 그늘에 눕는 법을 배운 여자였어
너는 어둠에 서는 법을 배운 남자였고
우리가 햇볕에서 사는 법을 함께 배웠다면
너는 오늘 어떻게 서 있었을까
나는 그럼 어떻게 누워졌을까

"…아무튼." 이번에는 음성이 작았다. 소장의 단어는 망설임처럼 떨어졌다. 서련화는 한 걸음을 더 앞으로 내디뎠다.

나는 거울을 보지 않았어
그 안에 내가 없어서
어느 날 문득 보고 싶었어
그 안에 네가 있더라
그런데 웃으며 혼자더라
그 옆에 끝내 나는 없더라

소장은 입술을 다물고 한동안 시를 음미했다. 그리고 나직이 무겁게 단어를 꺼냈다. "…아무튼."

련화는 그 말에 응답하며 발을 옮겼다. 이번에는 그 걸음이 더 깊었다.

나는 알몸도 아니었어
항상 벗겨질 옷이었어
나는 매일 살을 하나씩 벗었어
나는 다시 입는 법도 잊었어
처음으로 이 옷을 입혀줬어
벗긴 세상 앞에 살던 나

입힌 체제 안에 갇힌 나
이젠 둘 다 어느 쪽도 아닌 나

서련화의 마지막 음절이 끝났을 때 소장은 아무 말도 하지 않았다. 그녀는 움직이지 않고 기다렸다. 걸음도 시도 멈췄다. 두 사람 사이엔 정적이 깊게 내려앉았다. 소장은 그녀를 격려해주고 싶었다. 세상에서 제일 예쁘고 멋진 서련화라고 말해주고 싶었다. 그래서 그는 강하게 부정하듯 말했다. "아무튼!"

나는 여자였다가
기억이었다가
눈물이었다가
이제는 아무것도 아닌 번호더라.

소장의 입에서 차마 말이 나오지 않았다. 그의 '아무튼'은 쉽사리 떨어지지 않았다. 그러나 서련화의 눈에 눈물이 고인 것을 보고 닦아주고 싶었다. 그래서 힘겹게 정말로 간신히 말을 뗐다. "...아무...튼."

두 사람의 거리는 더 가까워졌다. 이젠 다섯 걸음 남은 거리였다. 그 짧은 시선 안에 서련화의 젖은 두 볼이 보였다. 소장은 차마 마주 보지 못했다. 그녀의 음성이 오열처럼 귀에 와닿았다.

다 버렸다고 생각했는데
더 잃을 것도 없다 했는데
아직 남은 내가 하나 있더라
너에게 주는 진심은
지금의 내가 아니야

*웃음도 눈물도 진짜이고
죄도 번호도 없었던 열 세 살!
그 아이를 줄게. 가져!*

그녀의 마지막 "가져!"는 시어라기보다 절규처럼 울렸다. 소장의 입에서 흘러나오던 "아무..."는 끝내 맺히지 못했다. 입술이 굳고 고개가 떨궈졌다. 네 걸음 앞에서 마주 선 두 사람은 서로를 외면한 채 오래 서 있었다. 서련화는 걷잡을 수 없이 흐르는 눈물 때문에, 소장은 마주 볼 양심이 남아 있지 않아서였다. 먼저 다가온 건 여자 쪽이었다. 소장은 그 상황을 모면하고 싶어 나지막하게 말했다.

"우린... 가까워지지 못했다. 우리 궁합은..."

서련화가 그 입을 연약한 손으로 막았다. 아직도 젖어있는 목소리로 말했다.

"너에게서 '아무튼'이 멈췄잖아. 난 널 소환했어... 우린 궁합이 맞은 거야."

소장은 그녀의 두 눈을 뚫어지게 바라보았다. 그리고 마침내 두 사람의 눈빛은 뜨겁게 타올랐다.

15호에도 대사면이 있었다. 하지만 그 해방은 담장 밖으로 향하는 것이 아니었다. 그것은 구류장에서의 출소였다. 다시 말해 좁은 감옥 철문 너머의 넓은 감옥으로 되돌아가는 '해방'이었다. 일 년에 두 차례, 김일성과 김정일의 생일 즈음에 맞춰 열렸다.

정치위원은 군의관이 말하는 장찌엔 출산 예정일이 4월 말이니 4월 명절에야 그를 풀어야 한다고 주장했다. 임신도 감추고 그 죄로 구류장 처벌이라는 명분도 좋다고 했다. 하지만 조직부장은 장찌엔의 아이가 중국 공산당 간부의 혈통이란 소문을 막는 것이 더 시급했다. 위에서도 그 결과를 매일같이 독촉했다. 사상투쟁이 끝나는 대로 다시 집어넣으면 그만이니 대사면 명단에 넣자고 고집했다. 마침 장찌엔으로부터 사상투쟁 나가 반성하겠다는 확답이 왔다. 그 소식을 갖고 온 대열부장은 일이 다 해결된 것처럼 호언장담했다. 소장도 조직부장의 손을 들어줬다. 그렇게 모든 것은 일괄적인 행정처분으로 귀결되었다. 석방의 형식적 이유는 '사상적 갱생 가능성'이었지만, 실은 그 누구도 수용자들의 사상을 알려고 안 했다.

회의를 마친 조직부장은 곧장 장찌엔을 찾아갔다.

"내가 힘 써준 거야. 내일 명절 지나면 바로 사상투쟁 회의 열 테니, 그때 자기비판 잘해."

2월 16일 오후, 구류장 안에서는 대사면 받은 사람들이 무릎을 꿇고 흐느꼈다. 그 반대편, 구류장 담장 밖에서는 혁명화 해제 통보를 받은 수용자들이 얼어붙은 땅 위에서 만세를 외쳤다.

9분조원들도 그 자리에 있었다. 모두의 시선이 한 사람으로 향하고 있었다. 도련님이었다. 올해만큼은 그의 이름이 불리리라 믿었다. 하지만 명단에서 그의 이름은 또다시 비껴갔다. 도련님은 어린애처럼 울었다. 자기 처지 때문에 비관하며 흘리는 눈물만이 아니었다. 가족세대 2분조에서 박해순의 아버지가 해제명단에 올라서였다. 그녀는 그녀대로 울었다. 남겨진 사람을 바라보며 펑펑 오열했다.

해제 발표 행사가 끝난 뒤에도 2분조 여자들에겐 슬퍼할 시간이 허락되지 않았다. 구류장에서 갓 돌아온 장찌엔에게 갑작스러운 진통이 시작되었기 때문이었다. 처음에는 참을 수 있을 정도였지만, 해가 저물 무렵부터 고통은 급속히 깊어졌다.

2분조 여자들은 그녀의 집으로 몰려들었다. 잠시 후 도착한 신숙자가 먼저 산모를 확인하고 출산 준비를 서둘렀다. 얇은 이불 위에 누운 장찌엔은 이미 숨을 헐떡이고 있었다. 그녀의 온몸에서 쏟아진 땀으로 이불은 푹 젖어 있었다. 눈빛은 깨져 세상의 끝을 지나듯 흔들렸다. 네 사람이 그녀를 에워쌌다. 신숙자, 민유정, 박해순, 김상미였다. 모두 죄책감으로 굳어진 표정이었다. 자신들도 기꺼이 산고를 함께 짊어지고 있었다.

"한 번 더 힘을 내세요."

신숙자의 목소리는 낮고 부드러웠다. 병실에서 수도 없이 생사를 마주했던 간호사 특유의 침착함이었다. 그녀는 환자의 고통을 헤아리는 법을 아는 사람이었다.

"언니 내 손 잡아."

민유정이 손을 내밀었다. 손과 손이 닿는 순간, 장찌엔의 눈빛이 잠시 흔들렸다. 그리고 천천히 고개를 돌려 네 사람을 차례로 바라보았다. 그 눈빛에는 감사의 말, 억눌린 분노, 놓아버리고 싶은 절망까지도 다 담겨있었다.

"구류장만 안 갔어도… 벌써 낳았을 거야…"

장찌엔의 목소리는 울컥 솟았다가 중간에 내려앉더니 동시에 사라졌다. 그녀가 다시 천장을 올려다보았다. 그리고 중얼거렸다.

"이놈들아! 내가… 질 것 같으냐!"

그 소리마저 허공에 흩어졌다. 몸은 다시금 맥없이 바닥으로 꺼졌다. 그녀의 눈은 오로지 천장에 박혀 있었다. 숨소리마저 신음으로 들렸다. 몸은 바위처럼 굳었다. 절대로 깨질 수 없다는 신념에 매달려 있었다. 신숙자가 조심스레 수건으로 그녀의 이마를 닦았다.

"찌엔이라면 할 수 있어요. 여기서 멈추면 안 돼요."

그녀는 장찌엔의 숨을 부여잡았다. 기운을 불어넣는 심정으로 크게 말했다.

"멈추면 지는 거예요. 질 수 없잖아요!"

민유정은 장찌엔의 손등을 쓸며 말했다. 그 목소리도 흔들렸다. 함께 흐느끼는 안타까운 연대였다.

"언니는 대륙의 여걸이라면서요. 여걸은 안 지잖아요…"

김상미는 아무 말도 하지 못했다. 입술을 앙다물고, 숨을 멈추고, 그렇게나마 그 자리를 지켰다. 그녀는 지금까지 한 번도 본 적 없는 산모의 진통 앞에서 자신도 여성이란 것을 비로소 자각하는 것 같았다.

"이젠 다 나왔어요!"

박해순이 소리쳤다. 그의 목소리는 놀람과 경이, 그리고 떨리는 두려움에 젖어 있었다. 장찌엔은 눈을 감았다. 그리고 다시 떴다. 한 번 깊게 숨을 들이쉬었다. 허파가 터질 듯 부풀었고 갈비뼈는 가늘게 당겨졌다. 천장을 올려다보는 눈에는 눈물이 고였다. 마지막 힘을 모으는 준비는 엄청 길고 괴로웠다. 마침내 그녀의 얼굴이 서서히 붉게 달아올랐다. 울음인지 외침인지 알 수 없는 단 한 번의 기를 모았다. 그건 오직 생명을 향한 한 번뿐인 절규였다.

"죽어도! 이 장찌엔이 죽어도--!"

그 부르짖음과 함께 상체도 일으켰다. 그때였다.

"응애."

방 안에 아기의 소리가 울렸다. 작고 미약하지만 분명한 울음소리였다. 신숙자의 팔 안으로 미끄러지듯 안긴 생명의 고고성이었다. 드디어 아기가 태어났다. 신숙자는 얼른 자기 가슴으로 조심스레 그 소리를 덮였다. 그 울음은, 결코 밖으로 새어선 안 될 15호의 금기였다.

"축하해요… 딸이에요."

신숙자는 속삭였다. 그러나 축복은 곧 울음 속에 삼켜졌다. 장찌엔에겐 아기를 볼 힘이 남지 않았다. 그녀의 시선은 여전히 천장에 박혀 있었다. 그것은 마지막 힘을 짜내며 치솟았던 그 순간 그대로 멈춰 있었다. 눈동자는 더 움직이지 않았다. 눈물은 마지막 한 방울까지 떨어졌다. 입에는, 엷지만 너무도 아름다워서 슬픈 미소가 박제돼 있었다.

"어… 어머!"

박해순이 장찌엔의 다리 사이를 보더니 갑자기 입을 틀어막았다. 붉은 피가 마치 금이 간 강둑 모양 한순간에 터져 나왔다. 이불은 순식간에 흠뻑 젖었다. 김상미와 민유정은 그 광경 앞에서 말문을 잃었다. 민유정이 수건을 집어 급히 누르려 했지만 피는 멈추지 않았다. 신숙자는 또 하나의 수건을 덮으려다 손이 멈췄다. 그녀는 알고 있었다. 수혈 없이는 이 피를 되돌릴 수 없다는 것을...

장찌엔의 얼굴이 서서히 하얘졌다. 입술은 푸르게 물들었다. 심장은 뒤늦게 위급을 알렸지만 이미 너무 멀리 와 있었다. 끝내 그녀의 눈은 천장에서 멈췄다. 2분조 여자들은 그녀의 숨이 멎은 줄도 몰랐다. 그저 흐르는 피에만 급급해하고 있었다.

신숙자는 일부러 말하지 않았다. 그렇게라도 그녀들의 기억 속에 장찌엔의 수명이 몇 초라도 더 연장됐으면 하는 바람이었다. 그녀의 마지막 시선을 따라 천장으로 고개를 들던 신숙자는 팔로 입을 꽉 틀어막았다. 가까스로 내뱉은 목소리는 떨렸다.

"유정아… 해순아… 찌엔이가 마지막에 뭐라고 했지…?"

박해순이 흐느끼며 말했다.

"죽어도…"

민유정이 눈물에 젖은 얼굴로 이었다.

"이 장찌엔이 죽어도…"

그들도 신숙자를 따라 천장을 올려다보았다. 그리고 모두가 우왕! 울음이 터졌다. 천상에는 문장 하니가 또렷하게 남아 있었다. 출산을 준비하며 그것밖에 할 수 없었던 장찌엔의 자필이었다.

『엄마란 이름은 죽지 않는다!』

"우에에- 앙!"

아기가 다시 울음을 터뜨렸다. 그 문장에 답하듯. 엄마의 마지막에 생명이 울음을 이어받았다.

"아아아앙--!"

세상에 태어나자마자 젖 한 방울 없는 아기의 울음소리였다. 울음은 천장을 뚫고 지붕을 넘어 어둠 속 수용소 하늘로 퍼져나갔다. 자기가 어디에서 태어났는지 이미 알고 있는 것 같았다. 갓 태어난 몸이었지만 울음은 통곡에 가까웠다.

가족세대에서 한 집, 두 집 문이 열렸다. 여인들이 부스스 몸을 일으켰다. 어떤 이는 마당으로, 또 누구는 부엌에서 뛰어나왔다. 그들의 얼굴엔 두려움 보다 놀람과 기적에 가까운 감정이 깃들었다.

그날은 민족최대명절이어서 가족세대 철문이 열리는 날이었다. 소문은 독신자 막사까지 금세 퍼졌다. 누워있던 수용자들이 하나둘 고개를 들었다. 운동장에 서 있던 이들도 같은 방향으로 움직였다. 그들보다 먼저 9분조가 달리고 있었다.

'경축, 민족 최대의 경사스런 2.16일' 현수막이 걸린 보위부 식당 안에서 술잔을 들고 있던 조직부장이 눈살을 찌푸렸다. 잔이 미세하게 떨렸다. 그와 나란히 앉은 군인들 또한 동시에 창밖으로 고개를 돌렸다. 설명할 수 없는 무언가가 지금 이 수용소를 관통하고 있었다.

9분조가 장찌엔의 집 앞으로 달려왔을 땐 군인들이 출입을 막고 있었다. 시체 처리와 소독통을 든 군인들이 분주히 오고 갔다. 집 안으로 들어간 홍신영은 꽥 소리쳤다.

"다들 나가!"

우는 아기와 신숙자만 남겨지고 2분조 여자들은 일어서야 했다. 그러나 그들의 발은 쉬이 물러나지 않았다. 분노와 억울함이 복받쳐 그들은 마당에 나와 서 있었다. 군인들이 시체를 들고 나가자 아기의 울음소리가 더 커졌다.

잠시 후 흰 위생복을 입은 군의관이 빠른 걸음으로 집 안으로 들어왔다. 그는 가방에서 주사바늘부터 꺼내 들었다. 그리고 곧바로 아기의 작고 붉은 그 발뒤꿈치를 집어들었다. 신숙자가 울음을 달래려 하자 주사바늘을 뜬 그가 차갑게 노려보았다.

"가만히 울게 둬. 그래야 잘 나와."

"세상에 나온지 몇 분도 안 된 애입니다. 왜 피를 뽑습니까?"

신숙자가 되묻자 그는 짧게 대꾸했다.

"혈액형 확인만 하는 거야."

작은 발뒤꿈치에 바늘이 스며들었다. 아기가 자지러지게 울었다. 붉은 피 한 방울이 맺혔다. 핏방울은 거즈 위로 떨어졌다가 곧 유리 슬라이드 위로 옮겨졌다.

군의관은 항-A, 항-B, 항-D 시약을 순서대로 떨어뜨렸다. 슬라이드를 들고 천천히 흔들었다. 응집이 일어나는지, 뿌연 맺힘이 있는지 기다리며 담배를 꺼내 물었다. 아기 울음소리에 얼굴을 찡그리며 군의관은 다시 슬라이드 위를 들여다보았다. 유리판 위, 응집된 작은 점 하나, 그 속에서 무언가 선명히 드러났다. 그의 눈이 커졌다.

"...이게 뭐지?"

한편 사무실 안에서 조직부장은 불을 켜지 않은 채 책상 앞에 앉아 있었다. 어둠 속에서 손톱을 물어뜯고 있었다. 그의 고민은 하나 더 늘어났다.

　김정일의 생일인 2월 16일에 관리소에서 출산 사건이 터졌기 때문이었다. 북한에선 누구도 수령과 지도자의 생일이 겹쳐선 안 된다. 그게 조선의 원칙이었다. 그게 이 체제의 신격화 세월이었다.

　그 원칙을 어긴 건 일반 사회인도 아닌 반동이었다. 반동이 이 수용소 안에서 지도자와 같은 날에 하필이면 아이를 낳았다. 여기가 어디인가. 삼대멸족의 원칙으로 반동의 씨를 말린다는 15호가 아닌가. 그래서 가족세대도 만들지 않았던가.

　이런 곳에서 '김정일과 생일이 같은 반동의 딸'이라니. 조직부장의 생각이 이쯤 다다랐을 때, 문이 열렸다. 군의관이 들어섰다. 기척에 반사적으로 몸을 일으킨 조직부장은 실오리 같은 희망이라도 쥐려고 문으로 걸어갔다. 턱을 곤추세우며 물었다.

　"어떻게 됐어? 확인됐어?"

　군의관은 잠시 망설이다 고개를 들었다.

　"아닙니다. O형입니다."

　그 말에 조직부장의 얼굴이 크게 일그러졌다.

　"…O형이라고? 지금 뭐라 했어? Rh 음성 아니라고?!"

　군의관은 다시 정확하게 말했다.

　"네. 혈액형이 O형입니다."

　순간, 조직부장의 안색이 무너졌다. 눈이 벌게지고 콧잔등이 떨렸다.

　"어떻게 그럴 수가…우리가… 우리가 그년 애까지 낳게 해줬는데…"

뒤로 두 걸음 물러섰다가 이내 바닥을 쾅 짓밟았다.

"이년이 다 속였어. 애 싸지르는 날짜부터 붙어먹은 애비놈까지!"

의자를 들어 벽 구석에 놓여 있던 어항을 향해 냅다 던졌다. 유리가 깨지며 물고기들이 바닥에 떨어져 파닥거렸다.

"이 미친년이 전부 속였어. 나를 갖고 놀았어! 당도 속이고! 우리 관리소 질서까지 망가뜨렸어!"

그러다 갑자기 몸을 틀어 군의관을 향해 쏘아붙였다.

"이 새끼야. 너 4월이라며?! 4월인데 왜 벌써 기어나와?"

군의관은 대답을 주저하지 않았다.

"그년이 첫 위생(생리) 멈춘 날짜며 전부 거짓 진술한 겁니다. 출산 진단은 산모 진술밖에 의존할 방법이 없습니다. 전 죄가 없습니다."

그때 대열부장이 문을 열고 들어왔다. 표정은 어둡고 숨은 짧았다.

"부장동지. 지금 밖에 놈들이 몰려들어 시끄럽습니다. 애기놈 젖 내놓으라고… 막 고함을 지르고 있습니다."

조직부장의 턱이 들렸다.

"소장동지나 정치위원은?"

"전화 받고 집에서 출발하셨답니다. 그나저나 젖은 어떻게…"

"젖이 어디 있어, 젖이! 이제부터 그 근처 얼씬도 하지 마. 혈액형도 다르니 굶겨 죽여야 해. 2월 16일 출생 이거 지우지 않으면 우리 다 죽어."

말이 끝나기 바쁘게 문이 세게 두드려졌다. 당직 군관이 모자도 없이 들어왔다.

"조직부장동지! 큰일 났습니다. 지금 당장 나가보셔야 할 것 같습니다."

정말로 당직군관이 다급할만 했다. 2월 16일이라고 여기저기 있는 불을 죄다 켠 가족세대 지역의 공터에는 수많은 인파가 몰려 있었다. 가까이 다가갈수록 소름 돋을 정도로 많은 수용자들이 모여 있었다. 그 속엔 등불을 든 사람들도 있었다. 심지어 옥수숫대에 불을 붙인 아이들도 있었다.

조직부장은 그 엄청난 광경 앞에서 본능적으로 알았다. 이건 위기였다. 총이나 철조망으로 막을 수 없는 감정의 결집이었다. 제 발로 스스로 모인 군중이어서 흥분도 제멋대로였다. 질서와 통제를 의식하지 않는 고함들도 들렸다. 사람들이 자발적으로 모였다는 사실 하나만으로도 관리소는 균열을 맞은 것이었다. 그 광장 한 가운데 주둥이가 높이 올라서 있었다. 그는 무대 위 배우처럼 사람들의 숨소리 위로 올라서 소리쳤다.

"우리의 위대한 영도자께서는 정말로 하늘이 내리신 분이십니다."

순간, 웅성거리던 군중은 멈췄다.

"여러분! 친애하는 지도자 동지의 탄생일에 또 하나의 생명이 태어났습니다. 위대한 영도자께서 보내주신 선물 아가입니다!"

그는 아기를 공중에 높이 들었다. 그러자 군중은 환호했다. 박수 소리와 '만세'소리가 뒤섞여 울려 퍼졌다. 그건 지도자에게 바치는 충성이 아니었다. 관리소 역사상 처음으로 탄생한 아기를 향한 수용자들의 감격과 격정이었다. 아이의 울음소리가 사람들의 가슴을 쥐어뜯어 울부짖음이 더 크게 울려 퍼졌다.

멀찍이서 뒤늦게 도착한 소장과 정치위원도 지켜보고 있었다. 조직부장의 눈은 매서웠지만, 열광의 도가니는 이미 그들 손을 벗어난지 오래였다.

주둥이가 다시 외쳤다.

"옷도 없습니다. 젖도 없습니다. 우리가 반동은 맞지만, 여러분! 이 애를 굶겨 죽게 놔둘 짐승은 아니지 않습니까!"

"옳소!"

사방에서 울음 섞인 외침이 터졌다. 가족세대의 여자들, 독신자들, 노인들까지 눈물이 흐르고 박수가 이어졌다. 아기를 신숙자에게 넘겨주고 다시 올라선 주둥이의 목소리는 더 뜨거워졌다.

"엄마가 이 애 대신 죽었습니다. 여기, 가족세대 여자들 말해보십시오. 15호 규정을 말해보십시오."

주둥이는 두 주먹을 움켜쥐고 높이 쳐들었다.

"배 속의 아이를 지우면?"

입술이 떨리는 여자들 사이에서 외침이 나왔다.

"엄마가 산다!"

"엄마가 죽으면?"

이번엔 남자들까지 소리 질렀다.

"아이는 산다!"

주둥이의 눈빛이 불꽃처럼 번뜩였다. 그 목소리는 물러서지 않았다.

"다시! 더 크게! 아이를 지우면?"

순간. 관리소가 진동했다.
"엄마가 산다!"
"엄마가 죽으면?"
울부짖음은 통곡이 되고 그래서 더 솟구치며 하늘을 흔들었다.
"아이는 산다!"
"아이가 죽으면?"
"엄마가 산다!"
"엄마가 죽으면?"
"아이가 산다!"
15호가 생긴 이래, 그런 소리는 한 번도 없었다. 죄인들이 모여 만든 세상에서 어른부터 아이들까지 하늘을 향해 그렇게 한 목소리를 낸 적 없었다.

15호 아기 생존 1일째 되는 밤이었다.
장찌엔의 집 앞에는 수용자들이 들고 온 장작이 높이 쌓였다. 천쪼가리도 제법 많이 모였다. 일단 냄비의 물은 펄펄 끓었다. 째포마을에서 보내온 어른 손 세줌 정도의 설탕이 있어서였다. 그게 아기가 태어나 처음 먹는 젖이었다. 그마저 젖꼭지가 없어 거의 반은 흘렸다. 서련화가 작은 봉지 하나를 들고 방 안에 들어섰다.
"쌀이에요. 혹시나 미음이라도 어떻까해서..."
2분조 여자들은 얼떠름했다. 처음보는 그녀가 내미는 쌀보다 얼굴만 멍하니 쳐다보았다. 서련화가 나간 뒤에도 민유정과 박해순은 서로 마주보며 신기해했다.

"그래. 뭐라도 해보자. 그걸루 미음물을 먹여보자."

눈물 말고는 아무것도 떠먹일 게 없었던 그녀들에게 흰 쌀은 작은 희망이었다.

민유정과 박해순이 번갈아가며 아이를 달래는 사이 신숙자가 부엌 쪽에서 그릇 하나를 들고 왔다. 미음이라지만 맑은 물에 가까웠다.

"쌀 반 알도 안 들어갔어… 물로만 몇 번 우려낸 거의 맹물이야."

민유정이 그릇을 받아들었다. 박해순의 품에서 축 늘어진 아기의 입술에 숟가락 한 귀퉁이를 갖다댔다. 입술이 살짝 움직였다. 두 번째 숟가락에서 그 작은 입이 파르르 떨리며 살짝 벌어졌다.

"마신다…"

상미가 속삭였다. 아기 울음 소리가 작아지자 밖에서 환호성이 들렸다. 그러나 그 소리는 금세 스그러 들었다. 젖이 아니라 옥수수 가루를 몇 번 우려냈다는 말이 돌아서였다. 그 잠깐의 희열은 더 큰 분노로 돌변했다. 어떻게 갓난아기를 외면한단 말인가. 사람들은 주둥이 말대로 수령신격화와 연계시켜 감정을 마구 표출했다. 김정일 동지께서 자기 생일에 생명을 준 아기를 굶겨 죽이면 그게 반동 아니냐는 식이었다. 그날따라 근처에 보위원들은 잘 보이지 않았다. 보위부 사택엔 아기를 키우는 여자가 몇 있었지만 당직군관은 잘라 말했다.

"젖이 어디 있어?"

그는 요덕군 외부로 사람을 보내야 한다는 말만 되풀이했다. 그 이후로 얼씬도 하지 않았다. 시간마다 지역을 순찰하던 경비대도 가족세대 구역을 피해 지나갔다.

다시 아기는 울기 시작했다. 울음은 그치지 않고 계속 이어졌다. 그 작은 가슴이 오므라들었다. 손발은 허공을 차며 동동 떨리고 있었다. 2분조 여자들은 둘러앉았지만 우는 것밖에 할 게 없었다. 아기도 어른들도 같이 울었다. 장찌엔과 아무 인연이 없던 신숙자의 넋두리가 제일 컸다.

"세상에 뭐 이런 나라가 다 있냐. 아니 이게 사람 사는 세상이냐"
"이 새끼들은 젖도 안 먹고 자랐나?"

박해순이 바닥을 쾅 내리쳤다. 민유정은 나갈 때까지 조심하라는 의미로 그 손을 잡았다.

그때였다. 문이 벌컥 열렸다. 도성진이 숨을 헐떡이며 들어왔다. 들고 온 마대 주머니에서 유리병을 꺼냈다. 그 안에 담긴 액체가 은은하게 흔들렸다. 모두가 얼어붙은 듯 말이 없었다. 성진은 흰 젖이 찰랑이는 병을 내밀었다. 박해순이 영양실조 걸렸을 때도 구해왔던 염소젖이었다. 그때는 어른을 살리기 위해 새 신발을 주고 바꿔왔다. 오늘은 갓난이라서 나이 어린 아이의 공짜 애원이 통했다.

"젖이에요. 염소젖"

성진이가 그 말을 했을 때였다. 어엉! 약속한 것처럼 여자들이 울음을 터뜨렸다. 그들은 도성진과 염소젖만 보고 우는 게 아니었다. 젖이 없는 세상에서 태어났지만 그럼에도 살아있는 아기 생명에 대한 존중이 북받쳐서였다. 순식간에 도성진은 2분조 여자들에게 둘러싸였다. 박해순과 민유정이 양쪽에서 성진의 몸을 꽉 안아주었다. 상미도 언니들의 손에 섞여 도성진을 살짝 포옹해보았다. 제법 근육이 박힌 어깨였다.

"나 갈게요. 점검시간이라."

역시나 다 괜찮은데 눈치만 없는 녀석이었다. 상미는 문을 열고 나가는 그를 쫓아나갔다. 점검시간이라 밖에는 사람들이 별로 없었다.

"바래줄까? 입구까지?"

"아냐. 뛰어가야 돼. 봐봐 사람들 다 갔잖아."

성진은 벌써 내달리며 소리쳤다. 하여튼 말해줘도 못 알아들을 놈이었다.

"그래. 잘 가!"

마지막 미련으로 소리쳤는데 돌아오는 대답도 없었다. 정말로 우둔한 멍청이었다. 상미는 그가 사라진 어둠 속을 노려보았다.

독신자세대는 '취침점검 시간', 가족세대는 '숙박검열'이 시작됐다. 그제야 가족세대 공터가 비워졌다. 소장 사무실에 모인 간부들은 한숨을 돌렸다. 간부들은 각자의 계산으로 담배만 피워대고 있었다. 대열부장은 손에 담배를 쉬고 끄덕끄덕 졸고 있었다. 책상 위의 재떨이엔 꽁초가 수북이 쌓여있었다.

똑똑똑! 노크소리가 들렸다. 정치위원이 "들어와!"하고 소리치자 군의관이 들어왔다. 조직부장이 몸을 반쯤 일으키며 반색했다.

"어떻게 됐어? 울음 멈췄어?"

자기보다 먼저 목소리 내는 조직부장을 정치위원은 매섭게 째러보았다. 소장과 눈맞추려고 했지만 그는 창 밖만 내다보고 있었다.

"네. 울음이 멈추었습니다."

"죽었어?"

정치위원이 물었다. 군의관의 목소리가 낮아졌다.

"아닙니다. 아직 살아있습니다."

소장은 여전히 창문 쪽에 돌아앉아 있었다. 대열부장은 졸음이 가득 실린 무거운 눈을 간신히 떴다. 정치위원은 울상이 된 얼굴로 하소연처럼 말했다.

"이 명절에 반동 종자가 태어났으니 정치적인 대형사고요. 대형사고. 본부에서 알면 이건 정말 큰 일이요. 우리 관리소 안에서 조용히 처리해야 하오. 소장동무 생각은 어떻소?"

소장은 등을 돌린 채 말했다.

"있는 대로 보고해야지요. 본부에서 낳게 하라는 게 아니었습니까. 산모는 속였고."

이어 돌아앉으며 담배를 꺼냈다.

"아무튼, 그 중간에 우리 책임은 없으니 지금이라도 솔직히 보고하면 되지요."

소장의 말이 끝나기도 전에 조직부장이 끼어들었다.

"그 본부 결정도 우리 탓으로 돌아옵니다. 그 이상한 혈액형 놈의 씨를 가졌으니 이용해보자고 보고한 건 우리 15호가 아닙니까."

소장은 정치위원을 한참 쳐다보다가 짧게 말했다.

"난 그런 보고한 적 없소."

정치위원도 빠르게 말했다.

"나도 없소. 난 임신도 몰랐던 사람이요."

결국 조직부장만 남았다. 그는 아무 말을 못했다. 실제로 그가 그랬다. 유골 대신 생존 혈통을 바치자는 아이디어를 자기가 상급 조직부에 제안했던 것이었다. 대열부장이 하품을 하며 게슴츠레한 눈으로 중얼거렸다.

"놈들은 지도자 동지 선물 아기라고... 당의 축복 속에 태어난 축복동이라고..."

대열부장의 얼굴을 향해 조직부장이 담배갑을 집어던졌다. 정신이 번쩍 돌아온 대열부장은 입을 닥쳤다. 대신 바닥에 떨어진 담배를 주워 올려 한 대 물었다. 조직부장의 시선은 다시 군의관에게 돌아갔다.

"야. 아무리 중국 종자라도 젖도 없는데 뭘 먹고 울음이 멎은 거야? 그건 확인해 봤어?"

"물어보니 강냉이 우려낸 물을 먹였답니다."

"그거 먹고 살 수 있어?"

정치위원이 묻자 군의관의 몸이 그에게로 돌아갔다.

"탄수화물은 일부 있으나 단백실, 지방, 비타민, 미네랄, 철분이 거의 없습니다. 소화 부담으로 설사나 복통도 일으킬 수 있습니다."

"그럼 몇 시간 버틸 수 있어?"

"젖이 없으면... 내일 쯤이면 아마..."

"근데 군의관이나 되면서 말이야. 그렇게 몰랐어?"

"말씀드렸지만 그년이 전부 거짓말한 것입니다. 진통까지 숨긴

년인데 제가 어떻게 정확히 계산합니까?"
 갑자기 조직부장이 버럭 소리 질렀다.
 "그 거짓말까지 계산했어야지! 젖 출처도 찾을 겸… 애기놈 근처에 오늘부터 아무도 얼씬 못하게 해."
 대열부장이 또 하품을 섞으로 말했다.
 "내일까지 이틀 휴일, 이놈들 자유통행 합법입니다."
 이번엔 그를 향해 라이터가 날아갔다.
 "너 당장 가서 사회로 내보낸다 해놓고 밖에 어디에 묻어. 당장!"
 대열부장이 일어서려 하자 소장이 다급히 소리쳤다.
 "야, 야야. 김정일 동지 탄생일에 살생하는 건 불법이야. 그리고 걔는 지금 법적으로 정치범도 아냐."
 "이도 저도 아니면 도대체 어쩌자는 겁니까?"
 정치위원도 조직부장과 같은 눈으로 애원하듯 말했다. 소장은 행정 권한 책임자로서 단호하게 말했다.
 "이건 벌써 다른 리까지 소문 다 났습니다. 어제도 그 집 앞에 모인 숫자가 얼마입니까? 여기 놈들 눈치가 뻔한데 정말로 사회로 내보냈다고 믿겠습니까? 김정일동지 탄생일에 태어난 죄로 갓난애를 죽였다. 오늘 해제 통지 받은 놈들이 사회에도 금방 그렇게 소문 낼 텐데 이 책임은 무섭지 않습니까? 전 본부에 보고할 수밖에 없습니다."
 소장의 말에 누구도 반박을 못했다. 김정일 신격화 훼손으로 이어질 수 있다는 그의 논리가 설득력이 있었기 때문이었다. 정치위원도 침묵으로 동의했다. 소장은 곧바로 자기 자리로 돌아가 수화기를 들었다. 역시나 본부에서도 그와 같은 생각이었다. 해제되어 나가는 자들의 입을 더 두려워했다. 한 시간 뒤 본부 지시가 떨어졌다. 평양 육아원으로 애를 데려가겠다는 통보였다. 그러면서도 수속과 대리산모, 운반차가 준비되는데 일주일 시간이 걸린다고 했다.

"그럼 즉시 젖을 공급하겠습니다."

소장의 말에 수화기 건너편 엄한 목소리가 들렸다.

"젖은 안 되오. 보위부가 젖을 주면 관리소 임신이 합법이 되오."

소장은 수화기를 내려놓으며 쓴 웃음을 지었다.

15호 아기 생존 이틀째 아침이었다.

눈을 뜨자마자 9분조 남자들은 가족세대 쪽으로 발길을 돌렸다. 구실은 아기 걱정이었다. 실은 각자 가슴에 남은 사람을 향해 걸어간 셈이었다.

도성진은 김상미의 집 앞을 서성였다. 그녀는 마당에서 부모가 토방을 손질하는 걸 돕고 있었다. 자기 아버지 등 뒤에서 그녀는 망치질 흉내를 냈다. 그래도 눈으로 묻자 이디론가 팔을 길게 뻗었다. 성진은 고개를 끄덕이고 곧장 야장간으로 달려갔다. 그는 뒷마당으로 들어가 보았다. 회색빛 햇살이 굴뚝 위를 타고 미끄러지고 있었다. 성진은 굴뚝을 올려다보았다. 그 속으로 카츠치카의 목소리가 다시 살아났다.

"명심해라. 그 한 번은 정말로 네가 죽을 처지에 내몰렸을 때 사용하는 거다. 어차피 죽을 거 그놈들 정체를 아는 너 자신을 노출해 거래하는 최후의 수단으로 말이다."

앞마당으로 돌아 나올 때까지도 그 목소리는 귓속을 떠나지 않았다.

조금 기다렸을 뿐인데 상미가 달려왔다.

"오래 기다렸어?"

"아니."

"왜 왔어? 신발 깔창 안 맞아?"

도성진은 숨을 들이마시고 입을 열었다.

"그게 아니고… 나… 너 볼 때마다…"

"그래서?"

"어제도 작업장에서도… 심장이…"

"심장이 뭐?"

"잘 때도 꿈에서…"

"꿈에서 뭐?"

"…그럼, 눈 감아. 말할게."

말이 닿기도 전이었다. 멀리서 누군가가 돌진하는 소리가 들렸다. 돌대가리였다. 사회인이 된 덕인지 목소리가 더 커졌다.

"얼라반동, 내가 너 얼마나 찾아다녔는지 알아? 우리 집 가자!"

"왜?"

"나 해제 명단 들었잖아. 내가 쓰던 거, 다 주고 갈게! 많아!"

말하는 것과 동시에 힘을 썼다. 버티는 황소 고삐를 잡아끌 듯 성진의 팔을 당겼다.

"나중에."

"나중은 됐고. 가야 돼. 우리 아빠도 너 오라는데!"

도성진은 억지로 끌려가며 뒤를 돌아보았다.

그 자리에 김상미는 못 박힌 듯 서 있었다. 숨을 거칠게 몰아쉬며 외쳤다.

"야, 너! 쓰던 거 준다고 따라가냐?"

목소리는 화살처럼 날아왔다.

"너 거지야?" 그녀의 목청은 더욱 곤두섰다.

"거지냐고?" 앞에선 돌대가리가 힘쓰고 뒤에선 상미의 목청이 뒷덜미를 잡았다.

"야 이 거지야!" 그 이후로 조용해졌다.

상미는 그 길로 팔을 획획 내저으며 박해순의 집으로 갔다. 그런데 그녀가 남자와 함께 들어가는 것이 보였다. 9분조의 도런님 아저씨였다. 그의 팔을 이끄는 해순 언니의 힘엔 망설임이 없었다.

도런님은 부엌으로 들어서자 미소를 지었다. 언젠가 둘이 일을 쳤던 그 장소였다. 박해순은 부엌과 방 사이에 있는 문을 벌컥 열었다. 그리고 안으로 도런님의 등을 밀어 넣었다. 생각 없이 웃으며 들어서던 도런님은 기겁했다. 누워있던 박해순의 아버지가 몸을 일으켰다.

"이놈 뭐야?"

그는 목침에 손을 가져갔다.

"이놈이 뭔데? 우리 해순이가 이젠 사회 여자인데!"

도런님은 울상이 되어 그의 딸을 쳐다보았다. 박해순은 도리어 그의 손을 덥석 잡았다.

"부주석 아들이에요. 이 사람이 누명 벗겨준 거예요."

아버지는 도련님을 다시 쳐다보았다.

"그게… 무슨 소리냐…?"

박해순의 아버지 목소리는 한결 부드러워져 있었다. 그러나 박해순은 더 이상 설명하지 않았다.

"아버지 좀… 나가 계세요."

그 말에 방안의 공기는 바닥으로 가라앉았다. 아버지는 일어서며 오금을 박았다.

"이야기만 해라. 나 부엌에 있겠다."

문이 닫기자 박해순은 도련님을 덥석 안았다.

그 시간에 도련님만 여자를 만나고 있었던 것이 아니었다.

주둥이도 민유정과 같은 방 안에 있었다. 장찌엔의 집에서였다. 신숙자는 일부러 자리를 피해 부엌 쪽에서 기저귀를 빨고 있었다. 민유정은 아기를 재우려고 안고 있었다. 그녀는 무릎 위에서 아기를 살살 흔들어주며 리듬을 만들고 있었다. 딱히 할 일 없는 주둥이는 천장을 올려다보고 있었다. 그 위엔 커다란 손글씨가 적혀 있었다.

-엄마의 이름은 죽지 않는다.

그 문장은 마치 살아있는 목소리처럼 방안을 내려다보고 있었다. 찌엔의 이름은 그 천장 위에서 아직도 숨을 쉬고 있었다. 주둥이가 낮은 목소리로 말했다.

"장찌엔은… 진짜 중국 여걸이야. 그렇지?"

민유정은 아기의 볼을 쓸어내리며 작게 웃었다.

"그렇죠. 여자이자 엄마로 이놈들한테 두 번 이겼잖아요."

그녀의 말에 주둥이도 고개를 끄덕였다. 하지만 눈빛 어딘가에 잠깐 그림자가 스쳐 갔다.

"오늘까진 휴일이니 그렇다 처도, 내일부터 작업 들어간다니까 다들 걱정이 많아."

민유정은 목소리를 다잡고 단호하게 말했다.

"사회 빨리 내보내 달라고 해야죠. 더 늦기 전에. 그때까진… 내가 지킬 거예요. 찌엔 언니한테 빚진 목숨 갚아야죠."

방 안이 다시 조용해졌다. 주둥이는 일부러 분위기를 바꾸려고 어색하게 말을 돌렸다.

"그… 영어로 아기를 뭐라고 해?"

민유정이 빙그레 웃었다.

"베이비요."

"또… 다른 영어도. 좀 계속해봐."

민유정은 눈을 내리깔았다.

"전 진심을 말할 때만 영어 써요. 속에 없는 말은… 조선말로 하고요."

주둥이는 자세를 편하게 풀었다.

"좋겠다. 겉과 속, 각각 다른 언어로 나눠 말할 수 있어서."

민유정은 미소를 지었다. 바닥에 놓인 손거울을 집었다. 오래된 거울이었다. 손때 묻은 테두리 안에서 그녀의 얼굴이 조용히 일그러졌다.

"말 한마디 잘못해도 잡아가는 정치가… 나한텐 국어도 빠이빠이하게 했죠."

유정의 목소리는 물처럼 부드럽고 불처럼 뜨거웠다.

구석에 있던 주둥이는 거의 기어가듯 다가와 손거울을 집어 들었다. 조금 전까지만 해도 예사롭던 그것이 지금은 전혀 달라 보였다. 민유정이라는 사람의 마음 깊은 안쪽을 들여다본 듯했다. 주둥이는 그 거울 안에 자기 얼굴을 넣어두고 싶었다. 들여다보니 유정이에 비해 자기가 많이 늙어 보였다. 차라리 덮어두는 것이 나았다. 그의 시선은 유정에게 향했다.

아기를 안고 흔드는 그녀의 등을 새삼스레 바라보았다. 그 조용한 응시는 어떤 포옹보다도 깊었다. 민유정은 뒤에서 닿는 시선을 느꼈는지 문득 입을 열었다.

"전에 공동작업할 때 말했던 그 여자 돌… 그 사람 누굽니까?"

"있어. 그런 여자. 조선말이랑 영어 막 섞어 하는…"

민유정이 피식 웃었다. 아기의 이마에 입을 맞췄다. 돌아선 그녀의 눈도 잠시 웃었다.

"그 여자돌 정말로 죽자며… 안고 갈 수 있어요?"

"그럼. 내가 남조선 아버지 닮아서 고집 하나는 진짜 쎄거든."

"남조선요? 아버지가?"

민유정이 고개를 살짝 기울이며 물었다. 주둥이는 슬픈 웃음을 지었다. 그리고 그 웃음 아래에서 뿌리 깊은 기억 하나를 끄집어 올렸다.

"응. 전쟁 때 남조선 군인이었어. 그러다 포로로 잡혀서 끌려왔지. 평생 탄부로 살다 죽었고…"

그는 잠시 말을 멈췄다. 그 침묵은 그의 아버지를 위한 묵념 같았다. 이내 낮고 무거운 목소리로 이어갔다.

"근데 유언이 뭐였는지 알아?"

그의 음성은 잠시 갈라졌다.

"'난 국군포로다. 내 조국은 대한민국이다.'"

말 뒤에 주둥이는 스스로를 비웃듯이 코웃음 쳤다.

"그 조국한테 버림받은 군인이었는데… 죽어서도 기어이 포로로 남고 싶었던 건지…"

자기가 말하고도 먹먹했는지 한동안 말이 없었다.

그의 침묵에 진심을 더 보태고 싶었는지 민유정은 고백처럼 말했다.

"우리 집도… 사실은 아버지가 아니라… 저 때문에 들어온 거예요."

주둥이의 눈이 커졌다. 묻지 않아도 그녀는 말을 이어갔다.

"아버지랑 대사관에 같이 나가 있었어요. 근데 제가 실수로… 수령님 1호 유화 선전화를 망가뜨렸어요."

그녀의 목이 잠시 멎었다.

"하필 그때 안전대표가 방에 들어와서… 아버지가 나 대신 자기 실수였다고 말해서 보위부에 끌려가셨…"

그녀의 목젖이 떨렸다. 그녀는 고개를 돌려 눈가를 훔쳤다. 흐른 것은 눈물이 아니라 아픈 기억이었다. 주둥이는 아무 말 없이 바닥을 내려다보았다. 위로보다. 그저 함께 조용히 있는 것이 더 큰 말이 되었다. 서로의 아픔을 덮는 유일한 언어가 침묵이었다. 민유정은 눈가를 꼼꼼히 닦고 난 뒤 다시 고개를 들었다.

"내 영어… 듣고 싶다 했죠?"

주둥이는 눈을 번쩍이며 고개를 끄덕였다.

"응. 못 알아들어도… 멋있을 것 같아."

그녀는 살짝 웃었다. 아픈 모국어로부터 몸을 씻어낼 준비로 얼굴을 들었다.

"그럼 나는 영어로. 그쪽은 조선말로. 우리 서로… 속에 있는 말 해볼까요?"

"그래, 해보자."

민유정은 조용히 잠든 아기를 내려놓았다. 먼저 주둥이의 얼굴을 새삼스럽게 쳐다보았다. 이어 곁의 손거울을 집어 들었다. 습관처럼 거울을 마주 보며 낮은 목소리로 말했다.

"In my mirror, one day, I saw your face." (내 거울에 어느 날 네 얼굴이 보이더라.)

그 말은 마치 멀리서 들려오는 노래 같았다. 주둥이는 그 뜻을 알지 못했어도 왠지 가슴 어딘가가 콕 찔리는 것 같았다.

"어서요," 민유정이 돌아보며 조선말로 재촉했다.

"그래." 주둥이는 어깨를 으쓱 올리며 말했다.

"내가 얼굴은 못생겨도…"

그 첫마디에 그녀의 눈이 잠시 흔들렸다. 자기 영어를 알아들은 것처럼 말해서였다.

"마음은 착하대. 우리 분조원들이 다 인정했어."

민유정은 눈을 감았다가 다시 떴다.

"Yeah… because you are here, I think I can survive this place."

(그래… 네가 있어서, 나 여기서도 살아낼 수 있을 것 같아.)

주둥이는 여전히 자기 자랑에 취해 있었다.

"다들 내가 용감하대. 착한데다 용감하긴 힘든데, 나는 그게 참 잘 어울린다더라고."

민유정은 그 말을 가만히 듣고 있다가 다시 영어로 속삭였다.

"Show me that courage. I want to hear what you said before … again."

(그 용감함을 보여줘. 전에 했던 말 다시 듣고 싶어.)

주둥이는 당당하게 어깨를 펴며 외쳤다.

"내가 제일 잘 어울리는 말도 '아이 러브 유'래. 나는 자유투사다! 어때?"

민유정은 잠시 멍하니 그를 바라보았다. 숨도 멈추고 미소도 멈췄다. 주둥이는 처음 '아이 러브 유'를 말 할 때처럼 표정도 똑같았다. 턱을 들고 거만하게 내려다보았다.

"혹시 말이야… '아이 러브 유, 여기서 '자유', 요 단어보다 더 쎈 말이 있어? 영어로?"

민유정은 말없이 자리에서 일어났다. 황급히 문으로 걸어갔다. 다시 되돌아와 방바닥에 있던 손거울을 움켜쥐었다. 그리고 바람처럼 방을 빠져나갔다.

문이 닫히고 나서야 주둥이는 멍하니 허공을 바라보았다. 그리고 중얼거렸다.

"왜 갑자기…"

그는 손바닥을 펴고 손가락을 하나씩 접으며 세기 시작했다.

"아이 러브 유"

다섯 글자였다. 이번엔 "나는 자유 투..."

손가락이 다 접히자 말도 끊겼다. 그는 고개를 갸웃했다.

"사…다…? 왜 두 글자가 모자라…?"

그는 머리를 버쩍 쳐들었다. 문밖 저 멀리 독신자 막사 쪽을 노려보았다. 그리고 이를 악물었다가 씹어먹는 목소리로 말했다.

"…도련… 이게…"

깊은 밤, 운동장 한구석엔 그림자 하나가 조용히 웅크리고 있었다. 가수였다. 그는 혼자 앉아 서글프게 울고 있었다. 밤공기 속으로 퍼지는 외마디 울음이었다.

그 곁으로 분조장이 조심스레 다가앉았다. 소리 하나에도 더 아프게 부서질까봐 숨을 죽인 채 옆에 앉았다. 검은손의 기척을 알아본 가수가 입을 열었다.

"내 아이는... 아들이었어요... 백일짜리... 내가 끌려갈 줄 알았는지, 기 쓰며 울더라고요..."

그 말은 혼잣말 같기도 했고, 누군가를 향해 빌고 있는 소리 같기도 했다.

"그동안... 너무 힘들어서 멀어졌던 그 울음소리가... 오늘 또렷이… 더 크게 다시 들려요…"

가수는 두 손으로 귀를 감쌌다. 기억의 파편은 그 손바닥을 뚫고 들어와 더 거세게 울렸다. 몸이 가늘게 떨렸다. 검은손은 말없이 그의 등을 감싸 안았다. 눈물은 닦아주는 손이 있을 때 더 울고 싶은 법이다.

가수는 끝내 검은손의 무릎에 얼굴을 묻고 오열했다. 취침 점검이 끝난 후에도 검은손의 시선은 가수를 붙들고 있었다. 아예 도성진과 자리를 바꾸어 누웠다. 가수의 손을 잡아주니 젖어 있었다. 그의 손만이 아니었다. 해마다 이맘때 다시 감금된 이들의 흐느낌이 곳곳에서 피어났다. 울지 않는 사람들은 뒤척였다. 그날 밤만큼은 코를 고는 사람에게 짜증과 분노가 몰렸다. 모두가 잠들기를 거부한 밤이었다.

도성진은 천장을 뚫을 듯 올려다보고 있었다. 그 한 사람만은 몰래 웃고 있었다. 품 안엔 신발 깔창 한 켤레가 있었다. 그 가벼운 물건 하나가 그의 가슴을 두근거리게 만들고 있었다.

주둥이는 엎드려 있었다. 깊은 숨을 연신 내쉬었다. 그는 옆에 누운 도련님 쪽으로 고개를 돌렸다. 도련님은 눈을 질끈 감고 버티는 얼굴이었다. 주둥이는 귀 가까이에 대고 속삭였다.

"차라리… 소련 말이나 알려줄 것이지…"

도련님의 눈썹이 더 심하게 떨렸다. 눈꺼풀 안으로 온몸을 숨기듯 힘을 주고 있었다. 주둥이는 그 떨림을 꿋꿋이 지켜보았다.

"나는 심장 떨려서 못 자는데… 얘 봐라, 눈썹 떨면서도 아주 잘 자는구나."

그 말에 도련님은 몸을 옆으로 돌아누웠다.

그 시각 가족세대 밤도 쉽게 잠들지 못하고 있었다. 민유정과 김상미 두 여자는 어둠 속에서 서로의 어깨를 껴안고 있었다. 속상해진 상미를 민유정이 안아주고 있었지만, 실은 그녀의 속이 더 울컥하고 있었다. 그래서 먼저 민유정이 입을 열었다. 말보다 울음이 먼저 따라나왔다.

"내가... 여자인 줄 알았는데... 그냥... 잡혀 사는 죄수였어..."

그 말을 덮은 것은 김상미의 울음이었다.

"난 더해요. 사랑해달라고 구걸하는 놈인 줄 알았는데... 진짜 생 거지였어요!"

서로의 말 속에 담긴 진심을 받아들이는 순간 그 사이에 있던 모든 벽을 무너뜨렸다. 두 여자는 한 몸처럼 울었다.

그때였다. 문이 벌컥 열렸다. 조직부장과 대열부장이 군화를 신은 채로 좁은 방 안에 쓸어 들어왔다. 거칠고 빠른 발소리에 놀란 아기가 울음을 터뜨렸다. 민유정은 아기를 안아 들고 급히 일어섰다. 고개를 숙이며 뺨을 파묻었다. 방 안의 공기는 급격히 싸늘해졌다.

조직부장은 천천히 방을 훑었다. 시선은 기류처럼 떠다니며 공간의 빈틈을 뒤졌다. 아기가 편히 잠들 수 있었던 이유, 젖의 흔적을 쫓는 눈이었다. 군의관은 부엌에서 가마뚜껑을 열어보고 있었다. 그걸 예상하지 못한 그녀들이 아니었다. 염소목장 아저씨가 아침에 건넨 두 병의 염소젖은 민유정의 집 벽장 뒤에 숨겨져 있었다. 아기에게 먹일 땐 상미 집으로 넘어갔다 와서 흔적은 어디에도 남지 않았다.

"애 보느라 고생이 많다. 에미란 게 싸질러놓고 책임은 못 지고... 쯧쯧."

조직부장은 천장에서 시퍼렇게 내려다보는 장찌엔 글귀의 노여움을 못 보고 있었다.

"특별히 평양 육아원으로 데려가기로 했다. 며칠 걸린단다. 그 전까지는…"

조직부장의 시선이 김상미에게 멈췄다. 어린 얼굴을 흘끔대며 물었다.

"너 몇 살이야?"

"열여덟입니다."

"그럼 오늘부터 네가 아기를 맡아. 차 올 때까지만 며칠."

민유정이 고개를 들었다.

"제가 보면 안 되겠습니까? 제가 나이가 더 많습..."

"뭔 토를 달아? 이년이 작업하기 싫으니 꾀를 부리고 있어."

조직부장의 말은 군화처럼 둔탁하게 방안을 짓눌렀다. 그는 돌아서려 했다. 그 등에 민유정이 조심스럽게 한 걸음 다가섰다.

"며칠이면… 젖이 없습니다. 애기가 굶어죽습니다."

조직부장은 대열부장을 돌아보았다.

"이 사람아, 젖먹이가 젖이 없다는 게 뭔 말이야?"

대열부장은 의아하게 쳐다보다가 얼버무렸다.

"내일... 요덕군에 나가보겠습니다."

"지금은 뭘 먹이는데?"

조직부장은 넌지시 물으며 민유정에게 돌아섰다
"옥수수 가루... 우려낸 물로 버티고 있습니다."
말을 들은 조직부장은 아무 말이 없었다. 매서운 눈빛으로 민유정을 노려보기만 했다. 그녀는 머리를 푹 숙였다.
"그래. 젖이 올 때까진 잘 버텨봐."
그는 문쪽으로 걸음을 돌리다 다시 멈추었다.
"아, 그리고 죽은 년 분조에 지금 몇 명 남았지?"
질문은 대열부장을 향했어도 눈빛은 민유정에게 고정돼 있었다. 그녀는 바닥을 내려보며 짧게 대답했다.
"어제 한 명이 해제 되면서... 저희 둘뿐입니다."
조직부장은 고개를 끄덕이다가 민유정을 손가락으로 가리켰다.
"너 내일 아침 8시까지 내 방으로 와."
그가 아기 상태를 직접 눈으로 확인하려고 온 이유가 있었다. 좀 전에 상급 조직부로부터 지시가 내려왔다. 위에서는 극대노했다.
"반동의 씨가 위대한 탄생일에 울음을 터뜨린 것 자체가 불경이다."
그 하나의 생명은 그들에게 체제의 상징을 뒤흔드는 존재였다. 오직 한 분만을 우러러야 할 2월 16일에 아기도 겹쳐지는 치욕의 역사를 남겼다는 것이었다. 반동들은 일부러 지도자의 생일에 아기의 출생일을 더 외울 것이라며 노발대발했다. 보위부로서는 아기가 관리소의 질서도 위협하는 존재였다. 관리소는 여자들에게 불법임신에 대해 선택을 주는 척했다. 엄마냐, 아이냐. 그러나 그것은 선택을 위장한 낙태의 명령이었다. 관리소 역사상 자신을 죽이고 아이를 살린 여자는 단 한 명도 없었다.

장찌엔이 처음이었다. 그래서 위에서는 더 단호했다. 이 사례가 '영웅적 모성'이 되지 않도록 '비참한 교훈'으로 남기라고 지시했다. 한마디로 여자들에게 모성의 씨를 말리라는 것이었다. 단, 상급 조직부는 즉각 시행보다 조건을 달았다. 산모가 죽기 전에 휘뿌린 소문을 깨끗이 지우라고 했다. 그렇지 않으면 가뜩이나 화제가 될 아기의 시체에 중국 오성기를 덮어주는 꼴이 된다고 했다. 조직부장은 민유정을 보는 순간 그녀를 이용해 그 소문을 지워야겠다고 결심했다.

15호 아기 생존 삼일째 아침이었다.

어젯밤 조직부장 지시대로 민유정은 그의 사무실에 와 앉아 있었다. 조직부장은 서랍을 뒤졌다. 손에 들고 온 낡고 구겨진 종잇장을 내밀며 그녀 앞에 앉았다.

"이 유서 읽어봐. 그 찌엔인지 뭔지 물건 정리하다 보니 찾은 거야."

조직부장이 15년 전 일기장의 빈 종이를 뜯어내 급하게 조작한 유서였다. 몇 줄 되지 않는 짧은 글이었다. 민유정은 눈으로 훑는 데 오래 걸리지 않았다. 읽다 말고 이내 책상 위에 내려놓았다.

"다음 주 월요일 전원총회 때 네 입으로 그 유서를 읽어야겠다."

민유정은 고개를 벽 쪽으로 돌렸다. 그녀는 조직부장의 의도를 잘 알고 있었다. 오래전 장찌엔이 임신 사실을 드러내려고 했을 때였다. 절대로 안 된다고 붙들고 말렸던 자기에게 그녀가 해 준 말이 있었다.

"이놈들이 유골까지 찾는대. 중국에서 항의하니 급했겠지. 밑져야 본전이야. 비켜."

민유정은 아버지가 외교관이어서 외국정부 항의가 어떤 의미인지 잘 알고 있었다. 그래서 찌엔의 말을 확인해 보기로 결심했다. 언니 말처럼 밑져야 본전이었다.

"이 유서는 가짜입니다. 애 아버지는 왕가 성을 가진 화교입니다. 그 남자 묻힌 유골 위치도 압니다."

조직부장은 자리에서 벌떡 일어났다.

"어디 있어? 거기가 어디야? 어디? 밖에 누가 없어? 지도원! 박지도원!"

그는 사람을 부르기까지 했다. 문이 활짝 열리며 지도원이란 사람이 허둥지둥 들어왔다.

"이년 안다니까. 그 중국놈 유골 위치. 지금 당장 데려가! 갈 때 사람들 몇이…"

충분히 확인된 것 같았다. 민유정은 입을 열었다.

"지금은 없습니다."

지시를 주던 조직부장의 입이 멈췄다. 지도원에게 뻗었던 손도 굳어졌다.

"뭐? 뭐?"

"립석강 주변이었는데 올해 장마 때 다 휩쓸려 갔습니다. 그때 찌엔 언니도 못 찾았습니다."

조직부장은 미련을 못 버리고 말을 흘렸다.

"그래도... 남지 않았겠나?... 분명해?"
"네. 우리가 거기서 작업해서 잘 압니다. 다 파보았는데 흔적도 없었습니다."
조직부장은 지도원에게 나가라는 손짓을 건네고는 다시 자리에 앉았다.
"그건 그렇고... 이 유서를 네 입으로 읽어야겠어. 알았어?"
민유정은 대답 없이 고개만 더 깊이 숙였다. 세뇌 시키듯 조직부장의 말이 이어졌다.
"우리 민족도 아닌 년이 말이야. 반동짓도 모자라 보위원도 잡고 말이야. 거기에 애까지 싸놓고 가? 나참"
"지형철 선생님은 윤진경 때문에 죽은 겁니다. 찌엔과는 상관없습니다."
순간 조직부장의 눈빛이 미세하게 떨렸다. 입을 다물고 민유정의 정수리를 오랫동안 내려다보았다. 점점 날카로워지는 그 시선은 의심과 놀람이 뒤섞인 다층적인 감정이었다. 조직부장의 머릿속은 분주하게 돌아가기 시작했다. 지형철의 여자부터 중국 남자까지 훤히 꿰뚫고 있는 여자다. 과연 유서가 가짜라고 단호히 말할 만한 위치였다. 조직부장의 눈꺼풀 아래로 드러난 혈관이 일렁였다. 불쾌함과 당혹, 그리고 경계심이 서서히 가슴 안으로 스며들었다.
"......"
그는 책상 모서리에 놓여 있던 유서 한 장을 다시 집어 들었다. 마치 사형 선고처럼 느릿하게 말했다.

"이걸… 읽어야 한다. '네', 라고 대답해."

민유정은 대답하지 않았다. 고개를 천천히 돌려 벽 쪽을 응시했다. 말 없는 거절이었다.

쾅.

책상을 울리는 소리에 방 안의 공기가 깨졌다. 그녀는 비로소 고개를 돌려 조직부장을 마주 보았다.

"읽으면… 이 가짜 유서를 제가 읽으면 애를 정말 중국 공산당 간부 친척에게 보내줄 수 있습니까?"

조직부장의 상반신이 반사적으로 의자 등받이에 젖혀졌다. 도대체 이년은… 어디까지 알고 있는 건가? 중국 공산당 간부 친척이라고 했다. 장찌엔이 그 왕가 성을 가진 화교와 몸을 섞지 않았다면 절대 몰랐을 말들이다. 게다가 중국 공산당이라고 대놓고 말하지 않는가. 약속을 지키지 않으면 장찌엔 대신 소문을 뿌리겠다는 협박까지 하고 있다.

순간 눈이 번득 떠졌다. 금방 화교 유골 위치를 말하며 자신을 움직이게 만들기까지 했다. 자신이 얼마나 급했고 단순하게 움직였는지를 그녀는 시험해보았다. 조직부장의 눈이 이글거렸다.

"약속하마. 대신 너도 서약서 하나 써야겠다."

조직부장은 자기 자리로 돌아가 한참이나 서랍을 뒤졌다. 장찌엔 유서를 조작했던 낡은 종잇장처럼 오래전 노트 하나를 가져왔다. 글자나 다른 흔적이 없는지 꼼꼼히 확인한 뒤에야 그 노트를 내밀었다.

민유정은 그가 불러주는 대로 문장을 받아 적었다. 자기 심중이 아니라 몇 번이고 다시 써야 했다. 한 글자라도 틀리면 조직부장은 새 종이를 내밀었다. 책상 위엔 구겨진 종잇장들이 어지럽게 널려졌다. 조직부장은 마지막 종잇장을 손끝으로 잡아 천천히 읽었다. 글자 하나하나를 곱씹듯이 훑었다.

"이제야 제대로 썼구만. 불러주는 것도 한 번에 못 써?"

"정말 애를… 중국 간부 집안에 보내줄 수 있습니까?"

이번엔 조직부장이 고개를 흔들지 않았다. 대신 손에 든 서약서를 흔들었다.

"네가 약속을 지킨다면… 어기면 이 서약서대로, 네 목숨으로 책임져야 한다."

방을 나가는 민유정의 등을 노려보던 조직부장은 급히 수화기를 들었다. 전화를 건 곳은 평양 적십자병원에서 일하는 의사 친구였다. 그는 Rh 음성 혈액형에 대해 물었다. 수화기 너머로 친구의 목소리가 의외로 진지하게 이어졌다.

"틀릴 수도 있지. 시골에서 오래 보관된 항-D 혈청 썼으면 말이야. 항-D 항혈청은 온도에 민감해. 냉장 보관 안 하면 응집 반응 자체가 무력해질 수 있어."

조지부장의 손끝이 수화기를 꽉 쥐었다.

"우리 군의관 말론, Rh-인 아버지의 딸이라면 반드시 음성이어야 한다던데."

"그 시골 촌뜨기가 뭘 알겠어? 엄마 피도 따라가. 아니면 검사를 다시 해봐. 반반씩 나올지도 몰라. 항혈청이 제대로 된 것으로."

조직부장은 민유정이 써놓은 서약서를 다시 들여다보았다. 잉

크가 덜 마른 글자 위로 그가 했던 말들이 덧씌워졌다.

 작년과 달리 혁명화 시작의 첫 하루는 그닥 춥지 않았다. 해마다 그랬듯 보위원들보다 수용자들의 얼굴이 더 화가 나 있었다. 2월 16일 전이라면 불도 제멋대로 피울 수 없었다. 그러나 또 한 해 혁명화를 선고받은 사람들은 속에서 먼저 불을 꺼내 들었다. 거의 각분조 마다 모닥불을 지펴놓았다.
 최종배 앞에 있는 불이 제일 조촐했다. 미꾸라지가 감시반장 하던 시절과는 확실히 처지가 달라졌다. 군인 출신 감시반 놈들은 저들 밖에 몰랐다. 수용자들의 표정과 행동에도 질서가 사라졌다. 열심히 해봤자 달라지는 게 없다고 항변하는 눈빛들이었다.
 찢어지고, 꿰매고, 빨지 않아 더러운 채로 걸쳐친 죄수옷처럼 되든 말든 몸만 남겠다는 식이었다. 그 틈에서 말끔히 정돈된 얼굴 하나가 눈에 띄었다. 돌대가리였다. 아이를 상미에게 떠맡겼다는 그의 말에 다들 놀랐다. 누구보다 가수가 흥분하며 입술을 덜덜 떨었다.
 "이것들 의도가 뻔하네. 젖도 안 주면서 애한테 아기를 맡긴다고? 사람새끼들이야?"
 "민유정 누나는 지금 조직부장 방에 불려갔대요."
 "왜?"
 주둥이가 눈을 크게 떴다.
 "몰라요. 갔대요."

주둥이는 불안했다. 다른 사람이면 몰라도 조직부장이라면 그림자도 음흉하게 따로 움직일 놈이었다.

"너 이따 그거 꼭 알아보고 와서 알려줘."

"시간 되면요. 나 바빠요. 사람들 심부름 하느라."

돌대가리는 주변 감정은 신경 쓰지 않았다. 오직 나가는 자기 기분에만 들떠 있었다. 그는 검은손의 입만 초조히 바라보던 성진에게 웃으며 돌아섰다.

"너 진짜. 내가 나가기 전에 조언하는데 너 별명부터 고쳐. 어른 돼서도 얼라반동이라고 불릴 거야? 내 별명 주고 갈까?"

가뜩이나 몸이 달아 있던 성진은 그의 말에 눈썹을 바짝 세웠다. 어른이 될 때까지 붙잡혀 있으라는 저주처럼 들렸다.

"나 이젠 얼라반동 아냐."

성진이 언짢게 되받자 돌대가리는 되물었다.

"너보다 더 어린 애 왔어?"

"갓 난 반동 있잖아!"

성진은 즉각 대답하고 주둥이 옆으로 옮겨갔다. 가수가 검은손에게 항변하듯 말했다.

"맞지요? 이놈들이 정말 애를 주이려는 거죠?"

검은손은 고개를 끄덕였다.

"죽여도 존재가 없는 그림자니까. 이름도 번호도 없으니 기록이나 기억에도 남지 않으니까."

주둥이가 의미심장한 미소로 일어섰다.

"우리가 아기의 존재를 만들어주자."

돌대가리도 어떻게? 하는 표정으로 그를 쳐다보았다. 그의 입에서 뭐가 나올지 기다리는 동안 심장은 다들 한 번씩 세게 뛰었다. 주둥이는 성진에게 턱짓했다.

"얼라반동. 너 금방 누구한테 밀려났다고 했지?"

도성진은 멀뚱히 쳐다보기만 했다. 아직 깨닫지 못한 눈빛이었다. 기억하지 못하는 눈빛이었다. 돌대가리가 대신 대답했다.

"갓난 반동."

그 말에 주둥이의 눈이 반짝 빛났다.

"그래 그거지."

그의 어깨가 펴졌다. 목소리는 다시 커졌다.

"이 15호 안에 그것보다 더 강한 별명 가진 사람 있으면 나와보라고 해. 갓난 아기도 반동이면, 우리 모두 무죄야!"

돌대가리는 질주했다. 사회인은 역시 달랐다. 아무 데나 막 갈 수 있었다. 눈치도 허락도 필요 없었다. 그는 제일 먼저 가족세대 민유정에게 도착했다.

"주둥이 아저씨가요… 소문 막 퍼뜨리래요. 보위원한테도요."

민유정은 웃었다. 돌대가리는 막 던져도 그 속에 담긴 주둥이의 의도를 그녀는 읽을 수 있었다.

돌대가리는 다시 뛰었다. 혼자서 구읍리 전역에 소문을 퍼뜨릴 작정이었다. 그에겐 모르는 사람이 없었다. 단순히 여덟 살부터 오래 살아서가 아니었다. 말 한마디가 목숨값이 되는 곳에서 그는 먼저 말하는 법을 잊었다. 항상 남의 말부터 들어줄 줄 아는 아이가 되었다.

사회 말과 비교할 줄 몰랐기에 화 내는 법이 없었다. 게다가 잘 웃었다. 사람들은 그런 그를 '사교성 좋은 아이'라 불렀다. 하지만 실은 사람에게 맞지 않기 위해 자신을 최대한 작고, 편한 존재로 만든 아이였다. 그는 스스로를 지우는 방식으로 자랐다. 대신 남들을 기억할 줄 알았다. 다가가는 법도 익혔다. 그래서 그의 인맥은 안 닿은 곳이 없었다.

목공소. 야장간. 잠업반. 재봉반. 무거운 침묵이 쌓인 공간마다 그는 쓱 웃으며 다가갔다. 귓속말 하나로 분위기를 바꿨다. 그의 활약으로 몇 시간도 안 돼 '갓난 반동'이라는 말이 구읍리 전역으로 퍼져나갔다. 오후쯤 되자 이름은 수용자들의 노래가 되었다. 구호가 되었다. 어떤 곳에선 울음이 되었다. 또는 분노로 일어섰다.

"갓난 반동아! 사랑해!"

2분조에서 혼자 남은 민유정이 할 일 없는 사람처럼 두 손을 입에 모아 소리쳤다. 그러자 다른 분조 여자들도 화답했다.

"그래. 사랑해. 갓난 반동아!"

옆에서 지나가던 홍신영이 화들짝 놀랐다.

"야 이 미친년아. 너 금방 뭐라고 했어? 반동을 사랑한다고?"

"갓난아기 두고 하는 말입니다. 귀엽지 않슈니까."

"그게 애기놈이지 무슨 반동이야?"

"이 안에 있으면 다 반동 아닙니까. 그리고 반동이 낳았으면 반동 아닙니까?"

홍신영은 욕부터 튀어나올 줄 알았다. 그걸 입안에서 덥석 물었는데 상대 말이 한 구절도 틀린 데가 없었다. 입을 열지도 닫지도 못하고 정지했다. 치밀어오르는 감정은 뻐근한데 터뜨릴 구멍이 없었다. 다른 수용자들은 더 심했다.

"갓 난 반동 내가 키우고 싶어."

"갓 난 반동이 무럭무럭 자랐으면 좋겠어.

"그 반동 상상만 해도…가슴이 설레."

"그 반동만 보면 기분이 좋아진다니까요."

홍신영은 끝내 폭발했다.

"야, 너희들… 반동 보고 기분 좋아? 어찌고 어째?"

"갓난아기. 별명입니다. 이름 없으니까 갓 난 반동 아닙니까."

독신자세대도 마찬가지였다. 군인출신 감시반원들은 최종배 앞에서 아예 대놓고 '갓난 반동'을 봉화처럼 들어 올렸다.

"갓난 반동이 두 발로 일어섰다! 우리도 일어나자!"

"우리 모두 갓난 반동을 위해 열심히 뛰자!"

한 해의 혁명화가 또 새롭게 시작되는 날이라 수용자들은 복수심처럼 갓난반동을 외쳐댔다. 그 한 가운데서 주둥이가 쩌렁쩌렁한 목소리로 말했다.

"이제 갓난 반동은 장찌엔-그 여자 하나만의 딸이 아냐."

모두의 시선이 그를 향했다. 그는 멈추지 않았다.

"그 아기는 이 15호의 역사야. 평토의 이 안에서 유일하게 솟은 봉분이야."

주둥이가 팔을 벌렸다.

"자. 우리 다 같이 외쳐 보자!"

그가 먼저 외쳤다. "갓난 반동!"

독신자남자들이 따라 외쳤다. "갓난 반동!"

그 외침은 한 줄기 휘파람처럼 퍼져나갔다.

"갓난 반동!"

"갓난 반동!"

"갓난 반동!"

갓난 반동. 이름 없는 생명이 불린 순간, 더 이상 '아기'가 아니었다. 그건 생존의 기도였고, 죽은 자들의 귀환이었다. '갓난 반동'은 어느새 자유가 되었다. 항거가 되었다. 봉기가 되었다.

6
아리랑

"하하하"
"하하하"
　소장방의 책상 양쪽에서 동시에 터져 나온 웃음이었다. 두 사람이 서로를 보며 박장대소하고 있었다. 등받이에 기댄 소장의 어깨는 들썩였다. 그 웃음이 더 커지라고 대열부장은 박수까지 했다.
　"하하하… 조직부장이 전화 들면 갓난반동. 놓으면 찌르릉. 작업중대 사방에서 찌르릉 갓난반동. 찌르릉 갓난반동. 찌르릉 갓난반동. 하하하"
　"하하하 그거 정치위원이 그리로 전화하도록 우정 다 돌려버린 거야. 하하하"
　"전화를 뽑아 내던졌는데 이번엔 문에서 똑똑똑 하고 갓난 반동. 똑똑똑 갓난반동. 똑똑똑 갓난반동. 똑똑똑 갓난반동. 중국 갓난반동. 조선 갓난반동. 중국 갓난반동. 조선 갓난반동....."

소장은 대열부장의 신통한 비유와 말장난에 더 크게 웃었다.

"아무튼 여론이나 동요는 다 정치 문제니까 정치부 안에서 저들끼리 떠넘기며 싸우는 거야. 하하하"

"아니 어른도 아니고 갓난 반동이 그렇게 정치적으로 심각한 일입니까?"

소장은 손수건을 꺼내 눈가로 가져갔다. 눈물을 콕 콕 찍어내는 손짓엔 묘한 쾌감이 섞여 있었다.

"생각을 해봐, 갓 나온 게 반동이면 그전에 미리 나온 놈들은 다 뭐야? 억울해서 쭉 줄 설 거잖아, 말이 갓난반동이지. 이 15호의 조상 되는 셈이야. 히히히, 아무튼 지금 조직부장은 예의 없이 그 조상한테 달려드는 거고. 하하하!"

대열부장도 같이 고개를 젖히며 웃었다

"그래도 뭐… 잠깐 소문나다 끝나지 않겠습니까?

그 말에 소장의 입꼬리가 서서히 내려갔다. 두 눈동자에선 웃음기가 걷혔다.

"여기서 제일 무서운 게 그 소문이야."

목소리도 본래의 음성으로 묵직해졌다.

"죽이고 묻어도 벌떡 일어나 어느새 천 리 밖까지 가 있는 귀신 같은 그놈."

소장이 일어나 거울 앞에 섰다.

"내가 여기서 생긴 입버릇이 왜 아무튼인데? 죽은 자들 입방아에 한 번 올라 봐. 지옥에도 같이 끌려가 묶이는 꼴 돼. 그게 그 소문이야."

대열부장은 더는 웃지 못했다. 그의 설명대로 조직부장 사무실은 아수라장이었다. 폭발의 잔해처럼 바닥엔 책과 서류가 휘뿌려져 있었다. 대열부장이 말한 것처럼 전화기까지 던져진 것은 아니었다. 수화기가 비뚤게 걸쳐져 있었다. 조직부장은 좀 전에도 본부 조직부로부터 재촉 전화를 받은 상태였다.

"일주일 내로 반드시 젖먹이도, 중국 소문도 다 지워. 사회로 새면 신격화 문제야. 국가 간 외교 문제도 되고."

잠시 후 김상미를 미행 감시하던 보위원의 보고가 올라왔다.

"염소젖입니다."

그 한 마디에 조직부장의 손이 책상 가장자리를 움켜쥐었다. 그는 전화로 암염소 숫자도 확인했다. 총 두 마리였다. 젖을 제공한 인물도 곧바로 파악됐다. 그는 장찌엔의 아버지와 친분이 있던 화교 출신의 중년 남자였다. 조용하고 순한 성품이었다.

조직부장은 면담하면서도 그가 측은하게 느껴질 정도였다. 그러나 그가 작업장으로 복귀했을 때 염소 두 마리는 이미 거품이 맺힌 마지막 숨을 헐떡이고 있었다. 끝내 혀끝을 삐죽 내밀고 흰자 한 줄기가 창백하게 드러났다. 그는 곧장 구류장으로 끌려갔다. 혐의는 혁명화에 대한 반감으로 염소를 죽인 죄였다.

그 밤 그 모든 상황을 모른 채 박해순과 민유정, 김상미는 아기에 흠뻑 빠져 있었다. 이름 없던 생명에게 붙여진 별명 하나가 그들을 웃게 했다.

"갓난 반동"

되려 그 말 한마디가 생명을 불러낸 것 같았다. 그 시간에 남은 젖은 단 한 병뿐이었다.

"걱정마. 숙박검열 끝나면 약속대로 두 병 올 거야."

"쪼꼬만 게 생각보다 진짜 많이 먹어요."

셋은 키득거렸지만, 그 웃음은 오래 가지 못했다. 자정이 가까워질수록 믿음은 조금씩 기울어졌다. 염소목장 아저씨는 나타나지 않았다. 병 속 젖은 이제 반도 남지 않았다.

바람은 창문 틈으로 스며들었고 아기의 숨소리는 점점 약해지고 있었다.

15호 아기 생존 나흘째 아침이었다.

이제 수용소의 아침은 '갓난 반동의 안부 인사'로부터 시작되고 있었다. 그 소식을 다시 들고 온 건 '사회인', 혹은 '자유인'으로 불리는 돌대가리였다. 그러나 이번엔 안 좋은 소식이었다.

"젖이 다 떨어졌다고?"

놀란 건 9분조뿐이 아니었다. 2작업반 숱한 사람들 앞에 선 돌대가리의 표정은 짐짓 근엄했다. 대중 앞에 선 그는 연설하는 사람 같았다.

"애기 돌보는 여자아이한텐 밖으로 나오면 구류장 6개월 처벌 보낸다고 했대요. 애기 감기 걸린다고."

비웃다 못해 폭소가 쫙 퍼졌다. 그 파도를 끝까지 기다린 뒤 그는 더 크게 소리쳤다.

"그리고 염소목장 아저씨가 암염소 두 마리 다 죽였대요. 어젯밤에 그 죄로 구류장 끌려갔대요."

곧이어 여기저기서 목소리가 터져 나왔다.

"젖먹이 생명 줄인 걸 알면서도 염소를 죽였다고?"

"그놈, 반동 아냐?"

"그 새끼 어디서 자? 몇 호 막사야?"

군중은 순식간에 들끓었다. 그러나 그 속에서 눈치를 보는 사람들은 코웃음을 치고 있었다.

"보위부놈들이 죽인 거지. 그리고 죄를 뒤집어씌운 거야."

"염소가 갑자기 왜 죽어?"

"그러게 남의 일에 나서는 게 아냐."

9분조에서 가수가 벌떡 일어서기까지 했다.

"그래서 방법이 뭐야?"

성진도 그 말을 이어받았다.

"그래. 우리가 어떡하면 돼?"

"아기 엄마들은 뭐래?"

"뭔 방법이 있을 거 아냐?"

사람들의 시선이 다시 돌대가리에게 집중됐다. 그는 옆에 있는 더 큰 돌 위로 올라섰다. 발밑에서 소란이 멈췄다. 모두가 숨을 죽였다. 그는 입을 열었다. "없어요!"

그 한 마디가 돌보다 더 무겁게 바닥에 떨어졌다. 잠깐의 침묵이 더 거친 웅성거림으로 번졌다. 날이 밝으면 최종배가 나올 시간이었다. 그 전에 뭔가 결정을 내려야 할 것 같았다.

그 시각, 장찌엔의 집 문틈에선 울음이 새어 나오고 있었다. 김상미의 목소리였다.

"엄마!… 엄마야!…"

몸부림치는 아기를 업고 그녀는 자기가 먼저 부서졌다. 바닥엔 빈 병이 굴러다녔다. 숟가락과 그릇은 다시 쓸 필요가 없는 물건처럼 이곳저곳에 널려 있었다. 함께 있던 박해순은 젖을 구해보려고 조금 전에 밖으로 나갔다. 혹시나 하고 염소목장에도 가봐도 빈손으로 돌아왔다. 손 놓고 있을 수만 없었다. 그녀는 보위원 식당으로 달려갔다.

아기가 온몸을 뒤채며 울었다. 작은 주먹은 허공을 마구 휘저었다. 가느다란 다리를 떨었다. 상미는 바닥에 주저앉았다. 한 손으로는 아기를 껴안고 다른 손으로는 바닥을 쾅쾅 치며 울고 있었다. 시간이 지날수록 울 기력조차 빠져나간 아기의 몸은 축 늘어진 채 떨었다. 입에서는 얇게 쥐어 짜낸 신음이 새어 나오고 있었다. 그 소리가 잦아질수록 그 방 안의 또 다른 아이인 상미의 울음소리는 더 커졌다.

그 무렵 박해순은 보위원식당 근처에서 쫓겨났다. 김상미 집을 감시하던 보위원이 따라와 접근하지 못하게 했다. 그녀는 더는 혼자 힘으론 상대할 수 없다는 걸 직감했다. 그래서 먼저 가족세대 여자들에게 달려갔다. 가쁜 숨을 몰아쉬며 여러 사람을 불러세웠다. 하지만 그녀 앞에 선 여자들은 하나같이 무기력했다. 외면하진 않았지만 나서지도 않았다. 다들 동정은 하면서도 어쩔 수 없다는 분위기였다. 작업장에서 유일하게 입을 연 한 여자가 있었다.

다리를 심하게 다친 사람 진료차 왕진 나왔던 신숙자였다. 그것도 자기 자신에게 쏟아놓는 한탄이었다.

"아이구나. 어른들이 사는 세상에서 갓난아기가 굶어 죽다니! 아무리 비정상이라도 애기가 살고 어른들이 죽어야 옳지 않냐고!"

가족세대 여자들은 고개를 떨구거나 자리를 피했다. 그들은 이미 애를 낳아본 사람들이었다. 젖이 말라간다는 것이 무엇을 의미하는지도 알고 있었다. 그런데도 끝내 외면하는 그들에게 박해순은 소리를 질렀다.

"찌엔 언니가 너희들을 얼마나 도와줬어? 죽었다고 잊어먹냐? 여기서 더 혼나봤자 15호 죄수들이잖아!"

그녀는 그렇게 그들의 양심을 향해 돌을 던지고 나서 발걸음을 돌렸다. 그녀가 찾아간 곳은 독신자세대 남자 작업장이었다. 다행히 그곳엔 최종배의 모습이 보이지 않았다. 그는 아침 일찍 반장에게 작업장 지휘권을 넘겨주었다. '몸이 아프다'는 핑계로 사라진 뒤였다.

박해순을 가장 먼저 반긴 건 9분조였다. 그녀는 도련님의 손부터 덥석 잡았다. 울먹이며 애원했다.

"남의 억울한 누명도 벗겨줬잖아요. 애기 한 끼쯤이야, 얼마든지 해결할 수 있잖아요…"

그녀는 울며 사정했다. 도련님은 그 눈물만 보며 그저 서 있기만 했다. 어쩌면 마지막 손이 될지 모를 그 촉감이 너무 아팠다. 곁에서 가수가 보다못해 한 걸음 내디뎠다. 그의 두 손이 허리를 지나 머리 위까지 높이 들어 올려졌다. 커다란 돌이었다.

쾅- 돌은 바닥에서 산산이 부서졌다. 그 조각들이 사방으로 튀었다. 가수는 숨을 거칠게 내뱉었다. 눈빛엔 흔들림도, 주저함도 없었다.

"가자!" 짧은 한마디였어도 그것은 울림이었다. 모여 선 9분조의 가슴팍을 일제히 가로질렀다.

"어떻게… 젖먹이한테까지 이럴 수 있어? 당장 소장 방에 몰려가자."

검은손이 재빨리 말을 이었다.

"우리가 적으면 그냥 구류장 끌려가는 꼴이야. 한 사람이라도 더 모아서, 되도록 많이 움직여야 해."

두목과 두령이 먼저 반응했다. 감시반을 소리쳐 집합시켰다. 직접 앞장서 사람들을 억지로 일으켜 세웠다.

"말 안 듣는 새끼들은 족쳐! 다 모여!"

그들 특유의 서슬 퍼런 목소리가 작업장을 찔렀다. 주먹과 발이 먼저 날아들었다.

"일어나! 이 새끼야!"

"다 같이 가야 돼! 안 일어나?"

하지만 그 폭력은 오히려 역효과만 불러왔다. 거부하는 수용자들의 어깨는 더욱 낮게 움츠러들었다. 심지어 무기력한 저항처럼 저들끼리 응집하기도 했다.

9분조는 설득을 택했다. 구읍리의 유명인인 주둥이는 무릎을 꿇고 이마를 바닥에 박았다.

"도와주십시오. 어른으로 나서주십시오…"

도성진은 작업장 곳곳을 돌며 눈물로 안타깝게 호소했다.
"어젯밤부터 굶었대요… 당장 죽게 생겼대요…"
도련님과 가수도 수용자들 사이를 오가며 애원했다.
"곧 숨이 끊긴다는데요. 우리가 앞장설게요. 같이 좀 갑시다…"
검은손은 모두가 들을 수 있게 외쳤다.
"여러분! 우리가 많으면… 관리소도 우릴 어찌 못합니다!"
그러나 사람들의 손사래는 한결같았다. 어떤 이는 아예 등을 돌려 멀찍이 자리를 피했다.
"정치평정서에 찍히면 이 안에서 십 년 더 썩어야 한단 말이오! 우리도 부모지만 어쩔 수 없다오."
그 말이 닿은 곳마다 침묵의 벽이 자라났다. 가수는 입술을 꽉 물고 있다가 갑자기 발을 굴렀다.
"에잇, 비겁한 것들!"
도성진은 자기 어깨를 그러안으며 말했다.
"뭐야… 어른들이 왜 나보다 겁이 더 많아… 치."
두목은 이를 갈며 중얼거렸다.
"이것들 내일부터 일할 때 두고 보자."
두령도 코웃음을 치며 돌아섰다.
"구읍리 수준… 알만하다. 처음 생긴 갓난아긴데…"
감시반원들은 투덜댔다.
"이것들이 진짜 반동이네."
"그래. 갓난애한테 역적질하면 그게 진짜 반동이지. 딴 게 반동이야?"

작업장엔 깊은 정적이 내려앉았다. 무리했던 부탁과 그 거절이 부끄러워 서로가 빚진 침묵이었다.

그런데 그때였다. 공기 한 점이 떨렸다. 바람이 낼 수 없는 소리였다. 하늘 땅 어디에서도 들려올 수 없는 미세한 한줄기였다. 생명의 존재만이 낼 수 있는 가느다란 소리였다.

가수의 손이 멈췄다. 그는 귀를 기울이며 중얼거렸다.

"맞지? 이 소리. 아기 울음소리."

마침내 모두의 귀에 들렸다. 분명했다. 아기의 울음소리였다. 기어이 목청을 끌어올려 세상에 한점 남기려는 생명의 마지막 기척이었다. "나. 아직 있어요." 그렇게 말하는 것 같았다.

사람들이 일제히 고개를 들었다. 그리고 바라보았다. 먼길 한가운데로 짙은 눈보라 속을 헤치고 한 여자의 형체가 걸어오고 있었다. 김상미였다. 아기를 업은 작은 등이 바람을 가르고 있었다. 그녀는 무거운 담요와 함께 결기와 사랑을 두르고 걸어오고 있었다. 아기는 뒤에서 울고, 그녀는 앞에서 울었다. 서로를 붙들고 이 세상의 끝으로 걸어오고 있었다. 흐트러진 머리카락이 15호의 하늘을 가렸다. 빨갛게 언 손으로 쓸어넘기자 눈보라가 스르르 길을 비켰다.

그 순간, 구읍리가 다 들었다. 건물에선 문이 열리고, 땅에선 발소리가 쏟아졌다. 수용자들이 달려왔다. 9분조가 가장 먼저 발을 뗐다. 그 뒤로 독신자세대 남자들이 달려왔다. 민유정이 눈물로 손을 흔들자 가족세대의 여자들이 비로소 얼굴을 쳐들었다.

김상미의 발걸음 뒤로 사람들이 따라나섰다. 말없이 행진했다.

한 아이의 울음에 반응한 무언의 봉기였다. 죽음의 계곡에서 작은 한 생명을 깃발처럼 쳐들고 군중이 시커멓게 몰려왔다. 그 행렬엔 함성도 없었다. 뛰는 것도 아니었다. 그저 일정하고 묵직하게 거대한 진동으로 다가오고 있었다.

보위원 식당에서 군인들이 일어섰다. 입안에 밥을 넣던 조직부장의 젓가락이 멎었다. 총을 든 경비대원들이 허둥댔다. 그들은 누구부터 먼저 쏘아야 할지 두려웠다. 그들의 눈에 비친 건 젖먹이와 여자 아이 한 명이 아니었다. 그 뒤로 따라붙은 민심이었다. 숨죽여 있던 분노였다. 이름을 빼앗긴 집단의 얼굴들이었다. 갓난 반동 뒤로 이어진 수십, 수백의 반동들이 땅을 구르며 소리를 맞추는 발걸음이었다. 관리소가 제일 두려워하는 2월의 사람들이었다.

관리소에서는 젖을 내놓았다. 조직부장은 몰려온 수용자들 앞에서 소리쳤다.

"우리도 사회 육아원을 찾고 있어. 그나마 그년이 장본인 사망해제대상이라 우리도 육아원 찾아주려 했던 거야. 근데! 애비가 당과 혁명을 배신하고 자살한 지형철 그놈이라서. 이렇게 말하면 누군지 다 알겠지? 어느 육아원에서도 받질 않겠다는 거야."

사람들은 웅성거렸다. 자살한 사람이 누군지 서로 묻고 답하는 소리들이었다. 조직부장은 젖병을 흔들어 보였다.

"이것도 불법인데 젖먹이라서 주는 거야. 여자들 똑바로 들어. 설사 그년과 똑같은 처지라도 이렇게 받아줄 육아원이 없으면 애기도 이 안에서 제 명을 못 살아!"

일단 갓난반동의 젖은 해결됐다. 그러나 아침부터 흉흉한 소문이 돌았다. 조직부장의 말이 불씨가 되어 온 관리소를 휩쓸었다. 갓난반동의 아빠가 화교라는 주장과, 지형철 보위원이었다는 설이 맞섰다. 누구보다 진실을 잘 아는 사람은 2분조에 남아 있던 민유정과 김상미였다. 그러나 그들은 말하지 않았다. 윤진경과 장찌엔의 이름을 위해서였다. 보위원과의 관계가 알려지면 사람들은 '부화 혁명화'라며 침을 뱉었다.

"몸 바쳐 살아남았지."

"화냥년이지 뭐."

자기들의 혁명화가 아프고 고된 만큼 그 미움과 질투는 더 날카로웠다. 보위원과 죄수와의 순수한 연인관계를 믿을 사람은 아무도 없었다. 15호에서 그런 일은 존재하지도, 들어본 적도 없는 일이었다. 민유정과 김상미는 끝내 입을 닫았다. 하지만 그 침묵은 헛소문에게 자리를 내주었다. 며칠 사이에 유언비어는 눈덩이처럼 불어났다. 장찌엔과 관련해서도 예외가 아니었다.

"지형철이 아이를 반대하니 정치부에 밀고하겠다고 했대."

"그 일로 자살한 거래, 그리고 보위원 핏줄이라 낳게 해준 거래."

"젖을 줬잖아? 그것도 그놈 집안 토대가 좋아서라더라."

돌고 도는 한마디마다 칼이었다. 지옥에서도 상처 입을 제 엄마를 닮아가듯 젖먹이는 시름시름 앓았다. 아기는 하루가 다르게 변해가고 있었다. 민유정은 작업이 끝나는 밤이면 정신없이 달려갔다. 5일이 지나자 아기는 더는 울지 않았다. 젖꼭지는 입술에 힘없이 매달려 있었다. 그마저도 몇 번 입을 오물거리다 이내 놓쳐버렸다. 유정은 애를 가만히 들어 올려 보았다. 가볍고 축축한 젖은 수건 같았다. 몸은 따뜻하지 않았다. 식은땀이 맺힌 이마가 미세하게 떨렸다. 손가락은 뭔가 잡으려고 움찔거리다가 이내 굳었다. 눈을 떴지만, 초점이 허공에 걸려 있었다.

"상미야… 정말 더 다른 거 먹이진 않았고?"

상미는 젖은 얼굴을 가로 저었다.

"혹시나 해서 젖 먹이기 전에 제가 한 숟가락 씩 맛 보았어요. 무조건 끓여서 소독도 했구요. 난 아무 일 없는데 애만…"

아기의 입술은 바싹 말라 있었다. 젖을 빨던 입 가장자리에선 희미한 거품이 말라붙은 채 하얗게 변해 있었다. 배는 불러있는데 딱딱하게 굳어 있었다. 종아리는 이상할 만큼 부어 있었다. 민유정은 아기의 기저귀를 벗겼다.

"아침부터 소변이… 없어요."

상미의 말에 아기가 마치 그 말을 따라가듯 고개를 뒤틀었다. 가늘고 약한 헛구역질을 했다. 한 올 실처럼 숨은 금방 끊어질 듯 가늘었다.

눈물을 흘리던 민유정은 벌떡 일어났다. 맨발로 밖을 내달렸다. 당직군관의 초소 앞에 다다른 그녀는 문을 두드렸다.

"조직부장 선생님, 찾아주십시오. 부탁입니다. 내일 전원총회 나가는 여자라면 아실 겁니다."

당직군관은 들은 체도 하지 않았다. 민유정은 그 자리에 그냥 서 있었다.

"조직부장 선생님이랑 약속한 게 있습니다. 꼭 드릴 말씀이 있습니다. 그분은 아실 겁니다."

약속이란 단어에 당직군관은 반응했다. 유정의 눈치를 보며 전화하던 그는 수화기를 건넸다.

"조직부장 선생님… 애가 죽을 것 같습니다. 제발 살려주십시오. 그래야 저 나가겠습니다. 안 그러면…"

수화기 너머에서 무심한 목소리가 들려왔다.

"그래, 내일이야. 이제 몇 시간이야. 나가서 잘하면 사회 내보낼 거야."

뚝. 전화는 끊겼다. 민유정은 고개를 떨구고 돌아섰다. 무너진 마음을 안고 걷다 느티나무 아래 멈추었다. 가족세대 공터 한가운데였다. 밤하늘 속으로 찢겨 오르는 시커먼 나뭇줄기를 따라 고개를 들었다. 나뭇가지마저 절망으로 손을 뻗었는데 하늘도 등 돌린 것 같았다.

눈물이 울음을 뚫고 쏟아졌다. 문득 자기 목에 줄을 걸었던 그 밤을 떠올렸다. 처음 이곳에 왔을 때였다. 유정은 살아남는 게 죄처럼 느껴졌다. 자기 대신 들어온 아버지, 그가 겪을 고생이 무서웠다. 그래서 이 느티나무 아래로 왔었다. 돌무더기 위에 올라 발로 그것을 걷어찼다. 목이 졸리는 통증보다 가슴 속 죄책감이 더 참을 수 없었다.

그런데 누군가 그 다리를 붙잡았다.

"이년아, 자살은 반역이야. 누가 보면 어쩔라고. 얼른 풀어!"

장찌엔이었다. 유정은 죽겠다고 손을 놓고 있었다. 찌엔은 다리를 부여잡고 긴 시간을 버티었다. 그날 밤 그녀는 같이 울어줬다. 그 울음이 민유정을 지금까지 살게 했다.

끝내 그녀는 그 자리에 주저앉아 통곡하고야 말았다.

그 절망을 지켜보는 이가 있었다. 독신자세대 운동장의 어둠 속에서 혼자 앉아 있던 주동이였다. 그도 내일 유정이 어떤 무대에 서야 하는지 알고 있었다. 거짓이 싫어서 모국어조차 포기했던 여자가 이제 진실을 포기한 연기를 해야 했다.

유정만일까. 태어난 지 며칠밖에 안 된 아기에게도 선택을 강요하는 이곳이었다.

"엄마의 명예를 죽여야 네가 살아남을 수 있다"며 젖먹이의 생명에도 조건을 붙이는 곳이었다. 그 어둠이 똑같은 운동장 저편에서 또 한 사람의 어깨가 떨리고 있었다. 도련님이었다. 그도 울고 있었다. 어제 돌대가리가 출소 직전 전해준 편지 때문이었다. 박해순의 마지막 편지였다.

"저 같은 15호 출신 여자 만나지 말고 사회 나가면 더 좋은 여자 만나십시오. 정말 고맙습니다. 이 은혜 평생 잊지 않겠습니다. - 박해순 드림"

편지를 읽던 도련님은 손을 떨었다. 입술을 깨물다가 울음이 터졌다. "우왕…"

그가 이곳에서 소리를 내어 우는 것은 처음이었다.

"부주석 아들은 울어도 눈물로만 운다"고 했던 그 벽이 무너졌다.

조직부장은 퇴근도 안 하고 사무실에 앉아 있었다. 그는 군의관과 통화 중이었다.

"이놈아. 서서히 하랬는데 왜 벌써 저년들이 저러는 거야?"

"그것들도 눈치가 있으니 끓여 먹이는 것 같습니다."

군의관의 웃음 섞인 목소리에 조직부장은 이맛살을 찌푸렸다.

"야. 그럼 독도 날아가는 거 아냐?"

"이건 그냥 살충제가 아닙니다. 방역대에서 소똥 밭에 뿌리는 겁니다. 이름이 린덴인데 끓이면 오히려 더 독해집니다."

조직부장은 다른 손으로 수화기를 옮겨 쥐며 귀에 더 바싹 갖다 댔다.

"그럼 이제 어떻게 되는 거야?"

"장에선 흡수 안 된 젖이 썩고 신경계나 간, 신장이 전부 녹습니다. 3일 지나면 기저귀에 노란 찌꺼기만 남고, 숨은 토막토막 끊기다 맙니다."

조직부장은 수화기를 내려놓고 흡족한 얼굴로 달력을 쳐다보았다. 그러다 곧 심드렁해졌다. 앞에 있는 날짜들은 괜찮은데 지나간 시간들이 어두워서였다. 그는 며칠 동안 밤을 새워가며 수용자들을 조사했었다. 갓난반동을 외치고 젖 달라며 몰려 왔던 그날의 주모자를 찾기 위해서였다. 그런데 허무하기 짝이 없었다. 아무리 추적해도 그날의 행렬은 사전에 조직된 게 아니었다. 상미가 우는 아이를 업고 나왔고, 그 우연이 겹쳐져 사람들은 따라갔을 뿐이었다.

갓난반동 출처도 어이없었다. 각 작업반을 담화하며 처음 듣고 옮긴 자들로 수사망을 좁혔다. 그랬더니 나온 한 놈이 돌대가리였다. 조직부장은 개인자료를 보고 더 실망했다. 별 것도 아닌 놈이 사방에 엄청 뿌리며 다녀서였다. 뭐 이런 돌대가리가 다 있나 싶었다. 그를 주모자라고 했다가는 자기가 진짜 돌대가리로 몰릴 것 같았다. 더구나 그놈은 어제 해제 인원 수송 차량에 실려 관리소를 이미 빠져나간 뒤였다.

그는 '충성의 일기장'을 꺼내 들었다. 정작 볼펜은 들었지만 쓸 게 없었다. '충성'이라는 단어 아래 붙일 문장이 떠오르지 않았다.

허전한 시선을 돌리는데 붉은 표지의 명단이 들어왔다. 소장이 준 혁명화 해제심사 대상 명단이었다. 조직부장은 첫 장을 펼쳤다. 콩기름 공장 설비를 들여온 재일교포가 먼저였다. 이 자는 실적을 들여온 것이 있으니 무난해 보였다. 다른 리(里)에서 올라온 자들도 마찬가지였다. 작업반실 화재 사건 때 초상화를 들고 뛰어나온 자였다. 딱 한 명 시선을 붙드는 이름이 있었다. 서련화였다. 표면적 공로는 그럴듯했다. 보위원 음식에 독극물을 넣으려던 사건을 고발했다는 것이었다. 그 사건의 진위 여부를 면밀히 조사해 봐야겠다고 생각했다. 그 다음 줄에서 눈이 커졌다. 식당 근무 혁명화 추천인 항목 중에 대열부장에 이어 자기 이름도 섞여 있었다. 그때 자기가 왜 나섰던가? 기억을 더듬다가 귀찮아졌다.

이번에 2월 16일 출산사건으로 그는 상부에 단단히 찍혔다. 화교반체제 조직결성도 물 건너갔다. 갓난반동 주모자도 물거품이 됐다. 상부에 보고할 실적도, 누구 하나 처벌할 '제물'도 없었다. 그는 볼펜을 내려놓고 몸을 일으켰다. 장롱만 한 크기의 금고로 다가갔다. 책장 뒤에 가려져 있는 그 금속 덩어리는 평소엔 누구도 눈여겨보지 못했다. 쇠 열쇠를 꺼내 돌렸다.

딸각-- 묵직한 소리와 함께 문이 열렸다. 안에는 서류들이 가득 차 있었다. 각 간부의 이름이 쓰인 표지들이 가지런히 정렬돼 있었다. 소장, 정치위원, 선전부장, 작전부장… 그는 손을 뻗었다. 가장 위에 있는 서류를 빼내려던 찰나였다.

똑- 똑- 똑- 노크 소리가 들렸다. 깜짝 놀란 그는 서류를 밀어 넣고 문을 닫았다. 쇠 자물쇠를 빠르게 채우고 엉겁결에 옷까지 정리했다. "누구요?"

"나요." 소장이었다.

소장은 한 손으로 손잡이를 잡고 웃으며 말했다.

"불이 켜졌길래 들렸소. 퇴근하기요."

소장이 미워도 그를 놓지 못하는 이유가 있었다. 정치부와의 대립은 어느 기관이나 흔했다. 말이 협력체계였지 서로 책임을 추궁하는 협박체계였다. 조직부를 손에 쥐어야 정치부를 누를 수 있었다. 특히 서련화를 위해서였다. 혁명화 해제 심사 추천 대상 문서엔 반드시 조직부의 평정 심사가 들어가서였다. 건물 계단을 같이 내려가며 소장은 물었다.

"어제 혁명화 해제대상자들 나간 것 때문에 본부에서 신경이 많이 쓰이나 봅디다. 좀 전에도 중국 소문 지워졌나 묻던데 방법은 있소? 소문은 지형철로 많이 돌아갔다고 들었는데…"

"내일이면 다 지워질 겁니다. 갓난반동인지 뭔지 그 애기놈도 깨끗이 말입니다."

"깨끗이라… 다 알아서 소문이 아니요. 한 놈만 알아도 그게 또 퍼지는 거지."

조직부장은 걸음을 멈추었다. 눈이 먼저 웃었다.

"소장 동지, 우리 내기하겠습니까? 3만엔 걸고 말입니다."

소장은 옆자리가 비운 걸 알고 돌아보았다. 조직부장은 자기 확신을 못박듯 선 자리에서 말했다.

"갓난반동도 중국 소문도 사라지게 할 겁니다. 깨끗이요."

소장은 먼저 몸을 돌리며 그 앞에서 비웃었다.

15호 아기 생존 열흘째 오후였다.

입석강의 물빛은 유난히 맑고 찬란했다. 마지막 겨울이 물러가며 수면 위엔 봄기운이 어렴풋이 피어올랐다. 그러나 햇볕보다도 뜨거운 건 사람들의 시선이었다.

구읍리의 전체 수용자가 집결한 전원총회자리였다. 이름 그대로 전원(全員)이 모이는 그 총회는 1년에 단 두 번만 열렸다. 혁명화를 새롭게 시작하는 2월 말, 그리고 그해 전체를 정산하고 처벌하는 12월 말이었다. 2월의 총회는 비교적 선언적이고 새해 결의에 가까웠다. 12월의 총회는 엄숙했다. 그해 가장 결함 많은 자들을 제물 삼아 모든 죄를 상징적으로 쏟아붓는 대중재판이었다.

수용자들은 막사별로 줄을 지어 입석강 둑을 따라 늘어서 있었다. 남녀 독신자세대, 가족 세대, 각 독립조 사람들이 묵직하게 고개를 숙이고 서 있었다.

그들 앞으로 연단이 솟아 있었다. 나무판자들을 덧대어 급조한 높이였다. 넓은 강둑의 정중앙에 자리하고 있어 위압감은 하늘을 찔렀다. 그것은 무대가 아니라 처형을 위한 틀이었다. 수용자들을 둘러싼 바깥 원에는 경비대원들이 검은 소총을 어깨에 메고 서 있었다. 그리고 마침내 연단 위로 검은 군화가 걸어 나왔다. 사람들의 머리 위를 밟는 권위였다. 조직부장이 연단 한가운데 섰다. 그는 수용자들을 쭉 둘러보며 입을 열었다.

"오늘 구읍리 전원총회에 앞서"

그는 멈추지 않고, 바로 내리꽂았다.

"야. 앞으로 나와."

그러자 강둑 위의 공기가 바뀌었다. 바람이 멎은 것인지, 사람들이 숨을 멈춘 것인지 모를 정도로 정적이 내리깔렸다. 사람들 줄 사이에서 움직임이 있었다. 민유정이었다. 그녀는 걸어 나오면서도 고개를 들지 않았다. 너무 소심하고 가녀린 체구였기에 연단 위로 오르는 그 걸음은 맨발처럼 보였다. 그녀의 어깨는 햇볕 아래서 더욱 희고 가늘어 보였다. 사람들 사이에서 작은 웅성거림이 일었다. 한 줄씩, 한 줄씩 파문처럼 번져갔다. 9분조는 숨을 죽이고 있었다. 그 중에서도 주둥이의 얼굴은 붉게 달아 있었다.

민유정이 연단 중앙에 서자 조직부장이 목소리를 높였다.

"다들 조용!"

그 외침에 모래바람처럼 흩어지던 웅성거림이 일시에 멈췄다. 조직부장은 표정을 바꾸지도 않고 바로 본론을 질렀다.

"보름 전에 말이야. 우리 15호 규정 어기고 애까지 싸놓고 간 그년, 기억하지?"

그는 손가락을 들어 민유정을 가리켰다.

"저년이 말이야. 여태 그 화교년 유서를 숨기고 있었잖아. 양심에 찔렸는지 며칠 전에야 들고 와서 신고했어. 며칠 전에!"

말의 마지막은 짓이겨진 것처럼 으스러졌다. 사람들 사이에서 다시 한번 숨이 얽혔다. 그러나 아무도 말을 잇지 않았다. 유정은 고개를 들지 않았다. 속눈썹만 가늘게 떨렸다. 조직부장은 그녀가 아니라 연단 아래를 향해 고래고래 소리 질렀다.

"같은 분조라고 죄도 감싸고 말이야! 야! 그거 뭔지 네 입으로 읽어. 어서!"

바람이 불었다. 연단 위에 올라선 민유정의 뺨을 스치고 지나갔다. 그녀의 머리카락도 흔들렸다. 민유정은 종이를 들었다. 그녀의 입술이 떨렸다.

"시간 없으니 빨리 읽고 내려가!"

조직부장의 목소리가 다시 내리꽂혔다. 민유정은 입을 열었다. 차마 내뱉기가 두려운 목소리였다.

"장찌엔 유서…"

그 단 한 문장에 사람들 사이에서 술렁거림이 일었다. 조직부장은 아래를 향해 한 걸음 내디디며 다시 소리쳤다.

"조용! 조용해서 들어!"

그리고 다시 민유정을 향해 고개를 돌렸다.

"처음부터 다시 읽어. 목소리 크게!"

민유정은 허리를 곧게 폈다. 그제야 사람들은 그녀의 얼굴을 정면으로 마주할 수 있었다. 그녀는 또박또박 다시 읽기 시작했다.

"장찌엔 유서! 유정아, 내 딸의 이름에 지가 성을 붙여다오. 애 아버지는 화교가 아니다. 조선 보위원 선생님인 지형철이다. 임신 사실이 발각되자 애 아버진 보위부 규정을 어긴 죄책감에 자살했구나… 내 죄가 크다. 나는 지형철의 끊어진 대를 이어주고 싶었다. 애 아버지가 화교라고 거짓말해서. 너도, 속은 모든 사람들에게도… 용서를 빈다. 장찌엔."

그녀가 마지막 줄을 읽고 종이를 내렸다. 순간, 연단 아래에서는 허락받은 것처럼 술렁거렸다. '소문이 맞았다'며 고개를 끄덕이는 사람들이 많았다. 혹은 뭔가 아는 눈빛으로 연단을 흘끗 쳐다보는 이들도 있었다. 말은 터져 나왔지만 아무도 책임지지 않는 소음이었다. 그 속에서 민유정은 여전히 연단 위에 서 있었다. 그녀의 눈동자는 아주 조용히 무언가를 품고 있었다. 신숙자는 실망한 표정으로 고개를 돌렸다. 그녀의 눈에는 어떤 기대도 남아 있지 않았다. 더 이상 어디라도 보지 않으려는 지친 표정이었다.

주둥이는 고개를 숙였다. 진실을 알고 있었던 9분조원들은 현실을 받아들이는 자세로 묵묵히 서 있었다.

조직부장이 만족스럽게 고개를 끄덕였다. 그는 연단 가장자리로 걸어가며 외쳤다.

"봐라! 봐! 이렇게 거짓말 잘하는 년이니 선생님들을 유혹해서 이곳을 흐려놓고!"

그의 손짓은 배우처럼 과장되었다. 목소리는 무대 위 주연처럼 커졌다. 그러나 그 연극은 오래 가지 못했다. 그 뒤에서 민유정은 고개를 들었다. 그녀의 눈은 세상을 정면으로 바라보고 있었다.

작은 혼잣말이 입술 사이로 흘러나왔다.

"찌엔 언니… 내가 오늘 빚진 목숨 갚을게. 명예를 찾아줄게."

그리고 그녀는 목을 세웠다. 곧게 뻗은 그 선이 립석강의 하늘을 찢고 울렸다.

"This letter is fake!"

그 소리는 영어였다. 입석강 둑 위로 낯선 언어 하나가 날카롭게 퍼져나갔다. 일순간, 정적이 흘렀다. 사람들은 놀라 고개를 들었다. 무슨 말인지 모르는 이들이 대다수였지만 그 말투만으로도 분명했다. 폭로였다.

민유정은 다시 외쳤다. 이번엔 조금 더 크고 분명했다.

"I was forced to read this letter. The Security Department wrote it. In return-- they promised to release Jjian's baby to society."

그 순간 수용자들 사이 먼발치에서 한 사람이 연단을 향해 뛰어나왔다. 민유정의 아버지였다.

"유정아아아-- 멈춰라!"

그는 연단 밑에 엎드리며 울부짖었다. 강둑 위의 모든 소리가 멈췄다. 오직 한 아비의 심장만이 공기를 울렸다.

"유정아! 너 이년… 그 입… 다물지 못해?!"

울음은 목구멍을 쥐어뜯듯 터져 나왔다.

"제발… 다물라고…아버지가… 아버지가 빌게…"

그는 두 무릎을 꿇었다. 진창 위에 이마를 박고 연신 절을 했다. 그 뒤로 수용자들의 웅성거림이 다시 커졌다. 외교부 출신 수용자들, 한때 국제무역이나 통역관이었던 자들은 그녀의 영어를 알아들었다. 그들은 옆 사람에게 조용히 속삭였다.

"그 유서가 가짜래."

"보위부가 거래한 거래."

"갓난반동을 조건으로 거래했대…"

그 파장은 빠르게 퍼져 나갔다. 강둑의 고요는 마치 깨진 얼음장처럼 산산이 흩어졌다. 조직부장은 연단 위에서 당황했다. 고개를 휘휘 돌리며 수용자들의 반응을 훑었다. 고개들이 빠르게 돌아가고 말들이 서로를 덮기 시작했다. 그는 결국 버럭 소리쳤다.

"야! 너 금방 미국놈 말하지 않았어? 뭐라고 했어?! 뭐라고 했냐고?!"

민유정의 두 눈은 더 이상 흔들리지 않았다. 그녀는 곧장 외쳤다.

"네. 선생님께서 번역하라고 해서 이야기하겠습니다."

그녀는 수용자들 전체를 향해 시선을 돌렸다. 그동안 단 한 번도 꺼내지 못했던 자신의 목소리를 꺼냈다.

"이 유서는 가짜입니다. 나는 보위부가 써준 이 유서를 읽어야 했습니다."

군중은 파도쳤다. 그 속에서 민유정의 아버지는 오열했다.

조직부장이 눈짓했다. 곧 경비대원들이 달려들었다. 두 명이 유정의 양팔을 붙잡고 연단 밖으로 끌어내기 시작했다. 질질 끌려가면서도 그녀의 목소리는 점점 커졌다.

그녀는 마지막 말을 놓지 않았다.

"보위부는 나에게 약속했습니다! 장찌엔의 아이를 중국으로 보내겠다고 했습니다!"

립석강 강둑 너머로 그리고 산자락 위로 그녀의 목소리가 퍼져 갔다.

"나는 당신들과 조선말로 약속했지 영어로는 약속하지 않았다!!"

그 마지막 문장은 천둥처럼 대지를 쳤다. 사람들의 입이 굳어졌다.

주둥이는 연단을 향해 얼어붙은 사람처럼 서 있었다. 그에게서 움직이는 것은 두 눈에서 비처럼 쏟아지는 눈물뿐이었다.

쾅- 쇠문이 닫히는 소리가 방안을 때렸다. 금속의 떨림은 벽을 타고 퍼졌다. 그 울림이 사라지기를 기다렸다가 군화 발소리가 다가왔다. 조직부장이었다. 방 한가운데 민유정이 고개를 숙이고 앉아 있었다. 조직부장은 철제 의자를 거칠게 잡아당겼다. 상대에게 눈을 들라는 무언의 압력이었지만 되레 자기 신경만 긁었다. 조직부장은 묵묵히 그녀를 바라보았다. 죄수복을 입은 여자보다 이상하게도 자신이 더 초라해 보였다. 아직 입도 떼지 않았는데 벌써 변명하고 있는 것만 같았다. 그는 군복 안주머니에서 종잇장을 꺼냈다. 그 손은 지쳤어도 여전히 차가운 확신을 쥐고 있었다.

"우리 당에서 항상 뭐라고 했냐?"

목소리는 낮았지만 방 안의 공기를 한 줌씩 조여오는 힘이 있었다.

"하나를 하라면 하나만 해야지. 둘을 하면 안 된다고... 알지?"

그는 종이를 펼쳤다.

"그래서 넌 오늘 장찌엔의 비밀과 함께 자살하게 된다."

탁— 종이를 탁자 위에 내려놓았다.

"네 유서는 이미 네가 썼다."

민유정의 눈이 그 종이를 내려다보았다. 며칠 전 조직부장이 불러주는 대로 받아 적은 글이었다. 자기 말은 단 한 줄도 들어가지 않은 가짜 문장이었다. 그러나 그 위엔 분명 자신의 진짜 필체가 남아 있었다. 조직부장은 그 글을 천천히 읽어 내려갔다.

"나는 나의 이 선택을 후회하지 않습니다. 부모님이 힘들겠지만 제가 선택한 길입니다. 이렇게라도 당 앞에 진 죄를 갚게 돼서 후회하지 않습니다. 마지막으로 이 유서를 읽어보니 더 확신하게 됩니다. 아버지, 어머니. 날 용서해. 민유정."

읽고 난 그는 종이를 접었다. 마치 목숨 하나를 정리하듯 조심스럽게 윗주머니에 집어넣었다.

"나는 원래 반동들을 안 믿거든."

그 말이 사라지기 전에 민유정이 입을 열었다.

"그 서약서대로라면… 장찌엔 딸은… 중국 친척에게 보내지는 겁니까?"

조직부장은 한동안 말이 없었다. 이해할 수 없었다. 목숨을 끊어내도 그 고민이 자꾸 따라올 것 같았다. 서약서가 유서로 바뀐 통쾌함 하나로 자기의 패배를 덮으려 했는데 전혀 통하지 않았다. 반동들의 죽음은 어떻게 해야 끝나는 것일까. 스스로 던진 그 질문에 화가 났다.

"약속을 어긴 건 너야!"

그는 의자를 밀며 자리에서 일어났다. 문 쪽으로 걸어가면서도 등이 달아올랐다. 처벌을 선언했는데도 이상하게 전혀 승리한 기분이 들지 않았다. 문 앞에서 멈췄다. 잠시 침묵했다. 그러다 돌아섰다. 그녀를 다시 바라보며 힘주어 다가왔다.

"하나만 묻자."

그의 목소리는 조급했다. 정말로 속에서 끓어 오르는 질문이었다.

"네 가족도 아니고 중국 종자잖아. 근데 왜? 도대체 왜?"

눈앞의 사람을 사람으로 보기보다는 한 장의 종이처럼 펼쳐 읽으려는 눈빛이었다. 그의 말에 민유정이 고개를 들었다. 그저 바라보는 눈인데도 조직부장은 그 눈빛에서 섬뜩한 투명함을 느꼈다.

"이유가 있어야 합니까?…"

그 말은 작은 파문이 되어 방안을 맴돌았다.

"생명이잖습니까. 그걸 아는 게 인간 아닙니까?"

조직부장은 한 발짝 다가섰다. 눈이 더 날카로워졌다.

"그럼 너는? 네 목숨은? 네 부모 걱정도 안 되고?"

그 말에 민유정의 입술이 파르르 떨렸다.

"…되는데…" 그녀의 눈동자가 흔들렸다.

"되는데…" 그 말 끝에서 눈물이 주르륵 흘러내렸다.

"…안 된다면서요…?"

그 말은 원망도 아니었다. 비난도 아니었다. 그저 그것 하나로 진실의 덩어리였다. 그는 그녀를 바라보았다. 그 채로 오래 서 있었던 자신을 뒤늦게 알고 돌아섰다. 쾅— 쇠문 닫히는 소리가 그 밤을 울렸다.
 그 소리는 다른 장소인 독신자세대 운동장의 어둠까지 짓눌렀다. 주둥이의 얼굴에선 눈물이 흐르고 있었다. 옆에 검은손이 있었다. 그가 주둥이의 어깨에 손을 얹었다.
 "유정이랑... 그 정도로 속 깊은 얘기를 나눴다면 말이다... 이미 서로 하나가 된 거야."
 주둥이는 말없이 그를 바라보았다. 검은손은 잠시 입김을 내뿜더니 말을 이었다.
 "이 15호에서 가장 뜨거운 고백이 뭔지 아냐?"
 그는 허공을 응시하며 말했다.
 "신념을 남자한테 나누면 의리고, 여자한테 나누면 사랑이야."
 그 말은 그대로 주둥이를 벌떡 일으켜 세웠다. 검은손이 손을 뻗기도 전에 그는 이미 달리고 있었다. 두 발이 흙바닥을 찢었다. 운동장의 끝을 지나 독신자세대 구역을 넘어섰다. 군인들의 팔을 뿌리치며 그는 어둠을 향해 돌진했다. 총성이 터졌다. 탄환이 무릎을 스쳤다. 어깨를 지나 담장에 불꽃이 튕겼다. 그러나 주둥이는 멈추지 않았다. 그는 울면서 달렸다. 죽어도 기어이 닿으리라 오직 일념의 그 시선 앞에는 구류장이 있었다. 그 철문 앞에서 두 자루의 총대가 그를 막아섰다. 그는 몸부림쳤다.
 "유정아--!!"
 그 외침과 동시에 총대가 그의 옆구리를 후려쳤다. 비틀거렸다. 주먹으로 맞섰다. 입에서 피가 흘렀다. 그 붉고 진한 입술로 다시 외쳤다.

"유정아--!!"

귀익은 그 소리를 민유정도 들었다. 그녀는 의자 위에 서 있었다. 군인 두 명이 뒤에서 밧줄을 걸고 있었다. 복도 끝 철문이 열렸다. 고성과 욕설을 넘어 치솟는 목소리 하나가 구류장 건물 전체를 흔들었다.

"아이러브 유! 아이러브 유!"

그 목소리는 구류장 안의 모든 철문을 두드렸다.

"아이러브 유! 아이러브 유!"

그 외침은 멈추지 않았다. 채찍이 살을 찢어도 그는 더 크게 외쳤다. 민유정 앞에 섰던 군인들이 복도의 소음에 고개를 돌렸다.

민유정은 작게 속삭였다.

"바보야... 이미 고백했잖아... 무슨 프로포즈를 또 하냐..."

그녀의 얼굴은 슬프지 않았다. 오히려 환해졌다.

"그래도 좋다. 많이 들으니... 나도... I love you, too."

다시 민유정에게 시선을 돌리던 군인들은 놀랐다. 그녀가 웃고 있어서였다. 군인들은 저들끼리 마주 보았다. 그들은 이해할 수 없었다. 살아있는 그들은 비었지만 민유정의 마지막은 가득했다. 그녀는 조선말의 거짓을 걷어내고 산 삶이었다. 그녀가 살아온 언어는 영어였다. 그 진심이 숨이었다. 지금 그 숨을 연인이 이어주는 것이었다. 단 한마디였지만 절절한 사랑이었다. 뜨거운 고백이었다.

그녀는 마지막으로 외쳤다.

"아이러브 유!!!---"

군인의 발이 의자를 찼다. 의자는 쓰러졌다. 밧줄은 팽팽하게 당겨졌다.

그 밤은 더 이상 조용하지 않았다.
"갓난반동이 죽어간다… 갓난반동이 죽어간다…"
가족세대 마당에서 솟은 첫 목소리는 종소리처럼 울렸다. 피를 울리는 외침 같았다.
장찌엔의 집 앞으로 사람들이 몰려들기 시작했다.
"민유정이 죽었대! 자살했대!"
"아냐. 진실을 말했다고 죽인 거야!"
분노가 모였다. 진실이 사람들의 심장 속에서 깨어났다. 민유정의 소식까지 들은 김상미는 통곡했다. 그녀의 울음은 깃발이 되었다. 나팔이 되었다. 이전의 행렬은 젖을 구하러 말없이 모였지만 오늘은 아니었다. 사람들의 입에서는 떨리는 분노가 터져 나왔다.
"차라리 젖먹이도 공개처형하지 그래?"
"진실을 말했다고 죽여?!"
"누가 자살을 하면서 폭로를 해? 그게 자살이야?!"
그때였다. 철조망 너머로 독신자세대의 수용자들이 철망을 밀치고 넘어오기 시작했다. 군인들은 막지도 않았다. 막을 수도 없었다. 그들 앞에는 9분조가 있었다.
가수가 앞장섰다. 그는 주먹을 높이 들고 두 눈을 부릅떴다. 그 뒤를 도성진이 따랐다. 도련님, 검은손, 감시반 두령과 두목이 그 뒤를 이었다. 그리고 감시반원들이 맨 뒤에서 뒤처지는 사람들을 내몰았다. 가족세대 공터는 순식간에 사람으로 가득 찼다.

여자들의 눈은 아기를 빼앗긴 어미처럼 충혈되어 있었다. 남자들의 목소리는 아비의 절규로 일어섰다. 경비대원들이 총을 들고 접근했다. 그러나 사람들은 물러서지 않았다. 그들은 움직이지 않았다. 바위처럼 그 자리에 버티고 서 있었다.

군인들이 갈라서며 조직부장이 나타났다. 그는 권총을 들고 공중을 향해 발사했다.

탕-! 총성이 밤을 갈랐다. 모든 함성이 순간 멎었다. 그 정적 속에서 도성진의 귓가에 목소리 하나가 들렸다. 카츠치카의 음성이었다.

"네 소원은 딱 한 번이다."

그 말은 주술처럼 그의 가슴 안에서 불을 붙였다. 그는 망설이지 않았다. 도성진은 군중 속을 빠져나와 달리기 시작했다. 그는 달렸다. 한 번도 그토록 빠르게 달려본 적이 없었다. 발은 땅을 밀고 나아갔다. 가슴은 갓 태어난 아이를 향해 달렸다. 심장은 아직 닿지 않은 절정을 향해 뛰었다. 그가 도착한 곳은 야장간의 뒷마당이었다. 하늘을 찌르듯 솟은 굴뚝 아래에 섰다. 그것은 그에게 소원이 닿는 유일한 출구였다. 그는 평소에도 그 굴뚝을 올려다보며 '언젠가 소원을 올리겠다'는 다짐을 품었다. 그리고 지금이 그 순간이었다.

도성진은 벽돌을 세기 시작했다. 세 번째 줄, 왼쪽에서 여덟 번째. 손끝이 떨리며 벽돌을 뺐다. 그 안에서 꽁다리 연필과 종이가 담긴 비닐봉지를 꺼냈다. 소원을 쓰기 위해 미리 넣어두었던 준비품이었다. 도성진은 쪼그려 앉았다. 진심을 토해내듯 글자를 썼다. 삐뚤삐뚤한 글씨였지만 용기는 곧았다. 그 봉지를 다시 밀어 넣었다.

그리고 장작을 짚어졌다. 굴뚝 위의 철제 링 프레임 위로 그것을 올렸다. 기름을 부었다. 그리고 다시 내려와 자신의 옷을 벗었다. 막대기에 감았다. 그 옷은 자신의 이름 없는 삶, 반동이라는 낙인, 죽지 못해 버텼던 시간을 감싼 망토였다. 그 옷이 이제 횃불이 되었다. 불이 붙었다. 도성진의 얼굴이 환해졌다. 그는 굴뚝을 향해 올라섰다. 사다리를 밟으며 한 걸음 또 한 걸음 솟구쳤다.

마침내 그는 하늘 가까이에서 소원을 쏘아 올렸다.

불이 치솟았다. 굳게 닫혀 있던 굴뚝에 불이 붙었다. 봉화가 타올랐다. 15호의 하늘 아래 그 불빛은 처음으로 '빛'이라는 이름을 가졌다. 침묵하던 사람들의 고개가 일제히 돌아갔다. 군인들도, 조직부장도, 9분조도, 김상미도 수용자들 모두가 그 굴뚝의 존재를 처음 보았다. 15호의 어둡던 하늘에 불이 붙었다.

도성진이 지핀 봉화는 단지 가족세대 공터의 사람들만 본 것이 아니었다. 15호 지휘부 창문에서도 불씨 한 점이 유리에 비쳐 흔들렸다. 그 불빛은 전화선을 타고 평양으로 갔다.

"뭔 소리야? 유령이라도 왔어?"

수화기에서 튀어나온 놀란 목소리였다.

도성진의 기도가 닿았던 걸까, 아니면 원래 예정된 일이었을까. 분명한 건 그날 자정이 지난 시간에 국가보위부 부장의 침실로 전화가 울렸다는 것이었다. 그리고 열하루째 되는 날 아침이었다. 함경북도인민병원 소속 구급차 한 대가 드디어 15호로 들어왔다.

위우-- 위우-- 위우--

생소한 소리였다. 그동안 수용자들이 보아온 건 칙칙하고 두터운 철갑 군용차들뿐이었다.

그런데 오늘 하얗고 반짝이는 구급차 한 대가 사이렌을 울리며 달려왔다. 사람들은 저도 모르게 허리를 폈다. 삽질하던 손이 멈췄다. 어깨에 얹혔던 돌이 내려졌다.

"갓난반동이 실려나가는 거 아냐?"

누군가의 그 한마디가 신호가 되었다. 그 말은 곧 물결이 되었다. 수용자들이 하나둘씩 중앙 흙길로 몰려들었다. 15호를 가로지르는 단 하나의 길 양옆으로 사람들이 주르르 모였다.

잠시 뒤 구급차가 다시 나타났다. 붉은 불빛을 돌리며 위우-- 위우-- 위우--존재 자체가 사이렌처럼 들려왔다.

"갓난반동!"

도성진이 외쳤다. 그리고 모두가 따라 소리쳤다.

"갓난반동! 갓난반동!"

누구는 손을 흔들고, 눈을 닦기도 하고, 어떤 이는 두세 걸음 따라 달렸다. 보위원이 소리를 지르고 경비대는 총을 흔들었다. 하지만 아무도 물러서지 않았다. 그것은 환호였다. 자유였다. 노래였다. 죄 없는 갓난아기. 살아있다는 이유 하나로 반동이 된 그 아이. 그를 향한 사랑은 반동이 될 수 없었다.

그렇게 이름도 없이 태어나 반동의 낙인을 안고 열하루를 갇혔던 젖먹이는 마침내 출소했다. 그 작은 몸이 옮겨질 때 아기의 숨은 희미했다. 손발은 차가웠다. 눈꺼풀을 들 힘조차 없어 흰자위만 보였다. 하지만 사람들은 울었다. 안도했다. 15호를 숨 쉬며 떠났다는 그 기적만으로도 생존의 위안을 느꼈다. 그게 이 안에서의 삶이어서 오래 서서 쳐다보았다.

15호를 관통하는 유일한 흙길 위로 풍차 세 대가 들어왔다. 그 바퀴들이 일으키는 요란한 먼지를 보며 사람들은 금방 알았다. 2월에 비워졌던 침상들이 곧 채워질 운명이라는 것을 말이다.

그날 밤, 도성진은 막사 안의 공기가 평소와 다르다는 걸 느꼈다. 몇몇 얼굴에서 '사회 공기'의 냄새가 물씬 묻어났기 때문이었다. 막사 입구에 첫발을 디디는 신입들은 보통 주눅이 들기 마련이었다. 지옥에서 기어 나온 자들의 눈빛이 그들을 가차없이 노려봤기 때문이었다. 그날도 마찬가지였다. 수용자들은 각자의 침대에 걸터앉아 막사 입구를 응시하고 있었다. 그곳에 서 있는 이는 미꾸라지였다. 그는 언제나처럼 낯빛과 상관없이 입만 살아있었다.

그 옆엔 둥글둥글한 중년 사내 하나가 간부처럼 뒷짐 지고 서 있었다. 그는 마치 지옥의 대사관에 부임해온 사절처럼 태연했다.

"오늘 새로 입소하신 이 동지는 공화국의 외교전선에서 전 세계를 누비며…"

미꾸라지가 아양 섞인 목소리로 시작했다.

"비켜, 비켜."

외교관이 그를 밀치며 앞으로 나섰다. 그의 눈빛은 명함을 던지듯 거만했다. 입은 마이크를 물고 있는 것 같았다.

"다들 집중--!"

그 목소리는 요란했다.

"야! 저기 누워있는 놈들 누구야? 안 일어나?"

맨 안쪽 침상에 누워있던 두령과 두목이 무게있게 일어났다. 소개자로 나섰던 미꾸라지는 기겁했다. 다른 수용자들은 인내의 근육으로 버티고 있었다. 외교관의 손은 자신이 달고 있는 번호를 쓰다듬었다.

"난 너희랑 급이 달라. 차원이 틀려. 외교부 부부장 출신이야. 야! 저놈 돌아앉지 못해? 똑바로 안 앉아?"

그의 말이 떨어질 때마다 사람들의 눈빛 속엔 폭탄이 채워지고 있었다. 그의 위엄은 허공에 부딪혀 메아리조차 없었다. 그는 결국 황당해하는 미꾸라지를 내려다보며 혀를 찼다.

"염 동무. 내 들어오면서 깜짝 놀랬다니까. 아니, 우리나라에 이렇게나 많은 반동 새끼들이 있었소?"

그 말이 끝나기도 전에 퍽! 신발 한 짝이 그의 얼굴에 정통으로 날아들었다. 곧이어 신발짝들과 밥그릇, 막사 쓰레기들이 폭풍처럼 쏟아졌다. 외교관의 코끝에서 붉은 실핏줄이 흐르기 시작했다. 그는 휘청이며 뒤로 물러섰다.

막사 한쪽에선 도련님과 도성진이 검은손 앞에 앉아 있었다.

검은손은 조용히 입을 열었다.

"가수는 왜 안 보여?"

도성진이 대답했다.

"밖에서 신입 중 한 명과 얘기하던데요… 아는 사람이 있나 봐요."

그 사이 외교관은 검은손 뒤에서 '똑딱 시계 기합'을 받고 있었다. 군인 출신 감시반원들이 그의 자세를 교정해주며 팔꿈치를 꺾었다. 그는 다리 하나를 흔들며 입으로는 똑딱! 소리를 냈다. 그 광경을 물끄러미 보던 도련님이 물었다.

"주둥이 형은… 구류장에서 언제쯤 나오는지 알아보셨어요?"

검은손은 고개를 짧게 저었다. 도련님의 한숨은 더 길어졌다. 도성진도 더 묻지 않았다.

그때였다. "으아--!" 막사 밖에서 갑작스레 비명이 들렸다.

그 소리는 울음으로 폭발했다. 모두가 동시에 고개를 들었다. 말로 설명할 수 없는 불길한 기운이 검은 연기처럼 막사 안을 덮쳤다. 9분조장이 가장 먼저 자리에서 튕겨 일어났다. 검은손을 따라 밖으로 달려 나오던 도련님과 도성진의 발끝이 멈췄다. 숨도, 말도, 눈빛도 한순간에 얼어붙었다.

운동장 한가운데 한 남자가 무너져 울고 있었다. 그 울음은 멀리서 들려오는 천둥처럼 밤공기를 뒤흔들고 있었다. 가수였다. 하늘을 향해 입을 벌리고 폐 깊은 곳에서 끌어올린 비명을 뱉어냈다.

검은손은 혼란스러운 눈으로 주변을 훑다가 가수 뒤에 어정대는 낯선 얼굴을 발견했다. 그는 곧장 달려가 멱살을 움켜쥐었다.

"이 새끼, 너 뭐야?"

신입 수용자는 당황하며 두 손을 들고 허둥댔다.

"저… 오늘 새로 들어왔습니다. 황명현이랑… 같은 예술단 친구입니다."

검은손의 얼굴이 더 일그러졌다.

"친구 같은 소리 집어치우고 쟤 왜 저래? 뭘 지껄였냐고!"

신입은 떨리는 목소리로 말했다.

"처와 애 소식을 알려줬습니다. 다… 죽었다고요…"

그 말은 전율처럼 9분조의 등줄기를 타고 흘렀다. 모두 순간적으로 고개를 돌려 가수를 바라봤다. 가수의 울음은 하늘로 더 높이 올랐다. 운동장을 가득 채웠다.

검은손의 분노는 견딜 수 없었다.

"죽었다고…? 그 말을 했다고?"

그는 주먹을 꽉 쥐고 신입의 얼굴을 향해 꽂았다. 퍽-

분노의 쇳덩이가 얼굴을 강타했다. 신입은 뒤로 나가떨어졌다. 도련님이 급히 검은손을 붙들었다. 그러나 그는 짐승처럼 몸부림쳤다. 눈이 충혈되고, 목이 터져라 외쳤다.

"밖에선 죽는 게 죽는 거지만 이 안에선 매일매일 사는 게 죽음이야!! 이 개새끼야!!"

운동장 위로 하늘 위로 모든 막사와 철조망 너머로 가수의 울음소리가 퍼졌다. 그건 한 남자의 오열이 아니었다. 죽은 가족을 향한 통곡이자 15호를 향한 고발이었다. 소리를 아끼고 키우며 노래로 살았던 가수의 그 울음은 천지를 뒤흔들었다.

립석강의 물결은 잔잔했다. 햇살은 수면 위에서 깨진 유리처럼 부서졌다.

"휴식 시간!"

그 소리가 울리기 바쁘게 자갈 위에 검은손, 도성진, 도련님이 나란히 앉았다. 그들 앞엔 신입 수용자 한 명이 무릎을 모은 채 앉아 있었다. 어제 가수를 울리게 한 그 신입이었다. 다른 분조에 배치받은 그를 탓하려고 부른 것이 아니었다. 어젯밤 이후로 입을 닫은 가수를 위한 자리였다. 알아야 위로하고 다독일 수 있어서였다. 가수와 같은 4중창조에 있었다던 그는 주저했다. 말실수로 들어온 자기 입의 죄가 더 무거워질까 두려워했다.

"말해. 여기 다 반동이니까."

검은손의 그 말에 신입은 일단 반동들을 확인하듯 차례로 눈여겨보았다. 무릎 위에 손을 얹고 조금은 멍해 보이는 얼굴로 강 쪽을 바라보며 말을 꺼냈다. 기억 속 어딘가에서 시선을 떼지 못한 얼굴이었다.

그는 만수대예술단 4중창조 조장이었다. 흔치 않은 저음을 가진 베이스 성악가였다. 그도 가수가 끌려간 후 보위부에 끌려가 고초를 겪어야 했다. 들은 죄였다. 가수가 문제의 발언을 했던 자리에 그도 함께 있었던 것이다. 가수는 신고자와 논쟁을 하다가 말실수를 하게 됐다.

"아리랑은 그냥 민요야. 이조 봉건 때 수령주의가 어디 있었어? 십리도 못 가서 발병 난다잖아."

"가사에 백두산이 들어갔잖아. 동지 섣달에도 꽃만 핀다고 우리 수령님을 찬양했고."

"우리가 가사에 백두산 집어 넣은 거야. 그리고. 백두산이 왜 수령님 산이야? 옛날부터 백두산은 망명산이야. 중국에 갈 때도, 소련에 갈 때도 다 그 쪽으로 넘어갔다고."

그러면서 가수는 아리랑 후렴부의 백두산을 망명산이라고 흥얼거렸다.

북한은 민족의 대표적인 민요 '아리랑'에도 수령 신격화를 추가했다. 후렴 가사에 수령을 상징하는 백두산을 집어넣었다. 김일성이 태어나기 전부터 선조들이 예언하고 기다린 민족의 영웅이라는 것이다. 가수의 가사 왜곡은 김일성 민족주의 뿌리를 부정한 반역죄로 됐다. 수령의 이름이 백두산보다 무거운 그 땅에선 사람의 목숨쯤은 돌과 같다. '망명산'이란 말 한 줄로도 그 '돌'은 부서질 수밖에 없었다. 가수가 끌려가고 나서 3개월 후 초급당비서가 4중창조를 불렀다.

"오늘 생활총화는 현장총화야. 오전 10시까지 그 반동놈 집으로 가."

현장총화는 이삿짐 나르기였다. 북한에선 정치범이나 그 가족의 퇴거를 동료들이 직접 돕도록 강제했다. '반동'이란 낙인이 어떻게 사람을 지우는지 현장 체험으로 각인시키는 의도였다.

황명현의 이삿짐은 신혼이라 많지 않았다. 트럭에 다 옮기고 나니 남은 건 사람뿐이었다. 거실 한 가운데 가수의 아내 김충성이 젖먹이를 안고 서 있었다. 6개월 된 아이의 몸은 작았다. 그녀의 손은 부들부들 떨었다. 팔은 경직되어 있었다. 그런데도 아이는 세상 모르고 그녀의 체온 속에서 잠들어 있었다. 보위원들이 네 명의 성악가를 방 한구석으로 몰아세웠다. 잡혀간 황명현 대신 새로 배치된 테너 가수는 공포에 질려 있었다.

"명현이가 3개월 전에 잡혀갔지?"

뒤에서 조원의 말에 다른 목소리가 대답했다.

"애가 지금 6개월 됐대."

하지만 그 말들도 곧 사라졌다. 국가보위부 대위가 그들을 노려봤기 때문이었다. 그때부터 누구도 숨소리를 함부로 내려고 하지 않았다. 시선도 피했다. 심장은 조여들었다. 김충성의 입술엔 경련이 일었다. 그럴수록 그녀는 아이를 품에 더 세게 안았다.

"이삿짐은 다 실었지요?"

대위가 성악조장에게 묻는 말이었다.

"네." 조장이 짧게 대답에 대위는 김충성 앞으로 걸어갔다.

"남편은 어제 종신형 확정받고 정치범 관리소로 갔소. 이삿짐도 끝났고… 이제 마지막 절차만 남았소. 아시겠지요?"

그녀의 입에서 신음이 새어 나왔다. 입술을 깨물었지만 그 소리를 막을 수는 없었다.

"차렷!!" 대위의 고함에 젖먹이가 눈을 떴다. 작고 불안한 울음소리가 퍼졌다.

"국가보위부의 위임으로 묻겠습니다. 반동 황명현을 따라가겠습니까, 당을 따라가겠습니까?"

그 질문은 북한 사람들에겐 생명과 같다. 국가보위부의 권위이자 삶의 배급과 같은 의미였다. 선택을 묻는 것이 아니다. 충성을 증명하라는 명령이었다.

김충성은 외쳤다. "당을 따라가겠습니다!"
그리고 오열했다. 흔들리지 않으려고 두 발을 땅에 박았다.
"잘했소. 이제 마지막 절차만 남았소."
"…?"
"우리 공화국은 역적을 3대 멸족합니다. 알지요?"
그녀의 어깨가 떨리기 시작했다.
"제 성으로… 제 성으로 지금 당장 바꾸겠습니다…"
"이미 아들로 태어났잖아! 아버지 성도 가졌고!"
이어지는 대위의 목청은 흔들어대는 수갑 같았다.
"우리 법이 그리 만만했으면 반동 새끼들이 온 나라에 들끓었겠지! 애 안 내놓으면 아줌마 충성검증 다시 한다. 지금 우는 것도 뚝! 뚝! 그거 지금 반동을 동정하는 행위야."
군인들이 다가와 그녀의 품에서 아이를 뜯어냈다. 아이의 울음이 문을 넘어 멀어졌다. 그녀는 두 팔을 벌리고 서 있었다. 아이를 빼앗긴 그 자세 그대로였다. 허락되지 않은 오열을 삼키느라 목에서는 꺽- 꺽- 소리가 났다.
"김충성 동무의 충성검증 이상! 이 시각 이후 반동 황명현과도 자동 이혼되었음을 통지합니다. 이상 끝!"
보위원들이 사라졌다. 그녀는 움직이지 않았다. 무너진 것 없이 그대로였다. 미라처럼 굳어 있었다. 품속에는 허공을 껴안고 울음도 잊고 서 있었다. 그녀 앞에서 누구도 감히 눈물을 보일 수 없었다. 성악가들은 먼저 방을 빠져나왔다. 이삿짐을 실은 트럭 안에서도 그들은 침묵했다. 김충성도 배우들도 함께 타고 있었다.

그녀는 뒤돌아 앉아 있었다. 가슴을 움켜쥐고 있었다. 불어 오른 젖가슴을 쥐어짜며 비명을 질렀다.

"…이렇게 많이 나오는데… 이 젖을… 먹이고 보냈어야 하는데… 어떡해… 어떡해… 어마나, 어떻게 해…"

그녀는 계속 같은 말만 반복하며 오열했다. 조장은 고개를 숙였다. "울지 마… 울면 안 돼… 안 돼… 안 되는데…"

조원들과 자신에게 타이르던 그의 목소리가 꺾였다. 끝내 울음이 퍼졌다. 억눌린 흐느낌이 차례로 무너졌다. 트럭이 멈췄다. 김충성의 본가 아파트로 짐을 다 올리고 모두 돌아서려던 순간이었다. 쾅- 트럭 위로 몸이 떨어졌다.

여자였다.

엄마였다.

모성애였다.

무게였다.

김충성이었다.

아내의 그 선택을 마주 보며 가수는 혼자 앉아 있었다. 아내가 자살한 곳은 평양이었다. 지금 가수가 있는 곳은 립석강이었다. 그의 손은 바닥을 더듬었다. 두 개의 돌을 그러안았다. 그에게 큰 돌은 아내이고 작은 돌은 아들이었다. 아침에 막사를 나설 때 미리 준비했던 담요를 넓게 펼쳤다. 그리고 그 돌들을 감싸 자기 몸에 묶었다. 가수는 그렇게 아내 돌과 아들 돌을 등에 업고 일어섰다. 그는 부르튼 입술로 중얼거렸다.

"옹혜야… 나는 너처럼 돌에 맞아 죽을 용기도, 성근이처럼 총을 맞을 배짱도 없어."

그 말은 들으라는 것이 아니었다. 옹헤야가 처형된 그 자리에 묻어두기 위한 말이었다. 그리고 9분조에 남겨두는 고백이었다. 가수는 머리를 들었다.

"그러나 난- 노래는 부를 수 있어!"

그는 강가에 우뚝 섰다. 가수 황명현, 그의 마지막 무대였다. 최후의 노래였다. 그의 입에서 성악 전공자의 발성으로 소리내는 음이 하늘로 솟았다.

아리랑 아리랑 아라리요

립석강을 흔드는 그 노래에 모두가 고개를 돌렸다. 9분조원들 뿐 아니었다. 다른 분조원들도 일어섰다. 담배를 피우던 군인들도 소리의 방향으로 머리를 돌렸다.

아리랑 고개로 넘어간다

가수가 강물로 들어서고 있었다. 그는 혼자가 아니었다. 등에 업힌 무게와 함께 걸어 들어가고 있었다. 강물이 무릎 위로 올라왔다.

나를 버리고 가시는 님은
십 리도 못 가서 발병 난다

그는 그 후렴 소절에서 멈추었다. 강물이 그를 밖으로 밀어내려고 했다. 배까지 차오르며 안 된다고 막아섰다. 가수는 숨 쉬는 자기 삶보다 맑은 물속이 더 평온해 보였다. 수심과 마주 보며 한 발 더 내짚었다. 그 한걸음에 물은 가슴께까지 차올랐다. 마지막을 향한 그의 눈동자 속에서 진짜 백두산이 일어섰다. 그는 두 팔로 립석강을 들어 하늘로 뿌렸다. 구름을 적시는 그 물보라처럼 그는 한 옥타브 더 올려 후렴을 울부짖었다.

저기 저 산이 '자유산'이라지
동지 섣달에도 꽃만 핀다

그는 그렇게 자유의 산을 넘었다. 그의 머리카락 한 올까지 다 넘어갔다. 그 너머의 자유는 숨 쉬는 아리랑 고개가 아니었다. 십 리도 못 가서 발병 날 길도 없는 세상이었다. 하지만 가수가 부르고 싶었던 아리랑은 지상에 없었다. 그는 심장의 노래를 찾아 물속으로 영원히 걸어갔다. 도성진은 달려오며 부르짖었다.

"아저씨!"

검은손과 도련님은 강물을 부여잡듯 손을 휘저었다.

"명현아!"

신입은 뒤에서 따라오다 걸음을 멈추며 중얼거렸다.

"친구야!"

그 소리들이 합쳐져 강물을 흔들었지만, 햇볕이 부서져 내렸다. 수면 위에 비치던 하늘도 소용돌이 속으로 빠졌다. 그날 가수만 목숨을 잃은 것이 아니었다. 아리랑도 함께 죽었다.

아리랑은 너 이상 한 민족의 민요가 아니다. 분단의 이별가이다. 남한은 무정하게 떠나는 님의 아리랑이지만 북한은 십리도 못 가서 쓰러지는 죽음의 아리랑이다.

밤이었다. 최종배는 화 난 걸음으로 독신자 막사를 찾아오고 있었다. 소장 방에서 한 시간 넘게 욕을 얻어먹었다. 죄수가 자살했는데 자기가 살인한 것처럼 몰아갔다. 거기서 끝이 아니었다. 조직부장 방에도 불려갔다. 그놈은 더 집요했다. 죽은 게 문제가 아니라 노래를 방치한 죄를 따졌다. 권총은 왜 차고 다니냐며 반동의 입을 살려둔 죄를 따졌다.

최종배는 9분조 놈들을 불러내 뭐라고 하려고 가는 길이었다. 운동장을 가로지르던 그의 군화가 멎었다. 한구석에서 가늘게 떨리는 울음이 어둠을 깨고 있었다. 도성진이 무릎을 끌어안고 있었다. 그의 가슴에서는 아직도 립석강 강물이 빠져나가지 않고 있었다.

"이 새끼야. 너 왜 울어? 지금 누구 동정하는 거야?"

최종배가 앞에 버티고 섰다. 목소리는 매를 들 채비였다. 도성진은 눈을 부비고 고개를 들었다. 그는 일어나지 않았다. 말없이 노려보았다.

"이 새끼 뭐야? 안 일어나?"

도성진은 눈을 내리깔았다. 그 태도에 분노가 치민 최종배는 막대기를 휘둘렀다. 허벅지를 때렸는데도 움쩍 안했다.

"어쭈. 안 일어나? 버틴다 이거지?"

막대기가 그의 어깨를, 등을, 팔뚝을 내리쳤다.

"안 일어나? 안 일어나 이 새끼야!!"

이성이 무너진 얼굴로 그는 군화를 휘둘렀다. 진흙이 튀었다. 그러나 도성진은 고스란히 맞으면서도 기어이 앉아 버티었다. 그러다 결국 외쳤다.

"그래, 죽여! 다 죽이라고! 씨발… 죽여! 죽자 좀! 나도 죽자고!!"
 그 울부짖음에 어디선가 검은손이 뛰어왔다. 그는 도성진의 멱살을 잡아 일으켜 세웠다. 그리고 뺨을 쳤다. 도성진은 왕! 울음을 터뜨렸다.
 "아저씨는 왜 때려요? 아저씬 왜 그래요?"
 성진은 검은손의 주먹이 아팠다. 최종배의 군화보다 가슴을 더 찢었다. 검은손은 잠시 숨을 고르더니 이 악문 목소리로 쏟아냈다.
 "이 자식아 누군 속이 없어서 이러고 사는 줄 알아?"
 분조장은 도성진을 콱 밀치며 목소리를 높였다.
 "매일 밤 누구든 죽이는 꿈 꿔야 아침이 편하고! 그 꿈 다시 꾸려고 또 하루 버티고!… 그렇게 십 년 넘게 산 나야! 이 새끼야"
 그 말은 성진의 가슴에 주먹보다 세게 박혔다.
 "죽자하면 누구든 죽일 수 있지만! 살아남는 게… 이게 진짜 우리의 혁명화야!"
 검은손의 불붙는 두 눈을 보자 최종배의 눈이 흔들렸다. 그는 한 걸음 물러서더니 비틀거리며 오던 길을 되돌아갔다. 뒤늦게 도련님이 달려왔다. 그도 평소의 느긋한 표정이 아니었다. 도련님이 성진의 얼굴에 묻은 피를 손으로 쓰윽 닦아냈다. 그 피로 자기 얼굴을 쓸며 멀어지는 최종배를 따라갔다. "종배야!"
 담배를 피우며 걸어가던 최종배는 화들짝 놀라 돌아봤다. 도련님이 서 있었다. 다른 목소리인가 싶어 주변을 한 번 더 둘러보는데 한 번 더 울렸다.
 "그래 종배야. 너."

불러선 안 될 이름을 부른 자가 죄수여서 최종배 얼굴이 굳어졌다.

"너야? 지금 내 이름 부른 게?"

"그래, 내가 불렀다. 날 죽여 봐. 너는 3대 멸족만 알지?"

도련님이 한 걸음 더 내짚었다.

"내가 죽으면, 내 아버지 부주석의 온 일가친척이 들고 일어나서 너 새끼 사돈에 팔촌까지, 기르는 강아지 개새끼들까지 십 대를 멸할 거야. 그러니 죽여봐."

"야, 너 진짜…!"

"마저 들어, 종배야. 네가 아무리 지랄해도 나는 '시니마셍'이야. 알겠냐? 하긴 넌 시니마셍도 모르지?"

"이 자식이 감히…!"

최종배가 권총을 꺼내 들었다. 도련님은 태연하게 등을 돌렸다. 그 얼굴은 잔뜩 긴장해 있었다. 앞에서 쏟아내던 용기와는 정반대였다. 그러면서도 뒷짐 지고 한 걸음, 또 한 걸음 팔자걸음으로 걸었다. 악에 받친 최종배의 총구가 그를 겨눈 채 떨고 있었다.

탕- 도련님의 입이 쩍 벌어졌다. 그래도 멈추지 않았다.

탕- 그는 그대로 걸었다.

탕- 등 뒤로 울린 총성은 공허했다. 그의 발걸음은 오히려 더욱 의기양양했다.

결국, 그를 쏘지 못한 최종배는 돌아섰다. 그의 발자국 소리를 등에 새기며 혼자서 어둠을 건너 사무실로 돌아왔다. 문을 밀고 들어오자마자 사무실 의자에 그대로 몸을 던졌다. 철제 등받이에 닿은 등이 툭 하고 꺾였다. 턱은 저절로 가슴께로 떨어졌다. 한동안 아무 생각도 나지 않았다. 상관에게 갈기갈기 채이고, 죄수놈들한테 들이받히고, 도대체 이 수용소에서 자기 자리는 어디쯤인가 싶었다. 윗선은 건드릴 수 없었다. 그렇다면 남은 건 아래였다. 짐승처럼 짓밟아도 되는 권리가 '자기 자리'라는 각성에 그는 번개처럼 일어섰다.

총소리까지 낸 마당이다. 누가 물어오면 대답할 '명분'도 있어야 했다. 가죽장갑을 꼈다. 탄창을 장약했다. 짧고 굳은 호흡으로 걸음을 조였다. 다시 독신자 막사 쪽으로 향했다. 운동장 어귀에 닿았을 즈음 목소리가 들렸다. 저편 나무 밑에 셋이 앉아 있는 뒷모습이 보였다. 9분조장이었다. 그 옆엔 좀 전에 자기에게 함부로 했던 두 놈이 앉아 있었다. 최종배는 숨을 죽였다. 정치적 내용이 흘러나오면 더할 나위 없이 좋았다. 그는 도둑고양이처럼 살금살금 그들에게 다가갔다. 그리고 목소리를 붙잡았다. 아주 또렷이 들렸다.

"너희들 오늘 최종배한테 둘 다 실수한 거야."

검은손이 도련님과 도성진에게 하는 말이었다. 최종배의 턱 근육이 일어섰다. 감히 내 이름을 입에 올리다니. 최종배는 벌떡 일어설 뻔했지만 이내 꾹 누르며 다시 쪼그려 들었다. 검은손은 도련님과 도성진에게 훈육하고 있었다.

"그럴 필요도 없는 일이야. 옷만 다를 뿐이지. 갇혀 사는 건 보위원이나 우리나 똑같아."

최종배는 순간 말뜻을 되새겼다. 욕인가? 진심인가? 머릿속이 복잡해졌다. 이상하게도 맞는 말 같기도 했다.

"두려움도 똑같아. 우린 그 속에서 자지만 걔들은 그것 때문에 못 자."

그 말은 묘하게 귓속으로 파고들었다. 최종배는 자기도 모르게 진지하게 새겨들었다.

"이 담장 안에선 죽는 것도 우리랑 별 차이 없어. 여긴 죄가 아니라 사연으로 죽는 데야. 지형철 보위원도 죽도록 여자를 좋아했을 뿐이야. 조직부장 놈 봐. 보위원의 시체를 장찌엔과 엮으려고 유서까지 조작했잖아. 옷만 다르지, 그 질서에 다 묶인 죄인일 뿐이야."

그 말에 최종배의 허리가 펴졌다. 지형철. 그는 유일하게 본받고 싶었던 동지였다. 당에 충성했고, 유능했고, 여자 하나 사랑했다는 이유로 매장된 사람이었다. 부관참시도 부족해 화교년의 임신과 연결시키려고 하지 않았던가. 지휘부의 책임을 죽은 사람에게 떠넘기려고 했다. 그러고 보니 이 안에선 다 같이 죄가 아니라 사연으로 죽는다는 게 맞는 말 같았다.

최종배는 돌아서 사무실로 천천히 발을 옮겼다. 그의 등 뒤로 분조장의 목소리가 들렸다.

"너희 둘. 다시는 죽을 짓 하지 마. 여기선 살아 있다는 게 죄고 살아남은 게 벌이야. 어차피 그런 거야. 살아야 죽은 사람들을 기억해. 살아있어야 우리가 인간이었다는 증거가 남아."

걸어가던 최종배는 문득 걸음을 멈췄다. 머릿속에 묘한 깨달음이 스쳤다. 놈들에겐 '혁명화 해제'라는 제도가 있다. 하지만 자신에겐 '혁명화 감옥'만 있을 뿐이다. 그것도 기한 없는 종신형을 살고 있다고 느껴졌다.

도성진의 가슴에도 그날 검은손이 했던 말은 깊이 남아 있었다. 더구나 자신의 품 안에는 카츠치카가 건넨 남다른 미래가 숨겨져 있었다. 재일교포 수용자들을 통해 그는 처음으로 '상속'이라는 개념을 파악하게 됐다. 그건 단순히 피붙이 간의 정리만은 아니었다. 그들이 말하는 '돈'은 국가조차 움직일 수 있는 무형의 권력이었다. 그걸 품은 자신이 이제 더는 죄수일 수 없다는 믿음으로 날마다 고개를 처들게 만들었다. 등이 펴졌고 발걸음이 땅에 끌리지 않았다.

그러던 어느 날이었다. 도성진이 저녁 식사를 마치고 막사로 가려던 참이었다. 한 경비대 군인이 그를 불렀다. 특별한 설명 없이 따라오라고만 했다. 의심할 겨를도 없이 그의 뒤에서 걸어갔다.
한 번도 걸어본 적 없는 골목으로 접어들었다. 바로 그때 등 뒤에서 어떤 손이 불쑥 덮쳤다. 입과 코를 짓누른 건 맹수처럼 단련된 팔뚝이었다. 숨이 끊길 만큼 조여들었다. 차가운 쇠붙이가 손목을 파고들었다. 수갑이었다.
두 손이 뒤로 묶였다. 얼굴에 복면이 씌어졌다. 앞이 감감했다. 몸은 허공에 들려졌다. 땅에서 발이 떨어질 때 그는 아무런 소리도 낼 수 없었다. 누가? 왜? 묻기도 전에 몸은 이미 차에 실려 어디론가 사라지고 있었다. 납치도 운전도 한놈이었다.
십 분쯤 지나 차는 멈췄다. 문이 열리자 금속 같은 찬 공기가 그의 얼굴을 스쳤다. 억센 손은 계단으로 이끌었다. 오를 때마다 숨도 같이 차올랐다. 문 열리는 소리와 함께 담배와 진한 향수 냄새가 엉겨 붙은 실내 공기가 느껴졌다. 문이 묵직하게 닫히는 소리가 뒤에서 울렸다. 바닥은 삐걱거리지 않았다.

소장방처럼 딱딱한 마루도 아니었다. 푹신한 양탄자가 발바닥을 감쌌다. 무릎을 꿇리며 주저앉힐 때도 그 부드러움이 스며들었다. 한동안 아무 말도 없었다. 방 안에는 스르륵 서류를 넘기는 소리만 이어졌다. 방 주인의 목소리가 묵직하게 울렸다.

"이놈이라고?" 낮은 음성이었다. 그 안엔 남의 운명을 함부로 결정할만한 권위가 있었다.

"네. 지문, 필체 검사 결과 이놈으로 나왔습니다."

자신을 끌고 온 자의 대답이었다. 성진은 복면 속에서 눈을 부릅떴지만 보이는 건 아무것도 없었다. 그때 문득 15호에 처음 끌려오던 날이 떠올랐다.

그날엔 멀미에 몸이 뒤틀릴 만큼 고통스러웠다. 지금은 달랐다. 이제 그는 그놈들과 같은 시선으로 자신을 내려다보고 있었다. 누구일까. 왜 이럴까. 그리고 소장방 보다 나은 이 바닥의 주인은 대체 누구일까.

"말해봐." 주인의 목소리는 양탄자처럼 두터웠다. 명령만으로 살이 찐 목소리였다.

"왜놈이 지옥에서 시켰을 리는 없고… 그 장난 친 목적이 뭐야?"

그의 입에서 '왜놈'이란 말이 입에서 튀어나온 순간 성진은 본능적으로 깨달았다. 굴뚝이었다. 봉화였다. 올 것이 왔다는 생각이 가슴을 두드렸다.

이 순간을 위해 얼마나 많은 밤을 사색과 지혜로 채워왔던가. 예상했던 질문이었다. 하지만 빗나간 것이 있었다. 마주 앉아 얼굴을 보게 될 줄 알았는데 복면이었다.

"화로 쪽지며 굴뚝까지 누가 그러라고 시킨 거야?"

성진은 먼저 숨부터 길게 내쉬었다. 급한 건 자신이 아니라 놈들이었다. 그 숨 안에서 살아남을 문장을 고르며 그는 침묵했다.

"빨리 말씀드리지 못해?"

부하놈이 재촉했다. 목소리는 젊었다. 아직 감정을 누르지 못하는 폭력이 묻어 있었다.

"카츠치카 도공님께서"

성진은 아이가 아니라 세상을 훤히 알고 있는 사람처럼 입을 열었다.

"딱 한 번의 도움을 받을 수 있는 기회라고 알려주셨습니다. 갓난아기 소원을⋯ 제 소원 대신 넣은 겁니다."

잠시 정적이 흘렀다.

"⋯그뿐이야?" 물으면서도 의심이 짙은 말투였다.

"네. 아기가⋯ 불쌍해서 도움을 받고 싶었습니다."

딸깍! 하는 소리와 함께 담배 연기가 성진의 얼굴까지 닿았다.

"갖다 묻어."

그 명령은 남의 생을 도려내는 데 익숙한 자의 어조였다. 젊은 놈이 다가와 성진의 어깨를 거칠게 움켜쥐었다.

"하나 더 있습니다!"

성진은 놀라지 않은 목소리로 말했다. 당돌하고 침착했다. 그 한 마디에 자기 몸을 쥐고 있던 손아귀의 힘이 풀렸다.

"카츠치카 도공님께서 저에게 재산 상속을 해주었습니다. 저는 카츠치카 도공님의 상속자입니다."

방 주인의 발소리가 들렸다. 가죽 구두가 두껍게 깔린 양탄자를 밟을 때마다 공기 속 온도가 조금씩 흔들리는 것 같았다.

"상속 증거는?"

순간 성진의 눈이 복면 안에서 빠르게 움직였다. 숨겨야 할 것과 드러내야 할 것을 동시에 굴렸다. 카츠치카가 혈서를 목숨처럼 지키라고 했던 그 말의 의미는 심장 속에 따로 넣어두었었다.

"도공님께서 일본에 보낸 편지 안에 저의 상속 사실을 이미 적어 보냈다고 했습니다."

다시 침묵이 흘렀다. 성진은 귀의 신경을 한 점에 집중했다. 글을 쓰는 소리가 들렸다. 볼펜이 책상 위에 탁- 하고 던져지는 것으로 봐선 틀림없었다. 이어 냉정한 목소리가 울렸다.

"틀렸어. 그놈 편지는 일본에 보내진 적 없어. 다른 증거를 대봐."

성진은 입을 굳게 다물었다. 궁금함이란 던져주는 것이지 깨뜨려서 다 보여주는 것이 아니다. 성진이 수용소에서 배운 신념이 있었다. 말은 뱉는 것이 아니라 감춰야 하는 것이다.

"갖다 묻어. 차 사고로 위장해. 숨통이 끊어졌는지 마지막에 정확히 확인하고."

말투는 습관적이었다. 죽음을 결정하면서도 감정 한 줌 섞지 않았다. 빈 담배갑을 쓰레기통에 넣는 방식과 닮아있었다.

성진은 끌려나가는 와중에도 머릿속으로 빠르게 퍼즐을 맞췄다. 편지가 일본에 간 적이 없다면 오지도 않았을 것이다. 카츠치카는 놈들을 제멋대로 길들인 사내였다. 그리고 조금 전 놈이 종이에 적었던 그 짧은 문장은? 죽는 자 앞에서 말 따로 글 따로 그럴 필요가 있었을까? 명령도 길었다. '묻어라', '사고로 위장해라', '숨통까지 확인해라' 그 모든 건 턱짓 한 번이면 가능했을 일이다.

차는 또 한참을 달렸다. 십 분쯤 지났을까, 차가 멈췄다. 들어갈 때와 비슷한 시간이 걸린 것 같았다. 위치상 처음 납치되었던 그 지점으로 돌아온 듯했다. 성진은 땅 위에 무릎이 꿇려졌다. 이번엔 흙이었다.

"무릎 꿇고, 이 자세로 꼼짝하지 마."

차 문 닫히는 소리가 들렸다. 뒤로 묶인 두 손을 비틀어보았다. 그럴수록 수갑은 더 깊게 조여들었다.

그때였다. 후진하는 엔진음이 들려왔다. 곧이어 그 진동이 등 뒤에서 다시 다가오고 있었다. 그 찰나 엄청난 공포가 몸속을 휘감았다. 엔진 소리가 점점 커졌다. 기어가 바닥을 긁는 듯한 굉음이 복부까지 치며 밀려왔다. 이미 부딪힌 것처럼 온몸이 아프기까지 했다. 죽었구나. 이제, 끝이구나.

순간, 삐이익— 겟가를 씻는 바퀴 소리가 들렸다. 지면 위에서 급정거하는 고무의 마찰음은 요란했다.

성진의 가슴이 세차게 요동쳤다. 죽음은 멈췄고 심장은 고통처럼 살아났다. 차 문이 다시 열렸다. 군화 소리가 성진에게 다가왔다.

"바닥에 엎드려."

성진은 시키는 대로 했다. 엎드리면 살 수 있다는 단 하나의 본능만이 그를 지배하고 있었다. 놈의 손이 수갑을 풀었다. 쇠붙이가 손목에서 떨어지며 차가운 밤공기가 핏속으로 스며들었다.

"이제부터 5분 동안 이 자세 그대로 누워 있는다. 대가리 들면 바퀴로 짓뭉개버릴 거니까."

다시 차가 움직였다. 뒤에서 불빛이 자기 등을 겨누고 있었다. 후진이었다. 불빛이 옅어졌다. 소리도 멀어졌다. 성진은 숨을 들이켰다. 빠르게 복면을 벗었다. 앞을 바라보았다. 멀어진 차는 거기서 돌아서더니 사라졌다. 불빛도, 형체도, 이름도 없는 그 차는 세상에서 지워진 것처럼 어둠 속으로 꺼져갔다.

4월 15일 아침이다.

태양은 어느 때보다 더디게 떠오르는 것 같았다. 구류장 앞엔 사람들로 붐볐다. 각 분조마다 구류장에 들어갔다가 대사면을 받고 나오는 대상자들을 마중하기 위해 모여 있었다. 9분조도 그 흐름 속에 서 있었다. 보위부 사택마을에서 구류장까지 하나의 전선으로 연결된 확성기에서는 여자 선동원의 목소리가 울려 퍼졌다.

"오늘은 위대한 수령 김일성 동지 탄생일 4월 15일입니다. 이 4월이 있어 인민의 풍요로운 생활이 활짝 꽃필 수 있고 번영하는 조국의 만년대계도 펼쳐질 수 있었던 것이 아니겠습니까!"

울먹이며 외치는 그 음성은 수용자들 머리 위로 쏟아졌다. 그러나 그 소리는 누구도 위로하지 못했다. 오직 공기를 점령할 뿐이었다. 사람들도 얼굴을 찡그렸다. 그들의 시선은 오직 구류장 철문으로만 향해 있었다.

찌이익— 구류장 문이 열렸다. 사람들이 하나둘씩 모습을 드러냈다. 성한 몸은 거의 없었다. 허리에 손을 짚고 비틀거리거나 다리를 절며 겨우 내디뎠다. 반쯤 숨이 끊어진 채 들것에 실려 나오는 이들도 있었다. 그들 사이에서 주둥이의 얼굴도 보였다.

9분조가 달려갔다. 검은손이 왼쪽에서 그의 팔을 감싸 들었다. 도련님은 말없이 오른쪽 지팡이가 되어주었다. 아무것도 할 수 없었던 도성진은 다가와 그저 웃었다. 억지스러웠지만 진심이었다.

"그래도 이번에 나올 수 있어서… 다행이다."

검은손의 말에 주둥이가 쓴웃음을 지었다.

"오늘 충성의 노래모임 한다면서요?"

그의 말대로 올해부터 수용소에는 새로운 법이 생겨났다. 명절엔 무작정 쉬는 것이 아니라, 충성의 감정을 드러내어 충성심을 증명해 보이는 결의 무대를 마련하라는 지침이었다. 말하자면 감성까지도 혁명화하라는 지시였다.

"그거, 어떻게 알았어?"

도련님이 묻자 주둥이는 코웃음 쳤다.

"조직부장 놈이 찾아왔너라. 널 풀어주는 대신 충성의 시를 읊으래."

"시? 형 원래 그런 쪽 아니잖아."

"그놈이 뭐라는 줄 알아? 내가 지금껏 사람들에게 웃음을 선동했으니 이젠 감격의 눈물로 선동하래."

도련님은 벗겨진 한 짝 신발을 주워다 주둥이 발에 다시 신기며 투덜거렸다.

"직업이 눈물로 바뀌었네? 망했네?"

그를 대신해 도성진이 주둥이의 오른팔 아래에 어깨를 들이밀었다. 도련님은 웃기려고 말했어도 주둥이의 눈빛은 사뭇 달라져 있었다.

"…가수 소식까지 듣고 결심 굳혔다."

그의 말과 표정에 도련님이 불안하게 쳐다보았다. 검은손과 도성진도 마찬가지였다.

"무슨… 결심?"

그러나 주둥이는 대답하지 않았다. 천천히 걷기만 했다. 그러다 운동장 입구에 이르자 멈추었다. 그리고 두 사람 어깨에 올려졌던 양팔을 스르르 내렸다. 그가 혼자 섰다.

"…조직부장, 그놈이 유정이를 죽였어."

그는 길게 숨을 내쉬며 도련님의 눈을 마주 보았다.

"만수야. 나 구류장에 있으면서… 찾아냈다."

"뭘?" 도련님의 목소리가 작아졌다. 주둥이는 담담하게 그러나 생애 그 어떤 말보다 깊은 결의로 말했다.

"그거. 자유보다 더 쎈 거."

세 사람의 시선이 그를 향해 모였다. 주둥이는 그 눈빛을 피하지 않았다. 입가엔 작은 미소가 번졌다. 그 눈동자엔 뭔가 완전히 다른 빛이 어른거렸다.

"유정이 보고 알았어. 그건 말이 아니야. 행동이야. 행동하는 자유가 진짜야."

그 순간 확성기 속 선동원의 목소리가 또다시 울려 퍼졌다. 그러나 나무 그늘 아래 그들은 전혀 다른 선언을 듣고 있었다. 말이 아닌 행동으로 살아낸 한 여자의 진실, 그리고 그것을 본 남자의 결심이었다.

9분조는 립석강가로 향했다. 구류장에 갇혔던 사람들은 걸음이 느려 먼저 출발하라는 지시가 떨어졌다. 앞서거나 뒷서거나 사람들의 불평은 다르지 않았다.

"명절이라 해놓고, 쉴 틈도 안 주네."

15호에서 군중이 모인다는 건 불길한 전조였다. 가뜩이나 구류장에서 나온 사람들이라 불안증세를 보였다. 봄바람은 방향을 잃고 갈팡질팡하며 먼지만 일으켰다.

립석강가에 도착한 주둥이는 강 앞에 서서 고개를 숙였다. 가수가 잠든 물 아래를 오래 들여다보았다. 도성진도 그 옆에 나란히 섰다. 수면 위에 비친 산과 구름은 거꾸로 뒤집혀 있었다. 자연의 풍경조차 왜곡된 세상의 한 조각처럼 보였다.

성진이는 수심 깊은 시선을 담고 있는 주둥이의 옆모습을 슬쩍 바라보았다. 웃음을 상실한 그의 얼굴은 다른 사람처럼 보였다. 아니 눈물 한 방울까지 다 비워내고 표정도 진공 상태로 얼려 놓은 것 같았다.

사람들이 하나둘 몰려오기 시작했다. 각 독립조들도 줄을 맞춰 천천히 걸어들어왔다. 아이들까지 포함된 인원이 강가로 몰려왔다. 그 모습은 수령의 탄생일 행사라기보다 공개처형을 앞둔 대기 열처럼 보였다.

정렬한 그들 앞에는 조악해도 정성을 들인 임시 무대가 세워져 있었다. 하얀 천이 길게 펼쳐 걸렸다. 그 위엔 큼지막한 붉은 글씨가 바람에 따라 일렁였다.

『4월 15일 충성의 시·노래모임』

무대 옆엔 보위원 간부들을 위한 의자도 놓여 있었다. 그 자리에 소장과 대열부장이 나란히 앉아 있었다.

정치위원은 립석리 행사에 파견됐다. 평전리 모임에 가야 할 선전부장은 감기로 자택 치료 중이었다. 그 대신 간부부장이 평전리로 급하게 달려갔다.

소장은 천천히 수용자들의 좌석을 훑어보았다. 예전에는 한참을 찾아야 그 얼굴이 보였다. 하지만 이제는 금세 눈에 띄었다. 서련화였다.

그녀는 여전히 똑바로 앉아 있었다. 둘러보는 이의 시선을 거스르지 않으면서도 자신을 숨기지 않는 그 자세는 2년 전과 다르지 않았다. 곧고, 정제되어 있었다. 어디에 있어도 가장 먼저 눈에 들어오는 존재였다.

조직부장은 분주했다. 반동을 대중 앞에 세우는 일이니 사전에 무슨 일이 벌어질까 노심초사하는 눈치였다. 직접 출연자 명단을 점검했다. 복장과 순서를 정리하느라 여념이 없었다. 그쪽을 노려보며 대열부장이 혀를 찼다.

"조직부장 말입니다. 죄수들이 총 들고 나가는 것도 아닌데 뭘 저렇게까지 어이구 쯔쯔..."

소장은 대열부장을 흘깃 내려다보았다.

"너, 어디 가서도 그런 식으로 내 뒷소리하지?"
"네?"
대열부장은 입을 크게 벌리며 억울한 기색을 감추지 못했다. 소장은 담배를 입에 물고 기다렸다. 대열부장이 얼른 라이터를 켜 그의 얼굴 앞으로 가져갔다.

첫 모금의 연기가 길게 흘러나오자 아래에 앉은 남자 수용자들 사이에서 탄성이 일었다.

"야!"

부러움과 아첨, 그리고 조금의 조롱도 섞여 있었다. 소장은 그 소리가 불순하다는 걸 알았다. 그러나 굳이 막지 않았다. 자신이 무서운 사람만은 아니라는 인상을 이럴 때 한 번쯤은 남겨두고 싶었기 때문이었다. 그래서 두 번째 연기를 뿜을 땐 입술을 동그랗게 모아 파란 연기 구멍을 만들어냈다. 그 형체가 하나씩 나올 때마다 객석에서 다시 감탄이 터졌다.

"히야!"

서련화도 그 순간 살짝 고개를 숙이며 웃었다. 아래의 소음에 조직부장은 얼굴을 찡그렸다. 무대 위에서 출연자들을 점검하던 날카로운 시선으로 뒤돌아보았다.

그에게 충성의 노래모임은 감동보다 정중함이 우선인 행사였다. 단체로 눈물을 흘려야 할 타이밍, 박수 쳐야 할 순간들, 그 모든 것이 각본처럼 움직여야만 했다. 그런데 시작도 전에 저 소장이 난장판을 만들고 있으니 화가 날만 했다.

"저 양반이 정말..."

그는 누구든 욕하려는 표정으로 네 번째 출연자인 주둥이에게 돌아섰다.

"시 원고 있지? 검열해야 하니까 꺼내 봐."

주둥이는 조직부장 어깨너머 바라보며 말했다.

"구류장에서 나올 때 압수당했습니다. 원래 규율이지 않습니까."

조직부장은 말을 잃었다. 질서가 빚어낸 공백이 잠깐 그의 호흡을 흔들었다.

"그럼 시 내용이 뭐야? 말해봐."

주둥이는 눈길도 주지 않고 강가 저편 어딘가를 응시한 채 대답했다.

"3련까지는 우리의 혁명화가 어렵고 힘들지만, 마지막 반전에서는 우리가 이겨낸다는 내용입니다."

"그래. 혁명화의 승리 반전! 네놈의 선동에 넘어갔던 이놈들이 너의 그 나팔 주둥이에 울며 속죄하게 만들어야 해. 심금을 울려야 해. 그래야 네놈 선동죄가 용서가 돼."

그 둘이 마주 선 시간이 길어지자 소장의 시야에도 그 광경이 걸렸다.

"저기 주둥인지 그 만담꾼 아니야?"

대열부장이 몸을 숙이며 속삭였다.

"네, 오늘은 만담이 아니라 조직부장이 시를 읊으라 했답니다. 하긴 저놈 이젠 못 웃을 겁니다."

소장이 눈썹을 찌푸렸다. "왜?"

"저놈이, 자기 애인 죽는 날 제 발로 구류장 쳐들어갔답니다."

소장의 입에서 웃음기가 싹 가셨다. 눈빛은 더는 흥미의 영역에 머물지 않았다. 불길한 예감과 정체불명의 의심으로 조여들고 있었다. 그가 시계를 힐끗 보자 대열부장이 재빨리 반응했다. 수용자들을 향해 박수를 유도하듯 두 팔을 가로로 휘둘렀다. 그러자 강가에 박수 소리가 일어서며 길게 퍼져나갔다. 주둥이에게 시 내용을 따지던 조직부장은 그 소리에 놀라 뒤돌아봤다.
"벌써 시작인가?"
 선전지도원도 그 흐름에 휘말렸다. 행사 순서를 확인할 새도 없이 그는 무대 중앙으로 나섰다. 그는 첫 출연자들을 소개했다. 그러자 독립조에서 선발된 합창단이 줄을 맞춰 무대 앞으로 걸어 나왔다. 그렇게 엉겁결에 '충성의 시·노래모임'이 시작됐다. 첫 무대는 합창이었다. "김일성장군의 노래"가 강가를 흔들었다. 그러나 그 떨림은 소리의 벽일 뿐이었다. 듣는 수용자들의 시선은 거부하고 있었다.
 두 번째 무대는 노인들이었다. 그들은 관리소에서 쥐여준 붉은 천을 흔들며 "적기가"를 불렀다. 혁명의 붉은 기를 원수의 피로 물들이자는 가사였다. 그 노래는 정작 객석의 피를 얼렸다. 자기들을 향한 증오심을 쏟아내는 것 같아 수용자들은 쓴 입을 나섰다.
 세 번째 무대는 여자 독신자들이었다. 그들은 남자들이 그랬던 것처럼 어깨를 겯으며 "동지애의 노래"를 불렀다. 두목과 두령은 야유하듯 그녀들과 똑같이 따라 하며 웃어댔다. 한 치도 틀리지 않는 박자, 고르게 뻗은 음정. 그러나 그 안엔 감정도 진심도 없었다.
 조직부장은 손수건을 꺼내 눈가를 문질렀다. 그리고 슬쩍 뒤돌아보았다. 눈물을 유도하려는 시도였다. 하지만 자기를 따라 우는 사람은 단 한 명도 없었다.

마침내 네 번째 출연자인 주둥이가 무대 중앙에 섰다. 순간 수용자들의 얼굴이 밝아졌다. 감정의 강요로 짓눌렸던 어깨들도 펴졌다. 그의 무대라면 이 하루의 여운으로 며칠은 버틸 수 있었다. 하지만 선전지도원이 "시낭송입니다"라고 소개하자 객석은 "에이" 하는 파도가 물결쳤다.

"자작시 제목…"

선전지도원의 두 눈이 굳어졌다. 그 시선을 그대로 조직부장한테 보냈다. 무대에 선 주둥이가 대신 입을 열었다.

"저의 자작시 제목은 '요덕의 돌은 둥글다'."

주둥이가 던진 그 '돌'은 객석 끝까지 길게 파문이 일으켰다.

"뭐래?"

"요덕의 돌은 둥글대."

"하긴 요덕의 돌은 우리 손때 묻어 다 동글동글하지."

"그래. 하도 우리가 들고 내렸으니 동글동글하지."

"우리 손이 돌보다 더 딱딱하다."

"놀부작업도 돌 들고 뛰게 하잖아. 나쁜 놈들."

"우린 어제도 놀부작업 했어."

객석 여기저기서 터져 나온 속삭임들이 이어지며 술렁거렸다. 무대가 시작된 뒤 '진짜 감정'이 올라오고 있었다. 그 속에서 서련화는 누구보다 곧게 허리를 펴고 무대를 바라보고 있었다.

기쁨조로 끌려 간 그날부터 그녀는 웃음만을 배우지 않았다. 문학도 강요당했다. 여자의 '두 입 완성'을 위한 훈련 과정이었다. 하지만 그 문학이 결국 그녀를 살려냈다. 남에게 읊어주기 위한 시가 아니라 자신에게 들려주는 시로 그녀는 지금까지 죽음을 견뎠다. 그래서 그녀는 지금 만담의 주둥이가 아니라 시를 읊는 주둥이를 향해 열렬히 시선을 세웠다.

무대 위의 주둥이는 조금 더 앞으로 걸어 나왔다. 그는 숨을 고르고 마침내 시를 낭송하기 시작했다.

바람에 스쳤다면
오다가다 잠시 쉰 미소가 있었으리
세월이 다듬었다면
내일로 미루어 둔 모서리도 있었으리
어디서 떠밀려 왔다면
깨지고 남음의 보조개가 있었으리

웃음도 달라야 할 얼굴들은 어디 가고
굳었으면 굳었다고 말해야 할 입술인데
무거워도 무겁다고 말 못 하는 침묵으로
하늘의 눈비를 다 맞는 요덕의 돌아!
사람이, 사람이 얼마나 만져야 둥글 수 있느냐

저기로 갈 때도 다 같이 뛰어가지 않았더냐
넘어지고 찢기는 비명의 그 끝에서 시작해서

여기로 다시 올 땐 사연 또한 많지 않았더냐
숨소리도 닿는 길이 얼마나 멀었으면
사람의 손들이 얼마나 부서졌으면
돌인데도 둥글다고 다 같이 말을 하냐

땀보다도 미끄러운 둥근 돌이었고
얼음보다 칼날 같던 둥근 돌이었다
빨간 피가 떨어질 땐 둥근 돌 위에였고
뼈와 살이 무너질 땐 둥근 돌 아래였다
둥글지 말아야 할 돌들이 둥근데도
우리는 죽어서도 봉분이나 되었더냐!

아— 언제까지 둥글거냐
요덕의 둥근 돌아

시가 끝났어도 소리는 멈추지 않았다. 수첩에 메모하던 조직부장이 고개를 버쩍 쳐들었다. 객석에서 들려온 낯선 소리 때문이었다. 울음이었다. 수용자들이 울고 있었다. 침묵으로 버티던 그들의 감정이 말의 돌멩이에 맞고 터져버린 것이었다. 그걸 본 소장은 자리에서 벌떡 일어섰다. 멍하니 상황을 둘러보던 대열부장의 팔을 잡아채듯 붙잡았다.

"일어나."

그 한마디와 함께 두 사람은 빠르게 그 자리를 빠져나갔다.

객석의 울음소리는 점점 더 커졌다. 그건 우는 게 아니었다. 기억 속에서 쏟아지는 것들이었다. 주둥이가 던진 시의 돌이 감정의 절벽에서 와르르 쏟아져 내리는 돌사태였다.

조직부장은 더 견디지 못하고 무대 밑으로 뛰쳐나왔다.

"이 새끼야! 반전이 뭐야? 혁명화의 승리가 어디 있어? 내가 시켰는데 이렇게 끝나면 안 돼! 차라리 웃겨, 네놈 특기대로! 혁명적 낭만!"

주둥이는 그를 쏘아봤다. 눈빛엔 이미 승자의 웃음이 넘쳐 있었다.

"웃음도 눈물도 명령할 수 있다고? 난 광대야. 난 네놈 명령도 웃음거리로 만들 수 있어."

"뭐?" 조직부장이 급하게 권총집을 열었다. 총이 손에 쥐어졌다. 검은 금속이 공기 위로 튀어 올랐다.

그때였다. "선생님!!" 도련님의 외침이었다. 그는 단 한 번도 불러본 적 없는 그 호칭을 가슴 속에서 끌어올리며 부르짖었다. 객석을 뚫고 달려나갔다. 그의 질주는 무대를 향한 외침이자 모두의 긴장을 깨뜨리는 신호였다.

도련님은 조직부장 앞에 무릎을 꿇었다. 두 무릎이 바닥에 박히며 먼지가 일었다. 피가 번졌다. 그는 이마를 땅에 박았다.

"선생님...! 제발 부탁입니다."

그 외침과 함께 9분조원들과 군인 출신 수용자들도 일제히 무대로 몰려들었다. 경비대 군인들의 총에서 장전하는 소리가 연달아 울렸다. 충성의 노래모임은 순식간에 아수라장이 되었다. 그 소용

돌이 속에서 누구보다 낮게 몸을 숙인 서련화의 어깨가 세차게 떨리고 있었다.
그리고 그 혼돈의 꼭대기에서 주둥이가 마지막으로 외쳤다.

요덕의 돌은 김정일 대가리보다 둥글다!
하하하하하하!

탕- 탕- 탕- 일곱 발의 총성이 무대를 쓸고 지나갔다. 경비대 군인들의 총에서도 일제히 총탄들이 쏟아졌다. 그 총구들이 집중된 쪽으로 도련님이 돌아섰다.
그 순간 도성진의 절규가 립석강의 공기를 찢으며 터져 나왔다.
"아저씨!!! 아저씨!!!"

주둥이가 던진 돌은 총보다 강했다. 국가보위부 전체가 들썩였다. 그날은 다른 날도 아닌 수령의 탄생일이었다. 구읍리 전 수용자가 지켜보는 무대 위에서 던져진 주둥이의 시 한 편은 삐라처럼 흩날렸다. 반면 보위부는 충성의 노래로 가득 차야 할 경연장을 항거의 돌무덤으로 만들어버린 것이었다.
결국, 당조직지도부의 검열대가 다시 내려왔다. 조직부장은 본부 호출과 동시에 연락이 두절됐다. 그날 사회자로 나섰던 선전지도원은 주둥이를 무대에 세운 사람이 조직부장이라 진술했다. 정치위원은 다행히 다른 리의 행사에 참석 중이었다. 그 덕에 검열에서 빠졌다.
 소장은 현장에 있었으나 사건이 터지기 직전 자리를 떴다고 해명했다. 그의 진술에 맞춰 대열부장도 똑같은 말을 반복했다. 관리소에 불이 난 것처럼 적극적으로 해명했다. 소장 덕에 현장 책임에서 벗어난 데 대한 보답이었다.
 그러나 당조직지도부는 검열이란 칼날이 뽑힌 이상 피 흘릴 희생자가 필요했다. 결과 사회자였던 선전지도원과 선전부장까지 체포되었다. 민족 최대 명절에 감기를 핑계로 결근했다는 이유였다. 대중정치선동에서 반드시 지켜야 할 사전검열 원칙을 어겼다는 죄가 그들의 머리 위에 덮어 씌워졌다.
 검열단이 평양으로 철수한 날 관리소 간부들은 겨우 평온을 되찾았다. 하지만 그 안도는 오래 가지 못했다. 사무실에 들어와 본부 전화를 받던 소장은 얼굴이 굳어졌다.
 "본부 검열이요?... 아니 부부장동지 제가 왜 과녁이라는 겁니까? 당 조직지도부 검열도 무사히 끝났는데..."
 수화기 너머의 목소리는 냉정했다.
 "너 외화벌이 죄, 당자금 횡령. 오늘 밤이면 비밀리에 검열단이 도착할 거야. 준비해둬라."
 "......예?"
 소장의 손이 수화기 위에서 굳었다. 그 말은 빨리 관련 서류를 없애라는 뜻이었다. 전화를 끊은 뒤 그는 의자에 주저앉았다. 책상 모서리를 움켜쥔 손이 떨렸다. 허둥거리던 그의 눈은 책상 위의 필통에서 멎었다. 붓이 하나 꽂혀 있었다. 그는 붓을 들었다. 두 손으로 천천히 그리고 깊게 감쌌다.

뚝—

맥없이 부러지는 소리였다. 소장은 모자를 집어 들었다. 그가 급히 향한 곳은 보위원 식당이었다. 저녁 식사 시간에 맞춰 정리 중이었다. 수용자 몇몇이 식탁보를 덮고 닦고 있었다.

소장이 문턱을 넘자 고개를 일제히 숙였다. 그는 배식구에서 가장 먼 구석의 자리에 앉았다. 서련화가 평소처럼 다소곳이 다가왔다. 쟁반 위엔 물 한 컵만 올려져 있었다. 유리컵 안의 물이 찰랑거렸다.

그녀는 조심히 컵을 내려놓고 인사하며 돌아섰다.

"돌아서지 말고 듣기만 해."

등 뒤에서 소장의 목소리가 들렸다. 서련화는 한 발 내디뎠던 걸음을 거두었다.

"서로의 진실을 묻던 그날 말이다. 넌 나한테 물었지? 끝에 가서 내가 널 죽일 거냐고."

그녀의 두 눈이 커졌다. 그의 말은 마치 예언처럼 들려왔다. 미안해도 어쩔 수 없는 판결 같았다. 그녀는 눈을 감았다. 그날이 오늘인가, 생각했다.

"…그 반대가 될 것 같다."

천천히 그녀의 눈꺼풀 사이로 빛이 스며들었다. 다시 눈을 뜨며 몸을 돌렸다. 소장은 그녀의 얼굴을 보지 않았다. 천천히 일어나면서도 시선은 바닥을 내려다보고 있었다.

"미안하다. 이게 내 마지막 권한일 것 같다."

그의 말뜻을 다 헤아리기도 전. 순간, 그의 손이 휘둘러졌다. 탁! 그가 뺨을 때렸다. 서련화의 고개가 돌아가며 어깨도 휘청였다. 소장은 그녀 앞에서 처음으로 소장답게 소리쳤다.

"당직!"

문이 열리며 당직군관이 달려왔다. 그는 엄하게 명령을 이어갔다.

"이 년 태도가 왜 이따위야? 당장 구류장에 처넣어!"

경비대원 두 명이 곧 들이닥쳤다. 그들은 서련화의 팔을 거칠게 잡아끌었다.

그녀는 저항하지 않았다. 그저 소장을 바라보았다. 그 시선은 문이 닫힐 때까지 꺾이지 않았다. 소장 역시 서련화의 눈빛을 외면하지 않았다. 서로의 내면 깊숙이 무언가를 밀어 넣으며 마지막 말을 주고받는 눈빛이었다.

그녀가 없는 식당 안에서 소장은 좀 더 서 있었다. 식사를 하지 않았다. 모자를 쓰고 그 길로 자신의 방으로 돌아왔다. 그가 자리에 앉기도 전에 전화벨이 울렸다. 수화기 너머엔 정치위원의 말수가 짧게 흘렀다.

"정치부 명령이요. 이 시간 이후로 방에서 나오시 말고 내기하시오. 본부에서 파견된 검열단 단장 동지께서 곧 도착할 겁니다."

짧은 통화였다. 그러나 방 안의 공기는 그 한마디로 꽉 막혀버렸다. 숨소리조차 무겁게 가라앉았다. 그 채로 시간이 흘렀다. 창밖은 어두워졌다.

책상 위엔 비워진 술병 하나가 있었다. 옆으로 기울어져 구르다가 권총에 닿아 멈췄다. 소장의 얼굴에서 술기운은 이미 가셨어도 분노는 식지 않았다.

그는 길게 한숨을 뱉었다. 시선은 권총에 닿았다가 천천히 창밖으로 향했다. 그는 일어섰다. 창가로 걸음을 옮겼다. 밖에는 평소보다 많은 무장 군인들이 서 있었다. 그들은 창을 올려다보고 있었다. 경례도 없었다.

소장은 쓴웃음을 지었다. 저 멀리 감시등 아래로 수용자들의 대열이 지나가고 있었다. 깊은 밤에도 멈추지 않는 행렬이었다. 그 그림자들을 보며 소장은 혼잣말처럼 중얼거렸다.

"그나마 나였으니… 그리고들 살았지. 내가 없으면… 저놈들은 이제 어떻게 버틸까."

그는 다시 자리로 돌아와 앉았다. 그리고 권총을 들었다. 손등 위로 핏줄이 불거졌다. 그 총구는 오래도록 그의 마음속을 겨누고 있었다. 그는 언제나 안에서 스스로에게 총을 들이댔다. 그 경고로 충성을 명령하며 살아왔다. 그의 입버릇인 "아무튼"이라는 말은 그 총의 마지막 안전장치였다. 기쁨도, 분노도, 슬픔도 표현하지 못할 때마다 그는 "아무튼…" 하고 말을 맺었다. 말의 온도가 사라지고, 남은 건 무표정한 생존자만이었기에 출세할 수 있었다.

"아무튼… 최덕철 정치위원…그 양반이 나보다 한 수 높았어. 미치는 그 재간이나 좀 알려주고 가지…"

순간 문이 벌컥 열렸다. 문이 열리는 소리보다 들어서는 군홧발의 진동이 방안의 정적을 갈기갈기 찢었다. 가장 먼저 들어선 이는 소좌였다. 그는 날카로운 시선으로 소장을 노려보았다. 그 눈으로 책상 앞으로 걸어와 권총을 집어 들었다. 탄창을 분리하며 짧게 말했다.

"일어낫. 본부 검열단 단장 동지께서 오셨다."

소장은 천천히 몸을 일으켰다. 고개를 들던 그의 시선이 굳어졌다. 문 앞에 서있는 자. 그는 상좌가 아니었다. 대좌였다. 한 달 전 상좌로 본부에 올라갔던 조직부장이었다. 별 하나가 더 붙은 그 어깨 위에 본부 검열단 단장이라는 무게까지 얹혀 있었다.

소장의 미간이 좁혀졌다. 얼어붙은 시선으로 그는 그 별을 바라보았다. 한때 같은 식탁에서 술잔을 부딪히던 자가 이젠 그 별 하나를 들고 자신의 인생을 끊으러 온 것이었다.

"잠깐 나가 있어."

조직부장이 짧게 말했다. 소좌는 깍듯이 경례하고 나갔다. 문이 닫히자 방 안엔 서로의 과거를 너무도 잘 아는 두 남자만 남았다. 소장은 쓰겁게 웃으며 입을 열었다. 그 말 속엔 오래된 회한과 체념이 한데 섞여 있었다.

"우린… 서로 동지 아니었소? 내 죄는 뭐요? 그 어깨의 별 하나는 또 뭐요?"

조직부장은 그 말을 기다렸다는 듯, 서슴없이 대답을 꽂아 넣었다.

"넌 반동놈이 조직비서 동지를 모독하던 그 정치사건의 현장에서 비겁하게 도망친 놈. 나는 그 자리에서 즉결 처형한 원칙주의자."

소장의 비웃음은 더 커졌다.

"내가 닭다리 하나 먹을 때 당신도 옆에서 하나 뜯지 않았소?"

조직부장은 한 걸음 다가왔다. 목소리는 낮고 단단했다.

"한 식탁에 같이 앉아 먹는다고 같이 살찌는 게 아니야."

그 말과 동시에 손이 뻗어 소장의 어깨에서 계급장을 가차 없이 뜯어냈다. 작은 쇳조각 하나가 바닥에 떨어졌다. 바닥에 닿는 그 소리에서 한 사람의 인생과 명예가 부서졌다. 조직부장은 계급장을 쥔 손을 내보이며 말했다.

"왜 내가 이렇게 할 수 있는 줄 알아? 동거동락 해서라도 권력의 부패, 변질, 결탁을 추적하라는 당의 권력 위임. 당조직지도부의 암행어사니까!"

소장은 고개를 저으며 웃었다. 그 웃음은 이제 비애에 가까웠다.

"다 갖다 붙이누만… 아무튼 도대체 나와 당신의 차이는 뭐요?"

조직부장은 눈 하나 깜빡이지 않았다. 스스로 부끄러움을 이겨내려고 얼굴이 창백해졌다.

"나는 매일 충성의 증거를 일기장에 기록했고, 너는 그 '아무튼' '아무튼' 하며 대충 산 그 거. 그 차이야."

소장의 얼굴에서 웃음이 사라졌다. 입술이 무겁게 다물렸다. 그리고 조심스럽게 하나를 물었다. 그 음성은 한때 술잔을 나누었던 동지의 기억에 묻는 부탁 같은 것이었다.

"…내 가족은, 어떻게 되는 거요?"

조직부장은 대답하지 않았다. 문 앞으로 걸어가 활짝 열었다. 곧 소좌와 군인들이 방 안으로 들어왔다. 차디찬 수갑이 소장의 양손에 채워졌다. 철이 뼈 위를 눌렀다. 그때부터 소장은 더는 다른 말을 하지 않았다. 그의 등을 바라보며 조직부장이 마치 잊었던 것처럼 말을 꺼냈다.
"아, 그리고 또…"
소장이 뒤를 돌아보았다. 조직부장은 혁명화 학습실 앞으로 걸어갔다. 그 문에 대고 대열부장이 늘 해오던 약속된 노크 소리를 냈다. 툭. 툭툭. 그리고 말했다.
"소장 담화 기록장을 보니까… '서련화'라는 이름이 몇 번 보이던데… 개별 면담이라는지…"
소장은 그 말에 고개를 들었다. 조직부장의 두 눈을 똑바로 쳐다보며 아직 부서지지 않은 음성으로 말했다.
"보위원 식당은 보위원 생명과 직결된 곳이요. 그년을 식당에 보낸 건 당신이오. 구류장에 보낸 사람은 나요."
조직부장은 입술을 삐죽 내밀며 고개를 끄덕였다. 이어 끌고 가라는 의미로 손을 한 번 흔들었다.

소장이 나가고 난 뒤 대열부장이 조용히 들어섰다. 두 사람은 창가에 나란히 서서 아래를 내려다보았다. 현관 앞에 대기하던 지프 차 문이 열렸다. 뒷좌석에 올라타는 소장은 퇴근하는 사람처럼 걸음에 망설임이 없었다. 차는 엔진 소리를 내며 지휘부를 벗어나 어둠 속으로 미끄러지듯 사라졌다.
한동안 침묵이 이어졌다. 조직부장이 먼저 입을 열었다. 격식을 잃지 않으려는 말투였지만, 오래된 애정을 눌러 삼킨 음색이었다.
"저놈은 남들처럼 출세욕에 환장한 놈은 아니었어. 여기 갇힌 숱한 간부들을 보며 나름의 판단을 했겠지. 자기도 그냥 '소장'으로 끝나길 원했던 거야. 그래서 충성도 멈췄고, 결국은 그 물이 고여 썩은 거지."

대열부장은 가볍게 웃으며 자신의 발뒤꿈치로 바닥을 문질렀다.

"본부 조직부 부부장이 됐으니, 다음 자린… 조직부국장 아니겠습니까. 고향 같은 여기 15호를 잊지 말아 주십시오."

조직부장은 고개를 돌려 그를 바라보았다. 방 여기저기를 둘러보다가 정리된 어조로 말을 이었다.

"중앙당 조직지도부에 계신 네 아버지 도움이 컸지. …무엇보다도 너. 네가 건넨 정보들. 그게 결정타였어."

대열부장의 눈빛은 멀어지는 지프 차보다 더 멀리 어두운 곳을 향해 있었다. 그의 입술이 무겁게 열렸다. 그것은 맹세의 문장을 꺼내는 것처럼 비장한 목소리였다.

"2년 전, 저에게 말씀하셨지 않습니까. 시간이 좀 걸리더라도… 고인 물을 밀어내는 억센 격랑이 되라고."

그 밤의 어둠은 짙었다. 떠나는 자의 발자국은 이미 지워졌다. 남겨진 자의 야망만이 바다 깊숙이 침잠하고 있었다.

대열부장은 아래로는 호랑이였고 위로는 아첨에 능한 자였다. 그는 수용자들에게 늘 습관처럼 외치곤 했다.

"여기가 사회야? 수용소지!"

"룡평에 비하면 여긴 사회야, 사회!"

그 말 그대로, 소장 자리에 오른 그는 이곳을 더 지독한 감옥으로 만들었다. 수용자들은 짐승처럼 내몰렸다. 결과 수년째 지지부

진하던 15호 수력발전소도 단기간에 완공되었다.

"2월 16일 전까지 무조건 불을 켜겠다"

그의 맹세처럼 불은 들어왔다. 그러나 그것은 막사나 마을을 위한 불빛이 아니었다. 전기철조망의 전압이 올라갔다. 감시등이 곳곳에 추가되며 수용소가 밝아졌다.

그 뿌듯함으로 신임소장은 2월 16일 해제 명단이 발표 무대에 섰다. 그의 발밑에는 수용자들이 구령에 맞춰 반듯하게 정렬되어 있었다.

그는 명단을 읽기에 앞서 수용자들을 훑어보았다. 이런 신임소장의 습관적인 시선에 걸려들면 반드시 구류장으로 실려 갔다. 민족 최대명절이라고 예외가 아니었다. 그는 천천히 하나씩 얼굴과 자세를 둘러보았다. 그 시선이 어디선가 비틀거리는 한 사람에게 멈췄다.

소장은 곧바로 그쪽을 가리켰다. 군인들이 그 수용자를 끌어냈다. 그렇게 열여섯 명이 대열에서 뽑혀 나가자 작은 움직임조차 없는 대열이 되었다. 시커먼 돌들이 사람 형상으로 줄지어 서 있는 것 같았다. 그 풍경은 멈춰 있어 눈보라조차 길을 잃고 되돌아왔다.

"차렷! 지금부터 소장 동지께서 15호 혁명화 해제명단을 발표하시겠습니다!"

군인의 목소리가 산등성이에 부딪혀 돌아왔다. 그 울림은 살아 있는 지옥의 메아리였다. 소장이 마침내 종잇장을 펼쳤다.

"위대한 수령님과 친애하는 지도자 동지의 배려로, 15호 혁명화 해제 대상 동무들의 이름을 발표하겠습니다."

혁명화 해제의 풍경도 예전과 달랐다. 이름이 불린 자는 울지 못했다. 제때에 앞으로 나가 줄을 맞추어 서야 했다. 누구라도 새 질서를 어기면 혁명화 해제통지서도 취소될 것만 같았다. 이름이 불리지 않은 자들 또한 감탄도 눈물도 허락되지 않았다. 숨조차 낼 수 없는 공포의 벽은 관리소 담장보다 높았다.
"먼저, 독신자 명단. 방철갑 동무."
자갈 위로 방철갑의 발소리만 또각또각 울렸다.
"길영학 동무. 김철남 동무…"
그들은 하나둘씩 앞으로 나섰다. 마치 천 년을 멈춘 조각상들이 차례로 깨어나는 것 같았다. 사람들은 태엽이 감겼다 풀린 것처럼 움직였다.
"최민실 동무. 이상수 동무. 서련화 동무…"
여자 가족세대에서 풀려난 서련화도 앞으로 뛰어나갔다. 그는 구류장에서 금방 풀려나 보위부 식당에서 다시 일을 시작했었다. 지휘부는 해임된 소장의 조치를 모두 무효로 판단했던 것이었다.
"윤동학 동무. 지동수 동무. 리만수 동무. 독신자세대 이상!"
마지막으로 도련님의 이름이 불렸다. 그는 소리 없는 눈물을 흘리며 달려나갔다. 그 뒤를 검은손과 도성진이 눈으로 배웅했다.
"이상!"
끝났음을 알리는 단어가 튀어 나왔어도 독신자세대의 그 누구도 한숨을 쉬지 못했다. 감정은 금지되어 있었다. 그게 새 신임소장이 말하던 사회와 다른 수용소의 규율이었다.
그런데 9분조 옆의 분조 남자가 살짝 흔들렸다. 도성진은 그를 보고 멈칫했다. 그의 손에서 뚝뚝 떨어지는 핏방울 때문이었다.
 연단 위에서는 소장의 입이 닫혔다. 군관들이 종이 뭉치를 들고 모여들었다. 잠시 명단 대조가 진행되었다. 이윽고 소장의 목청이 다시 뻗쳤다.
 "명단이 잘못돼 다시 부르겠다. 독신자 2명 더 부르고, 그다음 가족세대다. 독신자 배진수 동무!"
 그러나 아무도 앞으로 나서지 않았다.
 "배진수 누구야? 왜 안 나와?"
 그 말이 떨어지자마자 피를 흘리던 남자가 힘없이 무너졌다. 그가 배진수였다. 아까 소장의 입에서 "이상!"이라는 말이 나왔을 때 그는 이미 목의 혈관을 그은 것이다.
 같은 분조라도 그를 부축하지 못했다. 누구도 허리를 굽힐 수 없었다. 오직 자기 자리를 지켜야 했다. 군인들이 달려가 쓰러진 배진수를 확인했다. 잠시 후 그중 한 명이 달려가 소장에게 무언가를 보고했다. 소장이 대노해 고함쳤다.
 "그 한순간을 못 기다려서… 저놈 살아나면 해제 취소해. 그냥 죽게 나 둬. 도성진 동무! 도성진이!"
 소리는 분명히 들렸다. 그런데도 성진의 귀에 와닿지 않은 것 같았다. 아니, 듣고 있었지만… 믿지 못했다. 그의 귀에서는 '멍' 하는 울림만이 맴돌았다. 세상은 잠시 그 한 이름만으로 얼어붙었다.

도성진은 운동장 구석에 쪼그리고 앉아 가족세대 하늘을 바라보고 있었다. 신임소장 지시로 민족 최대의 명절에도 가족세대 통행이 금지된 것이었다. 내일 날 밝으면 사회사람, 자유인으로 넘어가 보리라 결심했다.

김상미가 준 신발 깔창의 온기가 새삼 느껴졌다. 그는 신발을 벗었다. 벌써 몇 번이고 덧대어 기운 그 낡은 신발 속을 들여다보았다. 실밥이 너덜너덜해진 깔창 사이로 손가락을 넣었다. 무언가 얇고 부드러운 것이 손끝에 감겼다. 그는 천천히 그것을 꺼내 올렸다.

머리카락이었다. 신발 안에서 깔창을 뜯어냈다. 틀림없었다. 생명 같은 상미의 머리카락이다. 이 추위 속에서 이상하리만치 따스했던 그 온기가 머리카락이었다.

그 순간, 도성진의 얼굴이 구겨졌다. 오열이 한꺼번에 치솟았다. 그는 들고 있던 머리카락을 품에 껴안고 울음을 터뜨렸다. 그 곁으로 분조장이 다가왔다.

"나가는데 왜 울어?"

도성진은 떨리는 손으로 머리카락을 펼쳐 보였다. 상미의 머리카락을 밟고 산 죄인의 속죄처럼 울부짖었다.

"아저씨, 이것 좀 봐요… 상미가… 내 발 얼지 말라고… 자기 머리카락으로… 깔창 만든 거였어요. 이걸로. 이 머리카락으로…"

분조장은 고개를 끄덕였다. 이어 무겁게 말을 꺼냈다.

"안 그래도 상미 이야기하려던 참이었다. 빨리 가 봐라. 상미네 집… 대못 박혔단다."

도성진이 주먹으로 눈물을 씻었다.

"왜요?"

"홍역 전염병 걸려서… 막았대. 가족세대 몇 집."

도성진은 벌떡 일어났다. 독신자세대와 가족세대를 가로지른 철조망을 향해 그대로 내달렸다. 그 앞에 이르자 그는 손을 뻗었다. 손바닥과 온몸으로 뜯었다. 피가 터졌다. 철망은 울었다. 버티던 철조망 기둥 하나를 힘껏 흔들었다. 나중엔 큰 돌을 높이 들어 그 위에 내리쳤다. 끝내 철망이 기울어졌다.

그는 그 위로 발을 디뎠다. 성큼 넘어갔다. 거기서 다시 뛰었다. 그러나 정작 상미의 집에 도착했을 때는 당황했다. 집에는 문손잡이가 뜯겨 있었다. 그 위로 널빤지가 X자로 대못에 박혀 있었다. 그는 문을 두드리다 뒤로 돌아갔다. 창문에도 또 다른 널빤지가 X자 모양으로 못질 돼 있었다. 도성진은 그 창에 온몸을 기대며 입을 열었다.

"상미야! 상미야!"

소리는 밤하늘로 솟구쳤다. 안에서 상미가 화답했다.

"너 나간다며…?"

분명 그녀의 목소리였다. 성진이는 눈물로 외쳤다.

"상미야. 왜 말 안 했어?"

"…뭘?"

"신발 깔창… 네 머리카락."

그는 창문을 손으로 마구 더듬었다. 안에서 상미도 소리쳤다.

"바보야. 내가 그랬잖아. 그거 반년 넘게 만들었다고"

도성진의 목소리가 더 깊게 떨렸다. 목소리를 오열처럼 쏟아냈다.

"넌… 반년이나 넘었는데… 난 왜 이제야 고백했냐고…"
안에서 상미가 발끈했다.
"너 왜 거짓말 하니? 너 아직 고백 안 했잖아?"
그 말에 도성진이 갑자기 울다가 웃었다. 허탈하고, 기쁘고, 미친 듯이 살아있는 웃음이었다. 그 모든 감정을 미루어두고 심장으로 외쳤다.
"사랑해!"
그녀가 장난스레 되물었다.
"잘 안 들려. 크게 해 봐."
성진은 팔소매로 눈물을 씻었다. 온몸을 뻗치며 밤하늘을 향해 외쳤다. 메아리칠 것을 알면서도 온 세상에 들려주고 싶었다.
"이 도성진이! 김상미를! 사랑해!!!"
그러자 안에서 같은 대답이 들려왔다. 너무도 또렷한 여자의 목청이었다.
"나도. 도성진이 사랑해!"
콘크리트 벽을 사이에 두고 남녀는 다시 목소리를 합쳤다.
"사랑해!"

벌써 일주일이 흘렀다. 그 어느 해보다 해제 트럭이 늦어지고 있었다. 혁명화 해제 통보를 받은 이들에게 기다림은 고문이었다. 날이 갈수록 막사 안의 공기는 무거운 질투로 가라앉았다. 누운 자가 미웠고, 떠나는 자가 얄미웠다. 작업량이 많은 날엔 특히 더 했다. 괜히 해제자들에게 트집을 거는 자들도 있었다. 그 속내가 담긴 말이 작업도구 창고 안에서 새어 나왔다.
"한 놈 잡을까? 그럼 내가 대신 나갈 수도 있잖아."
목소리의 주인은 자기를 '부부장'이라 스스로 소개했던 외교관이었다. 그 곁에선 미꾸라지가 마른 명태를 씹고 있었다.
"남잡이가 제잡입니다."
드물게 제대로 된 말을 내뱉은 미꾸라지를 외교관이 새삼스레 쳐다보았다.
"근데 말이야. 보위원들 미쳤어? 왜 자꾸 같은 돌을 옮기라 하나? 어제는 저쪽에 옮겼는데 오늘은 다시 이쪽으로? 히야 이러면 일하기도 억울하지 않소."
미꾸라지는 여전히 명태 꼬리를 씹으며 힘없는 목소리로 말했다.
"우리가 여기서 일합니까? 강제단련하지."
잠시 침묵이 흘렀다. 외교관이 미꾸라지에게 더 가까이 앉았다.
"... 혹시 이 안에서 죄수끼리 맞아 죽는 일도 종종 생기오?"
미꾸라지는 성의 없이 고개를 끄덕였다. 외교관의 눈동자엔 짙은 불안이 드리웠다. 말끝은 녹아내리는 촛물 같이 흘러내렸다.
"나는... 국가에 꼭 필요한 사람인데..."
외교관은 입냄새가 날 정도로 한 발 더 밀고 들어왔다.
"그나저나 똑딱이 기합만이라도 안 받는 방법 없소? 이거 아주 치욕스러워 죽겠구만. 다리 흔드는 것도 창피한데 내 입으로 '똑딱똑딱'이라니..."
그때였다. 삐걱— 오래된 철경첩이 울리며 창고 문이 열렸다.

들어선 이는 검은손과 도성진이었다. 외교관과 미꾸라지는 반사적으로 몸을 움츠렸다. 검은손은 주위를 훑어보다 도성진의 어깨에 손을 얹었다.

"성진아. 내 말 잘 들어. 도련님은 부주석 아들이야. 아무리 속에 증오가 차 있어도, 결국은 아버지 아들로 살 수밖에 없어."

창고 구석에서 엿듣던 외교관과 미꾸라지의 시선이 점점 날카로워졌다. 몸은 더 작아졌다. 숨소리마저 얇아졌다. 검은손은 말을 이었다.

"나는 축구로 외국에도 나가봤어. 국제사회 응원이 얼마나 요란하고 대단한지 잘 알아. 사회에 나가도 결국 더 넓은 15호일 뿐이야."

그는 도성진의 어깨를 지그시 눌렀다.

"반드시 외국으로 도망쳐. 그리고 여기를 고발해. 그게 여기 남은 사람들 다 살리는 길이야."

도성진은 고개를 끄덕였다. 결의로 가득한 눈빛이었다.

"네. 전 세계에... 15호의 실체를 폭로하겠습니다. 여기 사람들을 살리는 심정으로..."

그 순간이었다. 외교관이 벌떡 일어났다. 문 쪽으로 달리며 외쳤다.

"반동이야! 여기 반동 놈들이 역적 모의하고 있어!"

그 뒤를 미꾸라지가 망설이다가 따라나섰다. 문이 쾅 닫혔다. 창고 안엔 정적만 남았다. 검은손은 도성진 앞에 무너져 내렸다. 무릎을 꿇고 어깨를 떨며 흐느꼈다.

"미안해서 어쩌냐. 성진아... 내가 너한테... 내가 큰 죄를 졌구나..."

잠시 후, 운동장이 수용자들로 가득 찼다. 연단에는 최종배가 서 있었다. 그 앞에는 외교관과 미꾸라지, 검은손과 도성진이 끌려나와 있었다. 총을 든 경비대원들은 그들을 에워싸고 있었다. 도련님은 바닥만 바라보며 입술을 떨고 있었다. 외교관이 목소리를 높였다.

"진짭니다! 저 분조장이란 놈이... 나가면 외국으로 도망치라고 했습니다!"

사방이 술렁거렸다. 검은손의 눈썹이 미세하게 떨렸다. 도성진은 눈을 감았다. 최종배가 외교관에게 막대기를 처들었다.

"조용히 해."

그리고는 곧장 미꾸라지에게 다가갔다. 날 선 눈빛으로 물었다.

"정말 너도 들었어?"

외교관은 재촉하듯 미꾸라지의 옆구리를 팔꿈치로 슬쩍 밀쳤다.

"빨리 말해. 같이 들었잖아. 증인이 이렇게 둘이나 있습..."

그러나 최종배는 날카롭게 고함쳤다.

"닥쳐!"

그의 말은 엄했다. 도성진 앞으로 걸어갈 땐 걸음이 흔들거렸다. 그는 성진의 손을 찬찬히 내려다보았다. 그의 손은 사시나무처럼 떨고 있었다. 유독 심하게 떠는 왼손을 잡는 오른손도 마찬가지였다. 최종배의 입가에 작은 미소가 스쳤다. 그는 몸을 미꾸라지에게 홱 돌렸다.

"빨리 말해. 같이 들었냐고?"

수용자들의 시선이 미꾸라지에게 쏠렸다. 그러나 기대하는 눈빛들이 아니었다. 미꾸라지는 뻔했다. 안 했어도 했다고 할 놈이었다. 그 시선들을 길게 잡아당기며 미꾸라지가 손을 뻗쳤다. 그 손가락은 외교관을 가리켰다.
"저 사람이… 거짓말하는 겁니다."
순간 외교관의 눈이 휘둥그레 커졌다. 한 것을 안 했다고 하는 미꾸라지였다. 거꾸로 자기에게 다 뒤집어씌우는 중상모략이었다.
"야, 이 개새끼야! 너 왜 거짓말해? 너랑 나랑 명태도 같이 먹었잖아! 우리 금방—!"
그러나 그의 말은 곧 잘려나갔다. 최종배가 누군가를 가리켰다. 그의 명령은 냉혹했다.
"구류장에 처넣어."
총을 든 군인들이 외교관에게 달려들었다. 그는 뒤로 질질 끌려가며 외쳤다.
"억울합니다! 저놈들이 작당한 겁니다! 미꾸라지, 야 이 배신자 개새끼야!!"
그 외침은 도살장에 끌려가는 짐승의 비명 같았다. 하지만 그 누구도 그를 동정하지 않았다. 오히려 후련하게 비난과 욕들을 퍼부었다. 외교관은 끌려가고 수용자들이 다 흩어지고 난 뒤였다.
운동장엔 최종배와 도성진, 두 사람만 남아 있었다. 바람 한 줄기 없이 멎은 그 공간에서 최종배가 입을 열었다.
"아까는 왜 손을 떨었는데?"
도성진은 두 손을 모아 쥐며 차분히 대답했다.
"며칠 동안… 쉬어서… 돌을 들지 않아서 말입니다."

그 말에 최종배는 짧게 비웃었다. 그는 등을 돌리기 전에 말했다.
"나갈 때까지는 손 떨지 마라. 잘라버릴 거니까."
검은손이 도성진 옆에 와 섰다. 두 사람은 최종배의 등을 오래 바라보았다.

다음 날이었다.
아무런 예고도 없이 관리소 안으로 트럭 한 대가 굉음을 내며 들어왔다. 누구도 미리 준비할 시간이 없었다. 그 차를 놓치면 남게 될까 두려워 사람들은 아우성치며 트럭에 매달렸다. 저마다 트럭 맨 안쪽으로 앉으려고 했다.
"에잇. 뒤돌아보고 싶지도 않아."
"나가면서도 돌아보면 재수 없어. 다시 들어올 것 같아."
스스로에게 그렇게 중얼거리며 사람들은 치를 떨었다. 도성진은 마지막에 올라 맨 뒤에 앉았다. 뒤늦게 달려온 도련님도 어쩔 수 없이 성진이 옆에 쭈그려 앉았다. 그는 담을 넘을 때까지 아예 눈 감고 나가겠다고 선언했다. 그들과 달리 도성진은 일부러 뒤에 자리를 잡았다. 기어이 하고 싶은 것이 있어서였다. 그는 난산을 두 손으로 꼭 움켜쥐었다.
멀어지는 풍경은 변함이 없었다. 처음 그가 이곳에 끌려와 수갑 찬 손으로 바라보았던 그 철조망. 그 경고판은 아직도 그대로였다. '섯 쏜다!'
세 글자의 빨간 글자는 덧칠해서 그사이 바래지지도 않았다. 그 경고판 옆에서 무언가가 불쑥 올라왔다. 구걸천사였다. 아이는 활짝 웃고 있었다. 그 웃음이 어딘가 기형적으로 커 보였다.

도성진은 그만 손을 흔들고 말았다. 그리고 곧 후회했다. 아이의 얼굴이 일그러졌다. 웃던 얼굴이 울음으로 변해갔다. 아이의 두 다리가 철조망 너머에서 내달렸다. 비틀거리다 넘어졌다. 그래도 다시 일어났다. 트럭은 멈추지 않았다. 아이는 결국 흙먼지 속에 잠겼다. 울음도, 웃음도, 손도 다 사라졌다. 철조망도 그 작은 손도 뿌옇게 사라졌다.

트럭은 15호 지역을 빠져나가는 것도 한참이나 걸렸다. 아까부터 성진은 트럭 뒤에서 몸을 내밀고 어딘가를 거듭 확인했다. 멀리서 철문이 보이자 그는 트럭 안의 사람들에게 몸을 돌렸다. 그리고 소리쳤다.

"가슴팍 번호들 다들 갖고 있죠? 우리 다 같이 뿌려요. 한꺼번에! 어때요?"

사람들은 트럭 뒤로 몰려들었다. 차가 흔들리며 뒤로 넘어지는 사람도 있었다. 그래도 기를 쓰고 다시 기어서 트럭의 난간을 부여잡았다. 손에는 수번이 피나도록 쥐어져 있었다. 서련화의 두 눈에도 눈물이 맺혀 있었다. 일제히 도성진을 쳐다보았다. 그 시선을 모아 도성진이 부르짖었다.

"하나! 둘! 셋!--"

버려졌다! 누구도 먼저 던지지 않았다. 모두가 동시에 놓았다. 가슴을 찢듯 떼어낸 수번들이 하늘로 울컥 솟구쳤다. 15호라는 거대한 숫자 속에 묶였던 번호 쪼가리들이 흩날렸다.

사람들은 약속한 것처럼 그 뒤를 말없이 바라보았다. 그 번호가 불리면 뛰고 맞고 뒹굴며 걸었던 시간만을 상상해야 하지 않았던가. 그 번호에 줄을 섰던 아픔과 고통의 세월은 또 얼마나 길었던가. 생사의 전부였던 그 수번들이 고작 쓰레기였는데 이름이라고 하지 않았던가. 반동의 낙인으로 부르면 대답하며 고개 숙여야 하지 않았던가.

그걸 버린 그 순간 모두가 웃을 줄 알았다. 그런데 눈물이 먼저 알아챘다. 울 일 아니었는데 웃을 수 없었다. 슬픈 일 없는데 그동안이 슬펐다. 그래서 다들 소리 내어 울었다.

철문을 넘는다고 해방되는 건 아니었다. 트럭은 요덕군당 마당에 멈춰 섰다. 해제자들은 당 교육이라는 명목으로 일주일을 더 잡혀 있었다. 말은 교육이었지만 사실은 위협이었다.

"네가 본 것을, 들은 것을, 겪은 것을, 입 밖에 꺼내지 마라."

그 경고와 엄포의 세뇌 기간이었다.

군당 선전지도원은 그 말도 하지 않았다. 그는 무표정한 얼굴로 일정과 합숙 장소를 알려준 뒤 말없이 사라졌다.

남겨진 사람들은 마당 한복판에서 마치 버려진 것처럼 서 있었다. 앉아야 하나? 서 있어야 하나? 가야 하나? 기다려야 하나? 아무도 구령을 주지 않았다. 위협하거나 때리는 군인도 없었다. 그것이 오히려 더 함정 같아 무서웠다.

그때 도성진이 먼저 걸었다. 아무 말 없이 길도 가르쳐주지 않은 공간을 씨엉씨엉 어딘가로 걸어갔다. 뒤에서 도련님의 목소리가 떨렸다.

"얼라반... 아니, 성진아! 도성진! 너 어디로 가는 거야?"

성진은 고개를 돌리지 않았다. 그저 가고 또 갔다. 그의 발걸음이 산으로 향하자 도련님은 더 크게 외쳤다.

"야, 너 산이 지겹지도 않아? 왜 또 가는 거야? 거긴 왜 자꾸…"

그제야 도성진은 돌아서 입을 열었다.

"나를 냅둬요... 혼자 할 일이 있어요."

산은 말이 없었다. 바람도 불지 않았다. 그는 해어진 신발을 질질 끌며 비탈진 흙길 위를 걸었다. 요덕군당 마당 뒤편 확성기에서는 '혁명가요'가 터져 나왔다.

그 소리는 여전히 죄를 부르고 누군가를 향해 굽히라고 강요했다. 그래서 그는 마음속에서 다른 노래를 불러내야 했다.

가수가 부르던 아리랑이었다. 그 첫 소절에서 월왕령의 얼굴이 떠올랐다. 붉은 노을 아래에서 함께 외쳤던 그 목청이 들렸다.

"작업 시작!"

그 외침과 함께 김동규 할아버지의 손이 따라왔다. 그 손으로 옥수수를 건네줬다. 그 옥수수보다 더 따뜻하고 넉넉한 것을 가르쳐준 분이였다. 살자면 제 손이고, 죽자면 살인 도구라던, 운명의 손을 쥐여주었다.

성진은 나무 아래서 걸음을 멈췄다. 옹혜야가 묻었던 작은 약속이 땅속에서 기적처럼 들려왔다. 그는 고개를 들었다. 어쩌면 그 약속으로 그가 저 정상에서도 기다릴 것만 같았다.

그 믿음에 김성근이 "아멘"으로 화답했다. 인간은 죽어도 누워지지 않는다. 신념 속에서 다시 일어설 수 있음을 보여준 영혼의 거인이었다. 그 한마디로 존엄이 되살아났다.
성진의 심장은 세차게 울렸다. 카츠치카의 혈서를 품은 그의 가슴은 하늘도 담아낼 그릇이 되어 있었다. 휘파람 하나로 만족했던 그의 삶에 진실의 폭로로 채워주리라 다짐했다. 세상을 흔들겠다고 다짐했다.
드디어 산 정상이 보였다. 가수가 끝내 넘지 못한 아리랑 고개가 보였다. 하지만 자유의 산을 노래했던 그였다.
그가 못다 부른 노래를 주둥이가 이어 불렀다. 행동하는 자유가 진짜라고 총구 앞에서도 외쳤다. 하여 진짜 그가 마지막에 남긴 웃음이 총을 쥔 자들에겐 전율이 됐다.
마침내, 도성진은 정상에 올랐다. 붉은 노을이 가득한 하늘 아래 서니 김상미의 마지막 외침이 울렸다.
"사랑해!"
검은손의 목소리도 바람처럼 밀려왔다.
"세계에 고발해!."
가족세대 2분조 여자들의 웃는 얼굴도, 운 얼굴도 붉은 노을 빛에 스며있었다.
그 순간 도성진의 가슴 속에서 아리랑 노래가 뚝 멈췄다. 심장 박동만이 남았다.
쿵. 쿵. 쿵.
그 소리는 너무 커서 몸이 흔들렸다. 끝내 그는 버티지 못하고 무릎을 꿇었다. 그 채로 앉은 그의 숨소리가 점점 거칠어졌다. 그의 온 얼굴에 시퍼런 핏줄이 들고 일어섰다.

그의 얼굴은 붉은 노을에 물든 것이 아니었다. 그동안 흘리지 못했던 눈물이 한꺼번에 밀려 올라왔다. 그것도 그냥 흘릴 눈물이 아니었다. 목이 꽉 막히는 아픔과 고통. 슬픔과 비애의 덩어리였다.

그가 산 정상에 오른 것은 하늘에 닿아야 할 소원이 있어서였다. 15호 담 밖에서 제일 먼저 내야 할 소리가 있어서였다.

그건 바로 포효였다. 목놓아 쏟아야만 토해지는 울음의 포효! 15호의 포효였다.

"아악! 아아 악! 아악! 아아 악! 아악! 아하하하악! 아아악! 아하하하악!…"

캠프 15 2권

| 초판 1쇄 인쇄 | 2025년 8월 25일 |
| 초판 1쇄 발행 | 2025년 9월 9일 |

지은이 | 장진성

발행인 | 김영우
편집인 | 장윤경·채경희
디자인 | 조미원

펴낸곳 | 도서출판 영우드
출판신고 | 2025년 6월 25일
주 소 | 서울특별시 노원구 동일로215길 48, 1층 102호
전 화 | 02-938-4250   **문자메시지** | 010-8690-8910
팩 스 | 02-858-5560   **전자우편** | ywdbook25@gmail.com
홈페이지 | youngwood.kr

ISBN   979-11-993845-6-9 (04010)
           979-11-993845-5-2 (세트)

* 이 책은 저작권법에 따라 보호받는 저작물이므로 무단 전재와 무단 복제를 금합니다.
  이 책 내용의 전부 또는 일부를 이용하려면 반드시 저작권을 소유한 『도서출판 영우드』의 서면동의를 받아야 합니다.

* 도서출판 영우드는 전 세계에 영향력 있는 지혜를 전달하고자 합니다.